LE MUEZZIN DE KIT KAT

Paru dans Le Livre de Poche :

MOORE LE MAURE

MUSC

LE SYSTÈME BOONE

PERCY KEMP

Le Muezzin de Kit Kat

ROMAN

ALBIN MICHEL

Tous les personnages sont fictifs.
Toute ressemblance avec des personnages
réels et vivants serait pure coïncidence.

ISBN : 2-253-11661-0 – 1re publication – LGF
ISBN : 978-2-253-11661-5 – 1re publication – LGF

À mon père, Edwin George Kemp, mort debout.

PREMIÈRE PARTIE

Contre-ténor

1

Harry Boone était si crispé qu'il en oubliait de respirer. L'oreille tendue, l'œil aux aguets, il s'agrippait des deux mains au volant, le pied droit osant à peine effleurer la pédale de l'accélérateur et cherchant continuellement un réconfort dans celle des freins. Le danger, il le savait, pouvait survenir de n'importe où. A n'importe quel moment. Et quand il pointerait sa sinistre tête, il prendrait une forme des plus inattendues. Anxieux, Boone était partagé entre la nécessité de baisser ses vitres afin de mieux anticiper la menace, et le souhait de demeurer calfeutré derrière son écran de verre, à l'abri illusoire de sa cabine climatisée. A plus d'une reprise, aiguillonné par ce besoin naturel qu'a tout espion qui se respecte de se renseigner, il fut tenté d'actionner la commande électrique des vitres afin de se laisser imprégner par la clameur, la moiteur et l'odeur particulières de cette ville qui vivait au quotidien une guerre larvée. Ses doigts, alors, le démangeaient, mais il n'en gardait pas moins les mains ancrées à son volant, comme pour mieux résister à la tentation. Et, chaque fois, son désir de planqué finissait par l'emporter sur son réflexe d'agent secret. Ce que tu ignores, se répétait-il, ne peut pas te faire de mal.

Mais alors même qu'il commençait à se complaire dans cette variante auditive de la politique de l'autruche, une ombre tapie derrière un étal de fruits et légumes bondit du trottoir et plongea sur la chaussée. Dieu du ciel, s'exclama-t-il. Dieu du ciel, un kamikaze ! Le candidat au suicide fondait à présent sur lui à grands pas désordonnés, tel un pantin désarticulé annonciateur du corps démembré qu'il serait l'instant d'après. Boone n'arrivait plus à quitter cette silhouette des yeux. C'était un adolescent. Rien qu'un adolescent. Un adolescent fluet, ceint d'un grand tee-shirt rouge sang, les pieds nageant dans d'énormes sandales qui avaient dû appartenir à son père. Le candidat au suicide était arrivé à quelques mètres du break Peugeot quand son regard accrocha celui de Boone. Dans ses yeux candides, ce dernier ne lisait ni la hargne ni la peur, ni même la félicité. Rien que de l'indifférence. Et c'est bien cela qui lui faisait froid dans le dos. Comme dans un rêve, il nota que le kamikaze tenait à la main un sac en plastique rosâtre. Un sac bien lesté d'où dépassaient des tiges vertes. Des poireaux, se dit Boone, effaré. Pourquoi diable s'embarrassaient-ils de choses si incongrues ? Pourquoi rompaient-ils ainsi la solennité du moment ? Pour souligner le côté futile de la vie, peut-être ? Le kamikaze le lâcha finalement des yeux et Boone se rendit compte que sa cible était un minibus plein à craquer qui, tel un vieil âne qu'on aurait trop chargé, avançait péniblement sur la chaussée, affreusement arqué sur ses amortisseurs exténués. Tout à son objectif, le kamikaze fonçait à présent vers le minibus tête baissée, coupant, ce faisant, la trajectoire de la Peugeot et disparaissant presque sous le capot. Boone monta sur les freins et sentit ses pneus glisser inexorablement sur le vieux revêtement inefficace. Il sut alors qu'il ne pourrait pas éviter la collision. Fermant les yeux, il fit une prière et s'arc-bouta en prévision de l'impact. Mais quand son véhicule s'immobilisa enfin, quelques mètres plus loin, rien ne se passa. Ni onde de choc, ni bruit sourd de chairs explosées, ni cris d'effroi, ni hurlements de douleur. Absolument rien. Rien que des klaxons furieux qui fusaient de toutes parts autour de son break à l'arrêt, grand vaisseau blanc maladroitement échoué sur un fleuve de bitume. Rouvrant les yeux, il vit, non sans soulagement, que l'adolescent avait réussi à traverser la rue sans encombre et à grimper sur le marchepied du minibus qu'il convoitait, insouciant, ignorant tout de la frayeur qu'il venait de lui causer, tenant toujours à la main son sac de primeurs, et toujours prêt à jouer au kamikaze sur toute autre chaussée de la ville, et à tout autre moment de la journée.

Les klaxons se faisaient de plus en plus agressifs, maintenant, et des automobilistes agacés venaient chatouiller les pare-chocs et les rétroviseurs de la Peugeot. Se résolvant à lâcher ses freins, Boone s'aventura à donner un petit coup d'accélérateur et la voiture repartit comme si de rien n'était, sa mécanique increvable ronronnant sereinement à deux mille tours-minute. Ce qui n'était pas le cas de la mécanique surmenée de Boone, qui battait encore la chamade alors que ses glandes surrénales, suralimentées d'adrénaline, cognaient contre ses reins endoloris. Quatre mois, déjà, qu'il était au Caire. Quatre longs mois, et il n'arrivait toujours pas à se faire à la pulsion de mort des piétons cairotes, véritables kamikazes du dérisoire. Comment s'étonner, après cela, qu'à Jérusalem ou à Hébron, des hommes, des femmes, des enfants volaient à la mort sans ciller dans l'espoir de se voir ouvrir les portes du Paradis. Après tout, de ce côté-ci du grand désert du Sinaï, on flirtait au quotidien avec la Grande Faucheuse rien que pour se voir ouvrir les portes d'un autobus déglingué.

Sentant son hésitation et sa panique, les conducteurs qui le côtoyaient poussaient leur avantage, l'obligeant à encore plus de maladresse, ce dont d'autres profitaient à leur tour. A croire qu'il exsudait des phéromones de peur, et que ces particules odorantes traversaient la coquille métallique de son véhicule pour se répandre dans l'atmosphère et attirer tous les prédateurs du coin. Boone n'en pouvait plus. Il maudissait Archie Briggs de l'avoir arraché au Liban pour le plonger dans ce guêpier. Pourtant, Briggs lui avait promis. Après que Boone l'eut aidé à prendre l'avantage sur Guy Fennell, son vieux rival au sein du Service, Briggs lui avait solennellement promis qu'il pourrait demeurer à Beyrouth. Mais Briggs avait failli à sa promesse. A peine promu au poste de directeur, il lui avait intimé l'ordre de quitter le Liban pour aller lever l'étendard du Club-House au Caire et y traiter une source islamiste dont les services secrets russes avaient gracieusement fait don à Sa Majesté à l'occasion de son jubilé. Quand Boone avait protesté, Briggs s'était contenté de lui rappeler qu'il devait s'estimer heureux de ne pas être muté dans quelque coin perdu d'Asie centrale ou d'Europe de l'Est. Après tout, lui avait-il dit, l'Egypte, c'était aussi la Méditerranée. A moins, bien sûr, que Harry ne préférât rentrer à Londres y rejoindre la nouvelle équipe qui se mettait en place à Russell Square. C'était bien la dernière chose que Boone aurait voulue, et Briggs le savait pertinemment. Puis, quand il se fut finalement assuré que son subordonné était résigné à son exil, Briggs, bon seigneur, lui avait jeté un os à ronger : il ne s'opposerait pas à ce que Maria, la chrétienne libanaise avec qui Boone, en bon papiste irlandais, vivait un concubinage des plus catholiques, suivît son amant au Caire. Pourtant, ce geste magnanime, Archie Briggs ne l'avait consenti qu'une fois que

Boone fût rentré dans les rangs : histoire de lui faire comprendre qu'il n'entendait ni négocier ni marchander. Et voilà comment Harry Boone se vit contraint d'abandonner son petit paradis libanais, et, laissant derrière lui le système pépère qu'il y avait si diligemment construit, redescendre sur terre et aller s'immerger dans cette métropole grouillante où le seul fait de mettre le pied dehors constituait une gageure.

Comparée au Caire, la circulation à Beyrouth lui faisait à présent l'effet d'une promenade de santé. Les automobilistes libanais étaient certes aussi déments que leurs congénères égyptiens, mais, comme dit si bien le Barde de Stratford, il y a de la méthode dans leur folie. Les routes libanaises formaient un grand échiquier sur lequel les véhicules se plaçaient comme autant de rois, de reines, de tours, de fous, de cavaliers ou de simples pions. Plus votre véhicule était luxueux, plus il comportait de signes extérieurs de richesse, et plus vous vous éleviez sur l'échelle socio-mécanique. Et plus vous vous éleviez, plus le parc automobile qui vous entourait vous semblait insignifiant et indifférencié. Inversement, plus votre véhicule était banal, plus il était vétuste, et plus vous glissiez le long de cette même échelle. Et plus vous glissiez bas, plus vous preniez conscience des inégalités qui vous entouraient. A Beyrouth, les rois et les reines n'avaient cure de leur entourage, les tours, les fous et les cavaliers ne voyaient que les rois et les reines qui les dominaient, et les pions, eux, avaient les sens affûtés et pouvaient reconnaître leurs supérieurs à des lieues à la ronde. A Beyrouth, un simple coup d'œil à un véhicule vous suffisait pour savoir à qui vous aviez affaire, de quels atouts il disposait, de quelle manière il pouvait se mouvoir sur l'échiquier goudronné, quel avantage il avait sur vous, et quel dommage il pourrait vous causer. A Beyrouth, peut-être. Pas au Caire. Car Le Caire n'était pas tant un échiquier qu'un pur damier sur lequel tout – mais absolument tout – pouvait arriver. Un espace lisse où l'avantage n'était pas affaire d'ADN, mais de situation. Là, nul roi, nulle reine, nulle tour, nul fou et nul cavalier. Là, rien que des pions, des pions partout, des pions anonymes qui pouvaient d'un instant à l'autre se métamorphoser en autant de dames. Simple question de positionnement. Pas moyen de savoir d'avance ce dont tel ou tel serait capable. La menace pouvait venir d'un poids lourd ou d'une limousine, mais elle pouvait tout autant prendre la forme d'un piéton boiteux, d'un tricycle pétaradant ou d'un tacot asthmatique. A Beyrouth, la peur qui vous nouait les tripes était fonction du mal qu'on pouvait vous faire exprès. Au Caire, elle était fonction du mal qu'on pourrait vous faire sans le vouloir. Plus précisément, de ce que l'on ne pourrait *pas* faire. Ne *pas* s'arrêter, ne *pas* braquer, ne *pas* débrayer : parce que les freins, la colonne de direction ou l'embrayage auraient subitement lâché. Freinant à mort pour éviter deux hommes et une radio miraculeusement juchés sur une minuscule mobylette qui semblait carburer à la musique orientale, Harry Boone se jura de ne plus jamais reprendre le volant. Sa décision était prise : il mettrait sur-le-champ le break au rancart et se ferait désormais conduire en taxi, voyageant à l'arrière dans la position fœtale préconisée par les compagnies aériennes lors des procédures d'urgence.

Ce n'est qu'une fois qu'il fut arrivé au sud de Zamalek qu'il se détendit un peu et baissa sa garde, tel un guerrier de l'ombre qui, au plus fort de la guerre froide, aurait, contre toute attente, réussi à franchir vivant le rideau de fer. Si Boone était si soulagé d'être enfin à Zamalek, c'est que Zamalek était une île, et à ce titre quelque peu isolé de la cocotte-minute bouillonnante qui l'encerclait de toutes parts. Une île que le dieu Nil protégeait encore tant bien que mal. En sus, ses rues étroites et ses voies à sens unique réduisaient considérablement les risques d'accident et, malgré les assauts répétés de la libre entreprise et de la modernité, elle avait su préserver un certain cachet résidentiel. Pour tout dire, Boone se sentait d'autant plus chez lui à Zamalek que l'endroit lui rappelait le quartier de Saint-Nicolas, à Beyrouth : un quartier désuet d'ancien régime, qui avait connu des jours meilleurs. Un quartier où les sédiments nassériens et sadatiens des cinquante dernières années n'avaient pas encore entièrement recouvert les vieux sédiments coloniaux et khédiviens. Un quartier certes envahi par les mercantis et les petits-bourgeois, mais qui n'en continuait pas moins de dicter aux nouveaux venus et aux parvenus son rythme d'avant-guerre : un rythme lent. Et Boone, qui revenait d'un voyage au bout de l'enfer, se disait que, tout compte fait, on s'y sentait plutôt bien.

Roulant lentement vers le nord, il longea les espaces verts du Guézira Sporting Club, emprunta des rues arborées où les palazzos ottomans alternaient avec les immeubles Art déco, fit sursauter le policier assoupi qu'il partageait avec son voisin, l'ambassadeur de la République d'Irlande, puis le regarda venir, sans se presser, lui ouvrir la grille de la villa blanche qu'on lui avait allouée. Une fois la grille ouverte, il se dirigea tout droit vers le garage, et s'il n'alla pas jusqu'à débrancher la batterie, il n'en vida pas moins soigneusement son véhicule comme pour souligner le caractère irrévocable de sa décision de tout à l'heure. Il ferma ensuite la porte du garage à double tour comme s'il avait voulu la condamner, et pénétra dans la maison où il espérait bien que Maria l'attendait.

2

Le silence quasi religieux qui enveloppait la villa années trente surmontée d'une terrasse crénelée tranchait avec les bruits assourdissants de la rue. Au bas de l'escalier en bois, Boone n'en tendit pas moins l'oreille dans l'espoir de quelque signe de vie, mais Maria n'était de toute évidence pas là. Elle devait être à l'Institut français, se dit-il, plongée dans quelque ouvrage sur le Vieux Caire, ou alors chez Ranya, en train de refaire sinon le monde du moins ses intérieurs, à grand renfort de boiseries mameloukes et de baldaquins ottomans. Traversant le salon aux meubles réglementaires, dits Croydon Issue, qui horripilaient tant sa compagne et qu'elle était déterminée à bazarder, il alla se servir une dose généreuse de whisky pour se remettre de sa frayeur de tout à l'heure, et sortit dans le jardin qui donnait sur le fleuve. Il y aperçut Albert pouponnant ses arbres fruitiers. Albert, un octogénaire copte qui avait parfaitement survécu tant à l'usure du temps qu'à la décolonisation, était chargé d'entretenir le jardin de la villa et s'acquittait de sa tâche avec, pour seuls assistants, une machette datant du Déluge dont il se servait pour élaguer et débroussailler, et les crues du Nil qu'il invoquait pour arroser. Boone le vit absorbé dans la contemplation des panicules rouge jaune et des grappes rouge vert de ses manguiers et de ses avocatiers, comptant sans doute les jours qui séparaient encore la floraison de la récolte de l'été. Les arbres d'Albert étaient uniques dans leur genre, en ce sens qu'ils étaient les seuls dont les fruits, une fois mûrs, se volatilisaient sans crier gare du jour au lendemain. C'est en cela qu'ils étaient *ses* manguiers et *ses* avocatiers : pas un des occupants légitimes qui s'étaient succédé dans la villa ces soixante dernières années, pas même le chef de la police britannique du temps des pachas, n'en avait jamais vu la couleur. Evitant de le déranger, Boone porta son attention sur les parterres linéaires qui composaient l'autre élément décoratif du jardin. Albert plantait toujours ses fleurs en ligne droite, et toujours de manière géométrique. Il faut dire qu'à côté du travail qu'il effectuait à Zamalek – tant chez Boone qu'à la villa rivale du chef de poste des Bunkers, dans la partie sud de l'île –, le vieux copte entretenait aussi le cimetière militaire britannique d'Héliopolis, tout comme son père l'avait fait avant lui. Il répétait donc tout naturellement dans ses conceptions florales l'alignement immuable des sépultures dont il avait hérité la charge. Tant et si bien que ses créations finissaient toujours par ressembler à des pierres tombales. Il reproduisait ce schéma funéraire et il ne s'en occupait plus, contrairement à ses arbres fruitiers qu'il maternait à longueur d'année. Pour ce vieillard, les manguiers et les avocatiers représentaient l'avenir. Alors que les fleurs qu'il alignait, plantes décoratives et surtout commémoratives, représentaient le passé. Et Albert n'avait assurément pas réussi à atteindre cet âge avancé en s'encombrant de souvenirs, ni en vivant dans le passé. Albert regardait résolument vers l'avenir : vers la récolte de l'été prochain, et vers ce moment tant attendu où, par une nuit sans lune, il partirait d'ici, étreignant amoureusement ses mangues jaunes parsemées de taches de rousseur, avant de remettre cela, quelque temps après, avec ses avocats verts sertis de grains de beauté.

Fixant les parterres rectilignes, Boone, qui se faisait un peu l'effet d'un vétéran de la Grande Guerre en tournée dans les cimetières de la Somme, se demandait si Archie Briggs, grand fan des jardins à l'anglaise, aurait approuvé. Sans doute pas. Les créations florales d'Albert étaient bien trop simples, bien trop prévisibles, pour l'esprit tortueux du maître espion. Briggs, qui parcourait actuellement le monde afin de marquer son nouveau territoire, était attendu cette nuit même au Caire où il serait l'hôte de l'ambassadeur. C'est d'ailleurs à la Résidence que Boone avait convenu de retrouver, dès le lendemain matin, le nouvel homme fort du Club-House.

Le Club-House ! Si le petit service de renseignement où Harry Boone avait échoué, après un détour par le SIS, méritait ce sobriquet, c'était tout bonnement parce qu'il était né quelques années auparavant sur un parcours de golf, lors d'une partie endiablée disputée entre Robert Walker et Cecil Devereux. Walker venait à l'époque de rejoindre le gouvernement comme secrétaire d'Etat auprès du Premier ministre, chargé de la lutte contre les trafics illicites, et son vieil ami Devereux cherchait alors chaussure à son pied. Au cours de cette partie mémorable, une idée germa dans l'esprit de Walker : monter un service de renseignement qui s'occuperait de blanchiment, de transferts illégaux de technologies, et bien sûr de terrorisme. Quand les maîtres espions du SIS protestèrent, on les rassura en leur disant que le nouveau service ne dédoublerait pas le leur puisqu'il aurait pour mission de s'attaquer, non pas aux *structures*, mais aux *flux* : flux humains, flux de capitaux, flux de drogue, flux d'armements. A vrai dire, nul ne fut jamais en mesure d'expliquer convenablement la différence qu'il pouvait y avoir entre les *flux* et les *structures*. Mais comme, à l'époque, le SIS n'avait pas les faveurs du gouvernement, on donna à Walker les sbires qu'il recherchait et à Devereux le titre prestigieux de directeur qu'il convoitait. C'est de ce temps-là que date le surnom du Service, et petit à petit le jargon du golf s'y imposa : Royal & Ancien pour le comité de direction, Green pour les archives et la documentation, Caddy pour la logistique et l'administration, Practice pour le centre de formation, Inlands pour la Section est chargée des grandes étendues continentales de l'ancien Bloc soviétique, Links pour la Section sud qui gérait les paradis fiscaux, les ports douteux et les îlots terroristes du tiers-monde, Bunkers pour ces empêcheurs de tourner en rond du SIS, ou encore Proettes pour les policiers à majorité féminine qui œuvraient au Service de sécurité. Harry Boone, lui, n'était pas un golfeur. Quand il lui arrivait de s'aventurer sur un terrain de golf, c'était pour aller directement au dix-neuvième trou. Mais à l'époque il en avait par-dessus la tête des brumes londoniennes dans lesquelles ses patrons du SIS le laissaient macérer, et il avait donc fini par rejoindre le Club-House dans l'espoir de Fairways plus ensoleillés.

Plus tard, quand le Service se fut fait rouler par les Russes et par les Américains dans une affaire qui restera sans doute dans les annales de l'espionnage, Walker, contraint de sacrifier son vieux copain Devereux pour sauver sa peau, avait proposé à Briggs le poste de directeur, avec carte blanche pour réorganiser le Club-House comme il le jugerait bon.

Ayant très humblement accepté le bureau directorial qu'on lui offrait, et prudemment demandé à son homme lige, Mark Treadwell, de le remplacer à la tête des Links, Briggs avait alors renouvelé sa confiance à Nico Mowbray-Smyth, le Green-Keeper, ainsi qu'à Alec Rose, le Caddy-Master. Ce faisant, il ne prenait d'ailleurs aucun risque, puisque Nico n'avait jamais eu l'esprit de clan, alors qu'Alec était toujours de l'avis du patron, quel qu'il soit. Etonnamment, Briggs avait aussi tenu à garder sa bête noire, Guy Fennell, à la tête des Inlands et au sein du Royal & Ancien, l'instance dirigeante du Service. En partie, se disait Boone, afin de mieux savourer sa revanche en maintenant un Guy déconfit sous sa coupe, et en partie aussi afin d'embarrasser les Américains (dont Guy avait été le chouchou) et susciter chez eux un sentiment de culpabilité qu'il entendait bien mettre à profit. Spécialiste des missiles à têtes multiples, Briggs visait toujours plusieurs objectifs à la fois.

L'évocation de ces missiles tout briggsiens incita Boone à lever les yeux, et son regard se porta, par-delà le fleuve, sur la métastase d'Embaba qui rongeait le tissu urbain cairote, tel un chancre immonde qui rappellerait aux quartiers chics de la ville ce sur quoi leur luxe et leur prospérité reposaient. Embaba : un quartier spontané, construit en toute illégalité, où entre quatre et six millions d'âmes non comptabilisées (mais qui oserait aller les compter ?) s'entassaient dans des trous à rats et se bousculaient dans des goulets si étroits qu'on ne pourrait même pas y crucifier quelqu'un (mais qui oserait aller y crucifier qui que ce soit ?). Boone maudit à nouveau Briggs de l'avoir expédié dans ce merdier et rendit grâce au Nil sacré de faire barrière entre lui et cet insoutenable trop-plein de vie.

Soudain, l'indescriptible brouhaha qui avait émané d'Embaba se tassa. Comme par enchantement, le silence tomba sur l'agglomération grouillante, gagna les quartiers limitrophes de Mohandessine et d'Agouza, et finit par traverser le fleuve pour s'étendre à Zamalek. A croire que tous ceux qui se pressaient et s'agitaient l'instant d'avant avaient été frappés de catatonie, et que tout ce qui frétillait et se débattait encore aurait été atteint d'aphonie. Seuls dénotaient, par-ci par-là, de rares bruits émanant de quelque mécréant ou de quelque être insensible à la beauté. Partout ailleurs le silence régnait. Même Albert avait abandonné ses arbres chéris pour regarder du côté d'Embaba et de la mosquée Kit Kat : une mosquée blanche aux arabesques rougeoyantes, érigée par un architecte italien un demi-siècle auparavant sur un site qui avait jadis accueilli un lupanar, et qui devait à ce pedigree incongru le surnom surprenant dont elle continuait d'être affublée.

L'instant ne manquait pas de solennité et Boone le marqua à sa façon en allumant un Wintermans après avoir vidé son verre d'un trait. Comme des centaines de milliers d'autres personnes autour de lui, il se tourna ensuite vers le minaret, magiquement promu à la dignité d'une Kaaba locale vers quoi tout convergerait. Puis il attendit, et un chant gracile finit par s'élever de la tour effilée. C'était le *adhân* : l'appel à la prière du soir.

« *Allâhu akbar allâhu akbar.* Dieu est plus grand, Dieu est plus grand. *Ashhadu anna lâ ilâha illâ llâh.* Je témoigne qu'il n'y a de dieu que Lui. *Ashhadu anna muhammadan rasûlu llâh.* Je témoigne que Mahomet est Son Prophète. *Hayyâ 'alâl salât.* Accourez à la Prière. *Hayyâ 'alâl falâh.* Accourez au salut. »

Le chanteur reprenait chaque incantation deux fois, la première fois sur un mode linéaire et ascendant, la deuxième sur un mode mélismatique interminable. A croire que la première incantation, axée sur la signification des mots, visait à interpeller la raison des fidèles, alors que la seconde, axée sur leur forme, cherchait à les ensorceler. Chaque incantation était suivie d'un long silence. Non pour permettre au chanteur de reprendre son souffle, mais pour permettre à ceux qui l'écoutaient de reprendre le leur. Subjugués par son chant, ils pouvaient presque voir sa voix pure monter vers le Très-Haut et la sentir se répandre ensuite sur eux telle une pluie lumineuse. Porté par sa seule foi, son chant tranchait l'espace sonore telle une lame bien aiguisée, s'imposant à tout un chacun à un demi-mile à la ronde. Tant et si bien que les mosquées du voisinage avaient fini par baisser les bras et mis leurs radiocassettes et leurs amplificateurs en sourdine. Seules les plus lointaines, les plus envieuses ou les plus arrogantes continuaient encore de parasiter de leurs sons nasillards et de leurs décibels dopés la mélodie divine qui s'élevait du minaret de Kit Kat. Et si, d'ordinaire, c'était l'appel à la prière qui incitait les fidèles à la cessation de toute activité, avec ce muezzin-là c'était tout le contraire qui se passait : les fidèles appelaient son appel de leurs vœux, ils le guettaient, ils l'anticipaient, et ils s'y préparaient dans le recueillement. Ce n'était plus l'appel du muezzin qui devançait le silence, mais bien le silence qui préludait son appel. Il avait de ce fait réussi à instaurer un temps qui lui était propre – un microtemps, comme il y aurait un microclimat –, qui avait fini par se substituer à celui des calculs astrologiques. Et il avait, par la même occasion, vengé tous ces pauvres muezzins que les appels à la prière émis par les cassettes, les haut-parleurs, les montres à quartz, les téléphones mobiles et les ordinateurs, avaient impitoyablement réduits au chômage.

« Dieu est plus grand, Dieu est plus grand », répétait-il à présent. « Il n'y a de dieu que Lui », professa-t-il finalement, histoire de clore tout débat.

« N'est-ce pas tout simplement sublime ? »

C'était Maria qui venait de parler. Pris qu'il avait été par le chant, Boone ne l'avait pas entendue arriver. Il voulut l'attirer à lui et l'embrasser, mais il émanait d'elle une sérénité telle qu'il se retint. Difficilement. Difficilement, car Boone n'était pas homme à supporter trop longtemps les instants graves. L'intensité du moment commençait à lui peser et il avait hâte que la vie reprenne le dessus sur l'art et sur la beauté qu'il n'arrivait à ingurgiter qu'à petites doses.

« Sa voix me fait penser à celle d'une camarade de classe, disait Maria, les yeux toujours fixés sur le minaret. Je devais avoir quinze ans à l'époque. Je ne la voyais qu'à la messe, mais je crois bien que j'avais le béguin pour elle. Ou plutôt pour sa voix... Oui, pour sa voix. Rien qu'à l'entendre, on ressentait le besoin de croire : de croire en quiconque s'adressait sa prière, en quiconque avait su lui donner cette voix. Je n'ai jamais cherché à mieux la connaître, d'ailleurs. Je ne l'ai jamais approchée. Comme si j'avais craint qu'elle ne dénotât avec son chant. Comme si j'avais eu peur d'être déçue et de la perdre. »

Après la tentative avortée du baiser, voilà que cette remarque donnait à Boone une nouvelle occasion de dédramatiser l'instant. Il ne la laissa pas passer.

« Ça me rappelle l'histoire de ce fou d'opéra qui était tombé éperdument amoureux d'une cantatrice, dit-il en baissant les paupières et en souriant timidement, comme pour s'excuser d'avance de sa légèreté.

– Et ? » demanda-t-elle après un moment d'hésitation.

Elle l'entraîna alors vers le coin du jardin où le vieil Albert officiait, comme pour le mettre tout à fait à son aise, comme pour lui signifier que l'interlude de beauté était bien terminé et que la vie et ses frivolités pouvaient reprendre leur cours normal.

« Eh bien ! s'enhardit-il, ce mélomane fit une cour assidue à sa cantatrice et il finit par l'épouser. Des années durant, il vécut dans la félicité. Jusqu'au jour où, s'étant réveillé brutalement en pleine nuit, il jeta un œil langoureux sur sa meilleure moitié, mais ne vit qu'une grosse dondon au triple menton, les cheveux teints enrobés de bigoudis, qui ronflait à ses côtés. Pris d'une véritable panique, il se mit à suer à grosses gouttes. Il ne savait plus quoi penser. Et cette horrible rombière qui n'en finissait pas de faire battre ses chairs flasques à chacune de ses expirations bruyantes. Soudain, il n'en put plus. S'appuyant sur un coude, il la saisit par l'épaule et, la secouant violemment, il hurla : “Mais chante, nom de Dieu ! Chante !”

– Tu es incorrigible, Harry, s'esclaffa Maria. Mais d'une certaine manière, je le comprends. Je comprends sa panique de cette nuit-là et je comprends aussi sa réaction : c'est son amour qu'il tentait ainsi de sauver.

– Ça ne risque pas de nous arriver, n'est-ce pas ?

– Tu veux dire que je ne serai jamais ni grosse ni grasse, ni vieille ni laide et que tu m'aimeras toujours ?

– Je n'ai pas dit ça, lança-t-il en se mettant à l'abri du manguier le plus proche. Ce que je voulais dire, c'est que ce n'est pas pour ta voix que je t'aime.

– Harry Boone, tu es vraiment horrible », hurla-t-elle en se lançant à sa poursuite.

Tout en riant, ils secouaient sans ménagement l'arbre, provoquant une avalanche de pétales rouges et jaunes, sous les yeux catastrophés du pauvre Albert qui ne pensait qu'à sa récolte de l'été.

3

Le lendemain matin, fidèle en cela à sa résolution de la veille, Harry Boone laissa sa Peugeot au garage, tout en se disant que c'était là une promesse qu'il lui serait plus aisé de tenir que celle d'arrêter de fumer. Il avait à peine franchi la grille donnant sur la rue qu'un taxi en livrée réglementaire noire s'immobilisa devant lui.

« A Garden City », dit-il au chauffeur en prenant place à l'arrière.

Outre la sempiternelle boîte de kleenex et le chiot en peluche à tête articulée, il nota que le tableau de bord s'ornait d'un verset coranique qui disait en l'occurrence : « Nous ne t'avons point révélé le Coran pour que tu peines. » Prise hors de son contexte, cette parole divine illustrait parfaitement, aux yeux de Boone, la douce philosophie du peuple égyptien, qui rejoignait en bien des points la sienne. Il ne tarda d'ailleurs pas à interpréter le choix que le chauffeur avait fait de ce verset en particulier comme un indice suggérant que la course jusqu'à Garden City se ferait au trot plutôt qu'au galop. Le Coran ne comportait-il pas six mille deux cent trente-cinq autres versets dans lesquels l'heureux propriétaire du véhicule aurait tout autant pu puiser ? C'était pourtant sur ce verset indolent que son choix était tombé. Boone y puisa un certain réconfort.

Effectivement, c'est à allure modérée que le taxi rejoignit la rue Mohammed Mazhar Pacha et qu'il longea ensuite une série d'ambassades mineures jusqu'à arriver à la rue Aziz Abaza. Mais une fois qu'il eut atteint le pont du 15-Mai reliant l'île de Zamalek à la rive orientale du fleuve, un véritable seuil qualitatif fut atteint et les choses se gâtèrent. Le Dr. Jekyll s'effaça alors devant Mr. Hyde qui traversa toute la longueur du pont – et presque toute sa largeur – pied au plancher et poing sur l'avertisseur. Boone, qui se signait subrepticement tout en cherchant désespérément une ceinture de sécurité inexistante, se rendit compte que celui dont son sort dépendait s'était, lui, contenté de passer la sienne à travers la poitrine sans prendre la peine de l'attacher, histoire, tout bêtement, de tromper son policier : à chacun ses angoisses.

Une fois sur l'autre rive, le chauffeur tourna à droite et roula à tombeau ouvert sur la voie express de la corniche du Nil, slalomant comme un fou entre les voitures et les piétons. Et tout ce temps il tambourinait sur son avertisseur, réussissant à en tirer des mélodies des plus variées équivalant à autant de messages différents du type : « Bouge donc ton gros cul », ou : « Pousse-toi que je m'y mette. » Il lui arrivait bien, de temps à autre, de faire usage de ses clignotants, mais c'était toujours après-coup, et une fois bien engagé sur sa trajectoire. A croire que les clignotants n'étaient pas tant destinés à renseigner les autres automobilistes sur ses intentions qu'à rassurer son passager étranger quant à sa connaissance étendue du code de la route.

Nullement fâché d'atteindre Garden City en un seul morceau, Boone se fit déposer devant la mission canadienne, rue Rostom Pacha : assez loin de la résidence de l'ambassadeur britannique pour se plier aux consignes de sécurité, mais néanmoins assez près d'elle pour réduire les risques de se faire renverser avant d'y arriver. En bref, à une distance qui lui semblait un bon compromis entre l'instinct de survie de l'espion qu'il était et celui du piéton qu'il était avant tout. Il sortit ensuite du taxi après avoir donné un généreux pourboire, en partie pour faire honneur à la réputation des Canadiens, dont il venait d'usurper la nationalité, et en partie pour remercier le chauffeur de l'avoir, tout compte fait, épargné.

Le portier égyptien qui ornait l'entrée de la Résidence le connaissait, mais il insista néanmoins pour vérifier son laissez-passer et téléphoner à la secrétaire de l'ambassadeur avant de lui permettre de franchir la grille : en ces temps de terrorisme islamique et de clonage génétique, on n'était jamais assez prudent, n'est-ce pas ?

Ayant passé cet examen avec succès, Boone se dirigea vers le bel édifice gris clair imaginé par lord Cromer, et qui avait longtemps été le symbole de la domination britannique sur l'Egypte et le canal de Suez. Il gravit ensuite un escalier de pierre qui le mena jusqu'au hall d'entrée où un majordome nubien l'attendait. Sans mot dire, ce dernier lui indiqua de la main un autre escalier, identique et symétrique au précédent, qu'il emprunta dans la foulée pour descendre jusqu'au jardin donnant sur le Nil. Là, il vit Briggs en conversation avec la belle lady Maltravers. Ou plutôt il vit Briggs hocher la tête en signe d'assentiment au flot de paroles dont l'abreuvait l'épouse de l'ambassadeur. Il rappela à Boone le petit chien qui occupait le tableau de bord du taxi qu'il venait de quitter. Briggs cherchait, mine de rien, à entraîner son hôtesse vers un grand arbre aux branches pavoisées de fleurs bleutées, qu'il souhaitait de toute évidence aller examiner de plus près.

Mais lady Monica Maltravers de Criffel (ou Lady M., comme elle se plaisait à ce qu'on l'appelât depuis la mort de la princesse de Galles) n'était apparemment pas intéressée par le jardinage. Elle semblait par contre très intriguée par ce petit homme rondouillard d'allure tout à fait insignifiante, au titre et aux fonctions plutôt vagues, pour qui son mari déroulait le tapis rouge. Elle le dominait de sa silhouette élancée, l'obligeant à hausser en permanence le menton et à la regarder à travers la partie inférieure de ses verres, ce qui lui donnait l'air d'une vieille taupe mal assurée. De toute évidence, il n'était pas à son aise. Briggs n'avait d'ailleurs jamais été à son aise avec les jolies femmes, encore moins avec celles de la haute société. Contrairement à Lady M. qui se sentait parfaitement bien avec tout un chacun, fût-il grand pharaon ou simple fellah.

Quand il aperçut enfin Boone, Briggs se fendit d'un sourire des plus inattendus. Il semblait ravi de voir son subordonné. Sors-moi de ses griffes, semblait-il l'implorer. Boone ne put résister à la tentation de le laisser mijoter. Il avait une revanche à prendre sur son patron et, comme il ne pouvait faire autrement, il la prenait par à-coups, par petites traites mesquines. Il ne se pressa donc pas pour aller rejoindre le couple mal assorti.

« Ah ! » s'exclama finalement Briggs dès que Boone fut arrivé assez près d'eux pour qu'il pût interrompre lady Maltravers sans commettre un impair.

Il poussa même l'exubérance jusqu'à faire un petit signe de la main.

La baronne se tourna alors vers Boone et ce dernier se dit une fois encore qu'elle avait effectivement un faux air de Lady D. : la même structure osseuse quelque peu chevaline, les mêmes épaules anguleuses, la même coupe de cheveux, et les mêmes grands yeux bleus.

« Bonjour Harry, dit-elle.

– Bonjour lady Maltravers.

– Monica, Harry ! Monica ! Vous êtes bien installé, maintenant ?

– Parfaitement bien, merci.

– Et vous vous plaisez au Caire ? C'est une ville tout à fait fascinante, n'est-ce pas ?

– N'est-ce pas, répéta Boone.

– Vous avez eu le temps de visiter un peu ? Il vous faudra à tout prix faire la Vieille Ville et le Darb Al-Ahmar à pied. C'est tout à fait un autre monde. Un autre temps, vraiment. Bien sûr, vous y serez harcelé par des quémandeurs de toute sorte, mais les pauvres, on les comprend : ils ne vivent que du tourisme et des touristes, il n'y en a pratiquement plus, ici. Alors, quand ils aperçoivent un étranger... »

L'anglais de Lady M. était parfait, son accent, forgé à Wycombe Abbey, impeccable, et ses expressions des plus *posh*. De temps à autre, cependant, une emphase placée sur la mauvaise syllabe faisait ressortir son italien natal, désarçonnant son interlocuteur, qui, s'étant un moment cru en compagnie d'une rose anglaise familière, se retrouvait soudain face à une plante exotique.

« Je vous laisse à vos petites affaires, dit-elle enfin. Je dois aller m'occuper des préparatifs pour le dîner. »

« Susan ! » l'entendirent-ils appeler alors qu'elle repartait vers la maison. « Mais où êtes-vous donc, Susan ? » Susan était la secrétaire particulière de l'ambassadeur, et Lady M. avait constamment besoin de donner des directives. Surtout, elle n'était pas femme à rester trop longtemps en sa propre compagnie.

« Faisons un tour au jardin, ordonna Briggs en se

rapprochant de l'arbre. Et comment va notre ami Adel Brahim ?

– Je l'ai vu hier soir, mentit Boone. Il va bien.

– Il s'est bien intégré au pays ?

– Je pense que oui.

– Un peu trop, peut-être ? On ne peut pas dire qu'il soit très productif, n'est-ce pas ? Il est devenu plus égyptien que les Egyptiens.

– Le rythme n'est pas le même ici qu'à Beyrouth. »

Boone, qui savait pertinemment qu'il ne serrait pas sa source d'assez près, cherchait à s'en sortir par une pirouette.

« Le rythme de la nature est pourtant le même ici et là-bas, Harry. Pourquoi diable serait-ce différent avec les sources ?

– Les islamistes du coin se tiennent à carreau pour l'instant et la récolte d'Ibrahim est plutôt maigre.

– As-tu réussi à recruter quelqu'un d'autre d'intéressant ? Un blanchisseur d'argent, peut-être ? Un savant fou ? Quelque chef nomade trafiquant à travers le désert du Sinaï ? Ou à la rigueur un banquier, un douanier ou un responsable de l'aéroport ? Bref, quelqu'un qui serait en mesure de nous aider à remplir la mission que nos maîtres nous ont confiée ?

– J'y travaille, dit Boone qui n'avait encore rien entrepris du tout.

– Tu y travailles... J'espère pour toi que tu as bien planté, Harry. Parce que c'est déjà la période de la floraison et il nous faudra bientôt récolter.

– Les plantes ne fleurissent pas toutes à la même époque de l'année, répondit Boone, histoire de rester dans le même registre.

– Nous ne sommes pas payés pour suivre les saisons, mais pour faire la pluie et le beau temps ! Alors secoue-toi un peu ! Fais de la culture sous serre, au lieu de me parler de saisons !

– Je fais de mon mieux, mentit Boone.

– Cet arbre doit bien faire dix mètres de haut sur dix de large, s'exclama Briggs, admiratif. Un vrai bouquet sur pied ! Plus tard dans l'année, il étalera son tapis de fleurs mauves et bleues sur la pelouse. Une vraie merveille ! C'est un jacaranda... Un jacaranda mimosifolia, pour être plus précis. »

Boone, qui aurait eu du mal à distinguer un jacaranda d'un cerisier, encore moins un jacaranda d'un autre, se demandait s'il ne ferait pas mieux de réorienter la conversation vers le boulot. Là au moins, il pourrait faire des réponses évasives.

« Nous dînons avec le général Masri ce soir ?

– Qu'as-tu appris de neuf à son propos, Harry ? »

Délaissant le jacaranda, il s'était approché d'un parterre de fleurs.

« Il était déjà impressionnant comme chef d'état-major, mais il l'est encore plus depuis qu'il dirige les redoutables Moukhabarate. C'est un mélange subtil entre le vizir oriental et le technicien occidental du renseignement.

– Quels beaux lilas ! Les bordeaux sont des *Président Poincaré*, et les blancs des *Jeanne d'Arc*. Et tout cela dans le jardin de l'ambassadeur de Sa Majesté. Ravi de constater qu'alors que nous nous apprêtions à célébrer le centenaire de l'Entente cordiale, le bûcher de Rouen est enfin oublié. Quand j'y pense, c'est tout de même paradoxal que les Français aient fait de Jeanne d'Arc le symbole même de leur patriotisme.

– Paradoxal ?

– En y réfléchissant bien, cette guerre où elle s'illustra n'était pas tant une guerre entre Anglais et Français qu'une guerre entre la maison des Lancastre et celle des Valois.

– Et...

– Eh bien ! si les Lancastre avaient gagné, ils auraient dominé la France, ils s'y seraient bien sûr installés, et leurs possessions outre-Manche n'auraient alors été rien de plus qu'une province. En d'autres termes, sans Jeanne d'Arc le monde entier parlerait aujourd'hui le français plutôt que l'anglais.

– Le général a fait beaucoup d'argent, dit Boone en revenant aux faits.

– Le contraire eût été étonnant.

– Il habite un palazzo fin dix-neuvième rue Chajarat Al-Dorr, à Zamalek.

– Zamalek ? Vous êtes donc voisins.

– Il est marié à une Anglo-Egyptienne... Dorothy... Dotty, pour les intimes... Une petite femme effacée qu'il ne sort que lors des dîners d'ambassade.

– Très patriotique de sa part, de prendre ainsi sa revanche sur les colonialistes en couchant avec leur progéniture.

– Il a aussi une maîtresse.

– Encore plus patriotique de sa part, de tromper les colonialistes tout en trompant sa femme. C'est une double revanche qu'il prend là.

– Sa maîtresse est copte. Elle tient une boutique branchée non loin d'ici, à Garden City.

– De plus en plus patriotique, à ce que je vois : il contribue ainsi à sa manière à la cooptation de la communauté copte dans l'appareil d'Etat.

– J'y suis allé un jour avec Maria et je l'y ai entrevue : une belle brune bien en chair d'une cinquantaine d'années. On murmure néanmoins qu'il commencerait à s'en lasser.

– Je ne m'en fais pas pour l'Egypte. Il est patriote,

notre général, il trouvera bien un autre moyen de servir sa patrie tout en se servant lui-même.

– Même son nom est patriotique : Masri veut dire “égyptien”.

– Un nom prédestiné.

– Il est d'une longévité à toute épreuve, et il a toujours la confiance de son maître.

– Lui et une demi-douzaine d'autres comme lui resteront en place tant que le Raïs sera là. Le Raïs se fait vieux, Harry. Et fatigué qu'il est, il aime s'entourer de vieux matous gros et gras qui auraient trop à perdre en tentant quoi que ce soit contre lui. Judicieux de sa part, je dois dire.

– Il a dû lire Jules César : *La Guerre des Gaules*.

– Les Césars n'ont pas à lire Jules César, Harry. Ils sont César ou ils ne le sont pas. C'est purement intuitif. Surtout dans cette région du monde où on a rarement le temps d'acquérir un réflexe qui ne soit pas inné... Pour en revenir à Masri...

– Il joue régulièrement au badminton.

– Ah oui ? C'est un jeu fait pour toi, Harry. Un jeu si nonchalant.

– Faussement nonchalant, Archie.

– Si le dossier que nous avons sur toi au bureau dit vrai, tu as joué au badminton à l'université.

– Je n'ai pas touché une raquette depuis.

– Il faudrait que tu t'y remettes. Ça pourrait t'être utile. Travaille ton revers.

– Les revers, je ne connais que cela depuis que je bosse pour toi, dit Boone que l'idée d'avoir à faire de l'exercice n'enchantait guère.

– Travaille sur les points communs que tu pourrais avoir avec lui.

– C'est aussi un joueur d'échecs, dit Boone.

– C'était, le corrigea Briggs.

– C'était ?

– D'après nos amis américains, il se serait mis au jeu de dames. Il doit penser que les dames reflètent bien mieux que les échecs l'étrange monde dans lequel nous vivons aujourd'hui.

– Il n'a pas tout à fait tort.

– Si mes souvenirs sont bons, lorsque tu étais à Beyrouth tu avais eu tout le loisir de te perfectionner à ce jeu-là, comme à d'autres jeux tout aussi palpitants, tel le backgammon. »

Boone ne savait pas trop si son patron le complimentait ou s'il lui reprochait le temps perdu à pousser des pions et à faire rouler les dés dans les cafés beyrouthins.

« Voilà venu le moment de mettre à profit tout ce qu'ont pu t'apprendre tes amis libanais, Harry. Tu vois, rien ne se perd. Tu as au moins trois hobbies en commun avec notre ami Masri. Fais-en bon usage. »

Trois, se demandait Boone. Pourquoi trois ? Lui en comptait deux : les dames et le badminton. Pourquoi Briggs en évoquait-il trois ?

« J'ai entendu une très belle histoire à propos du général, finit-il par dire après avoir donné sa langue au chat. On raconte qu'à la suite d'une réunion à la présidence qui regroupait les principaux membres du gouvernement, il aurait dit au Raïs : “Monsieur le Président, il y a quelque chose dont j'aimerais vous entretenir en aparté.” Et quand les ministres se furent humblement éloignés afin de les laisser seuls, il se serait approché du Raïs et lui aurait chuchoté à l'oreille : “Monsieur le Président, je n'ai absolument rien de nouveau à vous apprendre aujourd'hui. Mais il ne faudrait surtout pas que vos idiots de ministres le sachent !”

– Voilà un homme comme je les aime, Harry ! Tu

penses qu'il pourra m'arranger une audience avec le Raïs ?

– S'il le veut, il le fera.

– Je compte sur toi pour évoquer le sujet avec lui. Discrètement, bien entendu. Je ne voudrais pas essuyer un refus.

– Bien entendu.

– Maria sera des nôtres ce soir, bien sûr. »

Harry Boone s'étonna qu'on fasse ainsi une entorse au protocole en conviant à un dîner quasi officiel à la Résidence la concubine libanaise (et officiellement inexistante) d'un diplomate à peine toléré qui se cachait derrière une énigmatique mission commerciale d'Irlande du Nord, qui disait promouvoir les échanges commerciaux entre l'Egypte et la Province unioniste, et dont on ne savait pas trop ce qu'il faisait. Il se demanda quelles raisons pouvaient pousser Briggs à vouloir inviter Maria.

« J'espère qu'elle n'a pas d'autres engagements, poursuivait ce dernier. J'en ai déjà parlé à lady Maltravers. Tout est arrangé. »

Boone prit note que son patron en avait parlé à Lady M., non à l'ambassadeur. Briggs n'était à la Résidence que depuis la veille, mais il avait déjà compris qui y décidait de quoi.

« Non mais, regarde-moi ça, Harry ! » Il s'était mis à trottiner comme un bambin en direction d'un arbuste dont les feuilles vertes, ornées de pétales jaunes qui frétillaient sous la brise, étaient recouvertes de fils blancs et soyeux. « C'est un hamamélis, ajouta-t-il, tout content de sa découverte. J'aimerais bien rencontrer le jardinier.

– Bill Stone ?

– Ainsi, ce serait un Anglais. »

Briggs semblait penser que ceci expliquait cela.

« Bill faisait partie du personnel de sécurité de l'ambassade, lui dit Boone. Quand le Foreign Office décida de remplacer les équipes de sécurité par le système automatisé du "verrouillez et partez", Bill donna sa démission et resta au Caire avec son épouse égyptienne. Depuis, c'est lui qui s'occupe du jardin.

– Je le félicite. Il s'est arrangé pour avoir des fleurs à longueur d'année. C'est très original et très varié. »

Boone eut une pensée pour Albert et ses ternes créations florales. Il se dit aussi qu'il n'inviterait pas Briggs chez lui. Alors que ce dernier s'en allait caresser et humer des fleurs orangées qui poussaient contre le muret surplombant la rue, la tête inclinée telles des ballerines bien alignées, Boone, fatigué d'écouter son patron discourir sur les plantes, sortit un petit cigare de sa poche, l'alluma et jeta un œil sur ce qui se passait plus bas.

Au bon vieux temps des poussahs royaux et des sirdars britanniques, la Résidence s'était étendue jusqu'au fleuve. Mais le colonel Nasser avait changé tout cela. En bon nationaliste, il avait décidé de rendre le Nil aux Egyptiens et de couper l'Angleterre navale de son accès à l'eau. Il avait donc exproprié une partie des terrains de la Couronne et il y avait fait passer la voie express qui longeait à présent le fleuve et rappelait constamment aux Anglais que Le Caire n'était pas, loin s'en faut, le coin d'Angleterre qu'ils imaginaient.

A peine s'était-il penché sur cette artère vibrante qu'il vit, horrifié, une voiture heurter de plein fouet un piéton téméraire et l'envoyer valser. Il eut un mouvement de recul et ferma les yeux. Puis sa curiosité malsaine reprit le dessus. Un bref instant, il crut bien que la voiture allait poursuivre sa route comme si de rien n'était. Mais elle finit par s'immobiliser un peu plus loin au rythme déhanché de ses pneus usés et de ses freins mal réglés. Le chauffard s'extirpa ensuite nonchalamment de son véhicule et, sans se presser, rebroussa chemin vers le lieu de la collision où des passants obligeants tiraient le malheureux piéton, qui par le bras, qui par la taille, qui par l'aisselle, afin de le remettre sur pied. Refusant de tout son poids de renouer si tôt avec son statut d'*homo erectus*, ce dernier continuait de leur opposer une résistance passive. En fin de compte, un compromis ayant semble-t-il été atteint entre les parties, il accepta de se poser sur son train arrière, à même la chaussée. Son bourreau s'approcha alors de lui en gesticulant et, sans même lui laisser le temps de souffler, se mit à le tancer. La victime protestait. Assez mollement, il faut dire, eu égard à l'état de choc dans lequel elle devait se trouver, et à sa position assise qui ne lui permettait pas de prendre un avantage décisif sur son adversaire. Les badauds, eux, s'étaient divisés entre partisans du piéton et partisans de l'automobiliste, et ils argumentaient les uns avec les autres sans plus se soucier de leurs deux champions. Le chauffard se pencha finalement sur l'accidenté, lui souffla un mot à l'oreille, le prit par la main et l'aida à se relever. Le piéton se laissa faire, non sans avoir quelque peu maugréé, puis il condescendit à permettre à l'automobiliste de l'épousseter et de lui rendre un peu de sa dignité. Ce dernier lui donna ensuite une bonne claque dans le dos et rejoignit son véhicule sans plus de cérémonie, alors que les participants du débat contradictoire se dispersaient et que le mort en sursis s'essayait à nouveau à traverser la rue. Ni police ni ambulance, ni brancard ni constat, ni plainte ni avocat : dans la mesure où le sang n'avait pas coulé, les accidents de la circulation se concluaient toujours ainsi au Caire ; et ce qui s'annonçait d'habitude comme une tragédie finissait souvent en comédie. Boone était atterré. Atterré par l'indifférence totale que les Cairotes affichaient à l'égard du danger, de la souffrance et de la mort. Il lui fallait à tout prix quitter cette ville de fous, se disait-il. Sa raison, sinon sa vie, en dépendait. Mais pour cela, il se devait de convaincre Briggs. Briggs ne le laisserait certes pas déserter son poste. Mais peut-être accepterait-il de l'envoyer quelque part ailleurs dans ce vaste pays.

« Les Bunkers occupent bien le terrain au Caire, dit-il en rejoignant son patron. Après tout, ils y sont depuis toujours.

– Le terrain... Ce n'est pas *un* terrain que nous avons là, Harry, mais *des* terrains. De plus, les Bunkers et le Club-House ne font pas le même boulot : à eux les appareils d'Etat, les machines de guerre et les infrastructures, à nous les nébuleuses terroristes et mafieuses ; à eux les avoirs, à nous le mouvement ; à eux les structures, à nous les flux.

– Justement, finassa Boone, je me disais que pour les flux, dont nous sommes censés nous occuper en priorité, une ville telle Alexandrie ou Port-Saïd serait plus notre tasse de thé. Après tout, Le Caire n'est qu'une métropole continentale, alors que dans un port sur la Méditerranée il y a toutes sortes de trafics. Avec sa zone franche, Port-Saïd est un endroit idéal pour suivre les flux illicites. »

Secrètement, Boone priait pour Port-Saïd, une ville au charme désuet, trente-deux fois moins peuplée que Le Caire, où il aurait trente-deux fois moins de chances de tuer ou de se faire tuer.

« Alexandrie... Port-Saïd... Et puis quoi encore, Harry ? Qu'est-ce que tout cela a à voir avec l'Egypte ? Tu es dans ce pays depuis quatre mois déjà et tu n'y comprends toujours rien. As-tu regardé une carte, au moins ? L'Egypte, c'est le Nil ! Quiconque contrôle le Nil contrôle l'Egypte. Et le Nil, c'est Le Caire, plaque tournante entre la Vallée, au sud, et le Delta, au nord. Quiconque contrôle Le Caire contrôle le Nil et, par extension, le reste du pays. L'Egypte n'est pas le Liban, Harry. Pourquoi crois-tu que ce pays n'ait jamais connu ni sécessions ni ghettos ? Ici, tout s'est toujours résolu par un coup d'Etat ou par une révolution de palais. Au Caire. Au sein de la Citadelle. Au cœur même des choses. C'est Le Caire qui est la clef, et c'est au Caire que je te veux.

– Mais, les Américains..., hasarda Boone.

– Qu'est-ce qu'ils ont, les Américains ?

– Ils placent des hommes à eux dans tous les ports. Pour mieux contrôler les flux, justement.

– Parce que tu crois que j'ai les moyens des Cousins ? Tu crois que je peux me permettre d'avoir quelqu'un dans chaque port du Moyen-Orient et dans chaque échelle du Levant ? Non, Harry. C'est à la source, au centre, que je veux que tu sois. »

Raté, se dit Boone. Adieu Alexandrie, adieu Port-Saïd et adieu la Méditerranée. La fuite en avant n'étant plus permise, il lui fallait à présent envisager une position de repli.

4

Lorsqu'il dînait seul ou en compagnie d'intimes, sir William James Fitzhugh Maltravers, baronet de Criffel et ambassadeur au Caire de Sa Gracieuse Majesté, ne manquait jamais de revêtir un smoking, qui, comme chacun le sait, est de toutes les tenues de soirée de loin la moins habillée. Mais, ne souhaitant pas trop dénoter sur ses invités, il avait ce soir-là opté pour une tenue relativement plus décontractée (une simple veste d'intérieur en velours côtelé vert bouteille à col châle), alors que son épouse se contentait d'une robe noire toute simple qu'elle avait néanmoins tenu à rehausser d'un collier de saphirs, cadeau de mariage de son père, grand brasseur de bière et d'affaires.

Les Maltravers avaient eu raison, d'ailleurs, de ne pas trop se formaliser, puisque leurs invités étaient tous arrivés en tenue de ville. Tous, sauf la lilliputienne Dorothy Masri, qui avait sauté sur cette rare occasion de sortir pour tirer du fond d'un placard une robe longue qui sentait la naphtaline et la tirait encore plus vers le bas.

Afin de souligner le côté informel des choses, on avait servi le dîner à même la table en acajou de la petite salle à manger connue sous le nom de « salle égyptienne » du fait que ses murs étaient tapissés de gravures locales. Il y en avait même une représentant

Ibrahim Pacha, magnanimement récupéré par les Anglais après qu'ils eurent brisé ses rêves d'empire. On épargnait ainsi au général Masri d'avoir constamment sous les yeux les portraits des grandes figures de l'époque coloniale, qui survivaient encore très bien dans différents autres coins de la Résidence.

Boone s'était attendu à ce que le général occupât le devant de la scène ce soir-là. Mais pas du tout, la vedette annoncée avait semble-t-il décidé de céder la tête d'affiche à Maria. Il ne la quittait d'ailleurs pas des yeux et buvait chacun de ses mots.

« Ce muezzin, c'est *Orphée* recomposé, disait-elle. Sa voix est si pure, si mélodieuse, si enivrante.

– On raconte qu'il refuse d'être enregistré, dit l'ambassadeur.

– C'est vrai. Il n'aime pas qu'on reproduise sa voix. Mais heureusement pour nous, nous habitons juste en face de la mosquée où il officie. Aux premières loges, en quelque sorte.

– Si vous le souhaitez, lui proposa Dorothy Masri, je pourrai vous procurer des enregistrements piratés.

– Je ne pourrai jamais faire cela, lui répondit Maria. S'il ne souhaite pas que son chant soit enregistré, c'est qu'il a ses raisons.

– Mais, qu'il sache ou non qu'on l'enregistre, il a toujours la même voix, lui rétorqua Dorothy Masri, puisant dans le pragmatisme qu'elle avait sans doute hérité de sa mère anglo-saxonne.

– Peut-être... Mais ce ne sera jamais que sa voix, n'est-ce pas ?

– Je crois comprendre ce que vous voulez dire, intervint l'ambassadeur. Le chant de ce muezzin, c'est autant lui que sa voix. Si vous ne pouvez pas communier avec lui, vous ne pourrez pas vraiment communier avec son chant.

– C’est un peu, dit Maria, comme si on avait mis Oum Kalsoum en cage pour la contraindre à chanter.

– En ce temps de médias de masse et de reproduction à l’infini, dit l’ambassadeur, ce muezzin est un véritable anachronisme. Non seulement il refuse les haut-parleurs, mais il tourne aussi le dos aux cassettes audio et vidéo.

– Il ne cherche pas l’atopie moderne, dit encore Maria, et c’est justement ça qui me séduit chez lui. Il ne croit qu’en la présence physique. Il s’adresse aux habitants de son quartier et à ceux qui, venant de loin, payent de leur personne pour le voir et l’entendre.

– Il fait un peu figure de comédien de théâtre, dit l’ambassadeur. Chacune de ses représentations est unique.

– Elles sont d’autant plus uniques, renchérit Maria, qu’il chante tous les jours sur un mode différent. Hier, par exemple, il a chanté sur le mode *hijâz*, et aujourd’hui il chantait sur le mode *‘ushshâq*. Cette variation sur les modes avait disparu au dix-neuvième siècle, mais il l’a remise au goût du jour. »

Harry Boone se disait que ce muezzin-là avait effectivement instauré un microtemps qui lui était propre : si c’est *hijâz* ce doit être jeudi, si c’est *‘ushshâq* ce doit être vendredi.

« Mode *‘ushshâq*, mode amoureux, tint à préciser le général en lançant à Maria un regard soutenu.

– Ce que j’aime aussi chez lui, poursuivait cette dernière, c’est que son registre vocal est bien plus élevé que celui des autres muezzins. Sa voix me rappelle celle des chanteurs soufis du monde iranien. Elle a une amplitude d’au moins trois octaves, et elle porte très loin. C’est à la fois une voix et un instrument. On croirait entendre une flûte.

– Elle est un peu trop aiguë à mon goût, dit Dorothy Masri. Je la trouve un peu trop féminine.

– Pourtant il y a une telle élégance dans cette voix que vous dites féminine, objecta Maria. Dans le sous-continent indien les chanteurs soufis adoptent souvent des voix de femmes.

– Pourquoi font-ils cela ? s'étonna l'épouse du général.

– Ils le font parce que leur bien-aimé – leur cheikh ou alors Dieu – est pour eux le Mâle. Ils adoptent donc une voix de femme pour s'adresser à lui.

– Une voix de femme chez un homme, s'offusqua la générale. Une voix de fausset ! Quelle horreur !

– Il n'a pas du tout une voix de falsetto, lui objecta Maria. Le falsetto est une technique, alors que lui est un contre-ténor naturel. Sa couleur de voix est une signature unique ! Une couleur cristalline !

– Si je comprends bien, dit Briggs, il travaillerait bien plus sa voix que les textes sacrés.

– C'est exact », intervint le général Masri. Il se racla ensuite la gorge afin d'imposer le silence que sa prestation exigeait : à chacun son *adhân*. « Ce muezzin, reprit-il, est un exemple parfait du triomphe de la forme sur le contenu. » Il parlait lentement, presque en articulant. « Mademoiselle parlait de flûte à l'instant, et il est vrai que dans l'islam, quand on veut décrire une belle voix, on la compare volontiers à la flûte de David. Avec ce muezzin-là, c'est la forme artistique qui l'emporte sur la signification. Ou plutôt, c'est la forme vocale des mots qui leur donne leur véritable sens. Chez lui, forme et contenu sont indissociables. C'est un poète du sacré.

– Les autres muezzins ne sont rien de plus que des crieurs publics, dit Maria. Des hommes qui rappellent aux gens qu'il est l'heure de prier. Des coucous humains qu'une pendule ou une sonnerie de téléphone peut aisément remplacer. Lui est bien plus que cela. C'est un chantre du sacré. Un hymnade. Son chant est un commentaire musical du texte religieux.

– Je vous félicite pour vos connaissances de l'islam, mademoiselle, dit le général, pour qui les chrétiens libanais étaient de toute évidence à ranger dans le camp occidental, et qui semblait voir en Maria une sorte de savant orientaliste.

– Maria ma chère, dit lady Maltravers, vous n'êtes pas seulement très belle, vous êtes aussi *effroyablement* cultivée ! Comment s'appelle donc ce grand artiste ? »

Elle semblait s'en vouloir de ne pas être au fait des célébrités du moment.

« Il s'appelle Bilal Abdel-Ghani, lui répondit le général.

– Mais qui est-il exactement ? D'où sort-il ?

– Il est né à Assiout, dans le sud du pays, il y a de cela vingt-cinq ans.

– Mais il est tout jeune ! s'écria Lady M.

– Il est effectivement très jeune, confirma le général.

– Tout jeune et déjà cheikh, s'étonna Lady M. du ton qu'avait pris ce personnage de roman qui s'étonnait jadis que son voisin de table fût si jeune et déjà roumain.

– Bilal n'est aucunement un cheikh, lady Maltravers, lui répondit le général. Il n'a rien d'un uléma. Ce n'est pas un docteur de la Loi. Il lui arrive, certes, de diriger la prière en qualité d'imam, mais cela, tout musulman méritant est en droit de le faire.

– Bilal n'est pas du tout dans l'écrit, précisa Maria. Il est dans l'oral.

– Vous ne le croirez pas, reprit le général, mais à l'origine ce Bilal était un jeune berger sans éducation. Sans même une éducation musicale. C'est tout juste s'il récitait et psalmodiait le Coran. C'est par son art et son talent, bien plus que par sa science, qu'il s'est élevé jusqu'à devenir le muezzin et l'imam de la prière d'une mosquée qui est aujourd'hui la plus courue du Caire.

– La fonction de muezzin, dit Maria, a beaucoup perdu de ses prérogatives d'antan, remplacée qu'elle a été par les horloges, les téléphones mobiles, et même les ordinateurs. Bilal tranche sur ce paysage technologique. Il redonne à la fonction de muezzin ses lettres de noblesse, et il nous rappelle que le *adhân* a jadis influencé la musique européenne... Je pense à l'amanédès des Grecs.

– Ce qui expliquerait, dit l'ambassadeur, qu'il ait si bien réussi à séduire des non-musulmans, voire des gens qui ne connaissent même pas la langue arabe.

– Nous avons entendu dire, intervint Briggs, qu'il y aurait récemment eu des tensions entre l'Association des ulémas et la Guilde des muezzins.

– C'est vrai, reconnut Masri. Les ulémas ne voient pas d'un très bon œil cet engouement pour le chant religieux et l'attrait croissant que Bilal, et d'autres artistes comme lui, exercent sur les gens. Comme vous le savez, les orthodoxes salafistes avaient assuré la primauté de la doctrine sur la science et sur l'art. Ce fut d'abord le cas en Arabie Saoudite avec les wahhabites, et c'est maintenant le cas un peu partout ailleurs dans le monde musulman. Ce mouvement dogmatique fait bien entendu le lit des islamistes. Les salafistes ont de fait sclérosé l'islam et accentué la décadence des Arabes. Tous nos malheurs viennent de la dictature du verbe, fût-il sacré. Ou devrais-je dire de la dictature des exégètes du verbe. C'est cette dictature-là qui engendre la violence et le terrorisme. Or, notre ami

Bilal, en rendant aux mots leur sonorité, rompt avec cette tradition et redonne l'avantage à l'art sacral.

– C'est, si on peut dire, un calligraphe du son, dit Maria.

– Un calligraphe de grand talent, mademoiselle, renchérit le général.

– Maria, l'interrompit-elle en souriant.

– Maria, répéta-t-il en inclinant la tête en hommage galant. Ce muezzin-là, poursuivit-il, prend des mots connus de tous, des mots qui ne prêtent à aucune discussion, et il les met artistiquement en forme. Il se coule d'ailleurs dans une tradition qui remonte à l'âge d'or de l'islam, quand le chant religieux occupait une place de choix.

– Il ne doit pas arranger les islamistes, intervint Briggs. Eux se nourrissent de mots qu'ils sortent de leur contexte et dont ils bourrent le crâne des simples d'esprit qu'ils envoient se faire trucider.

– Précisément, approuva Masri. J'en connais qui sont allés au martyre après avoir écouté les sermons enflammés des ulémas salafistes, mais je n'en connais pas qui soient allés à la mort après avoir écouté un *adhân*, un *tajwîd* ou un *dhikr* chanté par Bilal. »

Boone, qui se tenait à l'écart de la discussion, fut sur le point de répéter ce qu'Adel Brahim lui avait confié quelque temps auparavant, à savoir que les islamistes disaient volontiers de Bilal qu'il était "le muezzin de la bourgeoisie", l'accusant même d'être une créature du général Masri. Mais il se retint.

« *C'est qu'il doit s'adresser à la spiritualité des hommes, plutôt qu'à leur religiosité.* » C'était Maria qui venait de s'exprimer ainsi, et elle l'avait fait en français.

« *Justement ! Comme vous le dites si bien, Maria, c'est à leur spiritualité qu'il s'adresse.* »

Masri lui avait répondu en français, une langue à laquelle il s'était mis avec comme professeur sa maîtresse copte. Il avait jadis assidûment travaillé son anglais qui, en sa qualité de langue utilitaire, lui avait permis de fonctionner dans le monde réel et d'y prospérer. Mais à présent qu'il était bien installé au haut de la pyramide, il ressentait le besoin d'un certain vernis, que seule la langue française – langue superflue – pouvait lui apporter.

« Il s'adresse à leur spiritualité, reprit-il en anglais, et il fait ressortir ce qu'il y a de mieux en eux.

– J'aime autant cela, dit Briggs en prenant son air le plus humble de yogi œcuménique. Ce n'est que par la spiritualité que nous pourrons dépasser les réflexes communautaires et le fanatisme qu'ils suscitent. J'ai cru comprendre que le discours de notre ami Bilal était plutôt pacifique.

– Plus que pacifique, renchérit le général. Son discours est littéralement pacifiste. Bilal prêche la non-violence.

– Si nous voulons éviter le fameux choc des civilisations qu'on nous promet, dit Briggs, les hommes comme lui devraient être vivement encouragés.

– Mais ils le sont, mon cher, le rassura le général. Ils le sont. Tout le monde ici a à cœur de rompre l'amalgame un peu trop facile que l'Occident fait entre les musulmans et les terroristes, et de prouver que l'islam demeure une religion de paix. »

Boone se disait que Briggs avait réussi à amener le général (qui n'était pourtant pas né de la dernière pluie) à reconnaître, sinon que son Service traitait directement Bilal, du moins qu'il l'utilisait pour contrer les islamistes. Il l'avait d'ailleurs fait en se servant de Maria comme d'un appât. L'intérêt que le général affichait pour cette dernière ne lui avait pas échappé. Après qu'elle eut exprimé son admiration pour le muezzin, Masri, qui se cherchait des points communs avec elle, n'avait pu résister à la tentation d'apparaître comme l'imprésario du grand artiste et son mécène. Oui, se disait Boone, Briggs avait bien distribué les rôles : lui-même en Verdi, la mosquée Kit Kat en opéra néoclassique, Bilal en diva, le général Masri en khédive Ismaïl, et Maria en impératrice Eugénie.

Après le dîner, et toujours pour souligner le côté informel des choses, lady Maltravers fit l'impasse sur le grand comme sur le petit salon et mena ses invités jusqu'à la salle de séjour familiale. Devant le bow-window qui donnait sur le jardin, une console accueillait les portraits des deux fils et du labrador du couple, ainsi que des photos de groupe de divers autres membres des branches écossaise et lombarde de la famille. Alors qu'un sofragui leur servait le café, Masri, qui avait pris place dans le canapé à côté de Maria, ouvrit son étui à cigares et le proposa à sir William et à Archie Briggs qui déclinèrent, puis à Boone qui ne résista pas à la tentation de goûter au lot quotidien du patron des services secrets égyptiens. Laissant donc ses Wintermans fripés dans sa poche, il tira de l'étui en croco que le général lui tendait un cigare long et fin aux allures de torpille. Très approprié pour un homme du renseignement, cette torpille, se disait-il. L'emballage en cellophane rêche faisait plutôt *cheap*, mais quand il jeta un œil sur la bague à damier Boone vit que ce n'était pas moins qu'un Cohiba *Seleccion Reserva*, le tout dernier-né de la production révolutionnaire cubaine. Ce cigare-là était d'ailleurs connu sous le nom de *Piramide*. De plus en plus approprié, se disait-il. Alors qu'il amorçait sa torpille, il remarqua que le sofragui tendait à la femme de l'ambassadeur l'embout en argent ciselé d'un narguilé qu'il venait de déposer à ses pieds. Elle le prit le plus naturellement du monde et entreprit sans plus de cérémonie d'y tirer, faisant gargouiller l'eau. Dans cet intérieur des plus insulaires, l'objet était des plus déplacés, mais étonnamment, entre les mains de Lady M. il acquérait une grâce inattendue.

« Je me suis inscrite au Guézira Sporting Club, disait à présent Maria.

– Au Guézira ! s'étonna Dorothy Masri. Mais personne n'y va plus ! Pourquoi pas au Qatamiya ? C'est autrement mieux que le Guézira ! Ou alors au Sakkara ? Il y a toujours foule au Guézira ! Ce n'est plus un club, ma chère, c'est un véritable jardin public ! »

Boone se souvint alors de ce que Chris Pettigrew, le chef de poste des Bunkers, lui avait dit à propos du Guézira Sporting Club. Il ne s'y était pas inscrit, lui avait-il confié, parce qu'il y avait là trop d'Egyptiens.

« J'aime bien le Guézira, disait Maria. C'est tellement vivant, et pas du tout collet monté. De plus, c'est tout près de chez nous. C'est tellement pratique.

– C'est a-do-ra-ble de votre part, Maria, de choisir des endroits "pratiques", se réjouit lady Maltravers. Cette simplicité est tellement rare de nos jours. »

Elle semblait franchement séduite par la fraîcheur de sa jeune invitée. Ou alors, se disait Boone, elle était titillée par le fait que Maria et lui n'étaient pas mariés, et qu'ils vivaient, pour ainsi dire, dans le péché. Tout le monde savait qu'il arrivait à Lady M. de goûter parfois au fruit défendu. On lui prêtait même une garçonnière en ville.

« Magdi et moi sommes bien sûr inscrits d'office au Guézira, disait à présent la femme du général, mais nous n'y allons jamais.

– Je n'ai pas vraiment eu beaucoup de temps ces

dernières années, l'interrompit son mari, comme s'il avait voulu préciser, à l'attention de Maria, que ce n'était nullement par snobisme qu'il ne fréquentait pas le club sur lequel son choix était tombé. Mais vous avez raison, ajouta-t-il, le Guézira est très pratique. Je pense que j'irai bientôt y faire un tour, histoire de faire un peu d'exercice.

– Mais tu as ta salle de gym personnelle au bureau ! s'étonna sa femme. D'ailleurs, ajouta-t-elle fièrement, tu n'as pas besoin d'exercice : je ne connais pas un homme de soixante-cinq ans qui ait ta forme.

– Ce n'est pas la même chose, le sport en chambre, protesta son mari en la foudroyant du regard, comme pour lui faire comprendre qu'il n'appréciait nullement qu'elle le classât ainsi au nombre des gérontocrates, fussent-ils bien conservés.

– Le Guézira n'a même plus de court de badminton, poursuivait néanmoins la générale. Il y a belle lurette qu'ils l'ont transformé en bac à sable pour les enfants. »

Boone fut ravi d'entendre cette nouvelle qui lui éviterait peut-être d'avoir à transpirer pour plaire à Briggs. Il faut dire que Boone n'était nullement friand de l'oxygénation à outrance qui favorisait, à son avis, l'essor des radicaux libres. Libre, il l'était. Mais pas radical pour un sou.

« Ça me changera un peu de voir des gens », lâcha finalement le général Masri, visiblement très irrité par l'instance de son épouse.

Boone, qui avait jusque-là suivi le manège de Masri d'un œil plutôt amusé, se surprit à comparer Maria à la maîtresse du général. Plus il regardait sa compagne, plus il se disait qu'elles avaient le même type de beauté orientale : une peau mate qui promettait le pain d'épice, de grands yeux noirs où étancher sa soif, des formes généreuses où se laisser aller, et de longs cheveux soyeux où s'enfouir juste après. On aurait aisément pu la prendre pour la fille de la beauté vieillissante qui, disait-on, ne comblait plus son illustre amant.

« *Montez-vous à cheval ?* »

Le général venait de s'adresser à Maria en français. Brutalement, Boone comprit pourquoi Archie Briggs avait insisté pour que Maria assistât à ce dîner. Il comprit aussi pourquoi son patron l'avait autorisé à l'emmener avec lui au Caire. Quoiqu'il eût joué au naïf lorsqu'ils avaient évoqué Masri ensemble, Briggs avait toujours été au courant de la libido du général, et de cette amante copte aux charmes flétris dont il commençait à se lasser. Son esprit retors en avait conclu que le général s'enticherait de Maria, qui lui rappellerait en bien des points la jeune femme qu'il avait jadis désirée. C'était donc cela, le troisième hobby que Briggs avait à l'esprit ! Ce troisième hobby qu'il était censé partager avec le général Masri, c'était Maria ! Non content de l'encourager à jouer au badminton et aux dames avec le général, Briggs le poussait vers un ménage à trois. Briggs entendait miser sur la nostalgie érotique du patron des services secrets égyptiens, et en tirer avantage pour lui et pour le Club-House. La distribution des rôles qu'il avait envisagée ne s'arrêtait pas, loin s'en faut, au général Masri en khédive Ismaïl et à Maria en impératrice Eugénie. Harry aussi y figurait : en Napoléon III cocu !

Boone fulminait. Mais, comme c'était souvent le cas lorsqu'il était acculé, son esprit fertile eut vite fait d'imaginer un moyen de retourner la situation à son profit, et par la même occasion de rendre à son patron la monnaie de sa pièce. Ce dernier voulait se rapprocher du général Masri en se servant de Maria.

Or l'endroit le plus indiqué pour un tel rapprochement semblait être le Guézira Sporting Club de Zamalek, où Maria venait de s'inscrire et que le général entendait désormais honorer de sa présence. Coincé qu'il était au Caire, sans ligne de fuite possible, Boone se disait que le Guézira, îlot privé au cœur même d'une île, serait pour lui une position idéale de repli. Tirant énergiquement sur la torpille cubaine que Masri lui avait lancée, il se dit qu'il détournerait le plan pernicieux de Briggs et qu'il ferait du Guézira la pierre angulaire d'un nouveau système qui lui assurerait une vie tranquille dans cette ville de tous les dangers. C'est donc volontiers qu'il accepta, en fin de soirée, la proposition que leur fit Masri de les raccompagner chez eux dans sa limousine, une énorme Mercedes d'un modèle que les Egyptiens, irrévérencieux, avaient baptisé Cocaïne. En lui s'affrontaient la jalousie de voir le général poursuivre ouvertement Maria de ses assiduités et l'espoir de se servir de lui afin de se construire un petit nid douillet.

5

Elle avait enserré ses flancs de ses cuisses et s'était agrippée à ses mamelons comme s'il se fût agi de rênes. Elle l'avait ensuite mené au pas, histoire de prendre sa mesure ; elle était ensuite passée au trot, histoire de jauger sa virilité du jour, sa croupe se soulevant assez haut pour bien retomber, mais pas trop haut afin de ne pas être désarçonnée ; et maintenant elle le chevauchait, solidement rivée à son sexe et ne faisant plus qu'un avec lui. Penchée sur lui, les mains sur son torse et ses longs cheveux lui balayant le visage, on aurait dit une Amazone, et Boone, qui tendait les mains vers la poitrine qui s'offrait à lui à chaque poussée, s'attendait presque à rencontrer le vide qu'aurait dû y laisser l'ablation, aussi rituelle que fonctionnelle, d'un sein. Pourtant, des seins, il y en avait bien deux, qui se balançaient là, devant ses yeux. Deux beaux seins ronds qui battaient au rythme de sa cavalière. Des seins en pomme, qui remplissaient ses paumes avides. Des seins sertis de glorieux tétons vers quoi tendaient ses lèvres de glouton.

Et cependant, en dépit de cette belle communion, Harry Boone n'était pas tout à fait à son aise. C'est qu'il n'aimait pas cette position-là. Non parce qu'il se sentait dominé, mais parce que, étendu comme il l'était sur le dos, et n'ayant l'usage que de ses mains, il ne contrôlait rien. C'était elle qui battait la cadence. Lui, le traitant, se retrouvait tout d'un coup traité : l'arroseur arrosé. Il était donc plutôt mal à l'aise, mais il avait à cœur de ne rien en montrer. Il avait décidé de la laisser contrôler la montée de son plaisir en même temps qu'elle contrôlerait le sien propre. Surtout, il avait décidé (une fois n'est pas coutume) de se plier à son désir amoureux d'une concomitance fusionnelle de leurs deux jouissances, pourtant si différentes. Pour amoureux qu'il était, Boone n'aimait pas mélanger sexe et sentiment. Il était d'avis que dans le plaisir comme dans la douleur, dans la naissance comme dans la mort – bref, dans toutes les choses du corps –, nous étions, nonobstant l'émotion, la sympathie ou la compassion, effroyablement seuls, prisonniers de notre enveloppe charnelle qui, en dessinant les contours de notre intégrité corporelle, n'en éclairait pas moins les limites de notre capacité à fusionner avec d'autres corps, fussent-ils ceux d'être aimés. Harry Boone était venu au monde seul, il serait tout aussi seul quand il le quitterait et, entre-temps, il se contenterait, se disait-il, de jouir et de souffrir seul, sans chercher à se cacher derrière son doigt émotionnel ou intellectuel. C'est pourquoi il attendait d'habitude que Maria ait pris son plaisir, qu'elle soit pleinement rassasiée, avant de jouir d'elle comme d'un corps plein : un corps muet puisque comblé, un corps serein qui n'attend plus rien, un corps idyllique puisque statique. Tel Baudelaire (quoique pour des raisons bien moins poétiques), Harry Boone haïssait le mouvement qui déplace les lignes. Il n'affectionnait ni les huîtres qui se contractaient à son approche, ni les corps qui s'offraient à lui, secoués par les spasmes du désir. Il se rappelait d'ailleurs que les ortolans de septembre, qu'on lui servait jadis dans la montagne libanaise, enrobés dans leur sirop de grenade, ne frétillaient pas, eux, ni ne piaillaient, lorsqu'il s'en délectait. Pas plus qu'il ne pratiquait, à table, le lèchement des babines et le claquement de la langue, Boone n'était, au lit, adepte des coups intempestifs de piston dans la dernière ligne droite. Il attendait toujours que la mer démontée qu'il chevauchait se calmât, ne se laissant aller que sur une mer pacifiée, une mer d'huile sur laquelle il dérivait lentement, dans un silence quasi religieux. Le pied, oui, mais dans le recueillement. Pour tout dire, il y avait un moment que l'idée le travaillait de prendre Maria et de jouir d'elle lorsque fuserait l'appel à la prière du haut du minaret de Kit Kat. Il aurait ainsi le meilleur des deux mondes, se disait-il, car d'une part le passé lubrique de la mosquée Kit Kat le titillait, et d'autre part sa compagne entrait en transe chaque fois qu'elle entendait le chant de ce muezzin. Ce jour-là, cependant, il sacrifia volontiers sa libido à la sienne, acceptant de jouir au rythme effréné de sa jouissance à tiroirs, et à l'accompagnement de ses exclamations érotiques qui attestaient, sinon de l'intensité de son orgasme, du moins du fait qu'elle avait longtemps habité une grande maison bourgeoise aux murs épais et parfaitement insonorisés. En fin de compte, il est vrai qu'il éjacula, bien plus qu'il ne jouit. Il ne le regrettait cependant pas, se disant que ce qu'il allait maintenant exiger d'elle valait largement le dérangement.

« Tu te plais toujours autant au Guézira ? » lui demanda-t-il, une fois qu'elle se fut calmée.

Il avait envie de fumer, histoire de se plier à un vieux rite cinématographique, mais il n'en fit rien. Il savait à quel point fumer au lit pouvait l'irriter, et cela il ne le voulait pas. Surtout pas maintenant. Il se contenta donc de passer tendrement la main dans ses longs cheveux moites.

« Toujours autant, lui répondit-elle. J'aime beaucoup l'ambiance bon enfant qui y règne, et tous ces gens qui cherchent réellement à se détendre et ne sont pas en représentation. Rien à voir avec les country-clubs libanais. Une vraie kermesse. »

Trois bonnes semaines s'étaient écoulées depuis le dîner à la Résidence, et Boone se disait que le moment était bien choisi pour lui poser la question qui lui brûlait les lèvres depuis.

« Tu as revu le général Masri ?

– Magdi ? »

Boone tiqua :

« Oui... Magdi. Il s'est pointé au Guézira comme il l'avait laissé entendre ?

– Et comment, qu'il s'y est pointé ! Le surlendemain même de notre dîner. Sans tambour ni trompette, je dois avouer, mais avec des gens comme lui la discrétion n'est pas vraiment possible. Son arrivée a provoqué un véritable émoi. De toute évidence, le club avait perdu l'habitude d'accueillir des hôtes si puissants.

– Il y est retourné depuis ?

– Il y est deux ou trois fois par semaine, mais jamais le même jour et jamais à la même heure.

– C'est un vieux renard. Il veut bien se faire plaisir, mais il n'en oublie pas pour autant qui il est, ni les risques qu'il court en suivant une routine trop bien établie.

– Il a totalement bouleversé l'ordre de préséance qui régnait au club depuis des lustres. Limousines déplacées, tables confisquées, parasols nationalisés, pachas déchus, effendis démis, fonctionnaires dégradés : tout a été chambardé. Il a même expulsé les gosses de leur bac à sable et fait refaire le court de badminton. »

Oh ! non, se dit Boone. Pas le badminton !

« Il a suffi qu'il vienne s'asseoir à ma table au Tea

Garden le premier jour pour que, de dernière arrivée, je sois promue à la dignité de présidente honoraire des lieux. Le maître d'hôtel me consulte même pour le menu.

– Il semble avoir été complètement séduit par toi.

– Tu tombes toujours des nues chaque fois que je plais à un homme. Serait-ce parce que tu sous-estimes mes charmes, ou parce que tu doutes de toi-même ?

– C'est tout de même flagrant. Il flirtait carrément avec toi l'autre soir chez l'ambassadeur. Et sous les yeux de sa femme, qui plus est !

– Il continue de le faire.

– Devant tout le monde ?

– Devant les rares personnes qui osent l'approcher.

– Pour ne rien dire du personnel qui doit virevolter autour de vous à grand renfort de courbettes, rouspéta Boone. Mon image va en prendre un sacré coup.

– Je fais de mon mieux pour le tenir à distance. Mais peut-être penses-tu que je n'en fais pas assez ? Tu voudrais peut-être que je prenne Albert avec moi au club ? Comme chaperon ?

– Albert ? Non, pas Albert. C'est moi qui te servirai bientôt de chaperon. Mais, en attendant, évite d'être cassante avec notre cher général.

– Evite d'être cassante ! Que veux-tu dire par là ?

– Ne t'offusque pas s'il devient trop collant, et ne change surtout pas de place quand tu le verras venir vers toi.

– Et pourquoi cela ? demanda-t-elle en relevant la tête.

– A vrai dire, ça m'arrangerait bien qu'il fréquentât dorénavant le Guézira. Et il le fera tant qu'il nourrira l'espoir de pouvoir t'y rencontrer.

– Non mais... ça ne va pas ? » Elle s'était brutalement éloignée de lui et avait haussé le ton. « Tu veux me recruter, c'est ça ? Tu veux te servir de moi pour faire tes petites salades avec lui ? Salades que ton copain Briggs sera d'ailleurs le seul à déguster !

– Ce n'est pas du tout ce que tu penses, protesta-t-il avec une mauvaise foi évidente.

– Et c'est quoi alors, si ce n'est pas ce à quoi je pense ?

– Ecoute-moi un peu... » Il voulut l'étreindre, mais elle se défila et alla se réfugier au pied du lit. « Ecoute-moi, répéta-t-il. Briggs commence à me mettre sérieusement la pression. Je n'ai pas trop le choix. Soit je vais puiser les renseignements qu'il me demande sur le terrain, soit je vais les puiser tout en haut, chez Masri. Et le terrain, comme tu le sais, ce n'est pas très recommandé. C'est imprévisible, c'est fatigant et, en plus, c'est d'un besogneux ! Sans compter que ça peut être très dangereux. On s'y fait très vite des ennemis. Masri, lui, peut me donner assez pour contenter Briggs sans que j'aie à prendre de risques inutiles et sans me compliquer indûment la vie. Sans *nous* compliquer la vie... Alors, si je peux être dans ses bonnes grâces...

– Je te concède que la fin est un tantinet plus noble que je ne le pensais, dit-elle en se rapprochant à nouveau de lui, mais je persiste à croire que les moyens que tu envisages sont scandaleux.

– Mais je ne te demande pas de coucher avec lui !

– Encore heureux !

– Fais-lui de grands signes quand tu le verras arriver de loin, souris-lui, fais-lui la conversation en français, rigole avec lui, flatte son ego, et n'hésite pas à lui donner la bise comme tu le ferais à un oncle ou à un vieil ami de la famille.

– Et que devrais-je faire d'autre, selon ton avis d'expert ? demanda-t-elle, railleuse.

– Surtout, ne sois pas ambiguë. Ne l'aguiche pas,

mais fais en sorte qu'il sache que tu te plais en sa compagnie.

– Toujours fidèle au juste milieu, à ce que je vois, ironisa-t-elle.

– Ne franchis jamais le pas, insista-t-il. D'un côté, comme de l'autre. Ne t'éloigne pas de lui, mais ne va pas trop loin avec lui.

– Je comprends que tu ne veuilles pas que je l'envoie balader. Mais pourquoi ne veux-tu pas que je m'envoie en l'air avec lui ? Serais-tu jaloux, par hasard ?

– Jaloux, dis-tu ?

– Après tout, c'est un homme séduisant... Et puis, le pouvoir, c'est excitant, le pouvoir, poursuivit-elle en le saisissant par le sexe. Vachement excitant », répéta-t-elle, ludique.

Boone plissait les yeux tout en faisant la moue, comme quelqu'un qui pèserait le pour et le contre de l'argumentaire qu'on lui présentait.

« Avoue que tu es jaloux, insista-t-elle en le tenant toujours par le sexe.

– Non, je ne suis pas jaloux.

– Avoue-le, Harry Boone, le menaça-t-elle en resserrant son emprise.

– Vois-tu, finit-il par dire, je me disais plutôt que si tu devenais sa maîtresse, il aurait vite fait de m'expulser du pays pour ne plus avoir à te partager avec moi... Et ça, ça ne ferait ni mon affaire ni celle de Briggs. »

Et il se jeta vite en bas du lit pour éviter l'émasculation qui le guettait.

6

Boone ne se pressa pas d'aller rejoindre Maria et le général Masri au Guézira. Il ne fallait pas que le maître espion égyptien, soupçonneux comme pas un, se mette dans la tête que l'agent plus ou moins secret de Sa Majesté se servait de sa compagne pour se rapprocher de lui. Il laissa donc filer, donna du temps au temps, et s'attaqua plutôt à l'autre atout dont il disposait à Zamalek. Certes, il se rendait compte que cela ne serait pas de tout repos. Que cela pourrait même être périlleux. Mais il en avait grand besoin pour bâtir le système insulaire qu'il avait imaginé pour survivre au Caire. Par un beau jour de printemps, il prit donc son courage à deux mains et s'aventura hors de chez lui, à pied, bien entendu, et à cette heure de la journée où, dit-on en Orient, on ne voit dans la rue que des Anglais, et des chiens fous qui n'ont plus rien à craindre d'une insolation.

Il était quinze heures passées quand il descendit les marches séparant la rue Aboul Fida du quai, croisa sur la passerelle branlante des militaires, en tenue d'officiers de l'armée de l'air, qui quittaient les lieux le ventre plein et la tête légère, et monta à bord de la péniche surmontée d'une toiture faite de chanvre, de bois et de vigne vierge. Le Sultan Brahim était très simplement aménagé, avec des tables clouées à même le pont, et des chaises qui auraient eu grand besoin d'être rempaillées. On se serait cru dans une guinguette libanaise du bord de mer. Sauf qu'ici la bière locale remplaçait l'arak. Boone s'installa à bâbord et jeta un œil sur la faune des lieux. Il reconnut deux jeunes loups de la Citibank qui finissaient de faire un sort à des loups de mer, et un peu plus loin le consul de Bahreïn qui nageait dans un océan de mezzés. Les autres tables avaient déjà été débarrassées, et Boone se félicita d'avoir retardé son arrivée. Une fois les derniers convives partis, il aurait tout le temps de voir sa source à l'abri des regards indiscrets.

Un homme maigre et noueux d'une cinquantaine d'années, à la tignasse poivre et sel touffue et aux sourcils en broussaille, finit par sortir de ce qui avait jadis été la cabine de pilotage : Adel Brahim, le maître de céans. Ce dernier lui fit un petit signe de la tête, héla péremptoirement un serveur qui jouait au pilier de comptoir, et alla rejoindre le Bahreïni. Rappelé à l'ordre par son patron, le serveur indolent accourut vers Boone qui se commanda une bière bien fraîche, une petite friture, de la boutargue, du taboulé et du moutabal. Pas du baba ghannouge, précisa-t-il, mais du moutabal. Le tout dans son accent le plus libanais, manière pour lui de signifier au serveur égyptien que, nonobstant son allure de « George » ou de « Johnny », il ne se laisserait pas servir n'importe quoi. Et tout ce temps le serveur se contentait de courber l'échine en répétant à satiété : « A vos ordres ô Pacha ! A vos ordres ô Pacha ! »

Une fois le serveur parti avec son disque rayé, Boone porta son regard sur la table diplomatique où, faute d'un pousse-café peu casher, Brahim alimentait péniblement une conversation digestive à l'attention de son client arabique. Ainsi allait le monde, se disait-il : le représentant d'une pétromonarchie rétrograde devisant innocemment avec un ancien communiste libanais, qui plus est un protestant fraîchement converti à l'islam pour des raisons qui avaient bien plus à voir avec la raison qu'avec la foi. Adel Brahim avait été un communiste pur et dur. L'un de ces minoritaires qui, dès la révolution d'Octobre, avaient fait le lit du Komintern dans toute la région. Pourtant, lorsque le vent avait tourné et qu'une bourrasque venue de l'ouest avait balayé le drapeau rouge qui flottait sur le Kremlin, ce stalinien qui s'était voué corps et âme à la dictature du prolétariat avait tourné casaque sans état d'âme, se découvrant islamiste après avoir été tchékiste : après le Komintern, l'Islamintern. Chemin faisant, il avait aussi lâché la chaire de mathématiques qu'il avait occupée à l'Université libanaise, abandonné sa femme et ses trois enfants, et délaissé la foi de ses ancêtres pour se convertir à l'islam et se muer en moine-soldat. Il n'avait d'ailleurs même pas eu à changer de nom, pour cela, Adel Brahim faisant l'affaire dans l'une comme dans l'autre religion. Un nom tout à fait neutre, un nom passe-muraille comme il sied à un bon espion. Ainsi blanchi, il avait ensuite quitté Beyrouth pour un séjour discret dans une madrasa pakistanaise, puis, armé des dollars, tout aussi blanchis que lui, que ses nouveaux amis islamistes lui avaient remis, il était venu s'installer au Caire et y ouvrir le Sultan Brahim, dont le nom rappelait autant celui du rouget de Méditerranée que celui d'un célèbre restaurant libanais. Il avait opté pour un restaurant parce que c'était encore le meilleur moyen de voir les gens, et pour un restaurant libanais parce que les élites égyptiennes raffolaient de tout ce qui venait du pays du Cèdre. Pour ce faire, ce militant, dont l'expérience en relations publiques se limitait aux pratiques du centralisme démocratique, s'était d'ailleurs très judicieusement associé à une Egyptienne grecque catholique dont il se servait comme d'un hameçon pour appâter le chaland. Qui soupçonnerait l'associé d'une femme, chrétienne par-dessus le marché, d'être un islamiste ? Depuis, il recevait chez lui les hauts gradés, les fonctionnaires, les diplomates et les banquiers de Zamalek, et quand eux ne venaient pas à lui c'est lui qui allait à eux : le Sultan faisait aussi office de traiteur à domicile. Malheureusement pour lui, le passé d'Adel Brahim avait fini par le rattraper. N'ayant nullement apprécié qu'il les ait lâchés, ses anciens amis russes l'avaient sans hésiter balancé aux services secrets de Sa Majesté. En partie pour se venger, en partie, aussi, pour accréditer la bonne foi du défecteur qu'ils venaient à l'époque de lancer, tel un chien dans un jeu de quilles, dans les pattes des Anglais. Et c'est ainsi qu'Adel Brahim, traiteur-restaurateur libanais et agent de longue date du Centre soviétique ayant mis son talent au service des islamistes, devint un agent du Club-House et une source traitée par Boone.

Le traiteur traité par Boone attendit qu'on l'eût servi avant d'aller vers lui. Tout en avalant une tranche de boutargue, Boone salua son professionnalisme : si Brahim était allé s'attabler avec le consul bahreïni lorsqu'il l'avait vu entrer, c'était pour justifier qu'il viendrait plus tard le rejoindre. Pas de favoritisme. Boone applaudit donc l'espion, mais il décerna une mauvaise note au restaurateur. Brahim s'efforçait de sourire, mais il ne réussissait qu'à produire un rictus. Il n'était pas dans ses habitudes de se montrer affable. Il n'avait pas été formé à cela. D'où, se disait Boone, l'importance de son associée, une hôtesse-née, elle. Oiseau de nuit, elle arrivait au Sultan dès le coucher du soleil, Brahim la relayant le jour venu. Ce qui arrangeait bien notre homme, puisque les institutionnels qu'il convoitait étaient des oiseaux diurnes.

« Bonjour, monsieur Harry », déclama-t-il en prenant place en face de lui.

Il s'adressait souvent à Boone ainsi, sans aucun humour, mettant de l'emphase sur le « Monsieur ».

« Un problème particulier, depuis qu'on s'est vus, Brahim ? »

Boone l'appelait toujours par son nom de famille, parce qu'il aurait eu du mal à prononcer la première syllabe, très gutturale, de son prénom, et parce qu'il n'aurait surtout pas voulu l'appeler « Adèle ».

« Vous ne lisez pas les journaux, monsieur Harry ? Vous n'écoutez pas les nouvelles ? Des problèmes, il n'y a que cela, dans le monde. »

Il s'exprimait spontanément en anglefranbanais, un mélange d'arabe, de français et d'anglais qui reflétait bien ses origines bourgeoises.

« Notre prochain rendez-vous est fixé dans deux semaines jour pour jour, reprit Boone, ignorant cette remarque d'ordre général. Si pour une raison ou une autre vous ne pouvez pas être là, on se retrouvera une semaine plus tard à la même heure et au même endroit.

– Vous êtes toujours le bienvenu ici », dit Brahim.

Il s'était mis à fredonner son air favori et, comme chaque fois qu'il le faisait, Boone ne pouvait s'empêcher de s'étonner que, de tous les airs qui s'offraient à lui, cet ancien communiste devenu islamiste ait jeté son dévolu sur le très surprenant *Amazing Grace*, un hymne religieux méthodiste. Ce doit être, se disait-il, tout ce qui lui restait de ce que ses maîtres d'école protestants lui avaient jadis inculqué.

« En cas d'urgence, poursuivit-il, faisant de son mieux pour recentrer sa source sur les détails opérationnels, je demanderai une livraison à domicile.

Auquel cas, je vous retrouverai ici le lendemain de ma commande.

– Je sais, je sais, l'interrompit Brahim, qui avait apparemment hâte de passer à autre chose. Et si j'ai besoin de vous voir entre-temps, je ferai déposer un prospectus dans votre boîte aux lettres. Je sais...

– Bien, dit Boone en prenant une gorgée de bière. Qui est ce colonel que j'ai croisé en arrivant ?

– Celui qui était là avec les deux capitaines ? Il s'appelle Hadi Mahfouz... Mais, dites-moi plutôt, j'ai comme l'impression que les masses populaires se réveillent enfin chez vous. »

Brahim faisait volontiers usage de concepts hérités de son passé de militant communiste. Boone voulut le faire revenir au colonel Mahfouz, mais il ne lui en laissa pas le temps.

« J'entends dire, poursuivit-il, que le peuple britannique et les élites libérales mettent désormais en doute le bien-fondé de la politique impérialiste de votre gouvernement.

– Il est vrai que le Premier ministre fait face à une petite fronde, reconnut Boone en happant une équille frite.

– Vous avez voté pour lui ?

– Non, avoua Boone, qui n'avait jamais voté de sa vie.

– Je l'aurais parié. » Brahim semblait très satisfait de lui-même. « J'étais sûr que vous ne partagiez pas ses opinions rétrogrades. Comment l'appelle-t-on, déjà ? *Tory* Blair ?

– Oui, Tory Blair, c'est bien ça.

– En plus, vous n'êtes même pas anglais. Vous êtes autant que nous victime de l'impérialisme. »

Dès leur première rencontre, Brahim avait tenu à faire la différence entre l'Europe et les Anglo-Américains. Comme s'il avait voulu casser le concept d'Occident et dépasser la dichotomie entre l'islam et le christianisme. Boone s'était alors dit qu'il le faisait pour se donner bonne conscience et justifier le fait qu'il espionnait pour le compte d'une puissance occidentale. Boone était peut-être un Occidental, mais pour Brahim il était avant tout un Européen. Il était peut-être un ressortissant du Royaume-Uni, mais Brahim n'avait de cesse de lui rappeler qu'il était surtout irlandais. Ainsi, les apparences étaient sauves : ce n'était pas à un Anglais inféodé aux Américains que Brahim livrait ses secrets, mais à un Européen. Plus tard, cependant, Boone s'était rendu compte que ce n'était pas la mauvaise conscience de Brahim qui le poussait à agir de la sorte. Car Brahim, il le savait à présent, n'avait jamais mauvaise conscience. Ce n'était pas par opportunisme qu'il avait retourné sa veste dès l'effondrement de l'Union soviétique, lâchant ses amis communistes et se ralliant aux islamistes. Pas plus que ce n'était par opportunisme qu'il avait accepté de servir le Club-House en même temps qu'il servait la cause des intégristes. Brahim le faisait par idéalisme. Quand, suite à la chute du Mur, le monde était devenu monopolaire, il n'avait pas pu le supporter. Déjà, à la fin des années quarante, lorsque les Etats-Unis s'étaient retrouvés en position de monopole nucléaire, des savants et des intellectuels occidentaux n'avaient pas hésité à livrer des secrets atomiques à Moscou dans le seul but d'éviter un déséquilibre qui était, à leurs yeux, source de dérives et d'abus. Et Adel Brahim était une réincarnation de Ted Hall et de Julius Rosenberg. La balance ayant trop penché en faveur des Etats-Unis, il voulait la redresser en contribuant à sa façon à renforcer un pôle nouveau, l'islam, et à défaut de quoi, l'Europe. Non par idéologie, mais mû par un désir pressant d'équité. Après tout, ce prénom prémonitoire d'Adel que ses parents avaient jugé bon de lui donner, ne voulait-il justement pas dire « juste » ?

« Un bon point pour les Britanniques, donc, disait à présent ce juste parmi les justes. Mais d'un autre côté, je note avec déplaisir – quoique sans surprise aucune – que le mafieux romain a, encore une fois, renié le Vatican et divisé l'Europe en s'alignant sur la politique sioniste du gouvernement américain quant au règlement du problème palestinien. Règlement, mon œil ! Une liquidation, oui !

– Vous voulez parler de la dernière déclaration du président du Conseil italien ? »

Boone écarta de lui le plat de moutabal (trop égyptien, pas assez libanais à son goût) et se rabattit sur la boutargue aillée baignant dans son huile d'olive.

« A quoi s'attendre d'autre de la part d'un tel mafieux, reprit Brahim, dont la pomme d'Adam proéminente faisait des va-et-vient au rythme de son indignation. Après tout, la Mafia est autant américaine qu'elle n'est italienne ! Elle est belle, votre Europe ! Je me demande pourquoi je perds mon temps avec vous ! Vous êtes vraiment des nuls !

– Pas autant que vous, répliqua Boone en vidant sa bière. Voilà huit siècles que vous êtes en pleine décadence et vous n'avez toujours pas touché le fond.

– Nous, décadents, s'offusqua Brahim. L'islam est en pleine renaissance !

– Renaissance, mon œil. Regardez plutôt ce gros plein de soupe de Bahreïni "renaissant", comme vous dites. Il imagine qu'en donnant un gros pourboire il va se faire respecter du personnel. »

Pris de court par cette provocation inattendue, Adel Brahim était resté bouche bée. Mais Boone ne s'en inquiétait pas outre mesure. Brahim était un fanatique.

Il interprétait toute marque de gentillesse comme un signe de faiblesse et n'avait de respect que pour ceux qui lui tenaient tête. Il avait déjà changé de camp, passant du communisme à l'islamisme sans ciller, et Boone en concluait qu'il s'attachait moins aux idées de ses interlocuteurs qu'à la manière dont ils les vivaient. Tout islamiste qu'il était, il se sentait certainement plus proche d'un fondamentaliste chrétien, fanatique comme lui, que d'un musulman libéral et mièvre. Plutôt que de caresser sa source dans le sens du poil comme on le lui avait jadis appris, Boone avait donc décidé de lui faire face et de ne pas s'en laisser compter.

« Tout ce que vous savez faire, reprit-il, c'est raquer. Vous pensez que tout le monde est à vendre.

– Eux raquent peut-être, lui rétorqua Brahim en jetant un regard dédaigneux au Bahreïni qui réglait sa note. Nous, nous faisons raquer !

– Raquer ou racketter, c'est tout ce à quoi vous êtes bons.

– Et ce qui se passe en Palestine, dans les territoires occupés, c'est du racket, peut-être ?

– Pousser des enfants au suicide pour faire payer la société civile israélienne, j'appelle ça du racket, moi.

– Du racket ? Vous appelez racket des gosses qui paient de leur vie la libération de leur patrie ? »

Sa pomme d'Adam faisait des sauts impressionnants à présent, signe d'une agitation extrême.

« Les gosses des autres, oui ! Envoyer les gosses des autres à l'abattoir, ce n'est pas glorieux glorieux !

– Parce que vous croyez que j'hésiterais à envoyer mes propres enfants à la mort si besoin était ? »

Oh non ! tu n'hésiterais pas, se disait Boone. Oh que non ! Adel Brahim lui rappelait Alden Pyle, ce missionnaire armé de la démocratie, mis en scène par

Graham Greene dans *Un Américain bien tranquille*, qui semait la mort et la désolation en Indochine au nom de son idéal, et avec les meilleures intentions du monde. Tout comme Pyle, Brahim était, à n'en pas douter, un juste. Trop juste, peut-être. Le mieux serait, dit-on, l'ennemi du bien ? Pas pour Brahim en tout cas. Adel Brahim était aussi exalté aujourd'hui dans son islamisme qu'il l'avait jadis été dans son socialisme. Adel le Juste n'était pas seulement un Adel. Il était aussi – il était surtout – un Brahim. En d'autres termes un Abraham. Et comme Abraham, il n'hésiterait pas une seconde à immoler son propre fils sur l'autel du Seigneur.

« Pour en revenir à ce colonel Mahfouz, dit finalement Boone, qui ne perdait pas de vue qu'il était venu jusqu'ici dans l'espoir de pouvoir donner à Briggs quelque chose à se mettre sous la dent.

– Mahfouz ? Il est colonel dans l'armée de l'air.

– J'ai vu cela à son uniforme, dit Boone en se servant du taboulé. Mais encore ?

– Il fait partie du bureau de coordination qui gère les aides militaires américaines à l'armée de l'air égyptienne.

– Ah oui ? »

Boone s'était arrêté de manger.

« Il m'a demandé de lui faire livrer un mezzé pour demain soir.

– Chez lui ? A la maison ?

– Rue Taha Hussein, non loin d'ici. Apparemment, il reçoit des collègues américains à dîner.

– Très intéressant, dit Boone. Et qu'est-ce que vous comptez faire ? »

Il sortit de sa poche un petit cigare tout tordu et entreprit de lui redonner un aspect convenable.

« Je vais bien sûr transmettre l'information à qui de droit chez nous.

– Vous pensez qu'ils feront quelque chose contre ces Américains, s'inquiéta Boone.

– Ils ne feront rien, le rassura Brahim.

– Rien du tout ? »

Boone alluma son cigare.

« Rien pour l'instant, en tout cas.

– Et pourquoi cela ?

– Il est tacitement convenu entre nous et les Egyptiens que la frontière avec Gaza resterait poreuse tant que nous ne ferions rien ici qui pourrait déstabiliser le régime. Entre l'Egypte et la Palestine, nous préférons encore tout miser sur la Palestine. C'est plus porteur. Nous avons besoin que les Egyptiens continuent de regarder de l'autre côté quand nos gens entrent à Gaza et en sortent. »

Boone se disait qu'il aimait mieux cela. Informer Briggs que des officiers de l'armée de l'air américaine vivaient dangereusement au Caire était une chose, le prévenir d'un attentat contre eux en était une autre.

« Et sur les dernières violences à Al-Minia, demanda-t-il.

– Ces gens-là n'ont rien à voir avec nous.

– Vous en êtes sûr ?

– Sûr et certain, répondit Brahim. Il s'agit d'incidents intercommunautaires. L'animosité séculaire entre coptes et musulmans.

– Pourtant, les services égyptiens assurent avoir démantelé, suite à ces attentats, un réseau terroriste qui aurait des liens avec l'étranger.

– Ha ! s'esclaffa Brahim. Pharaon se fait mousser ! Pharaon veut montrer à ses amis américains qu'il fait ce qu'il a à faire dans le cadre de la croisade qu'ils ont lancée ! Pharaon veut qu'on lui donne des sous !

– Pharaon ?

– Pharaon... Le Raïs, si vous préférez...

– Pourquoi l'appelez-vous Pharaon ?

– La souveraineté n'appartient qu'à Dieu. Un chef d'Etat n'exerce légitimement son pouvoir qu'autant qu'il met en œuvre Sa Volonté et se plie aux injonctions de la Loi. Ce que, justement, ce Raïs ne fait pas. Il n'est donc rien de plus qu'un mécréant et il connaîtra la fin de Pharaon.

– A vous en croire, Pharaon, comme vous l'appelez, ne sautera pas de si tôt.

– Chaque chose en son temps », professa arrogamment Brahim, l'air d'un léniniste qui aurait bien assimilé son *Que faire* et ne se privait pas de l'appliquer à la nouvelle conjoncture révolutionnaire. « Le Tyran ne perd rien pour attendre. »

Boone se disait que rien ne semblait toucher cet homme-là. Les déboires et les vicissitudes de la vie semblaient glisser sur lui comme sur les plumes d'un canard. Rien ne l'émouvait : ni l'effondrement de l'Union soviétique, ni la trahison de ses anciens amis, ni le triomphe américain, ni la déliquescence arabe, ni même le fait d'avoir à travailler pour le Club-House. Rien ne l'ébranlait. Il rappelait à Boone ces indigènes des îles Carolines qui participaient d'une bien étrange représentation spatiale aux termes de laquelle ce n'était pas tant eux qui, en naviguant, changeaient de cap au gré du vent et des courants, mais les îles et les continents qui se déplaçaient autour d'eux par rapport à un système de coordonnées formé par les étoiles et par leur voilier, alors qu'eux demeuraient immobiles, aussi statiques que l'aiguille d'une boussole solidement rivée au nord.

En quittant le restaurant, Boone se demandait s'il traitait vraiment Adel Brahim. A vrai dire, il en doutait.

Ce dernier ne se comportait pas comme une source. Quand, se pliant à son vade-mecum du parfait espion, Boone commençait par énoncer les arrangements pour leur prochain rendez-vous et lui rappelait les procédures d'urgence, Brahim ne l'écoutait même pas. Et quand, pour respecter l'une des règles d'or d'une bonne manipulation, il abordait ensuite des sujets précis – comme le colonel Mahfouz ou les attentats en Haute-Egypte –, Brahim digressait sur la Palestine, la Loi divine, l'impérialisme et les misères du monde. Trahi par ses amis russes, il acceptait certes de rencontrer Boone, et il lui livrait ce que, faute de mieux, on pourrait appeler des « secrets ». Secrets pour lesquels le Club-House le rémunérait. D'un point de vue comptable cela faisait effectivement de lui une source. Mais uniquement d'un point de vue comptable. Le Club-House croyait exercer sur lui un double chantage, menaçant d'un côté de le livrer aux Egyptiens en tant qu'islamiste, et d'un autre de le démasquer aux yeux de ses nouveaux amis en tant qu'ancien tchékiste. Mais ce double chantage en était-il vraiment un ? Rien de moins sûr, se disait Boone. Car pour ce qui était de la menace de dévoiler aux islamistes son passé d'agent soviétique, il se pouvait fort bien que Brahim ait déjà pris ses précautions en faisant devant ses nouveaux maîtres intégristes le numéro d'autocritique qu'il avait si bien appris auprès de ses anciens maîtres communistes. Quant à la menace de le livrer aux services égyptiens en tant qu'agent islamiste, Boone se rendait parfaitement compte qu'il aurait fallu la mettre à exécution très rapidement : plus le temps passait, moins le Club-House était en mesure de le faire sans se mouiller et sans être accusé de complicité. C'était, se disait Boone, un cas typique de « Tu me tiens, je te tiens, par la barbichette », et Brahim avait, tout compte fait, autant de moyens de pression sur les Anglais qu'ils en avaient sur lui. Il était certes dans une situation délicate, mais il compensait ses faiblesses en se comportant avec Boone moins comme une source d'information que comme un officier de liaison. Mais cela, Briggs ne le reconnaîtrait jamais. Briggs maintenait la fiction que Brahim était une source bien tenue et le payait grassement parce qu'il ne pouvait pas avouer à ses maîtres de Whitehall qu'il entretenait un canal quelconque de communication avec la mouvance islamiste. Ce qui, soit dit en passant, faisait parfaitement l'affaire de Boone, qui laissait ces deux-là penser ce qu'ils voulaient, chacun de son côté, se comportant avec Brahim comme un officier de liaison, tout en faisant croire à Briggs qu'il se conduisait avec lui en officier traitant. Chacun avait ainsi ce qu'il désirait et s'en trouvait satisfait.

7

Un country-club anglais qui aurait dégénéré en centre soviétique de récréation pour cadres intermédiaires du Parti, voilà comment on pourrait décrire le Guézira Sporting Club. Fondé à la fin du dix-neuvième siècle par le khédive Toufic à l'attention des militaires britanniques chargés d'assurer sa sécurité en même temps que celle de la route des Indes, ce qui avait d'abord été le Khedivial Sporting Club s'étendait alors sur plus de soixante hectares de jardins botaniques où les acacias, les jacarandas, les azalées, les pins d'Ecosse et la lavande régnaient en maîtres (après les Britanniques, bien entendu). Un vrai petit coin d'Angleterre, comme aimait à dire lord Moyne. Un coin de paradis, tant il est vrai que le Paradis fait toujours de son mieux pour imiter la campagne anglaise. Mais voilà, les Egyptiens se mirent un jour dans la tête de nationaliser cette oasis insulaire qui, plus encore que le canal de Suez, symbolisait à leurs yeux l'occupation anglaise de leur pays. Au mois de janvier 1952, une révolution de palais écarta les Britanniques de la direction du club et y amena les représentants de la grande bourgeoisie locale. Le triomphe de la bourgeoisie monarchiste fut cependant de courte durée, puisque, six mois plus tard, le colonel Nasser et ses camarades renversaient *manu militari* le régime khédivien et instauraient à sa place une république arabe et socialiste où des symboles décadents tel le Khedivial Sporting Club n'auraient plus cours.

Pour bien montrer leurs intentions, les nouveaux maîtres ombrageux de l'Egypte exproprièrent une bonne partie des terrains ombragés du club qu'ils donnèrent ensuite, en guise de butin de guerre, aux masses laborieuses. Encouragées par la politique de logement de leurs dirigeants, qui démantelaient les grandes demeures pour ériger à leur place des blocs d'appartements, les classes moyennes envahirent alors l'île jusqu'ici réservée à l'élite, et poussèrent même le culot jusqu'à édifier, à deux pas du club-house, un centre consacré à des sports qu'aucun gentleman digne de ce nom n'aurait voulu pratiquer. L'ennemi était désormais dans la place. Cerné de toute part par les logements sociaux et les terrains de basket-ball et de volley-ball, le vénérable club, qui s'était pourtant choisi comme parrain un militaire au pedigree nationaliste impeccable, et qui était même allé jusqu'à se rebaptiser Guézira dans l'espoir de se refaire une virginité patriotique, finit par rétrécir comme une peau de chagrin. Montrés du doigt par le régime socialiste, honnis par les nationalistes, les restes désargentés de l'élite d'ancien régime et les rares survivants étrangers, désormais neutralisés, y survécurent alors en état de siège permanent. Le temps faisant inexorablement son œuvre et taxant lourdement tant les corps que les nerfs, la vaillante garnison accusa d'ailleurs beaucoup de pertes et encore plus de désertions au fil des ans, et le club périclita. Et quand la politique d'ouverture économique initiée par le successeur de Nasser propulsa vers l'avant-scène une nouvelle bourgeoisie d'Etat, ces parvenus tournèrent résolument le dos au Guézira Sporting Club, lui préférant des endroits plus chics et bien plus en phase avec le monde moderne. Délaissé par les puissants, le Guézira finit donc par se laisser envahir par les seconds couteaux. Les petits plats mijotés préparés au goût des illustres fondateurs qui leur avaient parfois donné leur nom cédèrent alors la place à la restauration de masse, les vieux meubles coloniaux furent remplacés par des meubles bas de gamme, les arbres qui avaient tant ému lord Moyne furent abattus pour faire place à des terrains de sport et à des aires de jeux, les Mercedes Truie, Crocodile ou Gros-Cul des professions libérales et des fonctionnaires de deuxième et troisième rang squattèrent les allées où les jacarandas étalaient jadis leur ombrage et leurs pétales mauves, et très vite la faune des lieux – tout comme la flore – prit un air franchement délabré.

L'endroit où Boone se retrouva en ce matin du mois de mai était encore connu sous le nom de Tea Garden, mais à vrai dire il ressemblait bien plus à une cafétéria castriste qu'à un jardin anglais. D'ailleurs, le nouveau maître des lieux, qui lui faisait maintenant face de l'autre côté du damier, n'arborait pas l'uniforme de l'armée coloniale de Sa Majesté, mais un *Nasser suit* des plus nationalistes, composé d'une saharienne gris souris et d'un pantalon assorti.

Boone aurait voulu retarder le plus possible le moment où il retrouverait le général au Guézira. En partie parce qu'il appréhendait d'avoir à disputer une partie de badminton avec lui, et en partie parce qu'il aurait eu bien du mal à le cultiver de part et d'autre d'un filet et qu'il aurait bien voulu échanger avec lui autre chose que des volants. Il savait néanmoins qu'il ne pourrait pas tergiverser indéfiniment, sans prendre le risque de ne plus pouvoir infléchir dans le sens souhaité la relation que Masri entretenait avec Maria.

Il devait, certes, donner à ces deux-là assez de temps pour se lier d'amitié, mais tout de même pas assez pour devenir intimes. Tout était question de timing, et Boone s'était finalement dit que, badminton ou pas, le moment était venu pour lui d'entrer dans l'arène.

Il s'était d'ailleurs très vite félicité de n'avoir pas plus retardé le moment de se joindre à eux, car le général ne cessait de s'adresser à lui en anglais, et toujours en l'appelant Boone, alors qu'il appelait Maria par son prénom et lui lançait une phrase en français par-ci, une autre en arabe par-là, manière, pour lui, de créer entre eux une complicité, et de signifier à Boone qu'il n'était à ses yeux qu'une pièce rapportée.

Boone avait soigneusement choisi son moment, se rendant précisément au club le jour où la piscine était réservée aux dames. Il avait escompté que lorsque Maria s'en irait se baigner, le général ne pourrait pas la suivre, pas plus qu'il ne pourrait quitter le Tea Garden avant qu'elle revienne. Ce qui permettrait à Boone de l'accaparer. Et quand le délai habituel de politesse fut écoulé et que Maria eut annoncé, en se levant coquettement, qu'elle allait faire trempette, Boone avait croisé les doigts et prié pour qu'il ne vienne pas à l'esprit de Masri de vouloir le démolir *illico presto* au badminton, histoire de le punir pour avoir osé, ce jour-là, troubler son duo amoureux. Quel n'avait donc été son soulagement quand, une fois la dame partie, en lieu et place d'un duel à la raquette Masri lui avait proposé une partie de dames qu'il s'était empressé d'accepter. Sur un signe du général, l'un des porte-feux qui faisait écran entre lui et le commun des mortels s'était alors dirigé vers la Mercedes Cocaïne qui bloquait l'allée menant au Tea Garden désormais privatisé, et il en était revenu avec une boîte qu'il avait ouverte sur la table, découvrant ainsi un beau damier de dix sur dix en vieux bois sculpté.

« Saviez-vous, lui avait dit le général en alignant ses pions, que ce jeu trouve son origine il y a de cela vingt-six siècles ici même, en Egypte ?

– Vraiment ?

– Des damiers du jeu de *qirkat* – ce que vous autres appelez *alquerque*, et qui est l'ancêtre du jeu de dames – sont gravés dans la pierre dans le Grand Temple de Qurna.

– Ce serait donc un jeu égyptien ?

– Tout ce qu'il y a de plus égyptien, avait fièrement confirmé le général. En outre, ce sont les Arabes qui l'introduisirent en Occident quand ils conquirent l'Espagne. »

Boone avait soupçonné les raisons de cet étalage de connaissances plus ou moins véridiques : en s'identifiant aux inventeurs du jeu, le général avait voulu prendre un avantage psychologique sur lui avant que la partie soit entamée. Il avait bien été tenté de lui répondre que le fait d'avoir imaginé le cricket, et de l'avoir inculqué aux Indiens et aux Pakistanais, n'empêchait pas les Anglais de prendre une dérouillée à chaque *test match*, il n'en fit rien, se contentant de lui rappeler que la championne du monde en titre des *draughts* était, tout comme lui, irlandaise.

« Peut-être, lui avait alors dit le général qui avait tiré les blancs, et qui, en joueur d'échecs, devait penser que c'était de bon augure. Mais vos *draughts* – ou *checkers* – anglo-saxons ne sont pas tout à fait la même chose, n'est-ce pas ? Il y a bien plus de combinaisons possibles dans le jeu que nous allons disputer maintenant. »

Il ne fallut pas longtemps à Boone pour prendre la mesure de son adversaire. Tout le temps qu'il avait passé à jouer aux dames en fumant le cigare et le narguilé et en sirotant tasse après tasse de café turc ne l'aurait pas été en vain, se disait-il. Et il eut une pensée pour Tony, pour Fouad, et pour tous ses autres copains libanais qui l'avaient aidé, au fil de séances marathon au Café des Glaces de Gemmayzé, à mieux comprendre ce jeu singulier où, tout compte fait, il valait mieux être bon tacticien qu'excellent stratège. Le général était un bon damiste, mais il avait son talon d'Achille : il aimait son damier. Il ne pouvait s'empêcher de l'admirer, de le toucher, comme il ne pouvait résister à la tentation de caresser et de manipuler les pions blancs en ivoire qui lui avaient échu et les pions noirs en jais qu'il lui arrivait de prendre à Boone. Il s'attachait plus à l'objet précieux qu'à ce qu'il représentait : un champ mathématique de bataille. Ce faisant, il peinait à conceptualiser et n'arrivait pas à exercer sa mémoire visuelle. A Beyrouth, Boone avait connu de grands damistes qui jouaient sur un tapis en carton grossier, avec, en guise de pions, de simples capsules de bouteilles.

Le général était aussi meilleur militaire et meilleur joueur d'échecs que damiste. Il aimait les grands espaces de manœuvre qu'on trouve d'ordinaire sur les champs de bataille et sur les échiquiers, mais qui manquent atrocement sur un damier où l'engagement est très vite inéluctable. Il avait aussi une forte propension à vouloir occuper le centre. En ouvrant à la Springer – sur l'aile gauche –, il fut aisé à Boone de l'encercler et de neutraliser le gros de ses troupes. Le général charriait de même avec lui un mode de pensée arborescent que l'école de guerre et les grands maîtres d'échecs lui avaient inculqué. Il commençait avec vingt pions de valeur égale, mais aussitôt que l'un de ses pions se retrouvait en position favorable pour se muer en dame, il s'y attachait. Et plus ledit pion approchait du but, plus il s'y attachait, investissant sur lui et acceptant de lui sacrifier d'autres pions, momentanément moins bien placés. Il entamait la partie avec des pions indifférenciés, mais il en arrivait très vite à établir entre eux une hiérarchie qui l'incitait à en appréhender certains comme de simples troufions et d'autres comme des gradés. Pour tout dire, Masri commençait par jouer aux dames, mais il glissait vite vers les échecs, se comportant volontiers comme un officier d'état-major livrant une bataille rangée contre une armée régulière, et qui n'hésiterait pas à sacrifier son infanterie pour sauver ses blindés.

Pourtant, si le jeu des échecs évoquait la guerre *high tech* conventionnelle, le jeu de dames, lui, ressemblait plus à une guérilla. Et le général n'était pas, semble-t-il, mentalement équipé pour cette variante *low tech* de l'acte guerrier. Boone, qui n'avait jamais joué aux échecs, et qui, pour s'être toujours méfié du pouvoir, quel qu'il soit, avait un mode de pensée plus rhizomique qu'arborescent, eut alors beau jeu d'encourager son adversaire à conférer à ses pions les mieux placés un ADN particulier, et à s'y investir ensuite au détriment de ses autres pions moins favorisés. En feignant de lui laisser des ouvertures pour faire une dame, il avait pu le pousser à la faute, et en jouant judicieusement du collage et de la règle de la prise majoritaire (qui veut que lorsque deux prises étaient possibles, il fallait impérativement prendre du côté du plus grand nombre, et donc croquer trois pions d'un côté plutôt qu'une dame de l'autre), il l'avait aussi encouragé à sacrifier de nombreux pions pour aller à dame. Tant et si bien qu'en le privant de ses réserves, il réussit assez rapidement à damer le pion au général dans la première partie, alors que les sbires de ce dernier détournaient décemment le regard.

Cela fait, ce bon tacticien du damier mit en branle sa stratégie, qui n'avait rien à voir avec le jeu de dames. Fort de sa supériorité, il s'arrangea pour laisser son adversaire gagner la deuxième partie de justesse, et il s'apprêtait à présent à lui concéder la troisième par abandon. Il y tenait, d'ailleurs, à cette défaite, parce qu'il n'aurait pas voulu que le général s'imaginât qu'il était meilleur joueur – et donc plus futé – que lui. Il était tout à fait inutile, se disait-il, que Masri se mette dans la tête qu'il pouvait prendre le dessus sur lui dans la vie professionnelle comme sur le damier. Il se devait donc de perdre, mais il devait le faire avec les honneurs. S'il laissait le général le battre trop facilement ce dernier sous-estimerait ses qualités de joueur et ne voudrait peut-être plus se mesurer à lui à l'avenir. C'est pourquoi, une fois l'ego du général froissé par sa déroute dans la première partie, Boone s'était arrangé pour le laisser gagner difficilement la deuxième, et c'est aussi pourquoi il manœuvrait à présent pour le laisser remporter un peu plus aisément la troisième. Il devait convaincre son adversaire que son jeu progressait et qu'il s'acheminait, lentement mais sûrement, vers la victoire : Masri avait commencé par perdre, il avait ensuite gagné – péniblement, il est vrai –, et voilà que se profilait à présent devant ses yeux une deuxième victoire, plus aisée que la précédente, et annonciatrice d'autres victoires sur ce rival qui ne déméritait pas. Il attendit donc que le général soit persuadé que cette dernière partie ne lui échapperait pas, avant d'aborder avec lui certains sujets qui, il l'espérait, donneraient le ton à leurs futures rencontres au Guézira et en feraient plus que des occasions mondaines.

« Monsieur Briggs m'a chargé de vous transmettre ses amitiés, général, et ses remerciements aussi pour l'entrevue que vous lui aviez organisée avec Son Excellence Monsieur le Président.

– C'est tout naturel, répondit le général en croquant trois pions d'affilée. J'imagine qu'il a transmis le message oral du Raïs à votre Premier ministre.

– Il l'a fait, et j'attends incessamment une réponse, que je vous transmettrai dès réception.

– Parfait, parfait, dit Masri en happant deux autres pions.

– Toutes mes félicitations, général, dit alors Boone. Je vous abandonne la partie.

– Vous êtes un bon joueur, dit Masri, d'autant plus heureux de reconnaître la valeur de son adversaire, qu'il venait d'en triompher.

– C'est très aimable à vous.

– Vous êtes courageux, parfois même téméraire, dit Masri en tendant son étui à cigares à son vaillant ennemi. Mais, si je puis me permettre, il vous manque un peu de... un peu de souffle...

– Merci », dit Boone, sans préciser si c'était pour le conseil ou pour le Cohiba.

Le préposé au damier s'approcha alors timidement pour le retirer, mais Masri le congédia d'un geste de la main. Boone se demanda si le général souhaitait remettre ça.

« Les incidents d'Al-Minia ont-ils été circonscrits ? demanda-t-il en allumant la torpille qu'on venait de lui offrir.

– Les incidents ? Vous voulez dire les attentats terroristes !

– J'ai pourtant cru comprendre qu'il s'agissait de violences sectaires entre coptes et musulmans.

– Détrompez-vous, Boone, détrompez-vous, l'avertit Masri en tirant sur son cigare pour l'allumer. Il ne s'agit pas du tout de ça. Incapables de s'attaquer à des objectifs occidentaux vu les mesures de sécurité qui ont été prises, les terroristes se rabattent sur des cibles faciles.

– Les islamistes d'Al-Minia auraient donc des ramifications à l'étranger ?

– Des ramifications à l'étranger et des directives qui viennent aussi de l'étranger. Ils tentent de faire dans ce pays ce qu'ils font au Pakistan. Comme ils ne peuvent pas s'en prendre à l'ambassade des Etats-Unis ou à l'Université américaine, qui sont bien gardées, ils s'attaquent à des lieux de culte et à des commerces. Des cibles faciles, comme je vous le disais.

– C'est d'une tristesse.

– Que voulez-vous, c'est humain.

– Humain ?

– Humain, répéta Masri, l'air de quelqu'un qui aurait bien cerné la psychologie de son ennemi. Je suis un terroriste et mes chefs me demandent de prouver ma valeur en tuant un officier américain. J'essaie, mais je n'arrive même pas à en approcher un. Je me dis alors que je vais tenter d'abattre un simple soldat. Mais là aussi j'échoue. En désespoir de cause, je me rabats sur un pauvre médecin occidental, membre d'une ONG, qui soigne de misérables villageois. Ou alors sur un lieu de culte chrétien non gardé. Et j'en fais bien sûr un grand fait d'armes. C'est humain.

– Ce ne serait donc pas un problème purement égyptien ?

– Aucunement ! Les gens que nous avons arrêtés ont reconnu qu'ils faisaient partie d'un groupe actif dans d'autres pays de la région, et qui compte dans ses rangs des Jordaniens, des Palestiniens et même des Saoudiens. Il ne s'agit pas du tout de problèmes entre musulmans et chrétiens égyptiens. Les autorités de l'Al-Azhar et le Patriarcat copte ont d'ailleurs fait des déclarations en ce sens, et Bilal Abdel-Ghani, que nous évoquions l'autre soir chez votre ambassadeur, est intervenu à ce sujet. Il est très écouté, vous savez. Très influent. C'est un homme de bien.

– J'ai néanmoins cru comprendre que cet homme de bien avait récemment appelé les gens à ne plus consommer de produits israéliens et américains.

– Il est vrai qu'il a appelé au boycott des produits occidentaux de consommation, concéda le général. Mais comme ceux à qui il prêche n'ont de toute façon pas les moyens de se les payer, ça ne fait pas une grande différence, n'est-ce pas ? Tant qu'à faire, je préfère encore ceux qui ne boivent pas de Coca-Cola, aux terroristes qui en boivent et se servent ensuite des bouteilles pour fabriquer des cocktails Molotov !

– Vous avez joué aux dames, demanda Maria qui venait de les rejoindre. Qui a gagné ? »

Masri, qui pouvait avoir le triomphe modeste, ne répondit rien et laissa à Boone le soin de reconnaître lui-même sa défaite.

« Oui, c'est vrai, j'ai gagné », concéda-t-il finalement d'un ton humble, une fois que Boone eut annoncé le score. « Mais votre ami m'a donné du fil à retordre, Maria. » Puis, se tournant vers le vaincu, il ajouta, magnanime : « Je vous offre votre revanche quand vous le désirez, Boone. »

Ainsi, se dit ce dernier, ce n'était pas pour jouer une autre partie que le général avait tenu à laisser le damier bien en évidence sur la table. Il l'avait fait pour inciter Maria à poser la question qu'il espérait, et pour entendre Boone lui donner la réponse qu'il souhaitait.

« Jouez-vous au badminton ? lui demanda Masri sur sa lancée.

– J'y ai joué, mais il y a bien longtemps », avoua

Boone en espérant que sa réponse évasive découragerait le général.

Il caressait encore l'espoir que Masri se contenterait de sa victoire aux dames. Mais, de toute évidence, ce dernier avait le vent en poupe et entendait en profiter.

« Il y a longtemps, dites-vous ? Depuis quand n'avez-vous plus pratiqué ce sport, Boone ?

– Depuis l'université.

– Et quelle université avez-vous fréquentée ?

– Oxford.

– Vous avez donc joué pour l'université d'Oxford ? demanda Masri, visiblement impressionné.

– Non, non... Uniquement pour mon collège, répondit Boone en espérant que l'intérêt du général s'émousserait aussitôt.

– C'est un bien beau sport, ne trouvez-vous pas ? Tellement plus beau que le tennis qu'on voit jouer ces temps-ci. Tellement plus gracieux. Tellement plus subtil. »

Boone se disait que le fait que le badminton tirait son nom d'un domaine ducal anglais devait titiller le snobisme du général. Il n'aurait d'ailleurs pas été surpris d'entendre ce dernier évoquer aussi le jeu de paume, ce cousin, ô combien plus sélect, du tennis.

« Le tennis a dégénéré en quelque chose de vraiment horrible, n'est-ce pas ? disait à présent Masri, qui, pour avoir fait l'école militaire soviétique de Frunze, ne s'en sentait pas moins en phase avec les cadets de Sandhurst. Toutes ces gesticulations et toute cette violence sur le court et dans les gradins. Toutes ces tenues kitsch et bariolées. Tous ces "Oumf" et tous ces "Han"... Si vous fermez les yeux et vous contentez de tendre l'oreille, vous ne vous croirez pas devant un match, mais devant – pardonnez-moi, Maria – devant un film cochon !

– C'est l'effet inévitable de l'argent et de la médiatisation, dit Boone. L'enjeu de la partie est désormais partout sauf sur le court.

– C'est bien pourquoi je préfère le badminton. J'ai d'ailleurs fait refaire ici même un vieux court qui avait été laissé à l'abandon, les membres préférant, par mimétisme, jouer au tennis parce qu'ils s'imaginent que ça fait chic.

– Ils estiment peut-être que le badminton n'est pas un sport assez viril.

– On pourrait disputer un match tous les deux, un de ces jours, histoire de leur prouver le contraire. »

Boone tiqua. L'étau se resserrait. Le jour venu il ne pourrait pas se dérober. Il devrait relever le défi, quitte à payer le prix fort pour cela, sinon en sueur et en sang comme Winston Churchill l'avait jadis promis aux Anglais, du moins en sueur. Le système qu'il mettait diligemment en place en dépendait.

C'est [illegible] de l'esprit et de [illegible] [illegible] L'esprit de la partie est [illegible] seul sur le [illegible].

— C'est bien pourquoi le [illegible] de [illegible]. Les d'ailleurs [illegible] même au vieux [illegible] [illegible] été [illegible] les [illegible] que [illegible] par [illegible] jamais [illegible] ils s'imaginent que ça fut élu.

— Ils estiment peut-être que le [illegible] n'est pas aussi assez vrai.

— On pourrait s'appuyer sur [illegible] des deux [illegible] de ces jours, [illegible] de leur prouver le contraire.

— Bonne idée ! [illegible] se [illegible] Le pays [illegible] ne pouvait pas se dérober. Il devrait [illegible] déjà, quand [illegible] Pour cela, [illegible] sœur [illegible] sans [illegible] Winston Churchill [illegible] après [illegible] Anglais [illegible] Le système [illegible] [illegible] !

8

Le moment arriva, effectivement, où le général ne se contenta plus des parties de dames que Boone le laissait gagner à l'arraché et où il voulut se mesurer à son rival sur un terrain plus physique et lui prouver – et surtout prouver à Maria – que, nonobstant leur grande différence d'âge, il demeurait valeureux et le valait encore largement.

Vint donc le jour où il proposa à Boone une partie de badminton et où Maria s'offrit à faire l'arbitre du haut du mirador que le général avait tenu à élever aux abords du vieux bac à sable qu'il venait de réquisitionner pour son usage personnel, histoire de souligner le caractère irréversible de la chose. Mais là Boone se rebiffa. Là, et contrairement à l'objectif qu'il s'était fixé en jouant aux dames, il était déterminé à triompher de son adversaire, ne serait-ce que pour le décourager de vouloir recommencer. Je transpirerai peut-être abondamment, se disait-il, mais je ne le ferai qu'une seule fois.

D'emblée, et en dépit de l'accoutrement de chevalier blanc qu'il avait mis ce jour-là pour satisfaire aux exigences d'étiquette et au désir d'élégance surannée du général, il annonça la couleur en refusant les échanges coutumiers de politesses et de volants lors de l'échauffement, ignorant son adversaire et s'entraînant tout seul avant d'accepter un peu trop vite – et de manière fort peu courtoise – l'offre gracieuse que Masri lui faisait de commencer à servir. Le message qu'il entendait faire passer était on ne peut plus clair : il n'était pas un gentleman et il ne ferait pas de cadeau.

A cinq points partout dans le premier set, il avait déjà jaugé son adversaire. Le général souffrait d'un excès de coaching, s'attachant plus à la beauté de sa frappe qu'à l'échange et à la stratégie de jeu dans lesquels elle s'insérait nécessairement. C'était aussi un « joueur de pourcentage », et il avait une fâcheuse tendance à jouer de la même manière avec tout le monde. En somme, il jouait contre le volant bien plus qu'il ne jouait contre son adversaire du jour. Très vite, Boone décida d'utiliser ses propres atouts, à savoir sa grande taille, sa jeunesse (relative), et sa forme (encore plus relative). Il mit donc en application le principe de l'attaque, prenant le volant très tôt, accélérant les échanges, et recherchant systématiquement les points gagnants. Les yeux rivés sur son adversaire, il ne voyait même pas le volant qui n'existait plus pour lui. Seul le général existait. Ce n'était pas une partie à trois qu'il disputait, mais une partie à deux. Ce n'était d'ailleurs même plus du badminton, mais de l'escrime, et la raquette qu'il tenait à la main n'était pas tant une raquette qu'un fleuret. Un fleuret avec lequel il feinta et botta tant et si bien qu'il finit par prendre l'ascendant sur son adversaire.

Il déclencha aussi une véritable offensive psychologique, adoptant une attitude ouvertement agressive, interrompant le jeu fréquemment pour changer de volant, tergiversant entre les échanges, faisant poireauter le général avant chaque service, contestant (souvent avec une mauvaise foi évidente) chaque point litigieux, et provoquant de ce fait le courroux de Maria qui finit par prendre fait et cause pour le général au nom du fair-play. Ce faisant, elle enferma le pauvre homme dans l'image d'un gentleman dont il se serait bien passé face à un adversaire aussi vicieux que Boone. Déstabilisé par les protestations souvent injustifiées de ce dernier et par ses interruptions cavalières, pris à contre-pied par ses changements intempestifs de cadence, incapable de lui rendre la monnaie de sa pièce de peur de ternir son image et décevoir Maria, le général ne réussit même pas à trouver son rythme, et il finit par concéder le premier set, quinze-cinq, en vingt minutes à peine. Boone avait atteint son premier objectif : battre son adversaire rapidement et le dominer psychologiquement. Les encouragements que lui prodiguait une Maria outrée par le comportement de Boone mettaient peut-être du baume au cœur du général, mais ils ne changeaient rien à la sévérité du score.

Dans le deuxième set, Masri, piqué au vif, se ressaisit. Mais Boone avait déjà eu le loisir de noter ses faiblesses : un revers un peu trop mou, une certaine lenteur à se mouvoir et, surtout, la présence de Maria qui, d'atout s'il avait eu le vent en poupe, se muait dans l'adversité en véritable boulet au pied. Changeant de tactique, Boone entreprit donc d'user son adversaire. Abandonnant momentanément le sacro-saint principe de l'attaque, il se campa au centre du court, bien ancré sur ses grandes jambes agiles, ses longs bras balayant l'espace, et s'efforça de ralentir le jeu en prolongeant exagérément les échanges. Ainsi, chaque fois qu'il lui était possible de tuer le point par un smash, il optait, contre toute attente, pour un lift ou pour un dégagement défensif de fond de court, histoire, non de marquer un point, mais de faire transpirer le général qui, court sur pattes et court de bras, se voyait contraint de se désaxer afin de compenser sa lenteur et les limites de son allonge.

Quand il se rendit finalement compte que Boone cherchait à le piéger en le faisant courir de gauche à droite comme un forcené, Masri opta pour un jeu plus aventureux, jouant au filet et cherchant à tout prix à tuer le volant par un coup gagnant. A croire qu'ayant pris brutalement conscience de la différence d'âge qui le séparait de son rival, il préférait perdre un coup rapidement plutôt que de voir l'échange se prolonger et le vider inexorablement de ses forces. Il transpirait abondamment. Il était épuisé. La partie du court où il se trouvait lui semblait aussi vaste que le désert du Sinaï et celle où Boone se trouvait aussi exiguë qu'un timbre-poste, et le volant qu'il frappait lui semblait aussi lent qu'une plume alors que celui que Boone lui renvoyait à chaque coup lui faisait l'effet d'un missile de croisière. En un mot, il avait perdu confiance et il voyait déjà son adversaire s'acheminer lentement (trop lentement à son goût) mais sûrement vers la victoire.

Alors qu'il était mené deux-huit dans le deuxième set il se mit à prendre des risques inutiles, tentant, par exemple, des smashes impossibles au revers. Il abandonna aussi son quant à soi et se mit à faire le clown, s'esclaffant bruyamment une fois le point perdu, haussant les épaules, secouant la tête en grimaçant, lançant sa raquette en l'air, riant aux éclats en prenant Maria à témoin. Ça y est, se dit alors Boone : il s'est mis dans la tête que le match était perdu et il cherche à sauver la face en s'en distançant. Tout compte fait, ce ne sera pas le général Masri, patron des services secrets et chevalier servant de Maria, qui perdra cette rencontre mais quelqu'un d'autre qui ne fait que frapper le volant histoire de s'amuser et de passer le temps. Ce que voyant, Boone décida d'abréger son calvaire. Il accéléra le jeu, et finit par remporter la partie en battant son adversaire éreinté quinze-deux dans le deuxième set.

Ereinté, Boone l'était tout autant. Il suait par tous les pores, il avait les jambes en coton et le souffle court, et son cœur battait la chamade. Mais il n'était pas mécontent. Et pour cause. Il avait réussi à battre Masri, lui démontrant ainsi qu'il restait un rival physique redoutable et qu'il faudrait compter avec lui quand il ferait sa cour à Maria. Il avait aussi battu Masri de telle manière qu'il l'avait mené au bord de la syncope, lui faisant passer une fois pour toutes (du moins l'espérait-il) l'envie de vouloir disputer un autre match avec lui. Il s'était en outre comporté en véritable mufle sur le court, incitant Maria à prendre le général pour champion : un champion certes défait, mais un champion chevaleresque. Enfin, il avait permis au général, en le laissant faire le pitre, de sauver la face et de faire croire que tout cela était bien plus un jeu qu'une joute. Mission accomplie, se disait-il. Le général voudra à présent faire oublier cet épisode peu glorieux en battant à nouveau Boone aux dames, et le ménage à trois voulu par Archie Briggs pourra reprendre. Mais cette fois-ci en connaissance de cause : à Masri l'avantage intellectuel et, partant, la conversation de Maria ; à Boone l'avantage physique et, partant, le corps de Maria.

Boone pouvait être satisfait. Après la première pierre posée à Zamalek chez Adel Brahim, il venait d'en poser une autre – et non des moindres – chez le général Masri. L'édifice insulaire qu'il avait imaginé commençait à prendre forme et reposerait, se disait-il, sur des bases solides.

9

Après quoi, les rencontres de Boone et de Masri au Guézira se limitèrent au Tea Garden et leurs joutes au jeu de dames. Harry Boone en était d'ailleurs enchanté. D'autant qu'il s'était pris d'une véritable affection pour le Guézira. Car s'il était vrai que l'île de Zamalek était un havre de paix au cœur du Caire, le Guézira était un îlot de quiétude au sein de ce havre de paix. Là, les fous du volant et les mordus du klaxon cédaient la place à des conducteurs qui roulaient au pas en oubliant que leur véhicule était équipé d'un avertisseur, les fantassins kamikazes qui sévissaient hors les murs se muaient en paisibles promeneurs, et même les joggeurs y déambulaient au lieu d'y jouer à la machine à vapeur. L'endroit tout entier vivait à un rythme lent qui convenait parfaitement à Boone. Il avait en outre noté que le Guézira mettait à la disposition de ses membres une poste, une banque, un distributeur de billets, un cybercafé, et même un service de passeports. On pourrait, se disait Boone qui aurait bien aimé y élire domicile pour ne plus jamais en sortir, y vivre en parfaite autarcie.

Seulement voilà, il lui fallait au moins y recruter une source, ne serait-ce que pour y justifier sa présence continue. Briggs, il le savait, ne se contenterait pas des relations qu'il entretenait au Tea Garden avec le général Masri de part et d'autre d'un damier. Briggs voudrait autre chose. Quelque chose qui fasse plus figure de manipulation que de simple liaison. Une vraie source. Une source rémunérée. Une source traitée. Mais où la trouver ? Réquisitionné par le général Masri, le Tea Garden était désormais trop surveillé pour faire l'affaire. Le grand salon mitoyen, peut-être ? Certainement pas, se disait Boone. Il n'y avait là que des vieux qui, au mieux, l'entretiendraient de feu le roi Farouk ou du regretté colonel Nasser, qu'ils s'apprêtaient à aller rejoindre. Et en sus, il y était interdit de fumer. Le premier étage du club-house, alors ? Même pas. Les gens s'y rendaient d'ordinaire seuls et pour lire la presse plutôt que pour papoter. Ils auraient tendance à tendre l'oreille. La salle des échecs ? Trop de badauds, trop de curieux. La salle de télé ? Bien trop de bruit. Boone était désespéré car il était évident qu'il ne lui restait, pour dénicher une source, la cultiver et la tamponner, que le sport qui l'horripilait. Tennis ? Piscine ? Jogging ? De grâce, non ! Et pourquoi pas un enfant, se dit-il un jour. Un gosse bien turbulent, c'était encore ce qu'il y avait de mieux pour prendre langue avec quelqu'un. *A fortiori* un enfant blond aux yeux bleus en pays oriental. On l'envoie entre les pattes de la cible, on va ensuite présenter ses excuses, et le tour est joué. Mais quel enfant ? Boone n'avait pas d'enfant, et il se voyait mal lançant un service de baby-sitting au Guézira. Et pourquoi pas un chien, tiens ? Boone avait pu constater que les Egyptiens chics s'entichaient volontiers de chiens, histoire de faire européens et de se démarquer des classes populaires qui les avaient en sainte horreur. Il s'achèterait donc un chien. Pas un petit chien risible genre yorkshire, ni un chien agressif genre rottweiler, mais un chien bien original. Et pourquoi pas un lévrier hongrois ? Rares étaient ceux qui connaissaient cette race, et tous les amis égyptiens de nos amies les bêtes se précipiteraient sur lui pour s'enquérir de cet animal aussi élancé que réservé. Il s'apprêtait donc à commander un magyar agar à un éleveur westphalien qui commerçait par Internet, quand quelque chose lui fit brutalement changer d'avis. Il venait de remarquer que les gros chiens du Guézira se promenaient en compagnie d'étranges individus qui ne se fréquentaient qu'entre eux et qui envahissaient à la nuit tombée les abords lointains de l'hippodrome pour y tenir des pow-wows à l'abri des curieux. Renseignement pris, il s'agissait de membres du club plus friands de coke que de Coca-Cola : des « *hachischin* » qui sortaient accompagnés de leurs molosses dont ils se servaient pour donner l'alerte en cas de descente de police, et qui les lâchaient ensuite sur les représentants de l'ordre pour se donner le temps de prendre la poudre d'escampette avec leur poudre blanche. Ces chiens-là étaient, en quelque sorte, les Oies du Guézira. Quoique la lutte contre le trafic de drogue eût fait partie de la mission que le Club-House lui avait confiée, ce n'était pas là les personnes que Boone aurait souhaité fréquenter, ni le genre de source qu'il aimerait recruter. *Exit* le lévrier hongrois, donc.

Boone s'était résigné à faire du jogging au Guézira dans l'espoir de s'y trouver une source, quand il tomba un jour sur un pavillon en bois niché parmi les arbres et protégé du monde extérieur par une grande haie. On y accédait par une grille qui semblait résolument verrouillée. Curieux, Boone la poussa quand même. Elle céda sans grincer. Aussitôt qu'il l'eut refermée derrière lui, il fut envahi par une indescriptible sensation de bien-être. Certes, il se sentait d'ordinaire bien aussitôt qu'il franchissait la porte du Guézira. Mais là c'était, se disait-il, la panacée. Comme si, déjà somnolent, il trouvait enfin dans cet étrange lieu son sommeil le plus profond.

La première chose qu'il vit, comme dans un rêve, ce fut une pelouse où deux corbeaux au plumage gris bleuté sautillaient entre des boules de couleur vive. L'espace d'un instant il crut bien qu'il était passé de l'autre côté du miroir. Puis il vit les arceaux qui jonchaient la pelouse et un râtelier sur lequel reposaient des maillets. Il se fendit alors d'un grand sourire. Voilà bien un « sport » que je pratiquerais volontiers, se dit-il. Il s'apprêtait d'ailleurs à se saisir de l'un des maillets quand il entendit des éclats de rire derrière lui. Se retournant, il vit deux hommes qui jouaient aux dominos et un troisième qui assistait à la partie étendu dans une chaise longue. Ils riaient tous trois franchement, mais quand ils l'aperçurent, ils se turent et le joueur qui lui faisait face prit une mine renfrognée avant de se replonger dans son jeu. De toute évidence, ils n'auraient pas voulu être dérangés. Tout comme les corbeaux. Les ignorant, Boone se saisit du maillet et entreprit de faire avancer une boule jaune à travers les arceaux. Derrière lui, on se taisait toujours. Mais comme l'intrus qu'il était semblait s'incruster, on finit par envoyer quelqu'un en éclaireur tenter de découvrir qui il était et ce qu'il tramait.

« Vous aimez le croquet ? lui demanda, en s'approchant de lui, l'homme qui paressait l'instant d'avant dans la chaise longue.

– C'est très relaxant », lui répondit Boone en le regardant bien en face.

Il devait être plus près de quatre-vingts ans que de soixante-dix et portait un *Nasser suit* couleur crème. Boone se disait qu'il avait dû être fonctionnaire et qu'il aimait à se le rappeler.

« Vous êtes étranger, dit le vieil homme, soudain plus détendu.

– Ça se voit donc tant que cela ? s'inquiéta Boone en manipulant le maillet.

– Ça s'entend, dit le vieillard en riant.

– Je suis irlandais, reconnut Boone en tapant dans la boule.

– Vous êtes donc irlandais, dit l'autre en bon anglais. Je me présente. Je m'appelle Naguib Ghali. »

Un copte, en conclut Boone.

« Enchanté, dit-il en serrant la main qu'on lui tendait. Harry Boone... J'ignorais qu'on jouait au croquet ici.

– Oh ! Ce n'est pas un court à l'anglaise, mais c'est assez pour s'amuser.

– C'est certes un peu petit, reconnut Boone en se courbant pour frapper délicatement la boule, mais c'est intéressant. Je vois que le court n'est pas bien nivelé et que les bords sont plutôt touffus, ce qui empêche d'évaluer précisément la vitesse du coup. C'est un parcours qui laisse la part belle à la chance, ce qui n'est pas plus mal.

– Nous ne faisons pas de compétitions ici, s'excusa l'Egyptien.

– Le croquet est un passe-temps. Essayez de l'élever au statut de sport et vous finissez par le tuer.

– C'est intéressant ce que vous dites là. Je n'y avais jamais pensé en ces termes. J'ai toujours eu tendance à comparer défavorablement cette pelouse imparfaite aux courts manucurés qu'on voit dans les films anglais et qui semblent aussi lisses qu'un feutre de billard. Vous nous décomplexez, monsieur Boone. Vous êtes en visite au Caire ?

– Non, j'y travaille.

– Vous êtes dans les affaires ?

– Pas tout à fait. Je suis à l'ambassade.

– Vous êtes diplomate ? A l'ambassade d'Irlande ?

– A l'ambassade de Grande-Bretagne.

– Un Irlandais... britannique ?

– Irlandais du Nord.

– Je vois, je vois... Je suis moi-même ambassadeur. A la retraite, maintenant. Mais je n'ai pas eu le plaisir d'être en poste à Londres. Ni à Dublin, d'ailleurs.

– J'espère pour vous, monsieur l'ambassadeur, que vous étiez dans des lieux plus ensoleillés.

– Il faut croire que j'ai eu ma dose de soleil. J'ai été en poste dans des pays qui étaient chauds à plus d'un titre. Et vous, c'est votre première affectation dans la région ?

– J'étais à Beyrouth auparavant.

– Ah ! Beyrouth, soupira l'autre, rêveur. On ne voit pas beaucoup d'étrangers au Guézira, reprit-il enfin. Encore moins des diplomates. Ils préfèrent en général des clubs, disons, plus huppés.

– Qu'est-ce au juste que cet endroit-là ? s'enquit Boone en regardant autour de lui. Cela fait plus d'un mois que je viens ici régulièrement et c'est la première fois que je tombe dessus.

– Vous êtes ici au club de croquet. Mais on y joue surtout aux dominos. C'est tout ce qui reste d'authentique du défunt Khedivial Sporting Club dont vous avez sûrement entendu parler. C'est un petit club tout à fait informel, je dois dire, et qui compte, en tout et pour tout, sept membres. Un club dans le club, en quelque sorte. En principe, il est ouvert à tout le monde, mais en fait personne n'y vient jamais : c'est trop à l'écart, on ne peut ni voir ni être vu, et quand on commande un rafraîchissement les serveurs se perdent en chemin.

– A voir la manière dont vous m'avez regardé quand

je suis entré, vous devez tout faire pour décourager ceux qui osent s'y aventurer.

– Il est vrai que nous aimons notre tranquillité, reconnut l'ancien ambassadeur. Mais nous serions très honorés d'accueillir parmi nous un membre du corps diplomatique. Encore plus quelqu'un qui aime le croquet. Venez que je vous présente à mes amis. »

L'un des deux joueurs de dominos s'appelait Othman Ali, l'autre Samir Chawaribi. Ali, la cinquantaine grasse, portait une chemise ample et un pantalon à pinces sous lequel il tentait vainement de cacher son « muscle levantin ». La poche de sa chemise s'ornait de trois capuchons Mont-Blanc en dégradé. Encre, feutre et pointe sèche, spécula Boone. Chawaribi, la quarantaine mince, était en costume-cravate, lui.

« Lorsque l'actuel ministre du Tourisme a rejoint le gouvernement lors du dernier remaniement, disait à présent ce dernier, il fut si agréablement surpris qu'il se fendit d'une limousine Mercedes qu'il offrit au Raïs en témoignage de gratitude.

– La toute dernière Mercedes ? demanda Naguib Ghali en riant. Celle qu'on appelle le Sous-Marin ?

– Le Raïs le convoqua donc au Palais, reprit Chawaribi, et notre ministre s'attendait bien sûr à des remerciements. Quelle ne fut donc sa surprise quand le Raïs lui dit : "Je viens de vous nommer ministre dans mon gouvernement et vous m'avez offert une limousine. Ce cadeau, je ne puis l'accepter. Les gens jasent déjà assez. Alors, de deux choses l'une : soit vous reprenez la voiture, soit vous acceptez que je vous la paie." Le ministre était très gêné. Il ne savait plus quoi faire. Ayant bien réfléchi, il dit finalement : "C'est d'accord, Votre Excellence, je veux bien que vous la gardiez et que vous m'en remboursiez le prix." "Combien vous a-t-elle coûté ?" lui demanda le Raïs.

“Cinquante dollars”, répondit l’autre sans ciller. “Cinquante dollars, dites-vous ?” Le Raïs sortit alors un billet de sa poche et, le lui tendant, il dit : “Voilà cent dollars. Envoyez-m’en donc une autre pareille.” »

Ils riaient tous trois de bon cœur de cette blague sur le Raïs, et Boone, qui s’étonnait des libertés qu’ils prenaient avec le Président devant un étranger, se joignit poliment à eux, riant assez pour ne pas les froisser, mais pas assez pour être accusé de crime de lèse-majesté.

« Samir en a toujours d’excellentes, lui disait à présent l’ancien ambassadeur. Il est d’ailleurs très bien placé pour cela : il travaille au ministère de l’Information. »

Les oreilles de Boone tintèrent et il regarda Samir Chawaribi avec des yeux nouveaux. Il nota les yeux malicieux derrière les verres épais de ses lunettes, le costume en lin, la cravate club et les mocassins impeccablement cirés.

« Vous ne devinerez jamais ce qu’il y fait, monsieur Boone, poursuivait Naguib Ghali.

– De quoi vous occupez-vous au ministère, si ce n’est pas indiscret ? demanda Boone.

– Il occupe un poste important, dit Othman Ali. Un poste très important, même !

– Ah oui ? »

Boone était de plus en plus intrigué, et il ne pouvait s’empêcher de scruter le Samir en question qui continuait de se taire en baissant les yeux et en souriant.

« Samir est Nouktabachi, dit Othman Ali en rigolant.

– Nouktabachi, dites-vous ?

– Samir, expliqua Naguib Ghali, a pour mission de récolter toutes les blagues qui circulent à propos du régime et d’en faire un rapport qui va droit chez le Raïs.

– C'est sérieux ? »

Boone se demandait si les trois compères ne se payaient pas sa tête.

« On ne peut plus sérieux, lui jura Naguib Ghali. Samir a une vingtaine de personnes qui travaillent pour lui et des antennes aux quatre coins du pays. Il voit le ministre au moins une fois par semaine pour faire son rapport.

– Comme vous l'avez peut-être constaté, monsieur Boone... »

Chawaribi voyait bien qu'il était dubitatif.

« Harry, l'interrompit Boone.

– Comme vous l'avez peut-être constaté, Harry, reprit-il, les Egyptiens sont pacifiques et pleins d'humour. Ils se révoltent très rarement, mais ils ne peuvent pas s'empêcher d'exprimer leurs griefs en inventant des blagues et en les faisant circuler. C'est une sorte de soupape de sécurité. Et c'est aussi un indicateur important du climat politique et social. Vous avez vos sondages d'opinion, nous avons nos blagues. En restant à l'écoute des histoires drôles qui circulent dans le pays, le Raïs prend le pouls de la nation. Il peut ainsi savoir ce qui préoccupe les gens, quel ministre est leur bête noire, et quel autre devient trop populaire et donc potentiellement gênant.

– C'est un bien beau travail que vous faites là, applaudit Boone. Vous ne devez pas vous ennuyer.

– C'est effectivement très distrayant, confirma Chawaribi, pour qui toute la vie semblait un jeu.

– C'est dommage que la "blaguologie" ne soit pas une discipline universitaire reconnue, se désola Othman Ali.

– Ce le sera certainement quand les grosses entreprises s'en serviront comme d'un outil de marketing », dit Chawaribi.

Boone s'aperçut qu'il aimait de plus en plus ce Nouktabachi.

« Et vous, Harry, que faites-vous au juste à l'ambassade de Grande-Bretagne ?

– Je suis attaché commercial, mentit Boone. Je dirige la mission commerciale irlandaise.

– J'ignorais que les échanges commerciaux entre l'Egypte et l'Irlande du Nord étaient si importants, remarqua l'autre, non sans ironie.

– Ils ne le sont pas encore, répondit Boone qui était conscient que les Egyptiens, comme les Arabes en général, voyaient des espions partout. Mais j'espère bien pouvoir les développer, promit-il.

– Nous allons donc échanger notre coton contre la laine de vos moutons ?

– Nous avons bien plus à offrir que de la laine. De nombreuses industries se sont installées dans la Province ces dernières années. »

Boone se lança ensuite dans son laïus de couverture, qu'il servait à tous ceux qui le serraient de trop près :

– « Depuis que le Royaume-Uni fait partie de l'Europe, dit-il, les Ecossais, les Gallois et nous faisons un effort particulier pour établir des relations bilatérales par-delà le gouvernement. Les Bretons et les Catalans en font d'ailleurs de même.

– Mais vous avez vos bureaux à l'ambassade britannique à Garden City, fit remarquer très pertinemment Chawaribi.

– Provisoirement, précisa Boone qui ne désespérait pas de convaincre Briggs de le laisser quitter l'ambassade pour ouvrir un bureau dans sa villa, à Zamalek même.

– Je ne sais pas si nous commercerons ensemble, mais j'espère que nous pourrons nous retrouver de temps à autre ici pour jouer au croquet et aux dominos, et pour échanger nos blagues. Les histoires drôles s'exportent étonnamment bien, et on retrouve souvent les mêmes dans des pays totalement différents, adaptées à la culture locale.

– Ce qui prouve que par-delà les différences de race et de religion, la nature humaine est la même un peu partout. »

Boone était anxieux de ménager un pont entre lui et son interlocuteur. Il se disait qu'il avait peut-être trouvé là la source qu'il cherchait : quelqu'un de bien placé, de caustique et d'ouvert. Quelqu'un qui offrait de surcroît l'avantage d'être membre du Guézira, et l'avantage encore plus grand d'être membre de ce si discret club de croquet. Il se promit donc de cultiver cette relation assidûment.

Quand il prit finalement congé de ses nouveaux compagnons, Harry Boone était d'excellente humeur, se disant que ce Nouktabachi rencontré par hasard dans un recoin du Guézira ferait, avec Adel Brahim et le général Masri, un parfait trépied sur lequel son système pourrait reposer : un pied chez les islamistes, un autre dans les services de sécurité et, bientôt, un troisième dans l'interface même entre le pouvoir et la société. Certes, Briggs lui dirait que trois sources, ce n'était pas assez. Mais Boone n'en ferait pas plus pour l'instant. Trois belles sources, c'était à son avis plus qu'assez dans un pays où, comme Briggs le lui rappelait justement l'autre jour, quiconque contrôlait le Nil contrôlait l'Egypte, quiconque contrôlait Le Caire contrôlait le Nil, et quiconque contrôlait la Citadelle contrôlait Le Caire. Eh bien ! trois sources bien placées dans cette véritable citadelle qu'était devenue pour lui l'île de Zamalek, c'était, se disait-il, amplement suffisant pour couvrir un pays si centralisé. Il était, se réjouissait-il, en passe de réussir un arrimage insulaire parfait. Qui plus est à moindres frais. Il faut dire que des trois missions que le Club-House, en sa qualité de groupement clandestin, s'était fixées, à savoir survivre, se développer et atteindre ses objectifs, Harry Boone n'en avait retenu que la toute première : survivre. Survivre à tout prix.

10

« Je pense avoir trouvé. »

Boone n'avait pas élevé la voix, mais comme le brouhaha qui enveloppait l'île l'instant d'avant s'était subitement évaporé, et que tout le monde s'était mis à chuchoter, la phrase qu'il venait de prononcer, d'une voix pourtant égale, avait tant et si bien fusé qu'il en avait été lui-même surpris.

« Chut », lui dit Maria sans ménagement.

S'interrompant, Boone se mordit la lèvre comme un écolier pris en faute, avala une bouchée de houmous et tiqua. Décidément, se dit-il, les cuisiniers égyptiens ne valaient pas leurs homologues libanais. Il mit ensuite le coude sur le bastingage et regarda du côté du Bahr Al-Aama, cette mer Aveugle séparant Zamalek de la rive occidentale du Nil, et où, jusqu'à la fin du dix-neuvième siècle, les bateaux venaient s'échouer en hiver faute de tirant. Bientôt, sur l'autre berge, un chant mélodieux s'éleva en réponse au silence. Ils dînaient ce soir-là au Sultan Brahim où, Adel Brahim passant d'ordinaire la main au coucher du soleil, c'était son associée qui officiait. Elle le faisait d'ailleurs de la belle manière, allant de table en table un grand sourire aux lèvres, la poitrine aguicheuse, riant à gorge déployée et poussant à la fois à la conversation et à la consommation. Rien à voir avec Brahim. Alors que ce dernier avait été formé à l'école des cadres du Parti et extirpait leurs commandes aux clients comme autant d'aveux, elle avait fait ses classes dans ces lieux interlopes, réservés aux castes privilégiées, qui sont le propre de tous les régimes répressifs où le vice n'est toléré que chez les Grands. Cette demi-mondaine sexagénaire, qui s'habillait encore comme si elle avait trente ans de moins, s'était jadis occupée d'un restaurant à l'ambiance tamisée qui avait fini par faire faillite, les couples adultères qui le fréquentaient gardant leurs mains bien plus longtemps sous la table que sur la table et ayant, de ce fait, bien du mal à y consommer autre chose que de la chair fraîche, qui n'était même pas au menu. L'arrivée inopinée au Caire de Adel Brahim l'avait finalement tirée de ce mauvais pas, lui permettant de se refaire une virginité au moment où ses charmes vieillissants n'arrivaient plus à lui attirer les largesses d'antan. Elle et Brahim y trouvaient parfaitement leur compte : elle avait désormais le banquier qui lui avait manqué et lui la couverture idéale pour son nouveau métier.

Le temps que dura le chant du muezzin, les serveurs poursuivirent leur service, mais sur la pointe des pieds, comme dans un ballet muet, et les convives continuèrent de mâcher et de converser (parfois simultanément), mais au ralenti et de manière exagérément feutrée. Seule Maria avait tout lâché (ses couverts, ses rougets et son amant) pour se consacrer exclusivement à la mélodie qui montait du haut du minaret, et dont elle semblait ne jamais se lasser. En la regardant Boone imaginait le muezzin, le visage tourné vers la Kaaba alors qu'il répétait « Dieu est plus grand ». Il l'imagina ensuite tournant gracieusement sur lui-même en chantant : « Accourez à la Prière, accourez au salut », avant de s'immobiliser, face à La Mecque, pour le finale du « Dieu est plus grand ».

Une fois l'appel terminé, alors que les fidèles priaient, les mécréants reprirent leurs activités comme si de rien n'était. Le ton monta à nouveau sur la péniche, les éclats de rire réprimés fusèrent, les serveurs reprirent leur rythme d'enfer, et la maîtresse des lieux, qui s'était évaporée comme une Marie-Madeleine pécheresse pour céder la place au santon d'en face, refit son apparition. La parenthèse venait d'être refermée.

« Tu as trouvé quoi, Harry ? lui demanda finalement Maria.

– Une source, répondit Boone en croquant bruyamment dans un morceau de pain frit. Je pense avoir trouvé une nouvelle source... Au Guézira, justement. Plus précisément, dans un drôle d'endroit connu sous le nom de club de croquet.

– Ah oui ? Et qui est-ce ?

– Il s'appelle Samir Chawaribi et il est haut fonctionnaire au ministère de l'Information.

– Langue de bois. Tu n'en tireras rien, Harry.

– Pas du tout langue de bois.

– Ils utilisent tous la langue de bois au ministère. Avec eux, c'est toujours la même rengaine.

– Chez les "émetteurs", peut-être... Lui n'est pas un "émetteur", mais un "récepteur".

– Un "récepteur" ?

– Il ne s'occupe pas de diffuser les messages du régime », expliqua Boone en mordant dans la tête d'un rouget.

Il fit la moue, déçu qu'elle n'ait pas été aussi croquante qu'il l'avait espéré.

« Que fait-il alors, au ministère ?

– Imagine-toi qu'il a pour mission de recueillir les

blagues qui circulent sur le régime, de les analyser, de les commenter et de les transmettre au Président.

– Tu rigoles ou quoi ?

– Pas du tout. C'est très sérieux. Le régime a apparemment ses blaguologues, comme nous avions nos kremlinologues.

– Tu vas pouvoir t'en donner à cœur joie avec lui, Harry. Mais, qu'est-ce qui te fait croire qu'il jouera le jeu ?

– Ses vêtements, répondit Boone énigmatiquement.

– Ses vêtements ?

– Quand je l'ai vu il portait un costume en lin coupé sur mesure, une cravate club rayée, et des pompes au cuir bien patiné.

– Et tu en conclus...

– J'en conclus que c'est un homme de tradition, de distinction, de complication et de discrétion.

– Tout cela ?

– Son costume, sa cravate et ses chaussures m'apprennent qu'il aime la tradition. Plus précisément la tradition anglaise. Quoi de plus anglais qu'un costume en lin coquille d'œuf, une cravate club et de vieilles chaussures bien entretenues. A croire que le Khedivial Sporting Club existe encore.

– Et la complication ?

– Pourquoi un homme bien proportionné, de moins de six pieds et demi de haut et pesant moins de cent cinquante livres, se ferait-il faire des costumes sur mesure quand il peut aisément en trouver à sa taille dans n'importe quel bon magasin de prêt-à-porter ? Il est clair que M. Chawaribi aime se distinguer, quitte à se compliquer indûment la vie.

– Bien vu ! Et la discrétion ?

– Tu as vu ton copain le général ?

– Mon copain ! Qu'est-ce qu'il a, mon copain ?

– Lui aussi se fait faire ses costumes sur mesure. Mais dans son cas, on le comprend : il est petit et trapu, presque aussi large que haut.

– Et ?

– Tu as vu ses boutonnières ?

– Ses boutonnières ?

– Les boutonnières de ses manches. Les deux derniers boutons sont toujours défaits.

– Je ne l'avais jamais remarqué.

– Un bon tailleur coupe toujours de vraies boutonnières, alors que dans le prêt-à-porter ce sont de fausses boutonnières. Du trompe-l'œil.

– Tu veux dire que *mon* copain défait ses boutonnières...

– Pour montrer qu'il porte un costume coupé sur mesure...

– Alors que *ton* copain...

– Les garde discrètement boutonnées. Son code vestimentaire ne s'adresse pas au premier venu, mais à un petit cercle d'initiés.

– Dont tu fais bien sûr partie.

– Uniquement comme observateur. Ce sont là des choses que j'ai dû apprendre sur le tas, quand j'ai épousé Sarah, pour mieux naviguer dans l'étrange environnement de l'establishment anglais. Car vois-tu, à leurs yeux j'étais avant tout un Irlandais. Même pas un Anglo-Irlandais protestant, mais un catholique irlandais. Un "Mick", quoi ! Autant dire un bougnoule. Etre catholique et anglais, ça fait très chic. Mais être catholique et irlandais, je peux t'assurer que ce n'est pas du tout chic. Ce n'est pas parce que je parlais leur langue que je pouvais nécessairement trouver mon chemin dans le méandre de leurs classes et le labyrinthe de leurs castes. J'ai dû me munir d'une boussole et d'un détecteur. Histoire de savoir à qui j'avais affaire avant même qu'il n'ouvre la bouche pour parler. Je me suis donc intéressé à la manière dont les gens s'habillaient. A leur mise. Nos vêtements reflètent l'image que nous projetons consciemment. Trop souvent on juge les gens à leur physique, et notamment à leur visage qui est la première chose qu'ils nous livrent. On dit que tel a un regard franc, que tel autre a une mine sournoise. Mais on oublie qu'on naît avec un visage ingrat, une vue faible, un menton fuyant ou un front étroit. On n'y peut rien. Alors qu'on choisit ses vêtements. Et comme nous vivons dans un monde où les mèmes comptent plus que les gènes, j'estime qu'on a plus de chances de connaître quelqu'un par sa mise que par son faciès.

– Je croyais que c'était surtout sur le maintien, l'allure et le gestuel que vous autres travailliez. » Elle jeta un œil autour d'elle, puis elle ajouta, d'une voix plus basse : « Vous autres espions, je veux dire...

– Contrairement à ce qu'on peut penser, ce n'est pas assez précis. Prenons le maintien. Quelqu'un qui mangerait les coudes sur la table – comme ça – peut être sans manières, mais ce peut tout aussi bien être quelqu'un de parfaitement bien éduqué qui se fiche de la personne attablée face à lui.

– En d'autres termes, un gentleman ne serait impoli que lorsqu'il le fait exprès.

– C'est tout à fait cela. Inversement, si l'homme que j'ai en face de moi se sert de ses couverts les coudes bien rentrés dans les côtes, cela peut vouloir dire qu'il a été dans un bon pensionnat, mais cela peut aussi vouloir dire qu'il a fait de la prison : une habitude qu'il aurait acquise au réfectoire du pénitencier.

– Et les tics nerveux, alors ? Le regard évasif ? Les mains moites ? Les ongles rongés ?

– C'est important, certes, mais cela ne reflète pas

une image aussi stable et aussi permanente que les habitudes vestimentaires. Les vêtements sont justement choisis afin de corriger l'image physiologique ou psychologique héritée. C'est un moyen compensatoire. Contrairement aux oiseaux, nous choisissons notre plumage, et nous l'achetons. C'est pourquoi je m'attache à ce que les gens portent. Car ce qui m'intéresse quand je veux approcher quelqu'un, ce n'est pas tant ce que cette personne est, au fond d'elle-même, que ce qu'elle voudrait être. Ou, pour être plus précis, ce qui m'intéresse c'est le décalage entre ce qu'elle est et ce qu'elle voudrait être aux yeux des autres.

– Un proverbe libanais dit : "Mange à ton goût et habille-toi au goût des autres."

– C'est un proverbe sage. Il est vrai qu'on ne peut pas apprendre grand-chose sur une personne en découvrant qu'elle aime les aliments salés, sucrés ou épicés. Mais on peut en savoir long sur elle rien qu'en regardant ses vêtements. Nos habits envoient des messages aux gens avec qui nous souhaitons justement entrer en rapport, à l'exclusion de tous les autres. Si j'arbore une cravate d'ancien Malburnien, j'envoie un message à tous ceux qui ont fréquenté une bonne école anglaise, et je me contrefiche bien sûr de ceux qui n'arrivent pas à déchiffrer ce code particulier et qui pourraient estimer que ma cravate est, soit trop étroite, soit trop démodée. Si je mets un polo Ralph Lauren ou un pantalon Armani griffé, j'envoie un message à tous ceux qui suivent la mode. Et si, comme notre cher ambassadeur l'autre soir, je mets une vieille veste de smoking en velours côtelé au col châle élimé, j'envoie un message que personne au Caire ne peut décoder. Je déclare ainsi qu'il n'y a personne dans ce pays qui m'intéresse vraiment.

– Sir William ne serait donc pas recrutable ?

– Il n'est recrutable que par les rares personnes qui dînent encore en smoking.

– Noblesse oblige. Ou devrais-je dire : aristocratie oblige.

– Ecoute cette histoire. Un Londonien sortait un jour du Ritz quand il tomba sur un vieux camarade d'école qu'il avait perdu de vue. Il s'étonna de voir sa mise négligée (costume froissé, chemise douteuse, cravate tachée), d'autant qu'il savait que l'homme en question appartenait à la vieille noblesse du pays et avait hérité d'un château somptueux et de milliers d'hectares de terres arables. "Tout va bien ?" s'inquiéta-t-il. "Tout va parfaitement bien", lui répondit l'autre. "Pourquoi es-tu habillé comme un clochard ? Tu pourrais au moins essayer de faire honneur à ton titre et à ta famille !" "Tu sais, lui dit l'autre, je suis à Londres pour la journée et ici, personne ne me connaît." Il le convia ensuite à venir passer un week-end chez lui dans son château. Le jour venu, le Londonien mit donc ses plus beaux habits de gentleman-farmer et prit le train pour se rendre chez son ami. Ce dernier l'attendait à la gare la plus proche, et quand le Londonien fut sur le quai, quelle ne fut sa surprise de voir son noble ami habillé comme un miséreux (veste rapiécée, pantalon en accordéon, chaussures qui n'avaient jamais connu le cirage de près). Une honte. "Mais pourquoi es-tu mis comme ça ?" s'étonna-t-il. Et l'autre lui répondit : "Oh ! tu sais, ici, tout le monde me connaît !" Cette histoire pourrait tout aussi bien s'appliquer à sir William.

– Tu veux dire que sir William n'essaie pas d'entrer en rapport avec des étrangers ?

– Je me demande pourquoi il a choisi la carrière diplomatique. Probablement pour perpétuer une tradition familiale. La même, j'imagine, qui le pousse à mettre un smoking pour dîner.

– Et Pettigrew ? Qu'est-ce que ses vêtements t'apprennent sur lui ?

– Chris ? » Boone se demanda si le chef de poste des Bunkers n'aurait pas des fois tapé dans l'œil de Maria. « Eh bien ! rien qu'à voir son blazer rayé je peux te dire qu'il a fait de l'aviron.

– Parce que ceux qui font de l'aviron ont des rayures particulières sur leurs blazers ?

– Non... Parce que son blazer est coupé long aux manches et court aux fesses.

– Et ?

– C'est fait exprès : le tailleur coupe le blazer long aux manches pour qu'on puisse ramer sans qu'elles ne remontent jusqu'aux coudes, et il le coupe court aux fesses pour éviter qu'on ne s'assoie dessus.

– Tu es sérieux ?

– On ne peut plus sérieux. Et rien qu'à voir ses vestes je peux aussi te dire que Chris Pettigrew a été à Eton.

– Tricheur ! Tu as lu son dossier !

– Pas du tout !

– Comment peux-tu savoir cela, alors ?

– Le devant de ses vestes est coupé d'un seul tenant, dans un même morceau de tissu.

– Et ?

– C'est là la marque de fabrique des grands tailleurs milanais, ainsi que de deux tailleurs anglais : Anderson & Sheppard, et Tom Brown. Or les vestes de Pettigrew sont bien trop cintrées pour être italiennes, et ses manches trop étroites pour avoir été coupées par Anderson & Sheppard qui aime les manches bouffantes. Ce qui nous laisse Tom Brown. Et comme Tom Brown se trouve être l'un des tailleurs attitrés de Eton, j'en conclus qu'il fournissait déjà au petit Pettigrew ses gèle-fesses, ses queues-de-pie et ses gilets de collégien, et que Chris est resté fidèle à ce tailleur.

– Tout ça grâce à une couture manquante sur le devant d'une veste ? Je ne sais pas si tu as raison, Harry, mais c'est très drôle... Pour en revenir à ton ami du ministère de l'Information, qu'est-ce qui te fait dire que tu pourras le recruter ?

– Qui te parle de recrutement ? Je ne veux pas le recruter. J'aimerais juste le cultiver. D'ailleurs, je ne dis pas que je pourrais nécessairement le faire. Je dis que s'il peut être accroché, c'est par un insulaire comme moi.

– Pourquoi cela ?

– Parce que tout son être vestimentaire aspire à ce qu'on appelle "le style anglais". Un Américain, un Français ou un Espagnol n'aurait aucune chance avec lui. Encore moins un Israélien.

– Auquel cas Chris Pettigrew devrait être encore mieux placé que toi. »

Encore ce satané Pettigrew. Boone sentait la jalousie monter en lui. Car il savait que Maria ne dédaignait pas les hommes mûrs. Son premier amour, un armateur libanais qui naviguait au plus près tant sur terre que sur mer, aurait pu être son père.

« Qu'est-ce que tu as avec Chris Pettigrew ? dit-il d'un ton brusque. Chris Pettigrew par-ci, Chris Pettigrew par-là ! Il te plaît donc tant que cela ?

– Il est marié, répondit-elle sans répondre.

– Et alors ? Il pourrait divorcer.

– Je me vois mal en Mme Pettigrew, dit-elle, taquine. *Pettigrew, ça fait "petit gros"*, ajouta-t-elle en français. Et Maria Petitgros, ça ne sonne pas assez bien pour moi, poursuivit-elle en repassant à l'anglais.

– Chris est bien trop collet monté pour Chawaribi,

dit Boone. Chris est la vraie caricature du fonctionnaire colonial anglais. Il pourrait sortir tout droit d'un roman de Waugh ou de Wodehouse. Si Chawaribi devait le prendre pour modèle, il n'en serait jamais qu'une pâle copie. Il ne pourrait jamais l'égaler. J'ai sur Chris l'avantage de ne pas être anglais. Chawaribi n'aura même pas à me prendre pour modèle. Il pourra se sentir mon égal : un Egyptien anglophile se liant d'amitié avec un Irlandais anglophile. Après tout, tant les Irlandais que les Egyptiens ont été asservis par les Britanniques. Ce sera une relation équilibrée. Il s'y sentira bien et il fera d'autant plus facilement le pas que je compte lui faire faire.

– Comment envisages-tu de l'approcher ?

– Je vais commencer, je crois, par commander une dizaine de cravates identiques et je les offrirai aux membres du club de croquet comme signe de ralliement. Histoire de créer un esprit de corps. Ensuite, je lui achèterai un accessoire vestimentaire bien anglais – un panama de chez Lock ou alors une pochette de chez Hilditch & Key. Plus tard, je lui demanderai de m'introduire chez son tailleur et je me ferai faire un costume aux frais du Club-House. Ça marchera, ne t'en fais pas. Après tout ce ne sont pas des secrets d'Etat que je lui demanderai, mais son appréciation sur les blagues qui circulent en ville, et les réactions qu'elles suscitent à la présidence. Il ne me restera alors qu'à reformuler cela en termes moins ludiques et plus scientifiques, avant d'envoyer le tout à Londres par télégramme chiffré marqué top secret.

– Ne va tout de même pas trop loin avec lui, Harry.

– Ne t'en fais pas, je n'irai pas trop loin. Lui non plus, d'ailleurs. Il saura aller jusqu'à la limite sans pour autant dépasser le seuil.

– Qu'est-ce qui te fait dire cela ?

– Sa braguette.

– Sa braguette ? Qu'est-ce que sa braguette a à voir là-dedans ? Il avait la braguette ouverte ?

– N... non », bégaya Boone.

Heureusement, se dit-il en jetant un regard furtif autour de lui, qu'ils s'étaient attablés à l'abri de la proue et quelque peu à l'écart des autres convives. Car Maria venait de fourrer son pied nu entre ses cuisses et lui massait les parties génitales. Pour se donner contenance, il prit son temps et alluma un Wintermans.

« Samir Chawaribi a une braguette à boutons, finit-il par dire. Pas à fermeture Eclair.

– Braguette à boutons ? Fermeture Eclair ? Que me chantes-tu là, Harry ? Tu te moques de moi ?

– Une fermeture Eclair, c'est bien pratique, n'est-ce pas ?

– C'est peut-être pratique quand on utilise ses doigts, mais pas quand on utilise ses orteils.

– Tout le monde a des pantalons à fermeture Eclair aujourd'hui, dit Boone en lui caressant la voûte plantaire, qu'elle avait magiquement veloutée. Même Chris Pettigrew, qui se fait pourtant faire ses costumes, en a sur ses pantalons.

– Je préfère les boutons, dit Maria qui jouait encore à vouloir faire glisser la fermeture Eclair de Boone avec ses orteils. On peut plus aisément s'y faufiler. Tu te rappelleras, s'il te plaît, de demander au tailleur de Samir Chawaribi de te faire une braguette à boutons.

– Comme je le disais, c'est vraiment pratique, une fermeture Eclair, reprit Boone, qui sentait son sexe gonfler. Mais quand ça casse, ça casse d'un coup et on se retrouve dans une situation quelque peu embarrassante.

– Alors qu'avec des boutons...

– Une braguette à boutons, c'est plus compliqué.

Mais lorsqu'on en perd un, on ne court pas le risque d'être arrêté pour atteinte à la pudeur, comme ce sera certainement le cas pour nous deux si tu n'arrêtes pas immédiatement.

– Ce qui suggère ?.. »

Désespérant d'ouvrir sa braguette, elle voulut retirer son pied, mais il ne la laissa pas faire et entreprit de lui caresser le gros orteil. Il l'imaginait, sous la table, bien rond sans être court, bien plein sans être gras, adorablement lisse et impeccablement soigné. Et il eut soudain envie de le prendre dans sa bouche, de le mordiller, de le lécher, et de sentir l'odeur décapante du vernis fraîchement posé remonter dans ses narines.

« Ce qui suggère ? répéta-t-elle, impatiente, en faisant jouer l'articulation de son adorable orteil.

– Ce qui suggère, répondit Boone qui avait soudain hâte de rentrer à la maison, que notre ami Chawaribi est un homme prudent. Il ne met pas tous ses œufs dans le même panier. »

11

Boone ne s'était pas trompé sur le compte de Samir Chawaribi. L'ayant dûment cultivé, il réussit à établir avec lui un excellent rapport, comme on dit. Il eut alors la primeur des blagues circulant sur le compte du régime, et il sut aussi la réaction qu'elles suscitaient au sein du pouvoir, et notamment chez le Président. Chaque fois qu'une nouvelle histoire drôle bourgeonnait et essaimait, les apparatchiks tremblaient et mettaient la main sur le cœur jusqu'à l'annonce du verdict suprême. Si le Raïs piquait une colère en l'entendant, une sombre déprime s'abattait sur eux comme une chape de plomb ; s'il la prenait à la légère, on en souriait comme on le ferait des frasques de quelque enfant turbulent ; et s'il en riait (ce qui lui arrivait), on en riait aussi et on s'empressait de la raconter aux parents et aux amis. Grâce au Nouktabachi, Harry Boone put entrevoir ce qui affectait le Raïs, ce qui l'inquiétait, ce qui le laissait froid eu égard à sa lassitude et à son âge avancé, et aussi ce qu'il encourageait lui-même à des fins ludiques ou politiques. Ainsi, si Samir Chawaribi lui apprenait que le Raïs riait de bon cœur des blagues incessantes qui circulaient sur l'incompétence de son ministre des Affaires étrangères, Boone en concluait que les actions dudit ministre étaient à la baisse et il en informait Londres. Ses supérieurs au Club-House étaient évidemment ravis du tuyau, et Boone, qui savait pertinemment comment il l'avait eu, mais qui le taisait, l'était encore plus. Sauf qu'à ce train-là il n'arrivait plus à savourer les histoires drôles qu'on lui racontait lors des dîners en ville : il les connaissait déjà toutes. Il se réjouissait néanmoins d'avoir réussi son coup, et il se félicitait d'avoir pu ériger un système cohérent autour de Zamalek, du Guézira et du club de croquet. Il avait enfin son petit coin de paradis où il pouvait rester blotti. En vérité, si Boone avait eu un peintre préféré, c'eût sans conteste été Nicolas Poussin qui, au sujet de l'exécution, en 1649, de Charles Ier, écrivait à son ami Paul Fréart de Chantelou : « Quelle joie de vivre dans un siècle où il se passe de si grands événements. Si tant est, bien sûr, qu'on puisse trouver à s'abriter dans un petit coin d'où l'on peut regarder la pièce bien à son aise, et surtout d'assez loin. »

Seulement voilà, Boone ne pouvait s'empêcher d'être inquiet. Son système insulaire, il le savait, ne reposait pour l'instant que sur des mots. Rien que des mots. Il était à la merci d'un gradé libidineux qui pouvait se lasser de Maria, d'un révolutionnaire narcissique qui risquait de se faire arrêter à tout moment, et d'un Nouktabachi irrévérencieux qui pourrait un jour raconter une blague de trop dans un lieu où il ne le fallait pas. Adieu le beau trépied, alors, et adieu la retraite dorée : il lui faudrait tout recommencer. Afin de donner à son ancrage un caractère irréversible, il fallait à Boone du solide. Quelque chose de lourd, de bureaucratique. Quelque chose qui lui permettrait de créer une force d'inertie dont il pourrait se servir afin de donner de vraies fondations à son système. Il lui fallait, se disait-il, quelque chose qui résisterait mieux que de simples pilotis à une éventuelle tempête.

Cette tempête, Boone l'appréhendait. Confusément,

mais il l'appréhendait. Il se retrouvait certes au Caire au moment où les terroristes locaux – qui n'avaient eu de cesse de faire parler d'eux lors des deux décennies précédentes – étaient en perte de vitesse. Se détournant de l'Egypte, la tourmente s'était fort heureusement déplacée vers le nord, jusqu'en Palestine, et vers l'est, jusqu'en Irak. La scène islamique égyptienne était désormais occupée par un muezzin à la voix d'or qu'on disait manipulé par un régime qui le faisait chanter dans tous les sens du terme. Rassurant, non ? En principe, Boone pouvait donc espérer se la couler douce au Caire, à l'abri de sa citadelle insulaire. En principe, le système qu'il venait de mettre en place à Zamalek devrait faire l'affaire. Mais uniquement en principe. Car s'il est vrai que les services de renseignement envoyaient d'ordinaire leurs agents dans les points chauds du globe, Boone pressentait qu'il lui suffisait, quant à lui, d'aller quelque part pour que ce quelque part se transforme *illico* en point chaud. A croire qu'Archie Briggs avait un don de prescience. Son patron l'avait jadis envoyé à Beyrouth alors que les choses s'y étaient tassées : plus de terrorisme, plus de prises d'otages. A l'époque, la tornade islamiste s'était très obligeamment déplacée vers les Balkans, le Caucase et l'Afghanistan, et Boone avait alors pu œuvrer à son aise pour se bâtir au Liban un nid bien douillet. Et puis – qui l'aurait cru ? –, un satané défecteur islamiste avait inopinément pointé son nez, ébranlant sérieusement le système pépère de Boone. Echaudé par cette fâcheuse expérience, Boone se devait de mettre tous les atouts de son côté en prévision d'un coup fourré similaire. C'est pourquoi il avait fait le déplacement jusqu'à Londres, et pourquoi il se trouvait ce jour-là à Russell Square.

Le Club-House n'avait pas beaucoup changé depuis que Devereux avait cédé la place à Briggs : le vieux Syd était toujours à son poste à l'entrée, et toujours aussi pointilleux ; le hall sentait tout autant le moisi et le renfermé ; le minuscule ascenseur était toujours aussi lent (quoiqu'on y ait fait installer un miroir pour distraire ceux qui s'y hasardaient) ; et le quatrième avait toujours la même ambiance feutrée due tant à l'air raréfié propre aux hautes sphères qu'à l'épaisse moquette qui tranchait sur le linoléum des étages inférieurs.

Dans le couloir qui menait aux quartiers du grand patron, il croisa Guy Fennell qui en sortait la mine renfrognée. Briggs doit lui faire des misères, se dit-il. Briggs avait toujours été rancunier. Quand il l'aperçut, le souffre-douleur du nouveau directeur se composa un visage plein de morgue. Fennell avait peut-être perdu son pouvoir, mais il n'avait rien perdu de sa superbe. On pouvait toujours compter sur lui pour sauver les apparences.

« Alors, Boone, lança-t-il. Le Liban ne vous manque pas trop ? »

On pouvait aussi toujours compter sur lui pour bien remuer le couteau dans la plaie.

« Oh, moi, vous savez, Guy, tant que je suis au soleil. »

Fennell pressa alors le pas et le dépassa en trombe, sans un mot de plus, comme quelqu'un qui aurait été chargé d'une mission de la plus grande importance et qui aurait hâte d'aller s'en acquitter.

Dans l'antichambre du bureau directorial, Gladys, la secrétaire attitrée de Briggs, s'affairait avec un plateau.

« Thé, lui demanda-t-elle.

– Orange Peakoe, hasarda Boone.

– Earl Grey », dit-elle d'un ton qui ne souffrait aucune contradiction.

Boone tiqua. Il détestait ce thé parfumé dont Briggs se délectait.

Ayant pressé un bouton et reçu en échange une impulsion sonore qu'elle seule semblait en mesure d'interpréter, elle fit jouer l'ouverture électrique du sas capitonné. Boone tira alors le premier battant, poussa le second, et elle le précéda avec son plateau.

Briggs était installé derrière l'énorme bureau où Devereux étalait jadis les papiers qu'il ne lisait jamais. Il ne semblait pas à l'échelle de tous ces meubles, aussi imposants qu'onéreux, que son prédécesseur avait affectionnés. Prenant place sans attendre d'y être invité, Boone promena son regard sur les lieux. Il nota les carrés et les rectangles de couleur foncée qui tranchaient sur le tissu mural décoloré, à l'emplacement des tableaux personnels que Cecil Devereux avait emportés avec lui, et les plantes en pot sur le rebord des fenêtres, qui n'étaient pas là sous l'ancien régime. Sur un signe de tête de Briggs, Gladys posa son plateau et se saisit d'un dossier vert cartonné qu'elle colla sur sa poitrine comme pour l'empêcher de s'envoler. Il est tout à fait en sécurité avec moi, semblait-elle proclamer. Elle portait des lunettes, à présent. Elle s'était aussi empâtée. Sur un autre signe, presque imperceptible, de son maître, elle alla jusqu'à une armoire, l'ouvrit et revint déposer sur le bureau un mémo que Boone reconnut pour l'avoir envoyé. Ces deux-là n'avaient même pas besoin de parler, se disait-il. Ils se connaissaient depuis des années. Gladys avait d'abord été avec Archie chez les Proettes et l'avait ensuite suivi jusqu'au sommet du Club-House. Boone n'avait jamais remarqué à quel point elle pouvait ressembler à son patron. Surtout avec ses lunettes et ses kilos en plus.

« J'ai lu ton mémo, dit Briggs sans même attendre que Gladys soit sortie. Si je comprends bien, tu proposes de répéter au Caire ton expérience libanaise.

– Mon expérience libanaise ? »

Boone faisait mine de ne pas comprendre.

« Quitter ton bureau de l'ambassade pour installer la mission commerciale dans ta villa.

– Ah ! ça », dit Boone du ton de quelqu'un qui n'y aurait jamais pensé.

Il est vrai qu'après qu'il eut été nommé au poste d'attaché commercial auprès de l'ambassade à Beyrouth, il avait convaincu ses supérieurs de le laisser monter une antenne hors les murs.

« Vois-tu, Archie, reprit-il après un moment d'hésitation, je me disais qu'avec tout le ressentiment envers nous et les Américains depuis cette affaire irakienne, nous devrions prendre un peu nos distances avec l'ambassade et jouer la carte européenne. En quittant Garden City, il me sera plus facile de mettre en avant mon côté européen.

– Tu es peut-être lymphatique, Harry, mais on aurait du mal à te confondre avec un Corse ou un Sicilien. Pas avec ta peau blanche et tes yeux clairs, qui tranchent si bien sur ta tignasse noire. Que tu le veuilles ou non, tu fais celte. Et si tu ne fais pas celte, alors tu fais juif. Autant dire que tu as plus intérêt à ce qu'on te prenne pour un Anglais que pour un Israélien.

– Ce n'est pas tant à l'Europe du Sud que je pensais, qu'à l'Irlande. Comme tu le sais, la villa de l'ambassadeur irlandais jouxte la mienne. Nous partageons d'ailleurs le même policier de garde, gracieusement mis à notre disposition par le gouvernement égyptien, qui doit ainsi faire de petites économies.

– Je me demande, dit Briggs, pensif, si en cas d'attaque terroriste le policier en question volerait à ton secours ou au secours de l'ambassadeur. Ni de l'un ni de l'autre, à mon avis.

– Nos villas sont tellement proches que nos jardins sont imbriqués. Le chien de l'ambassadeur vient même faire ses saletés sur ma pelouse.

– Tant et si bien, j'imagine, que le policier qui vous garde ne sait plus si ledit chien est de Belfast ou de Dublin.

– Justement, Archie ! Je me disais qu'on pourrait peut-être tirer profit de cette proximité providentielle pour installer la mission commerciale à deux pas de la résidence de l'ambassadeur irlandais. On se cacherait ainsi derrière Son Excellence, et on jouerait sur la confusion entre l'Ulster et l'Eire.

– Mmm », fit Briggs en ôtant ses lunettes et en les examinant.

Il n'arrivait toujours pas à se faire à ces verres progressifs que son opticien avait réussi à lui fourguer.

« Je me souviens qu'à Beyrouth, dit Boone, poussant son avantage, le colonel Kamel de la Sûreté ne savait même pas faire la différence entre un Anglais et un Gallois. Alors, qui, au Caire, fera la différence entre un Irlandais et un autre ?

– Les deux étant de surcroît catholiques.

– Catholiques et voisins.

– Et la sécurité, Harry ? Que fais-tu de la sécurité ?

– L'ambassade n'a plus de service de sécurité, Archie. Comme tu le sais, le dernier cerbère en poste est depuis devenu jardinier. Tout est à présent informatisé et mis sous alarme. C'est la mode du "verrouillez et partez". »

Briggs ne disait rien. Il pesait encore le pour et le contre.

« En m'installant à la villa, poursuivait Boone, j'éloignerai de moi l'hostilité à peine voilée dont souffrent tous les Américains et tous les Anglais vivant dans les pays arabes. Ça fera toujours un itinéraire de moins. Ce sera mieux pour la sécurité. »

Briggs se taisait toujours.

« De plus, comme l'ambassade ferme à quatorze heures, tout le monde au Caire sait que ceux qui répondent au téléphone dans l'après-midi ne sont pas de vrais diplomates mais des espions. »

Briggs ne disait toujours rien.

« En quittant l'ambassade pour la villa, je m'éloignerai d'autant de Chris Pettigrew et des Bunkers. »

Ce dernier argument eut l'air de porter. Briggs remit ses lunettes sur son nez et regarda Boone en haussant puis en baissant graduellement la tête. Il avait ainsi deux Harry Boone différents devant lui : un pour chacun des foyers que son opticien lui avait imposés. Aucun ne trouvait grâce à ses yeux. Mais, à tout prendre, il se disait qu'il préférait encore celui qui lui semblait le plus éloigné.

« D'accord, finit-il par dire, comme si cet aval pouvait éloigner Boone pour de bon. Tu as mon autorisation pour déménager ton bureau de l'ambassade et installer ta petite mission commerciale dans ta villa. Je ferai le nécessaire avec Walker ainsi qu'avec le Foreign Office. »

Ça y est, se réjouit Boone. Je l'ai enfin, ma citadelle en dur. Il ne me reste plus qu'à la pérenniser.

« J'aurais besoin d'une petite rallonge à mon budget, dit-il.

– Une rallonge, s'inquiéta Briggs. Une rallonge pour quoi faire ?

– Pour acheter quelques meubles.

– Mais ta villa est meublée !

– Des meubles CI, Archie ! Des meubles Croydon Issue datant du gouvernement Wilson ! C'est d'un tristounet ! Je reçois le général Masri chez moi. Comment veux-tu qu'il me prenne au sérieux quand je le fais asseoir dans un siège en formica et que je lui donne à admirer des posters sous verre du château de Balmoral et du Lake District ? Il ne croira jamais que mon service a les faveurs du gouvernement et que mon patron a accès direct au Premier ministre !

– D'accord, d'accord, soupira Briggs. Ta Maria pourra aller acheter quelques beaux meubles pour égayer l'endroit et impressionner tes amis haut placés. Mais qu'elle ne fasse pas de folies ! Un budget, oui, mais un budget limité ! »

Boone était ravi. Mission accomplie. Il avait réussi à avoir l'aval de son patron à son repli tactique sur Zamalek, et il avait même pu obtenir de lui un budget qu'il mettrait à présent à profit afin de renforcer son système. Peu lui importait, finalement, que ce budget soit limité. Ce n'était pas le prix des choses qui intéressait Boone, mais les choses elles-mêmes. Ce n'était pas en se payant des objets chers qu'il créerait la force d'inertie qu'il recherchait, mais en choisissant soigneusement ce qu'il achèterait. Ce n'était pas le « combien » mais le « quoi » qui aurait raison des ronds-de-cuir du Club-House qui lui chercheraient tôt ou tard des poux. Si Briggs croyait qu'il allait demander à Maria d'aller faire la tournée des antiquaires du Caire à la recherche de petits meubles années trente, de tapis persans, de tableaux orientalistes et de bibelots précieux, eh bien ! il se trompait. C'étaient des moucharabiehs égyptiens, des miroirs italiens, des boiseries khédiviennes, des marqueteries damascènes, des soieries indiennes et des céramiques iraniennes, que Maria s'en irait chiner. Toutes choses qui prendraient ensuite racine dans la villa de Zamalek. Car ce n'est pas dans le *mobilier* que Boone entendait investir, mais dans l'*immobilier*. Sa stratégie l'exigeait, puisqu'elle s'appuyait sur tout ce qui ne pouvait pas être aisément bougé. S'il dépensait son budget en tapis, en tableaux, en canapés et en objets *meubles*, les bureaucrates londoniens, qui voudraient éventuellement le chasser de son nouveau paradis insulaire pour le renvoyer à l'ambassade et dans la géhenne cairote, n'auraient aucun mal à les déplacer ailleurs. Mais en dépensant ce même budget sur des panneaux de bois et de verre, et dans des métrages de tissus et de céramiques qu'il ferait ensuite encastrer dans les murs de la villa, et qui deviendraient de ce fait *immeubles*, il créerait une force d'inertie qui clouerait les bureaucrates sur place.

Quoiqu'il s'en cachât soigneusement, Boone espérait refaire au Caire le « coup de Beyrouth » qui lui avait à l'époque valu quelques années de tranquillité au bord de la Méditerranée. Au Liban, une fois qu'il eut quitté l'ambassade et pris de nouveaux locaux, Boone, qui avait une connaissance innée de la fonction publique, y avait vite fait encastrer un coffre-fort monumental pour mettre ses secrets à l'abri, ainsi qu'une porte et des vitres blindées pour bien sceller le tout. Il avait ainsi réussi à créer un fait accompli. Bien sûr, chaque année, lors d'interminables discussions relatives à l'allocation des budgets, des voix mesquines n'avaient pas manqué de s'élever au Club-House pour faire remarquer que la mission commerciale et son directeur – pour ne rien dire de sa maîtresse – grevaient les finances du Service, et des comptables obtus n'avaient eu de cesse de dresser des plans savants visant à torpiller la mission et à faire rentrer Harry Boone dans les rangs. C'est alors que les véritables problèmes s'étaient posés, et qu'était apparu dans toute sa splendeur l'imparable dispositif de défense diligemment mis en place par Boone. Ce dernier ayant pris la précaution de faire encastrer dans le mur un coffre immense censé renfermer ses codes et ses secrets, les bureaucrates déterminés à le déloger de son nid douillet se rendaient compte que si le coffre abritait des codes et des secrets, les bureaux, eux, abritaient le coffre. D'où la porte et les vitres blindées. Le système Boone se tenait. Il était cohérent. En déranger l'un des maillons équivalait à déranger le tout. Et déranger le tout risquait de créer encore plus de problèmes qu'il n'en résoudrait. Les économies que le Club-House ferait en fermant les bureaux justifieraient-elles tous les tracas administratifs qu'entraînerait le transfert du coffre et du système de transmission, pour ne rien dire de la perte définitive des blindages ? Après maintes délibérations, la réponse était immanquablement non. Boone espérait à présent que les moucharabiehs, les miroirs, les boiseries, les marqueteries, soieries et céramiques que Maria se ferait un plaisir de lui dénicher (pour ne rien dire du coffre-fort et du système de sécurité qu'il ferait installer), lui permettraient de reproduire en Egypte le système qui l'avait jadis si bien servi au Liban, et qu'il pourrait bientôt renouer, sur les rives du Nil, avec la *dolce vita* qu'il avait dû laisser derrière lui au bord de la Méditerranée.

12

Quand Boone s'en revint au Caire, les grandes chaleurs estivales avaient pris possession de la capitale et tous les gens d'importance l'avaient désertée pour des cieux plus cléments. Boone se retrancha alors dans Zamalek et derrière son statut de simple piéton, se traçant des circuits sophistiqués qu'il affina au fil des semaines et qu'il empruntait pour aller glaner, par-ci par-là et surtout à proximité, les informations qui, il l'espérait, contenteraient ses employeurs et justifieraient à leurs yeux son mode de fonctionnement insulaire. Certes, ces itinéraires pédestres n'étaient pas dénués de danger. Mais ce n'était pas le même danger que celui qu'il aurait encouru en prenant sa voiture, et plus encore en s'aventurant sur l'un des ponts reliant l'île au monde hostile qui l'entourait. En sa qualité d'automobiliste, Boone risquait à chaque instant de se retrouver bourreau. Alors qu'en qualité de piéton il serait, se disait-il, au pire, victime. Et, en principe, Boone préférait le rôle de victime à celui de bourreau. En principe seulement. Car dès qu'il s'apprêtait à traverser la grande artère du 26-Juillet qui coupait les quartiers résidentiels de l'île en deux, et que ses propres artères s'affolaient, il se découvrait des instincts meurtriers et se disait que le ministère du Tourisme serait bien inspiré de fournir à tous les étrangers des cannes blanches (et pourquoi pas des chiens d'aveugle) pour les aider à survivre dans la rue. Le piéton cairote était constamment confronté à un dilemme : soit il empruntait la chaussée où les projectiles montés sur roues fusaient de toutes parts, soit il prenait les trottoirs, exagérément surélevés afin d'empêcher lesdits projectiles de les envahir. Le choix consistait entre le slalom sur chaussée qui usait les nerfs, et le steeple-chase sur trottoir qui éreintait les jambes. En bon Irlandais, Boone avait naturellement opté pour le steeple-chase et, très vite, les trottoirs de Zamalek n'eurent plus de secrets pour lui. Il apprit à évaluer la hauteur de chaque obstacle et à s'y préparer en prenant son élan, il connaissait par cœur les dizaines de chaises, aussi vétustes que dépareillées, qui encombraient son chemin et accueillaient les séants reconnaissants des policiers indolents dont l'atout majeur semblait être un *Sitstfleisch* impressionnant, et il s'émerveillait chaque fois devant la propreté des poubelles alignées le long des réverbères, et dont personne ne semblait comprendre l'utilité. Il faut dire que ces poubelles immaculées avaient été placées de manière telle qu'elles faisaient face à la chaussée plutôt qu'au trottoir. Tout le monde y trouvait ainsi son compte : l'entrepreneur averti qui, en réussissant à convaincre les autorités de la ville de les acquérir, avait réalisé une bien bonne affaire, le piéton qui, n'y ayant pas vraiment accès, se débarrassait de ses détritus par terre et sans mauvaise conscience aucune et, bien sûr, la municipalité, qui s'épargnait du coup la peine de les vider et de les entretenir.

Nonobstant leur intérêt sociologique évident, Boone n'arrivait pourtant pas à assimiler tous ces précieux enseignements d'un coup. C'était donc toujours avec soulagement qu'il franchissait la porte de l'un ou l'autre des divers endroits où il aimait passer son temps. Outre sa villa et le Tea Garden où il rencontrait le général Masri, le club de croquet où il rejoignait volontiers Samir Chawaribi et le Sultan où il s'en allait retrouver Adel Brahim, il avait identifié un certain nombre d'oasis, fertiles, chacune à sa façon, en rumeurs et en tuyaux. Le Pub 28, par exemple, un ancien bordel transformé en bar à vins, accueillait volontiers des diplomates de second rang et des journalistes occidentaux, et Boone s'y rendait au moins une fois par semaine pour s'y renseigner sur tout ce qui, vrai ou faux, pourrait faire la une des journaux et intéresserait de ce fait ses patrons. Il se rendait aussi assez souvent à L'Aubergine, non loin de là. Pas tant pour la cuisine, qui y était insipide, que pour la clientèle gay, bien plus relevée. Car les gays, on le sait, ont leur franc-parler. De même, chaque fois que le président libyen se rappelait par ses frasques au bon souvenir de la communauté internationale, Boone allait faire acte de présence au bar du Sheraton. Car nul n'ignorait que le Sheraton était le terrain de prédilection des services secrets libyens. Et tous les jeudis soir il allait prendre un verre au bar de l'hôtel Président et y bavarder amicalement avec ses homologues égyptiens, américains, espagnols ou italiens. Le Cellar Bar du Président était, en effet, une véritable bourse de cancans, et le lieu où il était tacitement entendu qu'on pouvait, entre services, se passer des messages non officiels sans avoir à convenir d'un rendez-vous formel. Pratique. Et puis il y avait la galaxie du Marriott, qui essaimait autour d'un palais à l'architecture néoclassique construit par le khédive Ismaïl pour l'inauguration du canal de Suez, et surtout pour les beaux yeux de son égérie, l'impératrice Eugénie. Avec ses mails et ses boutiques, son casino réservé aux seuls étrangers, ses salles de bal, ses restaurants, ses terrasses et ses allées que tout un chacun empruntait, l'endroit faisait moins hôtel que caravansérail. Un vrai bazar d'où les voitures étaient bannies et où les flâneurs s'en donnaient à cœur joie. Boone aimait particulièrement cet endroit parce qu'on pouvait y croiser des gens venus de milieux très différents. Contrairement au Pub 28, à L'Aubergine, au Sheraton ou au Cellar – aux habitués dûment catégorisés et étiquetés –, contrairement aussi au Justine – à la clientèle exclusivement huppée –, le Marriott, en sa qualité de carrefour et de lieu de passage, ouvrait grand ses bras à tout le monde, ou presque. Touristes ou fonctionnaires, agents secrets ou hommes d'affaires, jeunes intellectuels ou révolutionnaires octogénaires : tous, tôt ou tard, y passaient, s'y attablaient pour y siroter un café ou s'y arrêtaient quelques instants pour tchatcher. Mais surtout, Boone appréciait le Guézira et, au Guézira, il appréciait plus particulièrement le club de croquet. Vue du confort de la chaise longue qu'il y occupait, quand il ne jouait pas nonchalamment du maillet, la vallée du Nil lui apparaissait comme une grande île fertile qui tranchait sur les immensités désertiques qui l'entouraient, et il rendait grâces à Dieu d'être sur cette île plutôt que dans ce désert hostile. Vu du confort de sa chaise longue, Zamalek lui apparaissait à son tour comme une île verdoyante au sein de cette île qu'était la vallée du Nil, et il rendait à nouveau grâces à Dieu d'être sur cette petite île-là plutôt que sur la grande. Vu du confort de sa chaise longue, le Guézira lui apparaissait comme une île au cœur même de cette île qu'était Zamalek, et il rendait encore une fois grâces à Dieu d'être sur cette île privative, plutôt que hors les murs. Sur cette île privative qu'était le Guézira il y avait d'ailleurs encore une île, bien cachée et bien privée, elle : le club de croquet. Et il se disait que, Dieu merci, il se trouvait sur cette île que personne ne connaissait.

Boone coulait donc des jours paisibles dans la plus petite de ces îles qui s'emboîtaient telles des poupées russes. Et il s'y sentait parfaitement bien. Et, s'y sentant si bien, il se sentait désormais bien un peu partout. Non seulement à Zamalek, mais aussi – qui l'eût cru ? – au Caire. C'est qu'il avait justement eu besoin de se sentir chez lui dans son système avant de se sentir chez lui dans son environnement. Et son système, il l'avait, désormais. Il l'avait construit à la force du poignet, pierre après pierre, comme une véritable pyramide, allant jusqu'à s'enfermer dans la chambre royale avant d'en brûler les plans. Je suis dans la pyramide de Chéops, se disait-il. Ou plutôt non. Pas dans celle de Chéops. Celle de Chéops était bien trop voyante. Il était dans une petite pyramide. Une pyramide bien anonyme qui n'attirerait ni l'attention ni les convoitises. Terré sur son île et protégé par le Nil, qui traçait autour de lui un cercle sacré, il était enfin en paix avec lui-même et avec le monde. Il ne craignait plus rien. Suivant en cela, et très sagement, le conseil de Nicolas Poussin, il s'était confortablement installé dans son petit coin et il voyait venir. Car c'est bien de voir qu'il s'agissait ici. De voir et aussi d'entendre. Bien à l'abri de sa citadelle insulaire, Boone pouvait voir et entendre, tout en s'épargnant la peine de se plonger dans cette marée humaine qui lui léchait dangereusement les pieds. Les bruits et les images de cette fourmilière qu'on appelait Le Caire lui parvenaient certes toujours par-delà le Nil, mais il n'en sentait plus le grouillement, il ne le goûtait plus et ne le touchait pas plus. Ayant enfermé ses sens émotionnels dans la chambre royale de son système, il n'entrait plus en rapport avec les autres qu'au travers de ses sens rationnels. Quant à ses sens émotionnels, sources de tous les dangers, il les réservait aux seuls êtres et aux seules choses qu'il aimait : entre autres sa maîtresse, le dieu Râ, son whisky et son tabac, la boutargue du Sultan, et les senteurs de son jardin. Il ne s'en portait d'ailleurs que mieux. Paresse oblige, Boone avait enfin son système. Honni soit, pourtant, qui mal y pense, car il s'était bien trituré les méninges pour en arriver là, et il s'était aussi effroyablement démené. Rien de plus éreintant que le *farniente*, en réalité. La paresse était loin d'être la sinécure qu'on croyait. C'était même un sacré boulot, et Boone s'y était vraiment appliqué. Il s'apprêtait donc à goûter un repos bien mérité.

DEUXIÈME PARTIE

Falsetto

13

Sir William était contrarié. Mais, en homme bien élevé, il n'en montrait rien. Ou alors si peu : comme chaque fois qu'il était contrarié, il ne pouvait s'empêcher de triturer sa chevalière frappée aux armes des Maltravers : de sable, au phénix d'argent becquée et membrée d'or. Sir William était contrarié parce qu'il avait prévu de passer cette fin d'après-midi à examiner les comptes que lui avait fait parvenir l'intendant de son domaine de Criffel. Cela faisait des semaines qu'il reportait cette tâche rébarbative et, quand il s'était finalement décidé à s'y mettre, voilà qu'un coup de fil de son homologue américain le contraignait à remettre la corvée une fois de plus. Il faut dire que sa demeure ancestrale causait à sir William bien des soucis. Il y avait toujours tant de décisions à prendre, et toujours tellement à faire, rien que pour la maintenir en l'état et pouvoir la transmettre, le moment venu, à qui de droit. Encore heureux, se disait-il, que son beau-père ait si brillamment réussi à faire de l'ésotérique bière de Criffel – une bière cuivrée au goût fruité relevé par l'amertume du houblon, que les Maltravers brassaient depuis plusieurs générations – un must pour tous les connaisseurs. « Criffel, la bière au goût qui perdure », promettait le slogan imaginé par les publicitaires de son beau-père. Pourtant, malgré cette manne, gérer

Criffel et ses vastes étendues de landes baignées par la Nith, ses moutons roses à tête noire et ses collines couvertes de sapins et de mélèzes, demeurait un véritable casse-tête. On croit posséder une propriété, se disait-il, mais, en réalité, c'était elle qui vous possédait.

Regardant ses deux invités qui dégustaient le sirop de mûres qu'on venait de leur servir, il se disait que Thadeus Wilson possédait un grand ranch dans le sud du Texas, ainsi qu'une belle maison à San Antonio – sans doute à Tapatio Springs –, alors qu'Orvil Bosmann III devait en avoir une aussi belle, quoique dans un genre tout à fait différent, à Georgetown ou à Alexandria. Il se disait aussi que l'un comme l'autre n'hésiteraient pas à se séparer de tout cela le moment voulu, tant qu'ils y gagnaient. Maltravers les enviait pour cela. Les gens riches possédaient leurs maisons, qu'ils achetaient et vendaient au gré de la mode et des lois du marché, avec pour seuls soucis l'agrément et la plus-value. Pas les gens comme lui. Les gens comme lui, même quand ils avaient la chance d'être riches, n'achetaient pas leur maison. Ils ne la choisissaient pas plus. Ils en héritaient. Plus précisément, c'était elle qui héritait d'eux. Plus il y pensait, plus il se disait qu'il aurait volontiers échangé son titre de baronet, et le domaine qui allait avec, tel un boulet, contre l'appartement de Mayfair qui avait échu à son frère cadet Euan à la mort de leur père, et dont il pouvait user et disposer à sa guise.

Croulant sous l'accablant sens du devoir, sir William ressassait toutes ces idées en jouant nerveusement avec sa chevalière et en écoutant d'une oreille distraite Thad Wilson l'entretenir de l'industrie aérospatiale, qu'il venait de quitter, et des San Antonio Spurs qu'il ne déserterait jamais. Il était clair que les deux Américains ne souhaitaient pas aborder le vif du sujet avant l'arrivée du quatrième homme qui avait été convié à cette réunion transatlantique. Et le quatrième homme, en l'occurrence Harry Boone, avait déjà une bonne demi-heure de retard. Maltravers n'en était que plus ennuyé.

Ce midi Thad Wilson l'avait appelé pour lui annoncer qu'un visiteur fraîchement arrivé de Washington souhaitait le rencontrer au plus vite, et par la même occasion Harry Boone. Maltravers n'ayant pu refuser, rendez-vous avait été pris pour dix-sept heures à la Résidence. Mais à présent qu'il se rendait compte que ledit visiteur ne souhaitait pas tant le voir que voir Harry Boone, Maltravers s'en voulait d'avoir si aisément cédé et de faire figure de simple entremetteur, et le fait que le rôle joué dans cette affaire par son homologue américain ne soit pas plus reluisant que le sien n'enlevait rien à l'amertume qu'il ressentait. A vrai dire, sir William vivait mal la décrépitude du Foreign Office. La Vieille Dame n'avait pas su s'adapter au monde moderne. Son influence sur les affaires était désormais battue en brèche par les éminences grises et les *spin-doctors*, de même que par le Club-House et d'autres officines du même acabit. C'est d'ailleurs pour cette raison qu'il avait choisi, ce jour-là, de recevoir ses visiteurs dans le grand salon au plafond ajouré et aux murs discrètement relevés de colonnades gréco-romaines en trompe-l'œil, où deux canopées millénaires, témoins d'une gloire passée, gardaient solennellement l'énorme cheminée de marbre devant laquelle Cromer et Kitchener, eux-mêmes, avaient jadis réchauffé leurs augustes derrières. Il avait voulu leur en mettre plein la vue. Pas tant pour lui, puisqu'il était d'un naturel discret, que pour sa fonction qui s'étiolait.

Il se disait à présent qu'avec Thad Wilson au moins, il avait réussi. Non que cela eût constitué un exploit, le Texan étant particulièrement sensible aux apparences du pouvoir et se faisant toujours un plaisir de se rendre à la Résidence. Quant à Bosmann, Maltravers n'en était pas si sûr. L'Américain avait certes émis les sons admiratifs qu'il fallait quand il lui avait fait visiter les lieux et qu'il lui avait montré le bureau du grand Kitchener, mais ses yeux disaient tout à fait autre chose. Froids, d'un bleu presque transparent et totalement inexpressifs, les yeux de Bosmann démentaient la douceur de ses traits et son corps de page. Un corps fin et étroit, un corps presque asexué qui semblait porter le costume de sa charge comme un déguisement et qui aurait été plus à son avantage ceint d'un pagne. D'emblée, il avait rappelé à Maltravers un jeune garçon qu'il avait jadis connu à Fettes. Ce garçon-là avait été pensionnaire à la maison de Kimmerghame, et Maltravers, qui était à l'époque à Glencorse House, n'avait jamais trouvé le courage nécessaire pour l'approcher. Il se contentait d'admirer sa nuque aux boucles dorées lors de l'office religieux, tout en imaginant le protéger des brutes de l'école qui auraient voulu le tyranniser. Au premier abord, sir William avait donc été séduit par Orvil Bosmann. Mais le regard sans compassion de ce dernier l'avait vite fait déchanter. En sus, il s'était avéré être journaliste, et sir William s'était toujours méfié des journalistes. Il se disait qu'il leur préférait les espions tels que Boone. Car les journalistes, dans leur chasse impitoyable à la vérité, en arrivaient inévitablement à fracasser l'image de leur proie et à détruire à tout jamais les rapports qu'elle entretenait avec ses proches et son entourage. Alors que les espions, qui ne recherchaient pas tant la vérité que l'avantage, se contentaient de vider leur proie de l'intérieur tout en préservant son image externe, lui permettant ainsi de continuer à vivre comme si de rien n'était, même si, en réalité, tout avait changé. Tant qu'à faire, se disait-il, il préférait encore l'espion qui vide sa proie de sa substance mais lui sauve la face, au journaliste qui la réconcilie avec la vérité tout en lui volant sa dignité. Tant qu'à faire, se répétait-il, il préférait encore le maître chanteur au corbeau. Il faut dire que sir William Maltravers, éducation oblige, avait toujours eu plus à cœur de vivre en paix avec ses pairs qu'avec lui-même.

C'est à ce moment précis, et alors que Thad Wilson décrivait passionnément la poussée victorieuse des Spurs dans la finale du tournoi NBA, que le représentant sur place de cette race d'hommes qui évident leurs proies de l'intérieur tout en préservant leur enveloppe fit irruption dans la pièce. Quoique « faire irruption » fût un mot bien trop fort pour décrire la façon dont Harry Boone se déplaçait.

« Je suis sincèrement désolé, dit ce dernier, mais mon taxi est tombé en panne et j'ai eu un mal fou à en trouver un autre au beau milieu du pont. »

Boone mentait. C'était Maria qui l'avait mis en retard. Contrairement à Boone, qui aimait jouir d'elle au réveil, quand elle se laissait plus faire que prendre, Maria avait un faible pour les cinq à sept plus interactifs du crépuscule. Et Boone, qui devait s'envoler pour Londres le lendemain, avait eu à cœur de graver son empreinte sur sa peau, espérant qu'elle y serait encore à son retour.

« Vous connaissez Thad, je crois, lui dit Maltravers en regardant le doyen d'âge du corps diplomatique tenter péniblement de s'extirper de son siège, et Boone s'empresser de lui tendre la main afin de lui éviter cette peine.

– Bien sûr, dit ce dernier, et Maltravers vit le vieil homme lui attraper la main, moins pour la lui serrer, lui semblait-il, que pour s'en servir afin de se mettre sur pied.

Il vit ensuite Boone le lâcher très doucement jusqu'à ce qu'il fût à nouveau bien calé dans son fauteuil. Plus *mergitur* que *fluctuat*, se disait-il.

« Je ne crois pas que vous connaissez M. Bosmann, Harry, reprit-il enfin, une fois qu'il se fut assuré que Thad Wilson ne tomberait pas plus bas. Monsieur Bosmann, je vous présente Harry Boone.

– Comment allez-vous, dit Boone en serrant la petite main blanche qu'on lui tendait.

– Enchanté de vous rencontrer. Orvil Bosmann.

– Orvil Bosmann III ? Vous êtes le fameux éditorialiste ?

– Disons simplement l'éditorialiste », protesta ce dernier, alors que ses lèvres minces, impeccablement dessinées, esquissaient un semblant de sourire.

Si Boone était si étonné, c'est parce que le petit homme au visage de chérubin qui se tenait devant lui dans son costume *seersucker* à rayures pastel paraissait avoir vingt-cinq ans, alors qu'Orvil Bosmann III devrait en principe en avoir dix de plus. Ce doit être le lait et le sucre, se dit-il : le *shiru* et le *shakar* du *seersucker*. Qui plus est, Boone ne s'attendait pas à se trouver nez à nez ici avec l'un des principaux représentants du courant néo-conservateur américain, grand spécialiste tout à la fois de l'islam et du terrorisme.

« Orvil est bien trop modeste, intervint Wilson. Les lauréats du prix Pulitzer ne courent pas les rues, à ce que je sache. »

Il avait dit cela avec un fort accent texan, comme pour souligner que le Texas et la modestie étaient franchement antinomiques.

« La réputation de M. Bosmann l'a précédé au

Caire », dit Maltravers en retournant à Boone son signe de tête et son sourire.

L'ambassadeur de Sa Majesté n'était pas friand des serrements de main, et il était reconnaissant à l'Irlandais de ne pas être venu le saluer.

« C'est la rançon de la gloire, dit ce dernier en s'asseyant. Le prix Pulitzer, ça se paie.

– Ça se paie peut-être, mais ça ne paie pas », plaisanta Bosmann.

Boone remarqua l'accent du Midwest.

– Sept mille cinq cents dollars à ce qu'on m'a dit, lança Wilson. C'est vrai que ce n'est pas beaucoup. »

De toute évidence il avait pris la remarque de son compatriote au premier degré.

« Nous lisons tous assidûment vos éditoriaux sur les retombées de la guerre en Irak, mentit Maltravers diplomatiquement.

– Et je puis confirmer, ajouta Boone malicieusement, que vos sept mille cinq cents dollars ne sont nullement volés.

– Vous prendrez bien un sirop, Harry ? demanda Maltravers quand le sofragui eut fait son apparition.

– Un whisky, plutôt, dit Boone. Nature, s'il vous plaît. »

Maltravers se demanda si Harry Boone ne s'était pas arrangé pour arriver après le coucher du soleil pour se faire décemment servir une boisson alcoolisée. Il nota aussi que ce mot de whisky avait tinté aux oreilles de l'ambassadeur américain. Le vieux Thad avait dû hésiter, se dit-il, avant de se ranger au choix abstentionniste de Bosmann.

« Vous êtes ici en voyage d'agrément ? demanda Boone en s'adressant à ce dernier.

– En fait, je suis ici pour écrire un livre.

– Un livre sur l'Egypte ?

– Un livre sur l'islam.

– L'islam "intéressant" ne se trouve pas en Egypte, aujourd'hui. Il faudrait aller le chercher ailleurs : en Irak, peut-être, ou alors en Indonésie. Ici, c'est plutôt calme depuis quelque temps, ajouta-t-il en croisant mentalement les doigts pour que cela dure.

– Orvil s'intéresse à votre voisin, Harry, dit Wilson.

– Mon voisin ? »

Boone ne voyait vraiment pas en quoi l'ambassadeur irlandais, le seul voisin qu'il se connaissait, pouvait constituer un sujet digne d'intérêt pour l'éditorialiste le plus en vue de Washington.

« Willie chéri... » C'était Lady M. qui venait les rejoindre. « Thad ! s'exclama-t-elle en reconnaissant l'ambassadeur américain. Quelle joie de vous voir ici ! »

Maltravers vit alors le pauvre homme se tortiller à nouveau pour se remettre sur ses jambes, puis il vit sa femme l'embrasser chaleureusement, comme pour le récompenser de ce vaillant effort.

« Thelma va bien ? lui demanda-t-elle. Transmettez-lui mes amitiés et dites-lui que je suis très fâchée : ça fait des semaines qu'elle ne m'a plus appelée. Et comment va Maria ? dit-elle ensuite en se tournant vers Boone.

– Maria va très bien, répondit Boone qui imaginait sa compagne en peignoir dans le jardin.

– Chérie, dit Maltravers, laisse-moi te présenter M. Bosmann. M. Bosmann nous arrive de Washington. Monsieur Bosmann, je vous présente ma femme, Monica. »

Lady M. prit la mesure du nouveau venu d'un seul coup d'œil, et ce qu'elle vit eut l'air de lui plaire.

« Vous êtes en poste à l'ambassade ? s'enquit-elle en se laissant prendre la main.

– Uniquement de passage, lady Maltravers.

– Orvil est journaliste, expliqua Wilson. Il est là pour écrire un livre.

– Orvil ? Orvil Bosmann ? » Ses beaux yeux verts s'illuminèrent, et elle prit la main de l'Américain entre les siennes. « Pas *le* Orvil Bosmann du prix Booker ?

– Du prix Pulitzer, ma chérie, la corrigea Maltravers.

– Bien sûr, dit-elle, nullement décontenancée. Vous comptez rester longtemps parmi nous, Orvil ? Il faudrait que vous veniez dîner un soir. Avec Thad et Thelma, bien sûr. Et votre épouse, aussi. Etes-vous marié, Orvil ?

– Ah mais oui, dit ce dernier, du ton de quelqu'un qui s'étonnerait qu'il puisse en être autrement. Mais Tracy – mon épouse – est restée à Washington.

– Quel dommage pour Tracy, s'exclama Lady M. qui n'en pensait rien. Le Caire est une ville fa-sci-nante ! Je me serais fait un plaisir de la lui faire connaître. Elle aurait beaucoup aimé. »

Elle n'avait toujours pas lâché la main du bel Orvil. Elle le dévorait des yeux, le faisant rougir et l'obligeant à baisser le regard, et son mari, à qui ce manège n'avait pas échappé, se demandait ce qu'elle aurait fait si elle s'était retrouvée toute seule avec lui dans la pièce. Il se prit soudain à espérer qu'elle n'irait pas jusqu'à le séduire. Tant qu'à faire, se disait-il, il préférait cet attaché militaire italien qui lui tournait sournoisement autour depuis quelque temps. Plus discret, se disait-il.

« Willie, dit-elle enfin quand elle eut puisé le courage de s'arracher à Orvil Bosmann, quand tu auras un moment, j'aimerais te parler de Jamie qui voudrait passer quelques jours à Londres avec sa nouvelle petite amie. Ils pourraient peut-être rester chez Euan...

– Je te rejoindrai aussitôt que nous aurons terminé, lui promit Maltravers.

– A tout à l'heure, donc, dit-elle en glissant gracieusement vers la porte. Au revoir Orvil, que j'espère voir très bientôt.

– Je vous disais donc, Harry, reprit Wilson une fois qu'ils se furent rassis, qu'Orvil s'intéresse à votre voisin. Il s'intéresse à ce muezzin... Celui de la mosquée d'Embaba. »

Sursautant, Boone manqua d'étouffer sur son whisky. Il ressentit aussi le besoin d'allumer un petit cigare, mais comme personne d'autre ne fumait, il s'abstint. En réalité, il était déjà inquiet depuis quelques jours. Depuis que Théo Damiano lui avait envoyé cet e-mail de Beyrouth. Dans son message, Damiano avait lui aussi évoqué le muezzin de la mosquée d'Embaba, et discouru abondamment sur son appel à une marche pacifique sur Jérusalem. Théo Damiano avait un vrai talent pour flairer les emmerdements. Ça y est, se disait Boone. Ce que j'appréhendais est en train d'arriver. Il faut à tout prix que je décourage ce petit curieux. Si je ne fais pas attention, si je ne joue pas mes cartes comme il faut, adieu la tranquillité.

Il prit un ton ingénu :

« Vous voulez parler de Bilal Abdel-Ghani ? Le muezzin de Kit Kat ?

– Celui-là même, confirma Bosmann.

– Le chanteur ? »

Boone entendait ainsi minimiser l'importance du sujet.

« Le "chanteur", comme vous dites. Celui à la voix de falsetto.

– Il n'est pas vraiment représentatif de l'islam, professa Boone. En tout cas pas de l'islam politique qui devrait vous intéresser. Dans le vaste paysage islamique, il se situerait plutôt dans le coin discret des quiétistes.

– Quiétiste ou pas, dit Bosmann, il risque de faire bientôt parler de lui. Que pouvez-vous m'apprendre à son sujet ?

– Pas grand-chose », se désola hypocritement Boone.

Il se disait que Théo Damiano, qui faisait de l'œcuménisme son cheval de bataille, serait mieux placé que lui pour entretenir Orvil Bosmann de Bilal Abdel-Ghani. Mais il n'avait aucune envie de parler de Théo à l'Américain.

« Vous devez tout de même le connaître, insista Bosmann.

– Pourquoi cet intérêt pour ce muezzin ? »

Il se demandait si des fois Bosmann ne saurait pas qu'il était plus qu'un simple attaché commercial.

« L'intérêt que je lui porte est en rapport avec l'appel qu'il a lancé, il y a de cela deux semaines.

– Un appel ?

– Si mes renseignements sont exacts, dit Bosmann, qui lisait à présent dans un calepin en cuir noir qu'il avait sorti de la poche intérieure de son veston, ce muezzin aurait émis le souhait que le Mur des lamentations des juifs (je le cite) devienne le Mur des retrouvailles de tous les monothéistes... Allez vers eux, aurait-il dit...

– J'ai effectivement lu un article de presse qui mentionnait cela, l'interrompit Boone. Si mes souvenirs sont bons, il aurait dit quelque chose comme : "Puisse le Mur des lamentations devenir un jour le Mur des retrouvailles de tous les croyants et de tous les hommes de bonne volonté."

– Il a aussi appelé les gens à aller jusqu'à la Clôture de sécurité qu'Israël est en train d'ériger pour se garder des attaques des terroristes, et à la démanteler. Il a appelé cette clôture la "Chose" !

– La “Chose”, répéta Maltravers. C’est assez bien trouvé.

– Mais il a aussi dit, reprit Boone : “Regardez dans vos cœurs, chassez-en la haine et quand vos cœurs seront purs allez vers eux sans armes et sans oripeaux, de manière qu’ils sachent que nous sommes tous frères en Dieu et qu’ils n’ont rien à craindre de vous.” »

Boone eut une pensée pour Théo Damiano qui avait attiré son attention sur ce prêche.

« Je doute fort, reprit-il, qu’il y ait là matière à écrire un livre. Vous risquez d’être déçu.

– Je ne le pense pas, dit Bosmann. Après tout, cet homme appelle les musulmans à déborder la Clôture de sécurité pour marcher sur Jérusalem. Il y a là un très beau sujet de livre.

– Il s’agit moins d’un mot d’ordre que d’un souhait de paix, insista Boone. Ce muezzin s’inscrit dans la lignée de tous les sages pour qui le jihad, avant même d’être une guerre sainte, est surtout un travail sur soi qui vise à changer la nature humaine afin de la rapprocher de Dieu. Ce qu’il dit à tous ceux qui veulent bien l’écouter, c’est qu’avant même d’envisager de changer le monde ils devraient s’efforcer de se changer eux-mêmes. »

Boone remercia mentalement Maria, à qui il devait cette explication de texte.

« Toujours est-il que des villageois se mobilisent d’ores et déjà en réponse à son appel.

– Ils se mobilisent, dites-vous ? Je ne sais pas si “mobilisation” est le terme qui convient. Il est vrai qu’on parle de petits groupes d’hommes, de femmes et d’enfants qui prennent la route. Notamment en Haute-Egypte d’où ce muezzin est originaire...

– Et de felouques pleines à craquer qui descendent le Nil, l’interrompit Bosmann.

– Mais ces gens-là ne se dirigent pas vers le Mur, protesta Boone en reprenant l'appellation que Maria donnait à la Clôture de sécurité qu'Israël érigeait.

– Ils ne se dirigent pas encore vers la Clôture de sécurité, dit Bosmann, mais ça va venir.

– Pour l'instant, reprit Boone, ils vont vers la mosquée Kit Kat. Ils viennent voir le saint homme de plus près, entendre sa voix, l'écouter, le toucher, peut-être. C'est un pèlerinage, en quelque sorte. Dire qu'il pourrait les inciter à déferler sur Jérusalem le couteau entre les dents, c'est un peu comme si on disait que lors du Sermon sur la montagne Jésus aurait poussé la foule à envahir le Temple et à le saccager.

– Vous croyez que la comparaison tient ? » s'offusqua Bosmann.

Boone se rendait soudain compte que les idées néo-conservatrices d'Orvil Bosmann étaient ancrées dans une foi profonde. Il s'expliquait à présent la boisson non alcoolisée, l'absence de tabac, et son embarras face à lady Maltravers. Orvil Bosmann III était, de toute évidence, un homme vertueux, un excellent père de famille et un mari fidèle.

« Je pense, dit-il très posément en regardant l'Américain droit dans les yeux, que, tout bien considéré, le message qui sous-tend les sermons du Christ est comparable à celui des prêches de Bilal Abdel-Ghani : cet homme-là ne cherche pas plus à chasser les Israéliens de Jérusalem que le Christ ne cherchait à en chasser les Romains.

– C'est un point de vue intéressant, concéda Bosmann. Je vous fais néanmoins remarquer que le Christ n'a jamais appelé les gens à boycotter les produits romains. Or, si mes renseignements sont bons, il y a de cela quelque temps votre saint homme a appelé au boycott des produits américains et israéliens.

– C'est vrai », reconnut Boone, qui fulminait en pensant qu'il était sur le point d'être recruté comme assistant de recherche pour un livre sur le muezzin de Kit Kat.

« Plutôt que de le comparer au Christ, reprit Bosmann, on devrait le comparer à Gandhi. Gandhi, qui avait appelé les Indiens à boycotter les textiles de Manchester, n'est-ce pas ? Et plutôt que de l'appeler Abdel-Ghani, on pourrait peut-être l'appeler Abdel-Gandhi.

– Abdel-Gandhi ! s'esclaffa Thad Wilson. Bilal Abdel-Gandhi ! Très drôle, ça ! Vraiment très drôle ! Il faudrait que je me la rappelle, celle-là ! Ça vaut largement la "Chose" !

– Rien ne dit, poursuivit Bosmann, imperturbable, que ce "pèlerinage", comme vous dites, ne se transformera pas très vite en quelque chose de, disons, de plus sinistre... »

Plus sinistre et donc digne de votre plume, se dit Boone. Plus sinistre et donc susceptible de produire un best-seller. Et pourquoi pas un autre prix prestigieux.

« Quelque chose de plus sinistre, continua Bosmann, et qui viendrait menacer le très fragile processus de paix que nous nous efforçons de faire avancer.

– Comment cela ? s'étonna Maltravers. En quoi l'appel de ce saint homme et l'afflux de quelques paysans pauvres au Caire pourraient-ils menacer le processus de paix ?

– Une exploitation politique de cette affaire par des groupes qui ne partageraient pas, loin s'en faut, les idéaux de paix de ce doux illuminé ne peut être exclue. »

Boone, qui commençait à manquer d'arguments face à Bosmann, fut tenté de lui répéter ce qu'Adel Brahim lui avait dit deux jours auparavant. Adel Brahim avait fustigé Bilal Abdel-Ghani, l'accusant de faire le jeu des sionistes et des infidèles, et il avait tourné son appel en dérision. Boone fut tenté de répéter à l'Américain ce que les intégristes pensaient vraiment du muezzin de Kit Kat. Pourtant, il se retint.

« Il suffirait de peu pour que tout capote », poursuivait Bosmann.

Maltravers se tourna alors vers Wilson pour tenter de savoir si Bosmann avançait une opinion personnelle ou s'il reflétait la position de l'administration, mais l'ambassadeur des Etats-Unis semblait se désintéresser du débat. Enfoncé dans son siège, une jambe se balançant lentement sur l'autre, il était occupé à faire valser son mocassin sur le bout de ses orteils. Maltravers s'attendait à voir la chaussure s'envoler à tout instant et s'écraser au beau milieu de la pièce. Ce serait très embarrassant, se disait-il. Il se demandait comment un riche entrepreneur comme Thad Wilson, qui avait fait fortune grâce aux contrats du Pentagone et ne s'intéressait qu'à son ranch et aux San Antonio Spurs, avait bien pu atterrir au Caire. C'est, dit-on, son épouse qui avait souhaité une ambassade, pour services financiers rendus au Président élu lors de sa campagne électorale. Mais pourquoi Le Caire, se demandait Maltravers. Pourquoi pas Paris, Rome ou Madrid ? Peut-être bien, conclut-il, parce que Thad n'avait pas assez contribué.

« Vous vous rappelez certainement, ajouta Bosmann en fixant tour à tour les deux sujets de Sa Majesté, la Marche du Sel de Gandhi, qui marqua le début de la fin pour votre Empire des Indes.

– Abdel-Gandhi ! lança joyeusement Wilson, son intérêt de nouveau avivé.

– Ne sous-estimons pas l'impact de telles initiatives en apparence pacifiques, poursuivit Bosmann. La situation peut devenir explosive. On ne peut pas exclure la possibilité d'une marche populaire vers la Clôture de sécurité et le Mur des lamentations. A mon avis il y a là amplement de quoi faire un bon livre, et j'aimerais être le premier à l'écrire. »

Qu'ont-ils donc tous à vouloir toujours être les premiers, se demandait Maltravers en caressant machinalement sa chevalière. Premier à faire ceci, premier à écrire cela, premier à courir par-ci, premier à grimper par-là. Qu'ont-ils donc tous à vouloir coûte que coûte se distinguer ? Cherchait-il à se distinguer, lui ? On était distingué ou on ne l'était pas. Que cherchaient-ils à compenser ainsi, sinon une âme quelconque et des gènes médiocres ? Un homme bien né ne cherche pas à se distinguer, se disait-il. Un homme bien né n'en fait jamais trop. Il fait son devoir, un point c'est tout. Les ancêtres de Maltravers n'avaient jamais fait de zèle, eux. Ce n'étaient ni des aventuriers comme Raleigh, ni des illuminés comme Cromwell, ni des excités comme Churchill. Ils ne s'étaient jamais fait remarquer, ni par leurs exploits, ni par leurs forfaits. Ils avaient toujours fait ce qu'il fallait. Pas plus. C'est bien pour cela qu'ils étaient respectés dans les Borders depuis quatre siècles. On parlait des Maltravers de Criffel, et non de tel ou tel Maltravers. Il est vrai qu'au dix-septième siècle l'un de ses ancêtres, un certain sir James, s'était un jour laissé aller à une vantardise : il s'était vanté que dans sa jeunesse ses études assidues l'avaient mené aussi loin que la lettre « M » de l'alphabet, et cette vantardise lui avait valu de passer à la postérité. Mais ce comportement atypique s'expliquait sans doute par le fait qu'à l'époque la famille venait d'être fraîchement anoblie. Depuis, les Maltravers avaient acquis un vernis, et pas un des descendants de ce sir James n'avait poussé le zèle et l'égoïsme jusqu'à obérer le nom de sa famille derrière le sien propre. James, William, Ian ou Euan : le prénom et celui qui le portait importaient finalement peu. Ce qui importait, c'était le nom. C'était cela qu'il fallait à tout prix préserver. Ce n'était pas William James Fitzhugh qui comptait, mais Maltravers. Et qui ce Maltravers-là avait-il en face de lui aujourd'hui ? Orvil Bosmann III ! Un homme apparemment très désireux de se faire un prénom. Un prénom, et plus encore un numéro. Faute, bien sûr, d'avoir un nom. Pitoyable.

« J'aimerais non seulement être le premier à l'écrire, disait à présent l'objet de son mépris, mais je voudrais aussi être aux premières loges pour le faire. Et c'est là que je compte vous mettre à contribution. »

Boone était résigné au pire.

« Orvil a entendu dire que vous habitiez une belle villa dans la partie nord de Zamalek, Harry... Au bord du Nil... Que ce soit ici, à Garden City, ou alors à Zamalek, vous autres Britanniques avez semble-t-il un talent particulier pour occuper les plus belles demeures.

– Il faut dire, tint à préciser Maltravers, qu'étant arrivés en Egypte bien avant vous autres Américains, nous avons eu droit aux places de choix. »

Il semblait presque s'excuser du décalage entre la grandeur du parc immobilier britannique et l'influence réelle de l'Angleterre sur les affaires du monde.

« Il paraît que de votre jardin vous avez une vue imprenable sur la mosquée de ce muezzin, dit Bosmann en s'adressant à Boone.

– C'est vrai. Nous sommes bien placés pour voir la mosquée et son minaret, et tout aussi bien placés pour entendre le chant du muezzin et ses appels à la prière. Comme on vous l'a peut-être déjà dit, il n'utilise ni micro, ni cassette, ni haut-parleur.

– On me l'a dit. C'est une particularité sur laquelle j'aimerais d'ailleurs m'étendre dans mon livre. Je trouve ce côté “artisanal” assez curieux. Il rejoint d’une certaine manière le mode opératoire des terroristes islamistes : cutters, poignards, bonbonnes de gaz, etc. »

Cet homme a beau ressembler à l’archange Gabriel, se disait Boone, il voit de la violence partout.

« J’imagine, disait à présent l’archange, que de chez vous on peut aussi voir la foule s’agglutinant sur les lieux.

– C’est exact. Le Nil n’est pas bien large à cet endroit-là.

– J’aimerais me faire inviter chez vous une fois ou deux. De préférence à l’heure de la prière. Histoire de me mettre dans l’ambiance et de placer mon livre dans un contexte réel.

– Vous êtes le bienvenu, dit Boone. Vous venez quand vous voulez et vous faites comme chez vous. Je dois m’absenter deux ou trois jours, mais je serai certainement de retour ici pour le week-end. » Il se leva et tendit une carte à l’Américain. « Téléphonez-moi quand vous êtes prêt », ajouta-t-il.

En rentrant chez lui ce soir-là, Boone se disait qu’il avait finalement réussi à limiter la casse. Tant qu’Orvil Bosmann serait disposé à venir jusqu’à Zamalek, il n’aurait rien à lui refuser. Bien au contraire. Aujourd’hui, il s’était vu contraint de prendre un taxi et de traverser le pont pour se rendre à cette réunion à la Résidence. Demain matin, il devrait en faire de même pour aller à l’aéroport et s’envoler pour Londres afin de répondre à la convocation de Briggs. Boone n’était pas très friand de ces incursions en territoire hostile. Il se disait donc qu’Orvil Bosmann pourrait peut-être contribuer, à sa façon, à asseoir son ancrage insulaire.

14

Harry Boone n'aimait pas être rappelé à Londres. Encore moins quand Archie Briggs le convoquait par téléphone. Et d'autant moins quand son patron, au lieu de le recevoir dans son bureau de Russell Square, l'invitait à déjeuner à son club de Pall Mall. Cela n'augurait jamais rien de bon. Cela annonçait même une demande « officieuse », à savoir que Boone devrait se déculotter et que son supérieur ne ferait rien pour le couvrir si d'aventure les choses devaient mal tourner. Il s'était donc fait payer d'avance le service que Briggs aurait à lui demander : quand ce dernier lui avait proposé d'un ton neutre « l'excellent claret maison » pour accompagner le foie de veau sur lequel leur choix était tombé, il s'était saisi de la carte des vins et avait plutôt suggéré un Château La Dominique 95.

« Et ce fameux appel, alors ? lui disait à présent Briggs.

– Quel appel ?

– L'appel lancé par ce religieux ! L'appel dont tout le monde parle ! La marche ! Ne fais pas l'idiot, Harry !

– Mais qu'est-ce que cela a à voir avec nous ? protesta Boone. C'est une affaire pour les Bunkers, pas pour nous. Laissons-les se démener.

– Une affaire pas pour nous ? Comment cela ?

– C'est du renseignement politique, Archie. Il n'y a là ni terrorisme ni trafic, à ce que je sache. Une marche pacifique, ce n'est pas notre affaire.

– Ah oui ? Tu crois cela ? Une marche, c'est quoi, à ton avis ?

– Je ne saisis pas...

– Une marche, est-ce une structure, à ton avis ?

– Une structure ?

– Une foule en marche, c'est quelque chose de figé, d'après toi ?

– Bien sûr que non, répondit Boone qui ne comprenait toujours pas où son patron voulait en venir.

– Et ce qui n'est ni structuré ni figé, c'est quoi, à ton avis ?

– C'est quoi ? Je ne sais pas, moi... C'est dynamique... C'est du mouvement...

– Voilà ! Tu y es ! C'est du mouvement, comme tu dis. Une foule en mouvement. Et qui dit mouvement, dit...

– Dit...

– Qui dit mouvement, dit flux !

– Archie, Archie...

– Et qui dit flux dit Club-House et non Bunkers. Si je me souviens bien, dans notre charte constitutive, il est bien écrit que nous nous occuperions des *flux* de toute sorte : flux d'armes, de drogue, de technologies, d'hommes – flux d'hommes, Harry ! –, alors que les Bunkers, eux, s'occuperaient des *structures*.

– Tu ne penses pas que tu pousses le bouchon un peu loin ?

– Si tu crois que je vais laisser aux Bunkers le soin de s'occuper d'une affaire qui préoccupe au plus haut point le Premier ministre et nos amis américains, pour ne rien dire des Israéliens – c'est-à-dire tout ce qui compte aujourd'hui sur cette planète –, tu te trompes énormément.

– Ne crois-tu pas qu'on crie un peu trop tôt et un peu trop facilement au loup ? »

Boone se disait qu'il avait eu bien raison de commander le Château La Dominique.

« Tu te rappelles la Marche Verte des Marocains sur le Sahara occidental, Harry ? Ils étaient à peine trois cent cinquante mille, à l'époque, mais ils avaient réussi à faire plier bagage aux Espagnols. Là, si un petit pour cent des trois cents millions d'Arabes répond à l'appel de ce muezzin – un petit pour cent ! –, nous risquons de nous retrouver avec trois millions de personnes déferlant sur la Clôture de sécurité et investissant Jérusalem. Trois millions, Harry !

– Mais ils n'arriveront jamais jusque-là. Comme toutes les initiatives arabes celle-là aussi s'enlisera dans les sables du désert. Laissons-les s'agiter et gesticuler à leur guise, et bientôt ils en seront à se quereller, l'ardeur des marcheurs s'émoussera et ils rentreront tous sagement chez eux.

– Les Israéliens n'en sont pas si sûrs, rétorqua Briggs. Les Israéliens sont particulièrement inquiets.

– Je peux le comprendre. Des divisions blindées et des escadrilles d'avions de chasse qui déferlent sur eux, ça, ils savent gérer. Ils ne s'en font pas pour cela. Mais une foule d'hommes, de femmes et d'enfants désarmés, c'est une autre paire de manches, n'est-ce pas ? Ça, ils ne savent pas gérer.

– Quoi qu'il en soit, ils sont très remontés, et nous nous inquiétons, nous et les Américains, de les voir paniquer ainsi. On ne sait jamais comment ils pourraient réagir.

– Mais à supposer même que cette foule arrive jusqu'aux frontières d'Israël, elle n'atteindra pas pour autant Jérusalem. Cette “Chose”, ce nouveau Mur de Berlin, saura les arrêter.

– Je ne veux même pas envisager l’éventualité que ces gens-là puissent approcher la Clôture de sécurité, le corrigea Briggs, qui maîtrisait l’art du parler politiquement correct.

– Un nouveau Mur des lamentations, reprit Boone. Mais cette fois-ci un Mur où c’est au tour des Arabes de venir se lamenter.

– Un périmètre de sécurité pour empêcher les attaques suicides et les tirs des francs-tireurs palestiniens sur les civils israéliens, précisa Briggs.

– Un mur de plus de sept cents kilomètres de long, à plus de deux millions de dollars le kilomètre, rajouta Boone. Un investissement d’un milliard et demi de dollars.

– Comme le terrorisme nous l’aura durement appris, riposta Briggs, la sécurité n’a pas de prix.

– Elle n’a surtout pas de fin, n’est-ce pas ?

– Que veux-tu dire par là ?

– Je veux dire qu’il y a aujourd’hui bien plus de gens qui vivent de la lutte antiterroriste, qu’il n’y en a qui pâtissent du terrorisme. C’est sans fin, Archie. C’est devenu un vrai commerce.

– Ne crache pas dans la soupe, Harry.

– Toujours est-il que cette clôture est loin de faire l’unanimité, chez nous comme à Washington, insista Boone.

– C’est vrai, concéda Briggs. Le moment était mal venu pour les Israéliens de la construire, alors même que nous nous efforçons de faire un geste à l’égard des Palestiniens pour qu’on ne nous accuse pas d’être anti-arabes et anti-musulmans. Tu conviendras néanmoins qu’il y a un risque que l’initiative malencontreuse de ce muezzin égyptien soit exploitée par certains et transformée en une attaque en bonne et due forme contre la Clôture de sécurité. Et si cela devait être le cas, Dieu sait comment les Israéliens réagiraient. Ils sont déjà assez paranoïaques comme cela.

– Et contrairement aux Arabes, les Israéliens ont des armes de destruction massive.

– Ce muezzin a fichu une sacrée pagaille, dit Briggs, ignorant son propos. J'avais pourtant cru comprendre par le général Masri qu'il le contrôlait et qu'il s'en servait même pour contrer les extrémistes.

– Ce ne serait pas la première fois qu'une manipulation se retournerait contre celui qui l'avait initiée.

– Va voir Masri, poursuivit Briggs, l'ignorant une nouvelle fois. Ne va pas le voir au Guézira, et ne lui en parle pas plus à l'occasion d'une partie de dames que tu disputerais avec lui dans ton jardin. Demande plutôt à le voir à son bureau, à Héliopolis. Que cela ait l'air très officiel. Je veux qu'il sache que nous prenons cette affaire on ne peut plus au sérieux.

– Oui chef », ironisa Boone.

Adieu le *farniente* à Zamalek, pensa-t-il.

« Il y a autre chose, reprit Briggs après un long silence.

– Autre chose ?

– Cet Américain...

– Quel Américain ?

– Bosmann... »

La surprise de Boone fut telle qu'il avala un morceau de foie sans le mâcher. Ainsi, se disait-il, Archie était déjà au courant de l'arrivée d'Orvil Bosmann au Caire. De plus en plus inquiétant.

« Tu l'as bien rencontré...

– Nous avons fait connaissance hier même chez l'ambassadeur. Il s'intéresse aussi à ce muezzin. Il voudrait écrire un livre sur cette affaire.

– J'aimerais que tu l'aides autant que faire se peut. Présente-le à qui il veut. Parraine-le, en quelque sorte.

– Le parrainer ? Un journaliste américain ? Pourquoi pas l'ambassade américaine ?

– Orvil ne veut pas demander l'aide du Département d'Etat. »

Orvil ? Ainsi, Archie le connaissait bien. En tout cas assez bien pour l'appeler par son prénom.

« Thadeus Wilson est son unique contact à l'ambassade, lui disait Briggs. Et Thadeus Wilson, comme tu le sais, n'est pas un simple ambassadeur. C'est un ami personnel du Président.

– Orvil Bosmann serait donc plus qu'un simple éditorialiste ?

– Orvil Bosmann est quelqu'un d'influent à Washington, se contenta de dire Briggs.

– A Londres aussi, à ce que je vois.

– Arrête ton persiflage, Harry !

– Quand tu dis "présente-le à qui il veut", tu penses à qui, au juste ? Au général Masri ?

– Par exemple.

– A qui d'autre ?

– A quiconque pourrait l'aider dans sa mission.

– Sa mission, s'inquiéta Boone. Quelle mission ?

– Celle de mettre ce muezzin fou hors d'état de nuire, bien sûr ! »

Boone fut pris d'angoisse :

« C'est pour cela qu'Orvil Bosmann est au Caire ?

– Et pour quoi d'autre ? Pas pour écrire un livre, en tout cas. Il est au Caire pour s'assurer que l'appel de ce muezzin ne fichera pas toute la politique américaine en l'air, et il est vital que le Club-House – c'est-à-dire toi – puisse apporter sa contribution au succès de cette entreprise. »

Ça y est, se lamenta Boone, la voilà la tuile que j'appréhendais.

« N'épargne aucun effort, Harry. Emmène-le là où il voudra aller, et présente-le à qui il voudra.

– Même à des sources ?

– Même à des sources, répondit Briggs sans hésiter.

– Même à notre ami Adel Brahim ?

– Surtout à notre ami Brahim.

– Il risque de ne pas trop aimer cela : il a les Américains en sainte horreur.

– Ne t'occupe pas de Brahim. Occupe-toi plutôt d'Orvil Bosmann.

– Je ne vois toujours pas pourquoi ce serait à moi de l'aider. Pourquoi pas la CIA ?

– Orvil ne veut pas avoir recours à la Company.

– Je vois, je vois... Orvil Bosmann serait donc acoquiné à la Cabale. Il ferait partie de l'OSP, ce nouveau service de renseignement mis en place au Pentagone pour doubler la Company. Je comprends parfaitement pourquoi il ne veut rien demander à la CIA.

– Je veux que tu le prennes sous ton aile, disait à présent Briggs, dont l'irritation montait.

– La Cabale serait donc notre nouvel allié outre-Altantique ? Tu crois vraiment que nos amis de la CIA sont en perte de vitesse ou cherches-tu simplement à leur rendre la monnaie de leur pièce après qu'ils nous ont floués dans l'affaire du défecteur islamiste ?

– Ne laisse surtout pas Pettigrew et les Bunkers lui mettre le grappin dessus, insista Briggs.

– Ainsi, la Cabale taille des costards à la Company, et nous faisons de même aux Bunkers. C'est l'alliance sacrée des start-up contre les dinosaures, à ce que je vois.

– Tu peux penser ce que tu veux, dit Briggs, excédé, mais tu feras comme je te dis. »

Boone s'expliquait à présent le coup de fil d'Archie lui demandant de venir à Londres, et cette rencontre au club, loin des formalités, des rendez-vous notés dans des carnets et des regards indiscrets. Archie ne voulait pas laisser une trace écrite qui pourrait permettre à la CIA de soupçonner une quelconque connivence dans cette affaire entre le Club-House et la Cabale. Quelque part Archie Briggs devait être apparenté aux fameux Cecils à qui on apprenait dès le berceau à faire preuve d'une extrême prudence, et surtout à ne rien commettre par écrit. A présent qu'il avait pris connaissance de ce que son patron attendait vraiment de lui, Boone se disait qu'en lieu et place du Château La Dominique 95, il aurait mieux fait de commander le Château Léoville-Las-Cases 82.

15

Le général Masri avait quelque peu perdu de sa superbe. Boone ne l'avait plus vu dans un tel état depuis leur mémorable partie de badminton quelques mois plus tôt. Une heure auparavant, contraint et forcé, Boone avait sorti sa voiture du garage, emprunté le pont du 15-Mai et traversé précautionneusement la métropole grouillante jusqu'à ce qu'il eût atteint Héliopolis. Là, le paysage urbain avait brusquement changé : les méandres tortueux qu'il avait empruntés l'instant d'avant s'étaient déversés dans de vastes boulevards haussmanniens géométriquement tracés, trahissant l'esprit cartésien de leur concepteur européen, et les immeubles de rapport étriqués avaient cédé la place à de luxueuses villas et à d'imposants bâtiments publics. Boone avait alors remonté une grande avenue accueillant des édifices prestigieux allant du ministère de la Défense à la résidence présidentielle en passant par les palais officiels, les clubs de la nomenklatura militaire et les baraquements de la garde républicaine, le tout faisant fonction de zone-tampon entre le Raïs et la populace aux destinées de laquelle il présidait. Les résidents d'Héliopolis semblaient vivre leur vie à part, bien à l'abri de leurs murailles roses et ocre. Hors les murs et adossés à ces derniers, on ne voyait que de pauvres fellahs déguisés à la va-vite en sentinelles armées et des gosses déguenillés, équipés de balais, qui livraient contre le désert une guerre perdue d'avance, jouant à chasser des trottoirs dont ils avaient la charge les mêmes grains de sable capricieux qui revenaient s'y déposer sitôt qu'ils avaient le dos tourné.

Aux abords du quartier général des Moukhabarate, un garde avait longuement examiné ses papiers puis tout aussi longuement consulté un énorme cahier, alors que l'un de ses collègues s'affairait à couvrir les plaques d'immatriculation de son véhicule. Discrétion oblige. Cela fait, on l'avait lancé sur un itinéraire jonché de chicanes et de dos-d'âne qui l'avait conduit jusqu'au parking des visiteurs où un troisième garde l'attendait. En quittant sa voiture pour suivre son guide jusqu'à l'édifice couleur terre de sienne, Boone avait eu le temps de remarquer que les occupants des lieux s'essayaient à un semblant de jardin. Les parterres de fleurs étaient certes faméliques, les arbustes poussiéreux et la pelouse déplumée, mais l'intention y était. Briggs aurait apprécié. L'endroit tout entier respirait l'ordre et la propreté. Rien à voir avec la Sûreté de l'Etat, rue Noubar Pacha, véritable foire d'empoigne où une multitude de quémandeurs de permis et d'autorisations de toute sorte se pressaient en permanence aux portes du lourd bâtiment gris sale dans la cour duquel Boone avait un jour vu des gardes-chiourmes pousser sans ménagement des détenus hagards derrière un fourré pour empêcher le visiteur occidental qu'il était de voir leurs visages tuméfiés et leurs corps lacérés.

Contournant l'édifice central, le guide de Boone l'avait mené jusqu'à un escalier extérieur gardé par une demi-douzaine de gardes du corps et qui desservait une porte unique donnant accès à l'aile réservée au général Masri. Le bureau de ce dernier était une fantasia de teck rougeâtre et de cuir noir. Trois des quatre murs étaient recouverts de diplômes, de citations, de décorations et de photographies du maître de céans en compagnie des Grands de ce monde, les plus célèbres comme les plus obscurs. Le quatrième était totalement occupé par une énorme baie vitrée qui, bien que blindée, n'en attestait pas moins qu'après des décennies de peur et de parano le régime se sentait relativement en sécurité. La clim, quant à elle, conférait au lieu une dimension à la fois homogénéisée et pasteurisée. Une manière comme une autre de dire qu'après avoir domestiqué les crues du Nil, le pouvoir avait aussi réussi à dompter le climat. Du moins pour les privilégiés.

Signe de familiarité, quand Boone s'était installé en face de lui le général n'avait pas demandé à son secrétariat de ne plus lui passer d'appels le temps de l'entrevue. Il devait d'ailleurs s'en féliciter maintenant, puisque c'est avec un soulagement évident qu'il venait de prendre un tel appel pour échapper aux questions pressantes que Boone lui posait. Ce dernier l'entendit s'adresser à quelqu'un en l'appelant « Votre Excellence » (tout en faisant des mimiques d'impatience), discuter avec lui d'un permis de construire, prendre un air agacé, hausser le ton, puis lui opposer (toujours en l'appelant « Votre Excellence ») une fin catégorique de non-recevoir.

« C'est notre ministre des Affaires étrangères, dit-il une fois qu'il eut raccroché. L'un de ses amis, promoteur immobilier, a acheté à bas prix le terrain situé en face de chez moi.

– Rue Chajarat Al-Dorr ?

– C'est ça. Il s'agit du terrain en friche séparant ma villa de la petite école. Il l'a acquis à bas prix parce qu'il est inconstructible, et il espère maintenant que grâce à son ami ministre il pourra avoir les autorisations nécessaires pour y construire des appartements de luxe. Je lui ai déjà dit non. Vous imaginez toutes ces fenêtres et toutes ces terrasses surplombant ma maison ? Le casse-tête que ce serait pour nous de vérifier le va-et-vient incessant ? Je lui ai bien dit qu'il n'en était pas question.

– Sécurité oblige.

– Mais il revient constamment à la charge, reprit le général en se grattant les couilles sans complexe, habitué qu'il était à ce que son rang le dispensât de toute hypocrisie. Il ne veut pas comprendre. Tout ce qui l'intéresse, c'est rentabiliser son investissement. Et tant pis pour moi si d'aventure des terroristes réussissaient à pénétrer dans son précieux immeuble pour tirer à la roquette contre ma chambre à coucher. S'il continue d'insister, j'ai bien envie de faire signer au Président un décret expropriant le terrain au nom de la raison d'Etat. »

Boone se disait que ledit promoteur devrait attendre, pour rentrer dans son argent, que le général Masri décède ou tombe en disgrâce. Même dans une Egypte à l'économie ultralibérale, les lois du marché avaient leurs limites.

« Pour en revenir au sujet qui nous préoccupe, dit-il.

– Je ne pense pas qu'il faille s'en faire », lui dit le général d'un ton assuré.

Comme pour confirmer à quel point il était serein, il sortit son étui à cigares et le tendit à Boone.

« Dieu vous entende », dit ce dernier en allumant le Cohiba.

Et il était sincère. Il espérait bien que le patron des services secrets égyptiens avait raison de se montrer confiant. Il l'espérait car cette affaire de muezzin, qui avait débuté de manière si légère, si artistique, prenait une tournure dramatique et risquait de mettre sens dessus dessous sa vie paisible d'agent secret planqué. La muse à la voix harmonieuse de la mosquée Kit Kat se muait brutalement en muse tragique : Calliope s'effaçait devant Melpomène.

« Vous verrez, Boone, tout cela s'essoufflera très vite, le rassura Masri en soufflant sa fumée vers le faux plafond.

– Mais la foule continue de se presser à Embaba, et Embaba n'a pas besoin de tout ce monde : le quartier est déjà assez saturé comme ça. Les gens affluent de partout : en train, en autobus, en camion, à pied, à dos de mulet même. Ils sont des dizaines et des dizaines de milliers. Le Nil, en bas de chez moi, se couvre de felouques pleines à craquer. Par endroits, on ne voit presque plus l'eau. On pourrait traverser de Zamalek à Embaba à pied.

– Dans quelques semaines on n'en entendra plus parler.

– J'aimerais partager votre optimisme, général. On raconte néanmoins que la route qui suit la vallée du Nil, d'Assouan jusqu'au Caire, serait noire de monde. Sans compter tous ceux qui remontent du Delta.

– Un simple problème, tout à fait gérable, de circulation et d'embouteillages, insista Masri en faisant un geste dédaigneux de la main.

– Embouteillages, dites-vous ? Si un sur cent de vos soixante-dix millions de compatriotes répondent à l'appel de Bilal Abdel-Ghani, vous en aurez bientôt sept cent mille sur les bras. Sept cent mille âmes qui devront trouver à se nourrir, à se loger...

– Qu'est-ce que sept cent mille âmes supplémentaires dans une ville qui en compte déjà vingt-cinq fois plus, Boone ? Une goutte d'eau !

– Que ce soit ici, à Alexandrie ou en Haute-Egypte,

les imams sont de plus en plus nombreux à reprendre cet appel. Et plus ils le feront, plus il y aura du monde. Le ratio de un pour cent que je viens d'évoquer risque d'être très vite dépassé.

– Mais le Cheikh de l'Al-Azhar ne s'est pas encore prononcé, n'est-ce pas ? Et quand il le fera, je puis vous assurer que ce sera pour appeler les gens à s'en retourner chez eux.

– Le Cheikh de l'Al-Azhar est totalement discrédité. Tout le monde sait que c'est une caisse de résonance de l'Etat. Une caisse de résonance trouée, d'ailleurs, et dont le son ne porte plus. Je croyais que c'est parce que le clergé officiel était discrédité que vous œuvriez à appuyer le muezzin de Kit Kat. J'ai cru comprendre que vous le contrôliez. »

Le général Masri arborait à présent l'air contrit de l'expert antiterroriste dont la source chérie aurait été prise la main dans le sac en train de piéger un camion destiné à finir sa course contre la grille d'entrée de l'ambassade des Etats-Unis.

« Le contrôler, le contrôler, protesta-t-il. Je n'ai jamais prétendu que nous le contrôlions. Il prônait la non-violence et nous l'encouragions dans ce sens. Voilà tout. »

Ainsi, pensa Boone, l'imprésario se lave les mains de ce que fait sa diva.

« Il semblerait néanmoins, général, que cette fois-ci notre homme ait poussé la non-violence un peu trop loin. Si loin que d'aucuns en sont à regretter cette violence à laquelle ils avaient fini par se faire et qu'ils savent désormais gérer. Quand ils avaient élaboré leur fameuse feuille de route pour la paix, ils ne s'imaginaient pas que Bilal proposerait un jour une feuille de route bien à lui.

– Et à qui la faute ? s'écria Masri en agitant furieusement son cigare. N'est-ce pas en partie la vôtre, et surtout celle des Israéliens ? Qu'est-ce qu'il leur a pris de vouloir construire cette Chose, et donner ainsi à leurs ennemis un symbole concret auquel s'attaquer ? Et vous ? Vous et les Américains ? Qu'avez-vous fait pour rassurer les Arabes et les Palestiniens ? N'aviez-vous pas promis, après l'Irak, qu'il n'y aurait plus, au Proche-Orient, deux poids et deux mesures ? Qu'avez-vous fait pour rééquilibrer votre position ? Qu'avez-vous fait pour arrêter la colonisation sauvage et la construction de ce Mur ? Qu'avez-vous fait pour encourager les partisans israéliens de la paix ? Rien du tout ! Vous avez jeté les colombes en pâture aux faucons, et vous vous étonnez à présent qu'un agneau comme Bilal Abdel-Ghani tombe sous l'influence des loups ! »

Boone applaudit secrètement l'esprit combatif du général. A l'en croire, si Bilal ruait dans les brancards, ce n'était pas tant la faute des Egyptiens qui l'auraient mal jugé et mal géré, que celle des Israéliens et des Anglo-Américains qui ne lui auraient pas laissé d'autre choix.

« Toujours est-il, général, que l'idée de cette marche sur Jérusalem fait son chemin un peu partout dans la région.

– Non seulement dans la région, l'interrompit Masri en saupoudrant l'épaisse moquette de sa cendre hors de prix, mais aussi en Asie centrale, et dans le Sud-Est asiatique. C'est à croire que tout cela était planifié d'avance. Je vous le disais, Boone, il y a un loup derrière notre agneau ! »

Notre agneau, se dit Boone. Parce que Bilal serait maintenant *notre* agneau à tous ?

« Et ce loup-là n'a rien d'égyptien, poursuivait Masri. C'est un étranger, Boone ! C'est en Afghanistan ou en Indonésie qu'il faudrait aller le débusquer ! Il y a de l'Islamintern là-dessous ! »

Nous y voilà, se disait Boone. L'Islamintern ! Le mot est enfin lâché. Et tout cela pour disculper le gouvernement égyptien. Qu'importe, finalement, que la région soit à feu et à sang, si les coupables ne sont pas égyptiens. Boone se rappela une histoire qu'il avait entendue au Cellar Bar. Quand, quelques années plus tôt, le président du Parlement égyptien avait été abattu par des terroristes en plein jour et en plein cœur de la capitale, les services de sécurité avaient interrogé des témoins visuels qui avaient déclaré que les deux assassins avaient des gueules d'Arabes. Après quoi, les Egyptiens, très soulagés, avaient fièrement annoncé à leurs alliés occidentaux : « Vous voyez ? Ce n'était pas des Egyptiens, après tout, mais des étrangers ! »

En sortant de chez Masri, les restes de son Cohiba entre les dents, Boone se disait qu'il n'y avait rien de plus à tirer du général. Rien de plus qu'un bon cigare. De toute évidence, le patron des Moukhabarate avait exagéré son influence sur le muezzin de Kit Kat. Sauf à s'agiter comme un beau diable pour étayer sa thèse de « la main étrangère » et exonérer son gouvernement, Masri ne ferait rien, et il se garderait bien de jouer avec le feu de peur de se brûler les doigts qui sentaient déjà le roussi. Il n'y avait rien à espérer de ce côté-là, se disait encore Boone. Il devrait donc se débrouiller tout seul dans cette affaire, et sans parapluie. Ce qui ne l'arrangeait pas du tout, tant il est vrai qu'il avait horreur d'agir à découvert. Il n'avait pourtant plus le choix puisque Masri venait de le laisser tomber. Il se promit donc de se venger de lui, et de la belle manière, en lui infligeant une défaite sévère aux dames dès leur prochaine partie.

Boone mordait rageusement le cigare du général. Tous les plans qu'il avait conçus pour l'avenir (avenir qu'il avait envisagé comme le prolongement pur et simple de l'instant présent) s'effondraient. Après des mois passés au vert, à l'abri de sa forteresse insulaire, voilà qu'en l'espace d'une semaine – rien qu'une semaine –, il avait par trois fois été contraint de quitter Zamalek pour se plonger dans l'enfer du Caire. Son système chancelait. Et ce pour des raisons totalement indépendantes de sa volonté. Il avait érigé sa pyramide, il s'y était installé et il en avait ensuite bouché toutes les entrées. Mais voilà que le muezzin de Kit Kat venait (certes sans le vouloir) d'y ouvrir une brèche. Brèche dans laquelle Archie Briggs, Orvil Bosmann et Dieu sait combien d'autres pillards du même acabit venaient de s'engouffrer. Ils étaient déjà dans la place. Il lui fallait très vite colmater et brouiller les pistes. Faute de quoi, ils finiraient par trouver leur chemin jusqu'à la chambre royale, et tout serait perdu.

16

Bien plus impressionnant que la foule innombrable qui s'entassait sur la rive d'en face, faisant un grand tapis noir au pied du minaret blanc, bien plus impressionnant, même, que les felouques remplies à ras bord qui s'agglutinaient sur la surface de l'eau comme le produit d'une pêche miraculeuse, et qui n'évitaient de chavirer sous leur lourd fardeau qu'en se serrant les coudes, était le silence qui venait de s'abattre sur cette masse qui grouillait et vociférait l'instant d'avant, déchirant l'air mieux qu'un cri. Quand le chant du *Allahou Akbar* s'éleva enfin du haut du minaret, Orvil Bosmann se saisit de son stylo comme il l'avait déjà fait pour la prière de midi et entreprit de noter consciencieusement ses impressions dans son petit calepin noir. Il alternait de longues plages de gribouillages avec d'autres, aussi longues, de réflexion, rejetant la tête en arrière et fermant les yeux comme pour mieux s'imprégner de l'ambiance. Et, le chant du muezzin achevé, les bruits de la ville ayant repris leurs droits, il empocha son stylo et son calepin et se permit un franc éternuement.

« Je suis très impressionné, dit-il enfin. J'ai assisté à des chemins de croix en Espagne comme aux Philippines ; j'ai été présent à des offices religieux noirs dans la banlieue de Washington ; et au mois de mai dernier j'ai même suivi – d'assez loin, il est vrai – une procession religieuse chiite en Irak, bannières noires et portraits idéalisés de l'Imam Martyr en tête. Mais jamais auparavant je n'avais vu une foule si recueillie. Toute cette foi, toute cette sérénité... »

Ses yeux, d'ordinaire si froids, brillaient d'une lueur dont Boone ne les aurait pas crus capables. Ce n'est pas de la frime, se disait-il. Aussi étrange que cela puisse paraître, Orvil Bosmann III était ému.

« Rien à voir, n'est-ce pas, avec les jamborees folkloriques de nos Eglises catholiques ou protestantes. Rien à voir avec les rallyes pontificaux ou avec les fêtes foraines évangélistes.

– Rien à voir, non plus, avec l'hystérie auto-mutilatrice des chiites, renchérit l'Américain en secouant pensivement la tête.

– Pour ne rien dire des vociférations des islamistes.

– Ce n'est pas chez nous qu'on verrait cela, hélas, se lamenta Bosmann. La foi semble nous avoir désertés. La piété et la dévotion que je vois ici, je les vois bien sûr chaque jour chez moi, en famille. Je les voyais aussi, petit, quand nous nous retrouvions entre amis et voisins pour le service dominical, à Wichita. Mais nous étions alors tout au plus quelques dizaines. Là, ils sont des dizaines de milliers.

– Et il y a des dizaines de milliers d'autres comme eux qui se pressent un peu partout dans le pays autour des mosquées dont les imams ont repris l'appel de ce muezzin.

– Où puisent-ils toute cette énergie ? Où trouvent-ils la force nécessaire pour attendre indéfiniment, en silence, et sans jamais rien exiger, un événement – si tant est qu'on puisse appeler cela un événement – qu'ils connaissent tous par cœur, et qui est cinq fois par jour et jour après jour exactement le même ?

– Leur force, ils la puisent dans l'espoir, dit Boone qui vivait en cet instant précis dans l'espoir du whisky que Hassanein, le boy qu'il employait à mi-temps (restriction budgétaire oblige), ne devrait plus tarder à lui apporter.

– Vous voulez dire que leur religion serait supérieure à la nôtre ? s'inquiéta Bosmann. Que leur paradis serait plus attrayant que la vie éternelle qu'on nous promet ?

– Non, je voulais dire qu'ils ont encore de l'espoir pour ici-bas.

– Pour ici-bas ?

– Ces gens-là sont des miséreux, des exclus, des laissés-pour-compte, des sans feu ni lieu. Ils n'ont rien à perdre. Ils ont l'espoir qu'un jour quelque chose ou quelqu'un viendra changer leur vie.

– Mais nous aussi nous vivons d'espoir, protesta Bosmann. Toute notre civilisation est fondée sur l'espoir : espoir de rédemption et de vie éternelle dans l'au-delà, mais aussi espoir de progrès, d'ascension sociale et d'amélioration de la qualité de la vie ici-bas. C'est là un principe qui est à la base de tout notre système social et économique.

– Le rêve américain, quoi !

– Rêve qui devient parfois réalité. Rêve qui est donc réalité. Rien n'est joué d'avance, chez nous. Aucun handicap, social ou autre, n'est jamais assez lourd. Tout est toujours possible.

– Je lisais il y a quelque temps les résultats d'un sondage effectué aux Etats-Unis : dix-neuf pour cent des Américains seraient convaincus qu'ils appartiennent à la tranche des un pour cent les plus riches, et vingt autres pour cent sont persuadés qu'ils entreront très bientôt dans ce club très fermé. En d'autres termes, trente-neuf pour cent des Américains s'identifieraient à la tranche des un pour cent les plus riches.

– Vous voyez, Boone ! C'est cela, l'espoir !

– Peut-être bien, mais cet espoir-là est individuel, il n'est pas collectif. Le salut, chez nous, est une affaire personnelle relevant d'une stratégie tout aussi personnelle et se faisant souvent au détriment d'autrui. Nous recherchons l'enrichissement et la promotion sociale par le travail ou par la loterie, mais dans l'un comme dans l'autre cas l'espoir est individuel.

– Alors qu'ici...

– Ici comme ailleurs dans le tiers monde l'espoir, quand il existe, est avant tout collectif. On ne s'élève pas seul. On s'élève en famille, en clan, en tribu ou en communauté ; et ce qui est perçu comme étant bon pour le groupe est immédiatement perçu comme étant bon pour l'individu, même si ce n'est pas le cas.

– C'est très rarement le cas, fit remarquer Bosmann.

– Ce n'est pas cela qui compte, répondit Boone alors que ce brave Hassanein leur servait enfin leurs rafraîchissements. Ce qui compte, c'est qu'on y croie. Tout est dans la tête. Le supporter de Manchester United ou du Real Madrid ne tirera rien d'une victoire de son club fétiche en coupe d'Europe de football. Rien de concret, en tout cas, mais néanmoins beaucoup de bonheur. C'est cela qui fait la différence entre eux et nous. Et c'est cela, à mon avis, ajouta-t-il en regardant en direction de la mosquée Kit Kat, qui explique toute cette foi et toute cette ferveur.

– J'avoue ne pas les comprendre, Boone, mais je ne peux m'empêcher de les envier. Chez nous la logistique est pensée et mise en place bien avant que l'aventure ne commence. Alors que là on voit les gens prendre la route par grappes, spontanément, sans organisation, sans support, et sans même savoir où ils logeront ni comment ils se nourriront.

– Preuve, s'il en fallait une, qu'on peut vivre d'espoir, dit Boone en levant son verre.

– Nous avons fait un petit calcul simplifié portant sur un million de marcheurs égyptiens, dit Bosmann en posant son jus de fruits pour sortir à nouveau son calepin noir. A supposer qu'un million de personnes, sur les soixante-dix millions que compte ce pays, participent à cette marche, il leur faudra au moins cinq cents tonnes de nourritures diverses et vingt mille tonnes d'eau par jour. Je dis bien par jour ! Sans compter un million de couvertures et trois millions cinq cent mille mètres carrés de tentes.

– Pour ne rien dire des ustensiles de cuisine, ajouta Boone.

– Il leur faudra aussi des tonnes et des tonnes de carburant et de matériel médical, poursuivit Bosmann. Et cela, pour les seuls Egyptiens.

– Alors que des centaines de milliers d'autres prennent déjà la route ailleurs : au Soudan, au Yémen, en Jordanie, au Liban...

– Justement. Ils pourraient bientôt être deux, voire trois millions sur les routes. Où vont-ils trouver toute cette eau et toute cette nourriture ? Comment vont-ils trouver de quoi se couvrir et où s'abriter ? Où est l'encadrement ? Lorsqu'il avait organisé sa Marche Verte sur le Sahara, le roi du Maroc avait mobilisé plus de huit mille véhicules pour acheminer trois cent cinquante mille marcheurs et leurs vivres vers le sud, sans compter une centaine de trains, des navires et des avions de fret. Là, il n'y a rien ! Absolument rien !

– On n'est pas dans une situation de type Marche Verte. Il n'y a pas d'appareil d'Etat, ni de logique étatique derrière cette initiative. C'est un mouvement spontané se nourrissant chemin faisant. On dit que de riches négociants font des dons en argent, que des industriels offrent des rations, que des comités locaux se créent, et que des associations caritatives mettent en place des relais le long des principaux itinéraires.

– Mais à supposer qu'ils arrivent jusqu'aux points de rassemblement. Qui va les nourrir, là-bas ? Qui va les loger ? Qui va les soigner ? Qui va les encadrer ? On risque de se retrouver avec peut-être trois millions d'hommes, de femmes et d'enfants se pressant comme des moutons dans des camps de fortune. Il leur faudra alors...

– Mille cinq cents tonnes de vivres et soixante mille tonnes d'eau par jour, calcula Boone.

– Quand on sait qu'un Antonov A-124 peut transporter cent vingt tonnes, reprit Bosmann en consultant son précieux calepin, qu'un Boeing B-747 en transporte seulement cent, et qu'un poids lourd n'en contient que vingt-cinq, on imagine la logistique qu'il faudra mettre en place !

– On dit que les marcheurs chargent des mulets et des chameaux.

– C'est ridicule ! s'esclaffa Bosmann en lisant à nouveau dans son calepin. Un mulet peut porter une charge de cent kilos, et un chameau deux cent cinquante. C'est une goutte d'eau dans l'océan. De plus, il faut donner à boire et à manger à ces bêtes-là. On court à la catastrophe humanitaire, Boone. Pour trois millions de personnes dans des camps, il faudrait douze mille aides-soignants. Où sont-ils ? Et qui mettra en place les cent cinquante mille latrines, trente mille points d'eau et trente mille décharges dont ils auront besoin ? »

Boone se disait que cela commençait à ressembler à un camp de vacances américain.

« Quelle que soit l'issue de cette affaire, Boone, je peux vous assurer qu'elle sera calamiteuse. Entre voir des dizaines de milliers d'hommes, de femmes et d'enfants mourir de faim ou de soif dans le désert ou voir des millions de musulmans tenter de franchir la Clôture de sécurité pour déferler sur Jérusalem, je ne sais pas quel serait le moindre mal. »

Boone, qui venait d'avoir une pensée pour Maria, savait où iraient ses propres préférences, mais il n'en dit rien.

« J'aimerais connaître d'avance la fin de cette histoire, lui disait à présent Bosmann.

– C'est là le privilège du romancier, dit Boone qui jouait encore à celui qui croyait qu'Orvil Bosmann était le journaliste qu'il prétendait être. Mais je ne vois pas comment un journaliste pourrait connaître d'avance la fin d'une histoire qui débute à peine.

– En écrivant lui-même le scénario, bien sûr ! s'exclama Bosmann. En s'assurant que la marche ira là où il voudrait qu'elle aille.

– Je ne vous suis pas, avoua Boone.

– Vous avez entendu le Premier ministre israélien sur ce sujet, dit Bosmann à voix plus basse. Nous ne sommes ni les Britanniques aux Indes, ni les Espagnols au Sahara, a-t-il dit. Nous ne sommes pas des colonialistes, a-t-il ajouté. Nous sommes ici chez nous et nous utiliserons tous les moyens en notre possession afin de défendre notre terre et nos vies. C'est on ne peut plus clair, n'est-ce pas ?

– Vous pensez qu'ils iront jusqu'à bombarder les marcheurs ? Bombarder des femmes et des enfants ? Comme les Stukas nazis en 39 ? Des chapelets de bombes sur des gens armés de leurs seuls chapelets de prière ? L'image d'Israël et le capital de sympathie dont ce pays bénéficie encore de par le monde risquent d'en prendre un sacré coup. Ils ne s'en relèveront jamais.

– Qu'est-ce que l'image d'un peuple quand sa survie même est en jeu ?

– Vous pensez sérieusement qu'ils pourraient leur tirer dessus ?

– Même s'ils ne le faisaient pas, ils pourraient lancer des attaques préventives contre les pays voisins afin de désorganiser la marche et inciter les gouvernements arabes à réprimer eux-mêmes les marcheurs. Une nouvelle guerre au Proche-Orient, c'est ce dont nous avons le moins besoin, aujourd'hui, n'est-ce pas ?

– Au point où on en est, dit Boone.

– Nous en parlions à Washington, reprit Bosmann, faisant celui qui n'avait rien entendu, et nous avons eu une petite idée qui pourrait nous épargner bien des malheurs.

– Ah oui ? Et quelle idée, au juste ? demanda Boone en allumant un cigare.

– Nous nous sommes dit que nous pourrions peut-être convaincre les marcheurs non pas d'abandonner cette marche, mais de la dérouter.

– La dérouter ?

– La dérouter, confirma fièrement Bosmann. La dérouter vers une autre destination qui ferait autant l'affaire des marcheurs que celle d'Israël.

– Mais la dérouter vers où ?

– Vers les Lieux saints de l'islam, bien sûr, répondit Bosmann du ton de celui pour qui les idées les plus simples sont toujours les meilleures.

– Vers l'Arabie ? s'étonna Boone.

– Ce serait un projet tout à fait naturel, et on ne peut plus islamique.

– Comment cela ?

– En se rendant en Arabie les marcheurs se plieraient à l'une des cinq obligations faites à tout bon musulman : le pèlerinage à la Kaaba. L'idée serait de les convaincre de refaire l'itinéraire du Prophète lui-même. Après tout, Mahomet ne s'était-il pas d'abord rendu à Médine, puis à La Mecque, et seulement après – et en rêve seulement – à Jérusalem d'où il était monté au ciel sur un destrier l'espace d'une nuit ? On pourrait peut-être convaincre nos marcheurs d'en faire de même : aller à Médine et à La Mecque et ensuite – et seulement ensuite – à Jérusalem.

– Mais cette affaire risque de déstabiliser très sérieusement les Saoudiens. Eux, qui ont déjà un mal fou à filtrer les pèlerins étrangers qui affluent tous les ans pour le Pèlerinage, ne survivront pas à un tel déferlement.

– Et alors ?

– Les Saoudiens sont tout de même nos alliés, protesta Boone.

– Alliés mon œil ! Ne financent-ils pas des organisations qui prônent la violence ? Des ressortissants saoudiens ne sont-ils pas impliqués dans les attentats meurtriers perpétrés sur le territoire même des Etats-Unis ?

– L'implication du régime dans le financement d'organisations terroristes n'est pas prouvée, dit Boone en vidant son verre.

– Pas encore, mais cela ne saurait tarder, rétorqua Bosmann.

– Je sais que les Saoudiens ont leurs détracteurs à Washington, notamment parmi vos amis. J'ai lu vos articles sur les attentats. Mais, si je ne me trompe, ils ne font pas l'unanimité contre eux. Ils ont encore des appuis solides.

– Pas pour longtemps.

– Ainsi, la vieille alliance forgée entre le président Roosevelt et le roi Ibn Saoud à bord du *USS Quincy* aurait vécu ?

– Le croiseur dont vous parlez n'est plus en service dans la US Navy depuis cinquante ans, et il est grand temps qu'un terme soit mis à l'alliance qui y fut jadis scellée. Elle a vécu.

– Mais les Saoudiens sont eux-mêmes la cible du terrorisme. Ils effectuent quotidiennement des rafles dans les milieux islamistes.

– Poudre aux yeux, Boone. Ils n'arrêtent pas ceux qu'il faudrait arrêter. Sous couvert de lutter contre le terrorisme, ils emprisonnent les opposants au régime et laissent filer les autres : ceux qui nous intéressent vraiment.

– Je doute que mon service avalise cette idée, objecta Boone. Après tout, notre économie dépend en partie des avoirs saoudiens déposés dans nos banques et des commandes que Riyad passe à notre industrie de défense.

– J'en parlais justement avec votre patron avant de venir ici. Il me disait que votre gouvernement est très déçu que les Saoudiens n'aient pas encore renouvelé les grands contrats d'armement qui constituaient depuis une vingtaine d'années l'essentiel des relations bilatérales entre vos deux pays.

– Ainsi, ironisa Boone, Whitehall se rappelle soudain que ces salauds de Saoudiens avaient jadis bouté dehors nos bons amis les Hachémites.

– Quoi qu'il en soit, chez nous comme chez vous on est d'avis qu'à choisir entre déstabiliser un pays démocratique et ami comme Israël ou un régime obscurantiste et despotique comme celui de l'Arabie Saoudite, autant épargner le premier et charger le deuxième. Et tant pis pour les princes décadents si leur pouvoir n'y survit pas. Ils ont amassé assez d'argent comme cela, et ils pourront toujours aller vivre un exil doré en Floride ou sur la Riviera française. »

Boone était à présent en mesure de reconstruire la chaîne décisionnelle sur laquelle s'appuyait l'autorité d'Orvil Bosmann : une première réunion de la Cabale, quand la brillante idée de dérouter la marche de Bilal vers l'Arabie Saoudite avait germé, une autre pour la faire avaliser par l'hôte de la Maison Blanche, et une dernière pour solliciter les Britanniques de bien vouloir monter au créneau en lieu et place des Américains qui préféraient bien sûr rester tapis dans l'ombre.

« On me dit que vous avez une bonne source chez les islamistes, lui disait à présent son nouveau commanditaire. Pensez-vous que ses amis pourraient inciter les imams qu'ils contrôlent un peu partout dans le monde arabe et musulman à lancer un mot d'ordre demandant aux marcheurs d'aller vers les Lieux saints d'Arabie plutôt qu'à Jérusalem ?

– Pourquoi le feraient-ils ?

– Parce que ce serait logique avec les exigences du Pèlerinage, et avec la vie du Prophète. En allant à Médine, tous ces bons musulmans vivront la *hijra* : l'exil que Mahomet lui-même a vécu.

– Je comprends bien, mais pourquoi vous feraient-ils un tel cadeau ?

– Vous voulez dire “nous” !

– D'accord... Pourquoi *nous* feraient-ils ce cadeau ? »

Boone cachait à peine son irritation devant l'insistance de l'Américain à vouloir l'embrigader au nom d'une communauté d'intérêts. Il eut soudain envie de se saouler la gueule rien que pour prouver à ce *teetotaller* buveur d'eau du Midwest qu'ils ne partageaient pas les mêmes valeurs.

« Parce qu'ils ne sont sûrement pas cons. Ils doivent savoir que ce Gandhi des bords du Nil va leur piquer la vedette et piller le fonds de commerce sur lequel ils vivent grassement depuis des années. »

Il a raison, se disait Boone, qui se rappelait le mépris avec lequel Adel Brahim parlait du muezzin de Kit Kat. Un prédicateur de carrefour, l'avait-il appelé. Et pour cause : une initiative pacifique comme celle-ci, si elle ne faisait que crever l'abcès, réussirait là où toutes les violences avant elle avaient échoué. Bosmann a raison. Orvil Bosmann III lit dans le cœur des fondamentalistes musulmans comme s'il en était un.

« A supposer, reprit-il, que les islamistes acceptent de jouer le jeu en mettant des bâtons dans les roues à Bilal Abdel-Ghani, pourquoi pensez-vous qu'ils accepteront de dérouter la marche vers l'Arabie Saoudite ?

– Encore une fois parce qu'ils ne sont sûrement pas cons, répondit Bosmann, l'air de celui qui ne comprend pas que son interlocuteur n'ait pas encore saisi sa logique. Les islamistes, poursuivit-il, doivent se rendre compte que si la marche sur Israël aboutissait, ils n'auraient rien à y gagner et tout à y perdre. Alors qu'une marche sur les Lieux saints d'Arabie, dans la mesure où elle ébranlerait le régime saoudien, ferait parfaitement leur affaire, et notamment celle de ceux, parmi eux, qui ont fait du renversement du régime saoudien leur priorité numéro un. »

Il en coûtait à Boone de le reconnaître, mais Bosmann avait raison une fois de plus. Il s'en voulait d'avoir sous-estimé l'Américain.

« En sus, poursuivait ce dernier, en demandant à leurs partisans de marcher dans les pas du Prophète en allant à La Mecque et à Médine, ils ne seraient même pas en porte-à-faux par rapport à l'appel lancé par Bilal Abdel-Ghani.

– Comment cela ?

– Ce Bilal n'a-t-il pas lui-même dit : “Regardez dans vos cœurs, chassez-en la haine et quand vos cœurs seront purs, allez vers eux” ? Le pèlerinage aux Lieux saints n'est-il pas ce qu'un musulman pourrait trouver de mieux pour purifier son cœur ? »

La logique de Bosmann tenait, et Boone, qui se retrouvait désarmé face à lui, n'en était que plus irrité.

« Vous voulez bien prendre contact avec votre source et tester cette idée sur elle ? » le pressait à présent Bosmann.

Boone avait peur. Peur d'aller voir Adel Brahim. Peur d'aborder le sujet avec lui. Peur des conséquences que tout cela pourrait avoir sur lui, et accessoirement sur le monde. Levant les yeux, il les porta sur le minaret de la mosquée Kit Kat au sommet duquel tout avait si malencontreusement commencé. Son regard se porta ensuite sur le Nil qui l'avait si bien protégé jusqu'ici du trop-plein de vie qui l'entourait de toute part, et ce qu'il vit lui glaça le sang. Zamalek, il s'en rendait compte, n'avait plus rien d'une île. Un véritable pont humain le reliait à présent au point le plus chaud du Caire, sinon du globe : la mosquée Kit Kat. Un pont de chair et de sang qui attestait de la fragilité extrême du système qu'il avait mis en place. Il s'était jusqu'ici préoccupé de gérer au mieux de ses intérêts les rares incursions qu'il avait été contraint de faire dans le monde extérieur. Mais, à présent, c'était le monde extérieur qui venait frapper à sa porte sans y être invité. Ecrasant son mégot dans le cendrier, il se disait qu'il se cachait derrière son doigt. Il lui fallait réagir. Bosmann avait raison. Il irait donc voir Adel Brahim. Il irait le voir et il lui parlerait. Ne serait-ce que pour tenter de maîtriser quelque peu une destinée qui lui échappait de plus en plus.

17

Adel Brahim avait garé sa voiture à une centaine de mètres de la mosquée Sultan Al-Zaher Baybars, sur la place circulaire qui tirait son nom du palais tout aussi circulaire de Gabriel Sakakini Pacha. Pas moins de huit artères y débouchaient. Tous les chemins mènent au Palais Sakakini, disait-on. Ou du moins y menaient-ils jadis. Une fois sorti de la voiture, Brahim, le regard fixé sur ce palais construit dans le plus pur style rococo, fit le tour de la place en longeant les immeubles de rapport petits-bourgeois qui la cernaient à présent de toute part. Puis il fit un deuxième tour en suivant au plus près l'enceinte du jardin, sa main caressant distraitement la grille en fer forgé comme un enfant l'aurait fait, les yeux toujours rivés sur cet étrange palais bâti à la fin du dix-neuvième siècle par un chrétien syrien arrivé en Egypte sans le sou, qui s'était attiré les bonnes grâces du khédive Ismaïl après avoir eu la brillante idée d'embrigader des bataillons de chats cairotes affamés pour débarrasser la zone du Canal des rats qui l'infestaient, et qui devait par la suite justifier la confiance placée en lui par son souverain en terminant la construction de l'Opéra du Caire à temps pour l'arrivée des invités royaux de ce dernier, venus tout spécialement d'Europe pour assister aux cérémonies d'inauguration du canal de Suez. Ce qui, soit dit en passant, ne fut pas le cas de Verdi, qui n'avait pas pu finir *Aïda* en temps voulu.

Brahim était fasciné par ce château de conte de fées, avec ses tourelles, ses dômes, ses motifs, ses gargouilles et ses créneaux. Depuis son arrivée au Caire, il entretenait avec ce palais laissé à l'abandon une relation très ambiguë, oscillant en permanence entre le désir de l'adopter et celui de le raser et de le rendre au marécage d'où il était sorti. Maintes fois, il s'était dit que lorsqu'ils auraient chassé le Tyran et pris le pouvoir, il ferait du Palais Sakakini son quartier général. Dans ces moments-là il s'imaginait parcourant les cinquante pièces qui le composaient, ouvrant ses quatre cents portes et fenêtres, et ordonnant sans ciller la destruction des quelque trois cents bustes païens et statues décadentes qui avaient fini par se l'approprier. Ce serait sa grande œuvre purificatrice. L'occupation du Palais Sakakini serait sa prise du palais d'Hiver.

S'arrachant finalement à ce lieu envoûtant, il se dirigea vers la mosquée pour la prière du vendredi. Ce n'était pourtant pas dans ses habitudes de venir prier dans ce quartier commerçant d'Azbakiya, situé au nord-est de la capitale. Pas plus qu'il n'était dans ses habitudes d'aller prier dans une grande mosquée comme celle-ci. D'ordinaire, le comploteur qu'il était préférait prier en petit comité, à l'oratoire qui jouxtait son domicile. Mais ce vendredi-là était un jour particulier. C'était ce vendredi-là que l'imam de la mosquée Al-Zaher devait lancer son appel. L'appel que lui avait susurré son secrétaire particulier qui se trouvait être à la solde des islamistes. L'appel que Harry Boone, cet espion britannique, avait soufflé à l'oreille d'Adel Brahim une dizaine de jours auparavant, et dont ce dernier avait bien sûr revendiqué (et pour cause) la paternité devant ses amis. L'appel à marcher vers la Kaaba et les Lieux saints, dans un grand élan collectif et salvateur. L'appel qui devait faire trembler les potentats de la Péninsule arabique et rabattre le caquet à ce suppôt du pouvoir, à cet artiste de cabaret, qu'était le muezzin de la mosquée Kit Kat. D'ailleurs, se disait-il, vu le nom irrévérencieux sous lequel elle était connue et le passé turpide du lieu où elle s'élevait, cette mosquée-là pouvait-elle engendrer autre chose ? Iblis – le diable en personne – devait encore y être à l'œuvre, se disait-il.

Pour lancer cet appel, les amis d'Adel Brahim avaient fait un excellent choix. La mosquée Al-Zaher n'était pas une de ces mosquées modernes, souvent implantées dans les quartiers populaires, et prisées par ces pitoyables organisations de masse que sont les Frères musulmans et leurs frères ennemis de la Gamaa. La mosquée Al-Zaher était l'un des joyaux de l'architecture mamelouke, un grand lieu de culte situé dans un quartier qui était l'apanage des commerçants, des artisans, des instituteurs et des fonctionnaires. Autant de rouages parfaits de transmission dans le corps social, tant vers le haut que vers le bas. Une fois que l'imam aura prononcé son prône, ces gens-là ne descendront pas dans la rue vociférer et renverser des voitures. Loin de là. Ils s'en retourneront plutôt sagement chez eux et ils répercuteront le message du cheikh à leurs proches, leurs voisins, leurs clients, leurs collègues, et aux jeunes dont ils ont la charge. Un vrai travail de sape. Un travail révolutionnaire.

Une fois passée la porte de la mosquée, Adel Brahim confia ses chaussures au préposé et s'en fut faire ses ablutions rituelles. S'étant d'abord lavé les mains, il se rinça la bouche et le nez en y aspirant l'eau avant de la rejeter, se lava le visage, les avant-bras et les oreilles, passa ses mains mouillées dans ses cheveux épais, puis se lava les pieds jusqu'aux chevilles. Le tout par trois fois. Et, tout ce temps, il se disait que ses amis n'avaient pas seulement choisi la mosquée la plus appropriée, mais aussi l'imam le plus adéquat. Le cheikh Mohammad Al-Hedjazi descendait d'une noble lignée qui remontait jusqu'au Prophète (que la paix et les bénédictions de Dieu soient sur lui). Il appartenait aussi à une grande famille d'ulémas et de négociants. Il offrait ainsi le grand avantage de posséder une fortune personnelle qui le mettait à l'abri des pressions de ce gouvernement impie qui n'avait de cesse de vouloir transformer les ulémas en autant de fonctionnaires à ses ordres. En sus, le cheikh Mohammad Al-Hedjazi se trouvait être un docteur de la Loi et un maître respecté. Il enseignait à l'université de l'Al-Azhar et avait à son compte de nombreux ouvrages de jurisprudence, dont un, qui faisait référence, sur l'imam Al-Chaféi, et un autre de réfutation des aspects les plus rigoristes des thèses salafistes d'Ibn Qayim Al-Jawziya, le disciple d'Ibn Taymiya. Adel Brahim se disait que son organisation, dont les penchants salafistes n'étaient plus à prouver, avait bien fait de se cacher ainsi derrière un cheikh chaféite et modéré pour lancer son offensive contre ces pseudo-salafistes de princes saoudiens dont l'un avait poussé la décadence et l'impiété jusqu'à faire ériger dans ses jardins un modèle réduit de La Mecque où des figurants grassement payés faisaient mine de prier à longueur de journée. L'ironie de la chose ne lui avait pas échappé.

Traversant lentement la cour, il pénétra dans la grande salle de prières et alla se trouver une place un peu à l'écart, derrière une colonne, où il s'assit face à la *qibla*, les jambes repliées sous lui. Portant son regard sur la chaire qui accueillerait bientôt le vénérable cheikh, il se disait que ce dernier n'avait pas dû trop se faire prier pour lancer l'appel qu'on lui avait si subtilement suggéré. C'est que la famille du cheikh était originaire de Djeddah, sur la mer Rouge, et elle avait dû s'exiler en Egypte à la fin du dix-huitième siècle lorsque les wahhabites avaient déferlé sur l'Arabie, détruisant sur leur passage sanctuaires, tombeaux et mausolées, et passant par le fil de l'épée tous les adeptes du culte séculaire des saints. Les ancêtres du cheikh avaient, à l'époque, fait les frais de cette guerre meurtrière entre iconoclastes et iconolâtres remportée haut la main par les premiers, et qui aura finalement permis à la dynastie des Saoud de s'imposer. Sans parler de la sempiternelle rivalité entre les villes du Hedjaz, d'où la famille du cheikh était issue, et le désert du Nedjd, d'où l'étaient les Saoudiens. Adel Brahim ne doutait pas un instant que le cheikh Mohammad Al-Hedjazi lancerait cet appel.

Le noble cheikh dont la famille s'était jadis trouvée du mauvais côté du manche venait d'ailleurs de monter en chaire. Un vieillard rond et bien en chair portant de grosses lunettes à monture d'écaille qui lui donnaient un petit air d'ayatollah Montazéri. Brahim, qui ne le connaissait pas, le reconnut aisément à sa coiffe à turban blanc, signe distinctif réservé aux seuls descendants du Prophète (que la paix et les bénédictions de Dieu soient sur lui). Quand il commença son prône, Brahim dut tendre l'oreille. Le cheikh parlait doucement et d'une voix nasillarde, trébuchant parfois sur les mots comme quelqu'un qui serait plus à l'aise avec ses livres qu'avec ses congénères. Rien à voir, se disait Brahim, avec les prêches des prédicateurs islamistes qui enflammaient si bien les esprits et incitaient, tel ce fasciste de Milan Astray qu'il avait jadis appris à haïr – mais aussi à admirer –, à hurler : « *Viva la muerte !* » Rien à voir, non plus, avec la voix mielleuse de Bilal

Abdel-Ghani qui frappait le corps d'une douce mais si mortelle léthargie. Chez le cheikh Mohammad, c'était le sens des mots, plus que leur sonorité, qui comptait, et c'était sur ce sens-là qu'Adel Brahim et ses amis comptaient.

Lorsqu'il aborda enfin le sujet qu'on attendait de lui, le cheikh le fit d'ailleurs très habilement, et sans pour autant prendre le contre-pied du muezzin de Kit Kat. Quand il fit part aux fidèles attentifs de son souhait qu'ils se rendent sur les Lieux saints de La Mecque et de Médine, il ne le présenta pas comme étant un projet alternatif à celui que leur proposait Bilal Abdel-Ghani, mais comme un projet complémentaire. Complémentaire et surtout – surtout – chronologiquement antérieur. Il ne leur demanda pas de ne point aller à Jérusalem. Il leur suggéra simplement d'aller auparavant se purifier à l'eau bénite de Zamzam. Il le fit d'ailleurs très judicieusement, en citant maintes références religieuses plus doctes et plus inattaquables les unes que les autres. Et il le leur dit comme si tout cela allait de soi, posément, du ton de celui qui ne verrait pas pourquoi il devrait insister. Ce cheikh cultivait l'art de la litote, se dit Adel Brahim. Demain, en Egypte comme ailleurs, des imams moins rompus que lui aux euphémismes reprendront son appel. Citant l'auguste cheikh Mohammad Al-Hedjazi et se targuant de son autorité, ils l'amplifieront, et l'appel se répandra un peu partout dans le monde arabe et musulman, tel un feu de broussailles attisé par leurs prêches incendiaires. C'est du moins ce qu'Adel Brahim était ce jour-là venu demander au Très-Haut.

Quand le cheikh eut terminé son prône, un sourd murmure, amplifié par les voûtes et renvoyé par les dizaines de colonnes, traversa la salle avant d'être noyé par le *adhân* lancé du haut du minaret par haut-parleur.

Ajustant ses lunettes, le cheikh quitta alors sa chaire pour remplir sa fonction d'imam en dirigeant la prière. Une fois qu'il eut descendu l'escalier en bois, il s'immobilisa, face à la *qibla* et dos aux fidèles. Prenant exemple sur lui, ces derniers se levèrent comme un seul homme. Debout, le regard baissé, Adel Brahim glorifia tout comme eux Dieu en ouvrant les mains et en les joignant sur la poitrine, paume droite sur le dos de la main gauche. Ses gestes étaient à la fois posés et calculés, comme ceux de quelqu'un qui les aurait appris sur le tard et dont le corps ne les aurait pas encore bien assimilés. Ayant demandé pardon et absolution au Très-Haut et requis Sa protection, il récita la première sourate du Coran, s'inclina, et loua à nouveau Dieu. Se redressant ensuite, il répondit à l'imam en glorifiant le Très-Haut, puis il se prosterna et glorifia Dieu tout en implorant Son pardon et en demandant Ses bienfaits. Il s'assit ensuite et se recueillit quelques instants après L'avoir à nouveau loué, imploré Son pardon et demandé bienfaits, paix de l'âme et tranquillité de l'esprit. Cela fait, il se prosterna une nouvelle fois et répéta les mêmes formules incantatoires que tout à l'heure, avant de se remettre en position assise, les mains sur les cuisses, quatre doigts de la main droite repliés, et l'index pointé en avant, signe de foi en l'Unicité de Dieu. Après avoir invoqué la paix de Dieu sur le Prophète, les siens et toute la communauté des croyants, il récita sa profession de foi, pria le Très-Haut de lui épargner les supplices de l'enfer, les souffrances du tombeau, les tentations de la vie et les séductions de l'Antéchrist, et conclut sa prière en formulant le vœu personnel que l'appel qui venait d'être lancé du haut de la chaire soit entendu et suivi par la multitude. Après quoi, prenant toujours exemple sur l'imam, il répéta le même rituel que tantôt avant de s'asseoir, les mains sur la poitrine, pour réciter la première sourate. Il salua ensuite ses voisins, à droite puis à gauche, en leur souhaitant la paix et la miséricorde de Dieu, implora le pardon divin, et glorifia longuement le Très-Haut. Suivant toujours en cela l'imam, il répéta alors trente-trois fois de suite « Gloire à Dieu », trente-trois fois de suite « Louanges à Dieu », trente-trois fois de suite « Dieu est plus grand », et compléta la centaine en professant : « Il n'y a de dieu que Dieu, Seul et sans associé, à Lui la royauté, à Lui les louanges, Lui qui peut tout. » Il récita enfin les trois dernières sourates du Coran et se leva pour sortir avec les autres fidèles.

Quand il fut dans la cour, il se retourna pour admirer la mosquée qui, contrairement au Palais Sakakini, ne suscitait dans son cœur aucune ambiguïté. Le palais gris de Gabriel Sakakini Pacha éveillait en lui des sentiments qui n'étaient ni noirs ni blancs : des sentiments gris. Alors que cette mosquée de pierre dorée le remplissait d'une sensation éclatante de lumière. Toute cette ascèse, toute cette grâce, toute cette sobriété, toute cette pureté, ce n'était pas là l'œuvre de l'homme, se disait-il, mais celle de Dieu. Plus je fréquente les hommes, se disait-il aussi, plus j'aime mon Seigneur. Et plus j'aime mon Seigneur, plus je me sens en paix avec moi-même. Cette paix intérieure qu'il avait si longtemps éludée, il l'avait trouvée le jour où il avait enfin trouvé l'islam. L'islam : la soumission. Non pas la soumission à l'homme, mais la soumission au Seul Dieu et à Sa Loi. L'islam, qui œuvrait, non pas pour la gloire de l'homme, mais pour la seule gloire de Dieu. L'islam, qui mobilisait toutes les forces humaines pour les mettre au service du Très-Haut. L'islam, qui substituait au Cosmos fragmenté voulu par l'homme un Chaos divin où tout était un, une fois pour toutes. L'islam, qui obérait les individualités et les corps périssables dans une grande énergie qui les dépassait et qui était de loin supérieure à la somme conjuguée des énergies individuelles qui la composaient. L'islam, qui lui avait ouvert les yeux sur une évidence que les mathématiques lui avaient jadis laissé soupçonner, à savoir que la vérité n'avait aucunement besoin de l'homme pour se révéler. Et dire, se lamentait-il, qu'il fut un temps où il avait voulu faire quelque chose pour le genre humain. Un temps où il avait mis toute son existence au service de l'homme et où il avait été prêt à sacrifier sa vie pour le bien de l'Humanité. Quel idiot j'étais, se disait-il. J'avais écarté Dieu et je Lui avais substitué l'homme, le mettant au centre des choses. Et pour quel résultat ? Il n'y a de dieu que Dieu, se répétait-il. Il n'y a, en fait, *que* Dieu. Dieu, et rien d'autre. Dieu, qui avait permis que l'homme Le mette de côté pour lui prouver sa propre folie. Heureusement, se disait-il encore, qu'il avait fini par Le trouver. Il L'avait trouvé le jour où il avait vu ces communistes auxquels il avait tant cru se disputer tels des chiens affamés l'os que leur jetait la société de consommation. Le jour où il avait vu les Russes tourner le dos à la Révolution pour s'adonner au culte du dieu dollar. Il avait alors eu honte pour le genre humain. Il avait eu honte, mais à présent il était en paix. A présent qu'il avait trouvé Dieu. Pas le dieu multiple et anthropomorphique des chrétiens et des autres polythéistes et idolâtres, pas un dieu façonné par l'homme à son image, mais le Seul, l'Unique, le Créateur, le Seigneur, l'Omnipotent, l'Omniscient, le Majestueux, le Puissant, l'Inébranlable, le Sage, le Clairvoyant, le Compatissant, le Miséricordieux. A Lui les noms parfaits, invoquez-Le par eux, psalmodiait-il.

Une fois dans la rue, il se dit qu'il y avait certes dans cette relation idyllique qu'il entretenait avec le

Très-Haut l'ombre infâme que projetaient sur lui Harry Boone et ses acolytes des services secrets infidèles. Il s'y était pourtant fait. Il s'était réconcilié avec cette tare qui lui rappelait sans cesse son propre passé de mécréant. Il se disait que c'était là sa punition. C'était la punition que Dieu lui infligeait pour avoir jadis voulu croire en l'homme. Il savait qu'il devait faire pénitence et se racheter. Il le savait et il l'acceptait. En toute humilité. Là n'était pas la question. Ce qui l'inquiétait, par contre, c'est qu'il ne pouvait s'empêcher de prendre un certain plaisir à cette mortification. De jouir de cette relation impie qu'il entretenait avec Harry Boone, ce tourmenteur attitré que le Très-Haut lui avait imposé afin qu'il expie ses péchés. Il se disait parfois qu'il était semblable à ces hérétiques chiites qui prenaient un plaisir certain à se flageller en voulant se faire pardonner d'avoir lâchement abandonné l'imam Hussein à son triste sort treize siècles auparavant. Cet étrange plaisir qu'il ressentait était, se disait-il, une véritable hérésie. Et il s'en inquiétait. Il s'en inquiétait car son cœur était pur comme le marbre et aussi dur que lui, et son cœur pur et dur ne souffrait aucun compromis. En remontant dans sa voiture, il fredonnait, gaiement et en anglais, sa complainte préférée :

« Qu'il est doux d'entendre cette Grâce stupéfiante qui sauva un scélérat tel que moi !

J'étais perdu mais je ne le suis plus, j'étais aveugle mais à présent je vois.

La terre fondra comme neige et le soleil se gardera de briller.

Mais Dieu, qui m'a appelé ici-bas, sera mien à tout jamais. »

18

Sir William Maltravers ne l'aurait pas reconnu, mais le fait est qu'il était venu aux nouvelles. Car il en allait du noble sir William comme il en va des Immortels : noblesse oblige, il s'ennuyait. De temps à autre, il ressentait donc le besoin de descendre sur terre pour se mêler aux simples mortels qu'il méprisait mais qu'il ne pouvait aussi s'empêcher de jalouser. Tant de choses s'étaient passées depuis le jour où Thad Wilson était venu le voir avec cet Orvil Bosmann III dont Monica semblait s'être entichée. Depuis le jour où le journaliste américain et Harry Boone avaient engagé dans le grand salon de la Résidence une joute verbale dont il s'était trouvé exclu. Tant de choses, se disait-il, dont le sens véritable continuait de lui échapper. Le prédécesseur de sir William au Caire avait eu un accès privilégié à Downing Street. Mais c'était uniquement parce que son frère avait fait partie de la garde rapprochée du Premier ministre. Ce qui n'était pas le cas de sir William. Lui devait passer par la voie hiérarchique, ce qui prenait un temps fou si tant est que sa demande aboutissait. Pour les raccourcis, pour chuchoter quelque chose dans l'oreille qu'il faut ou simplement se tenir informé de ce qui se tramait, sir William devait s'en remettre à Harry Boone ou alors à Christopher Pettigrew, ces frères ennemis des services secrets. Profitant donc de l'allègement inespéré de ses engagements mondains du fait de l'absence inopinée de son épouse qui avait décidé, du jour au lendemain, de partir seule pour Louxor, il s'était ce soir-là, très diplomatiquement, fait inviter par Harry Boone à dîner.

« Il y a une dizaine de jours, ils étaient dix fois plus nombreux, lui disait à présent son hôte en agitant son verre de whisky en direction de la rive opposée. Vous auriez dû voir cela. Le Nil était couvert de felouques bondées. Ce bras du fleuve méritait alors pleinement son vieux nom de mer Aveugle. Personne ne pouvait y passer. Sauf à pied, paradoxalement.

– Bien que je n'aie pas pu voir la féria dans toute sa splendeur, dit Maltravers, je ne regrette nullement d'être venu ce soir. C'est fascinant, tous ces gens, tous ces chants, toute cette ferveur, toute cette allégresse...

– Ce que vous entendez là est un *muwashshah*, dit Maria en se levant pour aller préparer le dîner. C'est un hymne à la gloire du Prophète.

– Et vous êtes très bien placés ici, dit Maltravers, qui s'était levé quand Maria les avait quittés. J'aime bien Zamalek, poursuivit-il en recalant dans son siège sa grande charpente voûtée. Il ne nous reste plus que deux villas ici.

– Celle-ci et celle de Chris, à l'autre bout de l'île, confirma Boone.

– C'est vraiment dommage, se désola Maltravers, qu'on ait vendu les autres.

– Que voulez-vous, on ne peut pas continuer à faire semblant, n'est-ce pas ? Le Râj, le Canal et la route des Indes, c'est fini, tout ça !

– Oui, j'imagine que c'est bien fini, dit Maltravers avec une pointe de regret.

– Estimons-nous heureux que les ronds-de-cuir et les comptables nous aient laissé ces deux-là, et surtout la Résidence. Cette dernière leur rapportera d'ailleurs un sacré paquet le jour où ils la mettront sur le marché.

– Ce ne serait pas une sage décision. Les Egyptiens ont fini par oublier qu'elle avait jadis symbolisé notre domination de leur pays. Ils ont tourné la page et ils sont de plus en plus nombreux, aujourd'hui, à vouloir y être reçus. La Résidence, avec son faste et ses pompes, reste un atout majeur de notre diplomatie.

– Vous avez sans doute raison, opina Boone. On ne prête qu'aux riches, n'est-ce pas ? Alors, autant prétendre que nous le sommes encore.

– C'est en tout cas l'unique chose que les Américains nous envient dans ce pays, dit amèrement Maltravers.

– A propos d'Américains, dit Boone, Orvil Bosmann a noirci des pages entières assis sur cette terrasse à admirer le spectacle d'en face.

– Ah oui, hasarda Maltravers du ton de quelqu'un qui ne serait pas vraiment intéressé.

– Il en noircit beaucoup moins à présent que la dynamique est cassée.

– L'appel de ce muezzin n'aurait donc plus le même attrait qu'auparavant ?

– Les gens sont divisés, dit Boone. Ici comme partout ailleurs nombreux sont ceux qui sont partis. Il y a eu un flottement, un grand moment d'hésitation et, depuis, les choses ne sont plus les mêmes.

– Vous pensez que le mouvement a avorté ?

– Je le pense, dit Boone en portant son regard sur le fleuve. Je pense que l'appel de Bilal est mort et enterré. Il n'y aura pas de grande marche sur Jérusalem, et la Chose restera en place. »

Boone avait dit cela d'un ton neutre, mais en réalité il était soulagé. Le pont humain impromptu qui avait relié Zamalek à Embaba avait disparu comme par enchantement. Zamalek était à nouveau une île, et il s'en félicitait. Orvil Bosmann avait eu raison. Il en coûtait à Boone de le reconnaître, mais il avait une dette envers l'Américain. N'avait-il pas, par sa brillante idée, dévié la marée humaine qui, avant même d'arriver aux portes de Jérusalem, aurait inévitablement déferlé sur son île et englouti le petit nid qu'il s'y était construit ? Oui, Boone avait honte de se l'avouer, mais il était reconnaissant à Orvil Bosmann pour cela, comme il était reconnaissant à Adel Brahim et à ses acolytes d'avoir contribué, à leur façon, à cet heureux dénouement. En s'alliant pour sauver coûte que coûte leurs fonds de commerce respectifs, les néo-conservateurs et les islamistes avaient, sans le vouloir, contribué à repêcher le système Boone.

« Orvil Bosmann n'écrira donc pas son livre, dit Maltravers, qui espérait secrètement que l'Américain quitterait le pays avant que sa femme n'ait eu le temps de l'accrocher à son tableau de chasse. Si la marche sur Jérusalem est abandonnée, ajouta-t-il, Bosmann n'a plus de sujet.

– Le livre qu'Orvil Bosmann avait l'intention d'écrire n'était qu'un succédané de ses vraies activités au Caire, lança Boone.

– Vraiment ? » Maltravers était surpris que Harry Boone lui parlât aussi librement. « Et qu'est-il donc venu faire ici ?

– Il est venu évaluer la menace que faisait peser le muezzin de Kit Kat sur Israël et sur la *pax americana*. Il peut à présent s'en retourner chez lui rassuré.

– Mais comment se fait-il que toute cette ardeur et toute cette ferveur soient retombées si brutalement ? demanda l'ambassadeur.

– Il se fait que la politique s'en est mêlée, et que l'innocence en a fait les frais, répondit Boone.

– La politique ?

– Il y avait un seul appel, expliqua Boone. Celui lancé par Bilal.

– Puis d'autres appels ont fusé par-ci par-là.

– Précisément. Il y eut un deuxième appel, puis un autre et encore un autre. Nous eûmes d'abord le cheikh de la mosquée Al-Zaher, qui, lors d'un prône du vendredi, appela les gens à marcher sur La Mecque et Médine avant de prendre le chemin de Jérusalem.

– Après quoi, nous eûmes les ulémas favorables au gouvernement qui lancèrent un appel au calme en demandant aux gens de rester gentiment chez eux.

– Et, pour compléter le tableau, les plus extrémistes parmi eux sont venus tourner en dérision toutes ces initiatives pacifiques et inciter à l'intensification de la lutte armée contre Israël.

– Le doute s'est donc installé.

– Comme un ver dans un fruit, dit Boone dont le regard venait d'accrocher les avocatiers d'Albert. Les gens n'ont plus su à quel saint se vouer, poursuivit-il en portant les yeux sur le minaret d'en face. Ils ont hésité, ils se sont chamaillés et ils ont fini par se diviser. Résultat : un bon nombre de déçus et de désenchantés s'en sont retournés chez eux, d'autres – encadrés par les imams hostiles à l'Arabie – insistent pour marcher sur La Mecque et Médine, et puis il y a les fidèles de Bilal – les fellahs, les démunis – qui croient encore à leur grand pèlerinage des gueux vers Jérusalem. Tout cela alors que les attentats meurtriers se multiplient en Israël où le gouvernement, déjà crispé, se raidit encore plus en s'abritant derrière son bon droit et le principe sacro-saint de la légitime défense.

– Confidence pour confidence, Harry, je vous avoue que je trouve que c'est un peu dommage, tout ça. Je ne devrais pas le dire et je ne le répéterai certainement pas en public, mais j'éprouvais une certaine sympathie pour le projet de ce jeune muezzin. L'idée d'une grande marche pacifique et spontanée vers Jérusalem me plaisait assez. D'autant qu'aucun gouvernement, ni aucun parti politique, ne semblait y être mêlé. »

Boone se disait qu'il reconnaissait bien là le penchant des anciennes élites britanniques pour les plus faibles, et le parti pris pro-arabe du Foreign Office en général et de son Camel Corps en particulier.

« J'espérais, poursuivait à présent le noble chamelier, que cela pourrait débloquer les choses. Que ce serait un substitut à la violence stérile d'une part et à la diplomatie tout aussi stérile de l'autre. Je me disais que cela pousserait peut-être les gens à se remettre en cause.

– C'est ça le Proche-Orient, que voulez-vous. Vous connaissez sans doute l'histoire de la grenouille et du scorpion.

– Non, je ne la connais pas, avoua Maltravers, surpris par l'aptitude de Boone à mélanger ainsi le tragique et le comique.

– On raconte, dit Boone avec une pensée pour Samir Chawaribi, le Nouktabachi à qui il devait cette blague, qu'un jour un scorpion voulant passer d'une rive à l'autre du Jourdain alla trouver une grenouille et lui demanda de lui faire traverser le fleuve. Mais la grenouille refusa de peur qu'il ne la piquât aussitôt qu'elle l'aurait embarqué. A quoi le scorpion lui répondit que ses craintes n'étaient pas fondées puisque, s'il la piquait, elle coulerait, l'entraînant dans sa perte. Finalement convaincue, la grenouille accepta. Mais, au beau milieu du fleuve, le scorpion ne put plus se contrôler et la piqua, lui injectant ainsi son poison mortel. La grenouille était stupéfaite. Elle ne comprenait pas. Elle savait qu'elle allait mourir, mais elle savait aussi que le scorpion, livré à lui-même dans l'eau, périrait avec elle. "Pourquoi as-tu fait cela, lui demanda-t-elle. Ne vois-tu donc pas qu'en me tuant tu t'es perdu toi-même ?" Et le scorpion, fataliste, lui répondit : "Que veux-tu, c'est ça le Proche-Orient !"

– C'est tout de même triste, dit Maltravers qui prenait tout cela au premier degré, de constater que les gens répètent ces histoires sans en tirer aucune leçon... Et ce jeune muezzin... il n'a rien fait pour reprendre l'initiative ?

– Rien du tout. Il n'aborde même pas le sujet.

– Il n'a pas essayé de convaincre les gens du bien-fondé de son initiative ?

– Aucunement, dit Boone en secouant la tête. Il n'a pas livré combat. Il a gracieusement cédé la place à ses adversaires, leur permettant d'occuper toute la scène.

– Etrange... »

Maltravers se sentait des atomes crochus avec ce muezzin. Ce Bilal, se disait-il, est un être noble. Un héros au sens antique du terme. C'était là le genre d'homme que sir William Maltravers de Criffel affectionnait.

« Etrange, lui disait à présent Boone, mais c'est tout compte fait une conduite assez conséquente. Bilal, rappelez-vous, n'a jamais cherché à tirer profit de l'attrait qu'il exerce sur la foule. Il s'est toujours refusé à fonder un mouvement. Il refuse même de disséminer son enseignement par l'écrit, les vidéos ou les cassettes.

– Encore une fois, se désola Maltravers, les Arabes auront tourné le dos à un sage pour suivre les charlatans.

– Leur dos, ils ne l'ont pas tourné tout seuls, dit Boone elliptiquement. On les y a un peu aidés.

– On ? Qui cela, on ?

– Nous, précisa Boone. Nous et les Américains.

– Nous et les Américains ? s'étonna Maltravers.

– Les Américains en leur qualité de tête pensante bien sûr, et nous autres en notre qualité d'outil docile, ne put s'empêcher de préciser Boone.

– Nous serions donc à l'origine des appels qui ont contribué à semer le désarroi chez les marcheurs ? s'inquiéta Maltravers en repoussant une mèche rebelle d'un mouvement gracieux du cou.

– En tout cas derrière le premier d'entre eux, lui avoua Boone. Celui du cheikh de la mosquée Al-Zaher.

– L'appel à marcher sur les Lieux saints ?

– L'idée d'organiser une marche sur l'Arabie est venue d'Orvil Bosmann et de ses amis. »

Encore ce Bosmann, pensa Maltravers.

« Washington et Londres en ont discuté, poursuivait Boone, et mon patron m'a demandé d'aider Orvil à trouver chez les islamistes égyptiens les relais qu'il fallait pour faire de cette idée une réalité. »

Maltravers se demandait ce qui poussait Boone à lui raconter tout cela. Peut-être n'est-il pas d'accord avec la politique que ses supérieurs lui demandent d'appliquer. Peut-être n'aime-t-il pas les Américains. Sir William avait entendu dire que la femme de Boone l'avait jadis quitté pour un Américain. Ou alors croit-il que je suis, tout comme lui, catholique. Il s'imagine peut-être que j'ai été à Ampleforth. Peut-être ne sait-il pas qu'en bon épiscopalien mon père m'avait envoyé à Fettes, où les catholiques sont tolérés, mais pas plus. Peut-être ne sait-il pas que j'ai ensuite été à Trinity, un collège fondé par ce bourreau de l'Ancienne Foi que fut Henry VIII. A moins qu'il ne me fasse des confidences au nom d'une supposée alliance des Ecossais et des Irlandais contre l'ennemi traditionnel anglais. Il ignore probablement que le tout premier baron Maltravers avait reçu son titre des mains de James Ier

en échange d'un engagement de sa part à financer, à hauteur de dix pence la journée, le maintien, pendant deux ans au moins, de trente soudards sur le sol irlandais, histoire d'aider son suzerain à y mater les patriotes irlandais désireux de secouer le joug royal. Peut-être ignore-t-il que les Maltravers s'étaient, au fil des siècles, tour à tour rangés du côté d'Edward Ier contre William Wallace, du côté des Moray contre Macbeth, et du côté des Tudor, de la maison d'Orange puis de celle des Hanovre, contre les Stuart. Peut-être ne sait-il pas que mon prénom, je le tiens moins de William Wallace que du William de la maison d'Orange. Peut-être que, s'il l'avait su, il ne se serait pas si facilement livré, se disait-il en caressant nerveusement sa chevalière et en pensant à sa famille dont la devise était « A César Rend Devoir ». Jamais famille n'aura été si systématiquement loyaliste, se disait-il. Jamais famille n'aura autant mérité sa devise. Mais peut-être que Harry Boone, tout espion qu'il était, ignorait tout cela.

Pour tout dire, Boone qui, s'il avait su, n'en aurait franchement pas eu cure, se demandait lui aussi pourquoi il déballait tout à son ambassadeur. Peut-être cherchait-il à se distancer de la manipulation en cours. Peut-être voulait-il se convaincre qu'elle lui déplaisait profondément, et cela alors même qu'il en tirait un profit personnel immense. Peut-être souhaitait-il se dédouaner et se donner bonne conscience. Ou alors était-ce la compassion embarrassée qu'il ressentait à l'égard de ce mari trompé qui l'incitait à refuser de le voir ainsi cocufié par son gouvernement alors qu'il l'était déjà par son épouse volage. A moins qu'il ne se soit tout simplement pris d'affection pour ce Maltravers qui, étant si mal dans sa peau et si de travers dans le monde moderne, portait si bien son nom.

« Cette initiative ne risque-t-elle pas de fragiliser

encore plus l'Arabie Saoudite, lui demandait à présent Maltravers. Il me semble qu'ils sont déjà assez malmenés comme ça. Ils n'avaient vraiment pas besoin de cela.

– Cette affaire va certainement créer des remous chez eux, répondit Boone, et ils ne s'en jetteront que plus au cou des Américains qui ne demandent que cela.

– Vous ne pensez pas que ça risque de dégénérer ? Que le régime risque de ne pas y survivre ?

– Je ne le crois pas. Les marcheurs sont déjà très divisés et les Saoudiens savent qu'ils n'ont rien à craindre du côté des autres monarchies du Golfe. Pour le reste, ils paieront les Américains pour arrêter les marcheurs irakiens, et ils feront de même avec les Yéménites au sud et avec les Jordaniens au nord.

– Et les autres pays musulmans ?

– Trop éloignés pour constituer un vrai danger. Les Soudanais et les Iraniens pourraient bien être tentés de reprendre l'appel, histoire de chatouiller un peu les Saoudiens, mais ces pays-là n'ont pas de frontière terrestre avec l'Arabie. Les pèlerins ne pourront pas marcher sur le Royaume. Ils devront traverser le Golfe ou la mer Rouge pour y arriver.

– Ils seront donc plus contrôlables.

– A mon avis tout cela finira en kermesse. Les médias, sollicités par des marcheurs prenant des directions diamétralement opposées, ne sauront plus où donner de la tête et finiront par s'en lasser et, aussitôt que les médias s'en seront lassés, tout rentrera dans l'ordre. »

D'ailleurs, se disait Boone, même si tout ne rentrait pas dans l'ordre, même si la famille royale des Saoud devait faire les frais de cette opération, le danger qui avait pesé sur lui s'éloignait : l'Arabie, ce n'était pas la porte à côté. Boone avait eu chaud, la menace était à présent tiède, et il espérait que bientôt elle serait carrément froide.

« Les pâtes vont refroidir », leur annonça Maria qui, par un effet de snobisme inversé, se faisait un point d'honneur de servir les plats les plus simples aux gens les plus sophistiqués.

Alors qu'ils s'apprêtaient à aller la rejoindre, le mobile de Boone sonna et il s'excusa auprès de l'ambassadeur pour y répondre.

« Harry ? Orvil...

– Orvil, dit Boone, car depuis leur succès commun, ils en étaient à s'appeler par leurs prénoms respectifs.

– Vous avez entendu la nouvelle ? demanda l'Américain d'une voix défaite.

– Quelle nouvelle ? »

Boone s'attendait au pire comme au meilleur. Il ne savait jamais s'il devait se désoler ou se réjouir d'une nouvelle qui affligerait Orvil Bosmann.

« Les Saoudiens, soupira l'Américain.

– Qu'ont-ils donc, les Saoudiens ?

– Ces enfoirés viennent d'annoncer qu'ils mettaient une partie de leurs revenus pétroliers à la disposition des pèlerins qui décideraient d'aller prier à la mosquée du Dôme, à Jérusalem ! »

Oh non, se dit Boone. Pas ça ! Ainsi, on avait encore une fois sous-estimé les poussahs saoudiens et leur étonnante capacité à rebondir. Au lieu de payer les Américains et les gouvernements arabes pour se garder des marcheurs, ils avaient préféré payer directement ces derniers pour les éloigner de chez eux, rendant du coup aux Occidentaux la monnaie de leur pièce. C'était la diplomatie du chéquier dans sa version la plus participative. Orvil Bosmann et ses amis néo-conservateurs devraient, pensa-t-il, se féliciter de cette avancée significative de la démocratie dans la région.

19

La journée avait bien mal commencé. D'abord ce coup de fil d'Archie Briggs sommant Boone à demi-mot de se mettre à la disposition d'Orvil Bosmann, puis un autre de ce dernier le réquisitionnant littéralement pour lui servir de taxi et l'emmener dans un lieu que Boone, frileux comme il était, aurait préféré ne jamais approcher, ni de loin ni de près. Boone en voulait à Briggs de l'avoir ainsi mis à la merci de Bosmann. Il avait jusqu'ici eu un patron lointain, il en avait à présent un autre tout près. Trop près. Qui plus est un Rookie : un vrai bleu. A contrecœur Boone avait donc dû sortir sa voiture, quitter Zamalek et traverser la capitale sur toute sa longueur jusqu'à l'appartement qu'Orvil Bosmann louait à Maadi, un quartier chic autrefois habité par de riches négociants levantins et désormais colonisé par les ménagères américaines qui, heureuses créatures, ne s'aventuraient jamais hors de ses limites.

Bosmann était d'une humeur massacrante. Aussitôt que Boone l'eut pris à bord, il ne put s'empêcher de faire une remarque désobligeante à propos de la Peugeot, comme si le simple fait d'utiliser un véhicule de fabrication française pour cette expédition anglo-américaine en éventait d'emblée le secret et augurait mal de son succès. Il se mura ensuite derrière le silence tout le long du trajet qui les mena de Maadi jusqu'au pont Al-Gamaa, puis jusqu'au quartier de Dokki sur la rive occidentale du Nil. Une fois là, la Peugeot s'engagea dans la rue du Martyr Mohammad Al-Dorra, et finit par s'immobiliser à un barrage gardé par des policiers surarmés et déployés en position de combat. Rien à voir avec la sentinelle somnolente à laquelle Boone et l'ambassadeur irlandais avaient droit. Ayant montré patte blanche, la Peugeot blanche et ses occupants, tout aussi blancs qu'elle, purent finalement franchir le barrage, et Boone s'en fut se garer au pied d'un grand immeuble donnant sur le Nil.

Le hall d'entrée était un mélange d'alu, de PVC et de vitres teintées. Il y régnait une atmosphère petite-bourgeoise faussement décontractée que Boone connaissait bien pour l'avoir connue de l'autre côté du Sinaï. Aussitôt qu'ils eurent posé le pied sur le dallage, ils furent cueillis plus qu'accueillis par trois hommes en civil, mais d'allure militaire, qui n'avaient rien d'égyptien et qui portaient à l'oreille un petit appareil que Boone supputait ne pas être un walkman. Deux d'entre eux prirent, chacun de son côté, Boone et Bosmann en charge, alors que le troisième restait en embuscade de l'autre côté du sas détecteur de métaux séparant les ascenseurs de la porte d'entrée, à l'abri d'un bureau dont les tiroirs devaient renfermer autre chose que de la paperasserie. Ayant longuement examiné son passeport tout en le scrutant pour lire dans ses yeux, l'homme qui avait hérité de Boone lui posa dans un anglais grasseyant une foule de questions incongrues (« Est-ce votre propre voiture qui est garée dehors ? L'auriez-vous laissée à quelqu'un avant d'arriver ici ? Quelqu'un vous aurait-il confié une lettre ? Un petit paquet ? Et votre veste ? L'auriez-vous ôtée à un moment ou un autre ? ») qui, mises bout à bout, revêtaient néanmoins une pertinence qui permettait à l'examinateur de décider si, oui ou non, il devait soumettre l'examiné à une fouille corporelle minutieuse. Boone, qui, fort de son passeport britannique blasonné, de Dieu et du Droit de Sa Majesté, était toujours passé aux frontières comme une lettre à la poste, savait à présent ce que pouvait ressentir un Africain sollicitant l'entrée dans un pays industrialisé.

Ayant apparemment réussi leur examen de passage, Boone et Bosmann furent autorisés à franchir le sas de sécurité alors que le troisième membre du jury, qui les attendait de l'autre côté, s'affairait au téléphone, de toute évidence pour annoncer à qui de droit que les deux postulants avaient obtenu leur diplôme. Quand on souhaitait se rendre dans une ambassade israélienne, il fallait obligatoirement en passer par cela. Qui plus est quand il s'agissait d'une ambassade en terre arabe. Juchée au haut d'un immeuble de dix-sept étages accolé au fond d'une impasse et surplombant le Nil, cette ambassade-là faisait figure de véritable Massada. Manière de signifier à l'ennemi que, rue du Martyr Mohammad Al-Dorra ou pas, il n'y aurait pas, cette fois, de fuite d'Egypte. Boone se demandait d'ailleurs comment les diplomates israéliens vivaient le fait que la municipalité de la banlieue cairote qui les accueillait contre son gré ait choisi de rebaptiser la rue Ibn Malek du nom de cet enfant palestinien tué par des balles israéliennes devant les caméras de télévision du monde entier. D'autant qu'ils s'étaient déjà repliés sur cette rue-ci pour ne pas avoir à habiter la rue d'Iran que l'hôte égyptien leur avait à l'origine allouée.

Alors qu'ils attendaient l'ascenseur, Boone se disait qu'il se serait bien passé de cette visite à l'allié *backstreet* du camp occidental dont il s'était prudemment tenu à l'écart depuis son arrivée au Caire. C'est l'endroit le plus sûr de la ville pour parler à l'abri des oreilles indiscrètes, avait dit Bosmann, soulignant, ce faisant, le peu de confiance qu'il avait en sa propre ambassade. Harry Boone en convenait volontiers : l'ambassade d'Israël était sans aucun doute l'endroit le plus sûr du Caire. En aspirant planqué qu'il était, il ne pouvait d'ailleurs s'empêcher d'envier les diplomates israéliens qui, contrairement à lui, pouvaient, s'ils le souhaitaient, invoquer tous les prétextes du monde pour rester calfeutrés dans leur forteresse haut perchée.

Quand la porte de l'ascenseur s'ouvrit, le troisième membre du jury les précéda à l'intérieur sans cérémonie, sortit de sa poche une petite clef accrochée à une chaîne, l'inséra dans le boîtier de commande et pressa un bouton. Boone nota que les résidents de l'immeuble ne pouvaient se rendre qu'aux quatorze premiers étages, les trois derniers n'étant accessibles qu'avec une de ces petites clefs qui devaient être distribuées avec une parcimonie tout israélienne. Quelques instants plus tard, l'ascenseur ralentit sa course et s'arrêta au dix-septième et dernier étage.

Aussitôt la porte ouverte, leur accompagnateur les remit solennellement à l'un de ses collègues qui les attendait patiemment de l'autre côté, oreillette en place et fusil-mitrailleur Uzi en bandoulière. Boone s'attendait presque à voir un reçu en bonne et due forme changer de main. Une fois l'ascenseur reparti, l'homme sonna à l'unique porte qu'il y avait sur le palier, tout en esquissant un sourire en direction d'Orvil Bosmann qui le lui rendit avec un plissement complice de ses beaux yeux bleus. Boone sut alors que l'Américain était un familier des lieux, mais que, prudemment, il s'était gardé d'afficher tout signe d'intimité avant d'avoir pénétré dans l'espace intime : dans le harem.

Boone ne pensait pas si bien dire. Quand la porte

d'entrée s'ouvrit et qu'il en franchit le seuil, ce qu'il vit n'avait rien à voir avec l'intérieur spartiate auquel il s'attendait. Le sol, si clinique sur le palier, était ici jonché de tapis soyeux qui se faufilaient sous les tables basses en bois sculpté encombrées d'antiquités de toute sorte, et faisaient ensuite mine de grimper sur les fauteuils dodus et les canapés profonds déjà occupés par une multitude de petits coussins recouverts de brocart fané ; les murs blancs disparaissaient derrière des miroirs et des portraits de famille dans leurs vieux cadres noirâtres ; un lustre Napoléon III rehaussait le plafond tristounet ; des voilages en crochet adoucissaient les fenêtres en alu clinique ; un grand paravent commandait l'accès à la terrasse dominant le Nil ; et de lourdes tentures cachaient pudiquement les portes en contreplaqué sur lesquelles le choix du promoteur était tombé. Un vrai intérieur oriental, se dit Boone, étonné. Maria aurait apprécié.

Une fois que ses yeux eurent fait le tour de la pièce, il vit enfin le petit homme d'une cinquantaine d'années, au visage taillé à la serpe, qui se tenait immobile contre la porte d'entrée qu'il venait de refermer. Sans mot dire, il les pria d'un signe de la main de prendre place là où ils le souhaitaient et, aussitôt qu'ils eurent le dos tourné, il disparut lestement derrière une tenture brodée. Boone se laissa alors guider par Bosmann jusqu'à un coin de la pièce où deux grands canapés recouverts d'un tissu en velours de soie vert se partageaient à angle droit une table basse au plateau marqueté. L'Américain ayant pris place dans l'un des deux canapés, Boone prit l'autre. Quelqu'un avait posé sur la table un carafon contenant de l'eau glacée, dont la paroi commençait à suer, trois petits verres et un récipient sphérique en cristal autour duquel pendaient, telles des pampilles, des petites cuillères argentées.

Boone en était à se demander si c'était de la confiture qu'il voyait là – de la confiture d'abricots, pour être précis –, quand il entendit une voix qui appelait gaiement Orvil Bosmann par son prénom.

Avec ses grands yeux couleur miel, sa peau mate, son front dégarni, sa bouche sensuelle et sa tendance à l'empâtement, l'homme qui venait de parler cachait mal sa nature de Levantin derrière l'uniforme qu'il portait ce jour-là de représentant très démocratique et très informel d'un pays égalitariste, pour ne pas dire collectiviste : chemisette blanche de grande surface et pantalon beige que le polyester et le coton se disputaient (avec un clair avantage au premier). L'allure physique de Gédéon Tolédano semblait plus en phase avec ses meubles séfarades qu'avec son accoutrement israélien. Avant d'être muté en Egypte, il avait tour à tour été ambassadeur en Espagne puis en Turquie, retraçant ce faisant tout à fait volontairement le chemin que ses ancêtres avaient jadis parcouru contraints et forcés. Ce diplomate de carrière, spécialiste de l'histoire ottomane et de la littérature ladino, aurait certes pu postuler pour un poste plus prestigieux que celui d'ambassadeur en résidence quasi surveillée au Caire. Mais le fait est que dans un monde où les chefs d'Etat et de gouvernement se parlaient directement, et où les ambassadeurs faisaient figure de pièces décoratives, il était en Egypte un véritable ministre plénipotentiaire. Vu la tiédeur des relations israélo-égyptiennes, et vu que les responsables politiques des deux nations ne se parlaient pour ainsi dire jamais, il remplissait une fonction aussi utile que réelle. Indispensable, même. Ce qui n'était pas le cas pour la majorité de ses homologues du corps diplomatique.

Ayant salué Orvil Bosmann comme s'il ne l'avait pas vu depuis une éternité (alors qu'il l'avait certainement vu la veille), Tolédano s'approcha de Boone, lui serra la main, lui souhaita mille et une bienvenues, et prit place à ses côtés, manière de dire que c'était lui, le nouveau venu, l'enfant prodigue, qui était, ce jour-là, l'invité d'honneur.

« Vous n'étiez jamais venu chez nous auparavant, n'est-ce pas ? lui demanda-t-il en soulevant le couvercle du confiturier en cristal.

– L'occasion ne s'était pas présentée, dit Boone d'un ton exagérément désolé.

– Il faut dire qu'ici notre fréquentation n'est pas très politiquement correcte, le rassura Tolédano en mettant une cuillère de confiture dans chacun des trois verres. Comme vous pouvez le constater, poursuivit-il en versant de l'eau sur la confiture, nous vivons au Caire comme dans un ghetto.

– Et ce, malgré le fait que les deux pays entretiennent des relations diplomatiques depuis plus de vingt ans déjà, fit remarquer Bosmann.

– A croire, dit Tolédano en touillant son mélange, que nous sommes condamnés à vivre dans des ghettos. Mais ne parlons pas de sujets pénibles. Nous sommes aujourd'hui entre amis... Tenez... Buvez cette eau fraîche et sucrée. C'est une vieille tradition judéo-espagnole. Pour adoucir la langue, et pour que toutes les paroles que nous échangerons soient aussi douces à l'oreille qu'agréables au palais. »

Ils trempèrent longuement leurs lèvres dans les verres, et ce n'est qu'une fois qu'ils les eurent pieusement reposés que l'ambassadeur reprit la parole :

« Vous êtes sans doute au courant que l'Arabie Saoudite vient de mettre en place une Fondation Al-Quds – une Fondation Jérusalem, en d'autres termes – dirigée par un conseil d'ulémas qui s'est empressé d'élire le jeune Bilal Abdel-Ghani comme président.

– Sans même lui demander son avis, précisa Boone, reprenant à son compte une remarque de Maria.

– Comme vous le savez aussi, poursuivit l'ambassadeur, cette fondation doit financer la marche sur Jérusalem. C'est là la riposte saoudienne aux tentatives qui ont été faites d'organiser une marche vers La Mecque et Médine.

– Un beau coup de contre, ne put s'empêcher de dire Boone.

– D'autant plus beau, concéda Tolédano, que nous aurions pu espérer qu'une fois que les marcheurs auraient été à La Mecque et qu'ils y auraient bu l'eau bénite du puits de Zamzam, ils y auraient aussi bu le népenthès – l'eau de l'oubli –, et qu'ils en auraient du coup oublié Jérusalem.

– Comme preuve de leur sérieux, intervint Bosmann, les Saoudiens ont annoncé qu'ils mettaient un dixième de leurs revenus pétroliers à la disposition des marcheurs.

– C'est exact, confirma Tolédano. Ils auraient pu dire le cinquième, ou alors le vingtième, mais ils ont choisi le dixième parce qu'il correspond à la dîme islamique. C'est très symbolique.

– Symbolique, mais très conséquent. Un dixième de leurs revenus pétroliers, c'est vingt-deux millions de dollars par jour, précisa Bosmann.

– Vingt-deux millions de dollars qui tomberont quotidiennement dans l'escarcelle de la Fondation Al-Quds, ajouta Tolédano.

– Six cent soixante-six millions de dollars par mois, dit Bosmann. Soit huit milliards de dollars par an !

– Sans compter les donations privées, dit Boone, histoire de les paniquer encore plus.

– C'est exact, dit Bosmann. N'oublions pas que l'essentiel du financement des terroristes islamistes provient de sources privées : hommes d'affaires et associations caritatives.

– Et sans oublier, ajouta Tolédano, les donations que vont à présent s'empresser de faire d'autres gouvernements musulmans.

– Les petites monarchies du Golfe, l'Iran, la Malaisie, énuméra Boone.

– Vous comprendrez aisément, reprit l'ambassadeur, que s'ils étaient cinq cent mille à vouloir, hier, marcher sur Jérusalem, avec tout cet argent, demain ils seront aisément trois, cinq, voire dix millions !

– Autant dire, se désola Bosmann, que les contre-appels, dont celui que nous avions suscité d'une marche alternative sur La Mecque et Médine, sont d'ores et déjà voués à l'échec.

– Il est un fait, intervint Boone, que les gens recommencent à affluer vers la mosquée Kit Kat. Je le constate de chez moi.

– Et c'est la même chose un peu partout, renchérit Bosmann. Les prédicateurs et les thaumaturges proches de ce muezzin ont à nouveau le vent en poupe.

– Nos gouvernements sont bien équipés pour gérer le pouvoir de l'argent, dit Tolédano. Ils sont aussi plus ou moins bien équipés pour gérer la misère. Mais ils ne sont nullement équipés pour gérer l'alliance contre nature de l'argent et de la misère.

– Il est vrai que c'est là un mélange détonant », approuva Boone, alors que le même petit homme qui les avait accueillis tout à l'heure faisait son entrée et déposait sur la table basse un plateau recouvert de petits gâteaux de forme triangulaire.

Boone entendit alors l'ambassadeur lui dire quelque chose en turc. Il l'entendit aussi l'appeler Ismaïl, nom qui n'avait rien de judaïque.

« Je vois qu'Ismaïl vous intrigue, lui dit Tolédano

une fois que l'homme eut à nouveau disparu derrière une tenture.

– Un peu, avoua Boone.

– Ismaïl est turc.

– Un Turc qui se prénomme Ismaïl ? s'étonna Boone. C'est donc un musulman.

– Tout à fait, confirma Tolédano. Ismaïl est, comme moi, de Smyrne, et sa famille est au service de la mienne depuis plus d'un siècle. Ses grands-parents ont servi mes grands-parents, ses parents ont servi les miens et sont arrivés en Israël avec nous, et lui et moi avons bu le même lait : celui de sa mère. Depuis, il me suit partout comme un frère. Tout comme ces meubles et ces objets, ajouta-t-il en faisant un mouvement circulaire du bras. Eux aussi me suivent partout depuis Smyrne. »

En l'écoutant, Boone pensait que cet ambassadeur d'Israël était assurément plus juif qu'israélien.

« Goûtez-moi donc ces pâtisseries, leur proposait à présent ce dernier. Ce sont des gâteaux aux fruits secs. Des *aman'in kulaklari*. Ce qui veut dire “les oreilles d'Aman”. Ils tirent leur nom d'un triste tyran qui voulut jadis faire un sort au peuple juif et se trouva pris à son propre piège. Nous les servons d'ordinaire à l'occasion de Pourim. Et, bien que nous soyons encore loin de cette fête que nous célébrons au mois de mars, j'apprécie tant ces petites friandises qu'Ismaïl m'en prépare régulièrement. Pour moi, c'est tous les jours Pourim.

– Et comment envisagez-vous de régler ce petit problème ? demanda Boone en se servant.

– Mon gouvernement est extrêmement inquiet, dit Tolédano. Il vient de décider le rappel des réservistes et l'accélération de la construction de la Clôture de sécurité.

– Il s'agit de la deuxième phase du programme, précisa Bosmann. La phase dite "orientale" : l'érection d'une deuxième clôture, non pas le long de la Ligne verte comme la première, mais à l'est de la vallée du Jourdain, de manière à englober tous les Territoires autonomes palestiniens.

– On ne va tout de même pas les attendre bêtement aux portes d'Israël, argua Tolédano. Mon gouvernement veut se donner une marge. »

Un *Liebensraum*, se dit Boone qui commençait à changer d'avis à propos de Gédéon Tolédano qu'il trouvait à présent aussi israélien que juif.

« Autant dire que les Territoires autonomes n'existeront bientôt plus, dit Bosmann.

– Notre armée s'y déploiera effectivement, jusqu'aux frontières avec l'Egypte et la Jordanie, confirma Tolédano.

– Il n'y aura plus d'Autorité palestinienne, reprit Bosmann, ni de processus de paix.

– Retour à la case départ, donc, dit Boone.

– Par ailleurs, avertit Tolédano, mon gouvernement n'exclut pas une frappe militaire dissuasive contre l'Arabie Saoudite.

– Mais nous y demeurons opposés, précisa Bosmann. Du moins pour le moment. Nous avons encore une présence militaire en Arabie et des accords à respecter. L'éventualité d'une guerre entre Israël et l'Arabie Saoudite n'avait jamais été envisagée par nos stratèges.

– Par les nôtres, si, menaça Tolédano.

– Nous devons tenter de trouver une autre solution à notre problème, dit Bosmann.

– J'ai carte blanche de mon gouvernement pour une petite semaine, dit Tolédano. Une semaine, pas plus, pour éviter le pire.

– Il faut frapper la figure de proue et envoyer un message fort aux Saoudiens, dit Bosmann, confirmant ainsi ce que Boone soupçonnait, à savoir qu'il avait déjà discuté de ce plan avec les Israéliens.

– La figure de proue ? s'enquit-il.

– Bilal, précisa Tolédano. Il nous faut malheureusement éliminer ce jeune muezzin. »

Boone se demandait comment un persécuté pouvait si aisément se muer en persécuteur. Gédéon Tolédano serait donc plus hébreu qu'andalou. Gédéon le destructeur l'emporterait en lui sur Tolédano le Tolédan.

« Lui mort, son projet mourra avec lui, s'emballa Bosmann. Au lieu de marcher sur Jérusalem, ses partisans iront faire le pèlerinage sur sa tombe. A Assiout. Mais il ne faut surtout pas qu'on y voie notre main, ajouta-t-il plus prosaïquement.

– A quelque chose malheur étant bon, dit Tolédano, cette initiative saoudienne, en mettant tout cet argent à la disposition de Bilal, en aura fait une cible de choix. Il a maintenant des ennemis déclarés, tant parmi les détracteurs du régime saoudien que chez ceux qui profitaient jusqu'ici des largesses de Riyad et qui voient soudain leur provende atterrir dans l'escarcelle du muezzin de Kit Kat.

– Il faut que son assassinat apparaisse comme le résultat d'une lutte interne, insista Bosmann.

– Il s'agit de sacrifier un homme pour sauver des dizaines, voire des centaines de milliers de vies humaines, s'empressa d'ajouter Tolédano, qui avait senti l'hésitation de Boone.

– Plus que sauver des centaines de milliers de vies, renchérit Bosmann. Pour sauver la civilisation occidentale !

– La civilisation occidentale ? s'étonna Boone.

– Vous croyez peut-être, lui dit l'ambassadeur, que

s'ils arrivent à franchir la Clôture de sécurité et à entrer dans Jérusalem ils s'arrêteront là ?

– Vous voulez dire qu'ils déferleront sur tout le pays ?

– Je veux dire que, s'ils devaient réussir, ce n'est pas Israël seul qu'ils envahiront, mais tout l'Occident, dit Tolédano en se levant pour aller prendre un livre sur une étagère.

– Comment cela ?

– Connaissez-vous ce roman ? »

Prenant l'ouvrage qu'on lui tendait, Boone vit qu'il était rédigé en espagnol. *O campo dos Santos*, y lut-il : Le camp des saints.

« Lisez-vous l'espagnol ? lui demanda Tolédano en se rasseyant.

– Je crains bien que non, répondit Boone.

– Ça ne fait rien, dit Tolédano. Cette version espagnole n'est d'ailleurs qu'une simple traduction d'un roman français écrit il y a de cela plus d'un quart de siècle. Il en existe une traduction anglaise, et je suis sûr qu'Orvil pourra vous en procurer un exemplaire. C'est un livre prophétique qui raconte l'invasion de l'Occident par des millions et des millions de pouilleux, poussés par la famine et la misère, qui s'embarquent sur des milliers de rafiots pour rejoindre la nouvelle Terre promise : l'Occident. Je vous en conseille vivement la lecture. Elle est édifiante.

– J'en prends note, dit Boone, qui s'émerveillait encore une fois du génie politique des Israéliens, et du brio avec lequel ils réussissaient immanquablement à convaincre les Occidentaux que ce qui était bon pour l'Etat hébreu, l'était aussi pour l'humanité, et que ce qui le menaçait, menaçait aussi tout le monde civilisé.

– Ne croyez surtout pas que cette affaire me réjouisse, lui disait à présent l'ambassadeur. J'ai de la sympathie pour Bilal. Je crois que je regretterai très longtemps mon acte. J'aurais de loin préféré m'en prendre à Aman qu'à lui. »

Boone le regarda droit dans les yeux. Rien n'oblige cet homme à faire ce numéro devant moi, se disait-il. Contrairement à Bosmann, Tolédano ne semblait prendre aucun plaisir narcissique à ce qu'il faisait. Contrairement à Bosmann, il faisait ce qu'il pensait devoir faire pour préserver les intérêts de son peuple, sans pour autant prétendre vouloir changer le monde et le façonner à son image. Tout compte fait, conclut-il, Gédéon Tolédano était autant Gédéon que Tolédano. Autant destructeur que tolédan. Un mélange subtil, et éminemment pharisaïque, de force brutale et de candeur, d'absolutisme et d'humanisme.

« Bilal s'est mis dans la position du bouc émissaire, poursuivait l'humaniste abrahamique. Quelque part, tout son être doit tendre au sacrifice. On n'échappe pas à son destin.

– L'armée de l'air israélienne pourrait bien sûr le cueillir en haut de son minaret, dit Bosmann.

– Nous pourrions le faire, confirma Tolédano, mais cela n'arrangerait pas nécessairement les choses.

– Il faudrait, s'excita Bosmann, que le meurtre soit signé par les islamistes.

– Il faudrait, précisa Tolédano, que les dirigeants saoudiens comprennent, à travers la mort de ce muezzin, que ce n'est pas tant nous qu'ils ont à craindre que les extrémistes islamistes. Il faudrait qu'ils se rendent compte que ceux qui auront assassiné le muezzin de Kit Kat n'hésiteront pas à s'en prendre à eux personnellement. Il faut qu'ils soient convaincus qu'ils ont affaire aux disciples modernes de ces Assassins qui, au Moyen Age, s'en prenaient plus souvent aux princes musulmans qu'aux infidèles. »

Boone se demandait pourquoi il était là, et pourquoi l'Israélien et l'Américain lui parlaient de tout cela.

« Cette source que vous avez chez les islamistes, continuait Tolédano, qui semblait avoir lu dans ses pensées, cet homme dont Orvil m'a parlé et dont vous vous êtes déjà servi pour tenter de contrer une première fois l'appel de Bilal. On pourrait peut-être l'utiliser à nouveau. Mais il va falloir faire vite. Très vite. Le temps nous est compté.

– S'en servir pour faire quoi ?

– Il pourrait convaincre ses amis d'assassiner le muezzin, lui répondit Tolédano.

– Pourquoi le ferait-il ?

– Il a déjà joué le jeu, non ? Quoiqu'il m'en coûte, hélas, de l'avouer, nos intérêts et ceux de ces extrémistes convergent momentanément.

– A supposer qu'il accepte, pourquoi ses amis vous rendraient-ils ce petit service ?

– Parce que Bilal Abdel-Ghani les menace, intervint Bosmann. Parce qu'il assèche leurs sources de financement. Voilà pourquoi !

– Je ne pense pas que cela soit suffisant, objecta Boone. Si vous leur demandez quelque chose, ils vont demander quelque chose en échange. Quelque chose de précis.

– Alors, nous négocierons », lâcha Bosmann.

Encore une fois on s'allie au diable, se dit Boone. Comme du temps où l'armée Rouge était en Afghanistan.

« Il nous faut tout tenter », dit Tolédano, et Boone eut à nouveau l'impression que l'Israélien lisait dans ses pensées.

« Nous sommes prêts à passer un marché avec eux, confirma Bosmann.

– Quel genre de marché ?

– Votre agent a bien fait un séjour prolongé au Pakistan avant de venir s'installer au Caire ?

– C'est exact, confirma Boone.

– Et il a, bien sûr, gardé le contact avec ses acolytes pakistanais et afghans ?

– Exact.

– Parfait, parfait, se félicita Bosmann. Ça nous facilitera énormément la tâche. Ça rendra notre proposition plus plausible et justifiera que votre agent en soit le porteur.

– Quelle proposition ?

– Le plan se déroulera en plusieurs temps, dit Bosmann en croisant les jambes et en étendant les bras sur le dos du canapé. Pour commencer, et pour prouver notre bonne foi, nous organiserons un petit attentat à Islamabad contre un diplomate égyptien. Contre l'attaché militaire, par exemple.

– Un attentat contre un diplomate égyptien ? s'étonna Boone.

– Personne n'en sera surpris, le rassura Bosmann. Le régime égyptien est une cible naturelle des islamistes.

– Ce n'est pas tant à l'identité de la cible que je pensais, protesta Boone, qu'à l'idée même d'un attentat.

– Laissez-moi continuer... Cet attentat démontrera aux amis égyptiens de votre source que ses contacts pakistanais sont sérieux.

– Je ne comprends toujours pas, s'inquiéta Boone.

– Laissez-moi vous expliquer, s'impatienta Bosmann. Suite à cela, ce sera au tour des amis de votre source de prouver leur bonne foi, et ils le feront en publiant un communiqué où ils s'en prendront violemment à ce muezzin et l'accuseront de tous les maux... Vous me suivez ?

– Je vous suis, dit Boone, excédé.

– Dans un troisième temps, et une fois ce communiqué acquis, nous organiserons l'évasion de quatre militants islamistes égyptiens qui attendent, dans les geôles pakistanaises, leur extradition imminente vers les Etats-Unis. Vous me suivez toujours ?

– Je vous suis, soupira Boone qui en avait par-dessus la tête de suivre Orvil Bosmann sur tout, et partout.

– Une fois ces quatre criminels libres, et en échange de ce service rendu, les islamistes égyptiens renverraient l'ascenseur en mettant ce muezzin hors d'état de nuire une fois pour toutes.

– Comme sa mort interviendra peu après la publication d'un communiqué islamiste le dénonçant comme agent de l'impérialisme et du sionisme, expliqua Tolédano, personne ne doutera qu'ils sont derrière son assassinat.

– Enfin, reprit Bosmann, de toute évidence très satisfait de lui-même, une fois que nous serons sûrs que ce Bilal Abdel-Ghani est bel et bien mort, nous organiserons, pour remercier nos amis, une nouvelle évasion spectaculaire d'une prison pakistanaise, et cette fois-ci ce sera le tristement célèbre Taher Al-Zoubayri, l'idole de tous les intégristes égyptiens, qui en sera la vedette.

– Al-Zoubayri, s'étonna Boone. Mais c'est quasiment l'ennemi public numéro un ! Sa capture à Peshawar, il y a de cela quelques semaines, avait été présentée comme le plus grand coup de filet de ces deux dernières années ! Vous le laisseriez filer comme ça ?

– C'est vous dire, répondit Bosmann, à quel point il nous importe de régler le problème que nous pose ce Bilal.

– Il faudrait qu'Orvil puisse rencontrer votre source, dit Tolédano.

– Je ne sais pas si c'est une très bonne idée, objecta

Boone. Ma source ne porte pas vraiment les Américains dans son cœur.

– Avec tout le respect que je dois à la Couronne britannique, dit Tolédano d'un ton contrit, je pense que votre agent prendra plus au sérieux un marché qui lui serait proposé par les Américains. »

Il a raison, pensa Boone. Pourquoi discuter avec la queue du chien quand on peut le faire directement avec sa tête.

« D'ailleurs, il n'a pas à nous aimer ou à ne pas nous aimer ! s'exclama Bosmann. Est-ce une source, ou non ? L'avez-vous en main, ou non ? »

En main, Adel Brahim ? Boone n'en aurait pas mis sa main au feu. Une source, Adel Brahim ? Dieu sait ce qu'Archie Briggs avait pu raconter au sujet de Brahim pour se faire mousser auprès de ses nouveaux amis de Washington. Et c'est sur cette mousse, abondamment produite par Briggs, que Boone risquait à présent de glisser. A cette idée, il s'enflamma.

« Il s'agit de *ma* source, lança-t-il en fixant Bosmann. Je la connais bien et je crois être meilleur juge que vous de son seuil de tolérance. Je traite cet homme en qualité d'Irlandais et d'Européen. Je dois réfléchir à la manière la plus appropriée d'aborder avec lui le sujet et d'introduire dans le jeu un facteur américain.

– A vous entendre, cette source serait plus importante que ce qu'on peut en tirer, rétorqua Bosmann. Qu'elle soit *votre* source ou pas, ce qui compte ce n'est pas elle, mais les termes du marché que nous allons lui proposer !

– Ma source risque de se rebiffer.

– Votre problème, Harry, c'est que vous n'envisagez le rapport de forces entre vous et votre source que sur un plan psychologique. Vous croyez vraiment que c'est votre jeu à deux qui est le plus important ? Vous vous trompez ! Vous vous trompez parce que vous faites abstraction du rapport de forces global entre eux et nous. Et ce rapport-là est à notre avantage. C'est *nous* qui agissons, désormais, et *eux* qui réagissent !

– Nous risquons, à terme, de perdre la source.

– A vous entendre, ce qui compte pour vous, c'est de maintenir le contact avec cette source, même si, pour ce faire, vous deviez la ménager et vous plier à ses conditions. Ce ne serait donc plus vous qui la traiteriez, mais l'inverse !

– C'est un être humain, protesta Boone, et non une machine. On ne peut pas le brancher et le débrancher à la demande.

– Bien sûr qu'on le peut ! Mais vous pensez qu'on ne le peut pas parce que vous raisonnez sur le long terme. Comme si nous étions encore en pleine guerre froide et que nous planifiions des opérations de longue durée contre l'ennemi pérenne. Mais ce n'est plus le cas. Nous sommes passés au court terme. Nous avons affaire à des structures qui sont là aujourd'hui mais qui demain auront disparu. Il faut cueillir le fruit dès qu'on le peut, le presser et le jeter avant qu'il ne pourrisse. Que nous importe que vous finissiez par perdre cette source parce qu'elle vous aurait trop identifié avec le Satan américain ? Ce qui compte, c'est que cette source que nous avons sous la main transmette aux islamistes sans plus tarder les modalités de notre marché.

– Je ne suis pas un professionnel, intervint alors Tolédano, et je ne voudrais pas m'immiscer dans ce débat entre deux conceptions divergentes du renseignement. Mais il se fait que, dans l'affaire qui nous préoccupe, le temps nous est cruellement compté. Et comme le temps joue contre nous, j'aimerais demander très humblement à M. Boone de faire exceptionnellement abstraction de ses réserves et de faire rencontrer à notre ami Orvil cette source sans plus tarder. »

Harry Boone pouvait difficilement se battre contre les Américains et contre les Israéliens. En tout cas, pas sans les munitions qu'Archie Briggs lui avait retirées. Il se fit donc une raison et se rangea démocratiquement à l'avis de la majorité. Après tout, il se pourrait très bien qu'Adel Brahim et Orvil Bosmann s'entendent. N'avaient-ils pas suivi le même parcours ? Tout comme Orvil Bosmann avait jadis dérivé de la gauche libérale américaine vers les valeurs fondamentales du néo-conservatisme, de même Adel Brahim avait dérivé de la gauche arabe laïque vers les valeurs fondamentales du salafisme. La rencontre de ces deux hommes en quête d'absolu promettait d'être détonante.

20

Orvil Bosmann pianotait nerveusement sur la nappe à carreaux sans même écouter Boone lui énumérer, en les traduisant en langage anglo-saxon, les différents plats et mezzés que le Sultan Brahim proposait. On aurait dit un futur papa dans la salle d'accouchement d'une maternité : Orvil Bosmann III attendant impatiemment l'arrivée annoncée d'Orvil Bosmann IV. Tout ce qui manquait c'était Mme Orvil Bosmann, du moins celle du moment, en l'occurrence Adel Brahim qu'on ne voyait encore nulle part. Bosmann était sur des charbons ardents. Pourtant, il n'était pas question pour lui de tromper son attente en goûtant à ces mixtures grasses, huileuses et sirupeuses. Quand il s'était trouvé là deux jours auparavant, il s'était fait violence en essayant les mystérieux plats qu'Adel Brahim avait commandés, et dont il ne devinait même pas la composition. Mais il l'avait fait afin de ne pas l'offusquer. Après quoi, il s'était juré qu'on ne l'y reprendrait plus. Tout ce qu'il avait donc à se mettre sous la dent ce midi-là, en attendant qu'Adel Brahim veuille bien se montrer, c'était cette clameur incessante qui remontait du Nil, et ce fainéant de Harry Boone avec ses idées passéistes et figées sur le renseignement.

Il avait fallu plus de quarante-huit heures à ce dernier pour lui organiser une première rencontre avec sa fameuse source. Ils auraient aisément pu y aller tout droit après leur rendez-vous avec Gédéon Tolédano, mais non, Boone avait insisté pour d'abord voir *sa* source tout seul. Pour préparer le terrain, comme il disait. Terrain, mon œil ! Ce Harry Boone appartenait à l'école du renseignement du siècle dernier ; celle qui refusait de faire simple quand on pouvait faire compliqué ; celle qui confondait clandestinité avec secret ; celle qui privilégiait la source aux dépens des services qu'elle rendait ; celle qui planifiait des opérations quinquennales élaborées, comme si le monde demeurait immuable et se contentait d'attendre gentiment le mûrissement de ses plans compliqués ; celle qui envisageait ces atouts éphémères que sont les sources comme des agents en puissance, tout comme l'Angleterre s'était jadis targuée d'avoir une flotte en puissance – une *fleet in being*. Oui, il y avait maldonne entre la vieille école à laquelle Boone appartenait et la nouvelle école dont Orvil Bosmann était issu. Une école qui était bien plus en phase avec le monde fluide et changeant d'aujourd'hui ; une école pour qui les sources étaient tout aussi jetables que les rasoirs, les stylos, les couverts en plastique, les appareils photo, et demain les téléphones ; une école qui savait sacrifier la perfection à l'avantage. Bosmann se disait que, quoiqu'ils fussent théoriquement alliés, lui et Boone n'étaient assurément pas de la même écurie et ne concouraient pas dans la même catégorie. Boone et son sacro-saint mode opératoire livresque, sorti tout droit des manuels de formation, leur avaient déjà fait perdre quarante-huit heures d'un temps qui leur était compté. Et une fois que Bosmann eut enfin pu exposer à Adel Brahim les termes du marché, il lui avait fallu attendre deux autres jours la réponse de l'autre partie. Quatre jours de perdus. Quatre longs jours, sur les sept petits jours que Tolédano avait pu négocier avec son gouvernement.

Bosmann en voulait à Boone, qui sirotait à présent sa bière comme si de rien n'était. Et étonnamment, plus l'Irlandais l'agaçait, plus il se sentait des affinités avec Adel Brahim. L'avant-veille, il était arrivé plein de préjugés contre ce dernier, et pleinement disposé à le détester. Adel Brahim n'était-il pas doublement traître ? N'avait-il pas d'abord trahi sa foi chrétienne pour embrasser le marxisme, puis à la fois son christianisme et son marxisme pour épouser l'islamisme ? Bosmann n'aimait pas ces personnages qui changeaient de principes comme on changeait de chemise. Et, pourtant, lorsqu'il lui avait parlé, il s'était étrangement senti attiré par cet homme, pressentant que, malgré leurs divergences évidentes, ils étaient, quelque part, des êtres semblables. Tout les séparait, et pourtant tout semblait les rapprocher. Lui et cet intégriste musulman semblaient appartenir à la même race. Il eut beau chercher les raisons de ce sentiment diffus, il n'en trouva pas. Y aurait-il bien réfléchi, il serait sans doute arrivé à cette conclusion que ce qui les unissait et les différenciait de quelqu'un comme Harry Boone, c'était leur refus partagé de l'anthropocentrisme. Mais Bosmann, peut-être parce qu'il se refusait à identifier son Dieu d'amour avec le Allah guerrier d'Adel Brahim, ne poussa pas le raisonnement aussi loin. Il n'en arriva pas moins à pardonner à Brahim sa trahison. En tout cas, à lui trouver de bonnes raisons. Si cet homme a trahi sa foi, se disait-il, c'est parce qu'elle n'était plus ce qu'elle avait été jadis. Ce n'était pas lui qui avait trahi le christianisme, mais les chrétiens qui, en se détournant de leur foi, l'avaient poussé vers le communisme, puis vers l'islamisme. Un chercheur de vérité, voilà ce qu'était Brahim. Quoiqu'il se rendît parfaitement compte que la vérité, Brahim ne la cherchait pas au bon endroit. Tant et si bien qu'après l'avoir quitté ce jour-là, il se mit en tête qu'il devrait, à l'avenir (car il pensait déjà à Brahim en termes d'avenir), lui expliquer le renouveau de la foi chrétienne. Il se prit même à rêver qu'il le gagnait à sa cause et le convertissait. Il se disait qu'il rabattrait ainsi, une fois pour toutes, le caquet de Harry Boone en lui démontrant, noir sur blanc, qu'une manipulation réussie ne se limitait pas, loin s'en faut, à un jeu psychologique entre un chat et une souris campant invariablement sur leurs positions, mais qu'elle devait nécessairement aboutir à une véritable conquête de l'une par l'autre.

Et voilà que sa conquête potentielle venait d'arriver. Et voilà qu'elle s'avançait vers eux à pas lents, les membres raides comme des clous de crucifié, le regard intense voilé par des sourcils épais, et sur son front toutes les souffrances de l'humanité. Fumée blanche, fumée noire, fumée blanche : Orvil Bosmann n'osait pas s'essayer à deviner.

« La réponse est non, leur dit d'emblée Brahim quand il se fut assez approché d'eux.

– Non ? »

Bosmann tombait de haut.

« Non », répéta Brahim en s'attablant.

Un silence s'installa alors et Boone eut peur que Bosmann ait entendu le soupir de soulagement qui venait de lui échapper.

« Ils ne souhaitent pas voir Taher Al-Zoubayri et ses camarades libres ? s'étonna Bosmann.

– Qu'ils soient libres ou en prison, lui répondit Brahim, les justes œuvrent pour la gloire de Dieu comme ils peuvent, là où ils le peuvent.

– “Moi qui suis prisonnier, déclama Boone, je suis

plus fort encore qu'une armée, parce que mon cœur est pur."

– Comment cela ? s'irrita Bosmann.

– Tennyson, expliqua Boone.

– Mais Al-Zoubayri n'est pas n'importe qui, dit Bosmann en lui lançant un regard noir, comme pour lui signifier qu'il venait de commettre là une erreur de manipulation.

– Jadis, peut-être, répondit Brahim. Mais, à présent, il est n'importe qui, et n'importe qui peut prendre sa place.

– N'importe qui l'a d'ailleurs déjà prise, ajouta Boone.

– Je... Je ne comprends pas, bafouilla Bosmann.

– Al-Zoubayri et ses petits camarades ne leur sont plus d'aucune utilité, lui expliqua Boone. Ils sont grillés. Il y a belle lurette qu'ils ont été remplacés. Vous en éliminez un, il y en a dix qui prennent sa place. Tout ce que les islamistes peuvent espérer tirer de cette affaire, c'est un coup de publicité.

– Et ce n'est pas assez pour le petit service que vous demandez, précisa Brahim. Les frères ne souhaitent pas être impliqués, pour si peu, dans l'assassinat de Bilal Abdel-Ghani.

– Vous leur avez bien expliqué le danger que ce Bilal représente pour eux ? insista Bosmann.

– Les frères espèrent que quelqu'un d'autre se chargera de lui.

– S'il devait tomber sous les balles d'un tueur anonyme, répondit Bosmann, on aura vite fait de nous accuser ou d'accuser les Israéliens. Il faut que le meurtre soit clairement signé. Il ne faut pas qu'il y ait une quelconque ambiguïté quant au commanditaire. Il faut que ce soit vos amis égyptiens !

– Pas au prix que vous voulez payer.

– Mais ce muezzin va réduire tous les islamistes au chômage », plaida Bosmann, qui insistait encore pour parler d'eux à la troisième personne, comme si Brahim avait été de son camp – parce qu'il était hors de question pour un Orvil Bosmann de traficoter avec les islamistes.

« Pour ma part, lui répondit Brahim, je ne suis nullement convaincu du succès de cette marche sur Jérusalem. Je suis même persuadé qu'elle échouera et que très bientôt on n'entendra plus parler de Bilal Abdel-Ghani, ni de sa voix de rossignol.

– Et pourquoi cela ? s'enquit Boone distraitement en croquant dans un cornichon.

– Oui, pourquoi cela ? »

Bosmann était visiblement intéressé. Tout n'est peut-être pas encore perdu, se disait-il.

« La non-violence ne paie jamais avec les sionistes, professa Brahim. Ils y répondent systématiquement par la violence. Je dirais même que la passivité de l'adversaire décuple leur agressivité.

– A en croire Bertrand Russell, intervint Boone, le succès d'une résistance non-violente dépendrait de l'existence ou non de certaines vertus chez ceux contre lesquels elle est utilisée.

– C'est intéressant, ce que vous avancez là, dit l'intellectuel qui sommeillait en Bosmann.

– Quand les Indiens se couchaient sur les voies ferrées et mettaient l'occupant britannique au défi de les écraser sous les trains, les vertus particulières des Anglais les empêchaient de commettre de tels actes de cruauté. Alors que les nazis, eux, n'avaient aucun scrupule dans de telles situations. Par conséquence, la résistance passive et pacifique aux nazis était tout simplement impossible.

– Et vous croyez que les Israéliens se conduiront comme des nazis ! s'offusqua Bosmann.

– Je ne le *crois* pas, lança Adel Brahim. Je le *sais* ! Je le sais parce qu'ils se conduisent déjà de la sorte. Non seulement à l'égard des musulmans, mais aussi à l'égard de ces idiots de pacifistes occidentaux.

– Un citoyen britannique a effectivement été tué d'une balle dans la tête par l'armée israélienne alors qu'il faisait le bouclier humain pour protéger des jeunes filles palestiniennes, confirma Boone.

– Et une Américaine a été écrasée par un bulldozer israélien en tentant d'empêcher la démolition d'une maison palestinienne, renchérit Brahim, enfonçant le clou.

– Il est un fait, dit Boone, que le gouvernement israélien réprime systématiquement et brutalement toute manifestation de résistance non-violente.

– Vous voyez ! triompha Brahim. D'une manière ou d'une autre, cette marche est vouée à l'échec. Soit les organisateurs se rendront compte qu'ils ne pourront pas faire plier Israël de cette façon et abandonneront d'eux-mêmes leur projet, soit ils feront abstraction de cette donnée cruciale et la marche sera réprimée dans le sang. Dans l'un comme dans l'autre cas, la violence finira par reprendre ses droits. Nous sommes confiants dans notre stratégie. Elle est payante.

– Payante, ironisa Bosmann. La cause des islamistes n'a pas avancé d'un iota depuis des années !

– Vous croyez ? Eh bien ! laissez-moi vous dire quelque chose. Il y a de cela trois ans le ratio des morts musulmans et juifs était de dix pour un : dix morts musulmans pour chaque juif tué. Aujourd'hui ce ratio n'est plus que de trois pour un : trois musulmans morts pour chaque juif tué. Et demain... Vous voyez ? Le temps joue en notre faveur. Alors, si vous voulez qu'on vous rende ce petit service, il va falloir y mettre le prix. Si vous voulez que je sois convaincant, il va falloir me donner des munitions.

– Et quel genre de munitions ? s'impatienta Bosmann.

– Offrez-moi une concession de taille, et je me fais fort de convaincre les frères de tuer Bilal Abdel-Ghani.

– Quelle concession ?

– Puisque vous semblez être en mesure de provoquer, à souhait, des émeutes dans les prisons pakistanaises et d'organiser des évasions de leurs geôles de haute sécurité, vous êtes sans doute en mesure de faire bien plus dans ce pays.

– Expliquez-vous, dit Bosmann, haussant le ton.

– Lâchez le régime militaire impie d'Islamabad.

– Le lâcher ? Alors que le Pakistan a la bombe ? Impossible !

– Laissez le peuple pakistanais décider de lui-même du gouvernement qu'il veut.

– Pour voir les islamistes au pouvoir à Islamabad ? Non, merci !

– Et vous prétendez vouloir apporter la démocratie au monde entier ?

– Ne finassons pas. Si nous lâchons le Pakistan, l'Afghanistan et le reste suivront.

– Si le Grand Satan veut aider le Petit Satan, le Grand Satan doit en payer le prix, philosopha Brahim. Vous voudriez donc manger et l'œuf et la coquille de l'œuf ?

– Comment ?

– Vous voulez le beurre et l'argent du beurre, dit Boone, traduisant à l'attention de Bosmann ce proverbe libanais.

– Lâchez le régime pakistanais, martela Brahim, et mes amis se chargeront de Bilal Abdel-Ghani.

– Tout à fait impossible, répéta Bosmann.

– Alors, il ne vous reste plus qu'à le tuer vous-même, dit Brahim en faisant un geste de la main vers le minaret qui s'élevait sur l'autre rive du fleuve. C'est une cible on ne peut plus facile. Même vous, vous ne la raterez pas. »

Bosmann commençait à nouveau à détester cet Adel Brahim qui ne faisait rien pour lui faciliter la tâche et se moquait même de lui.

« Aussi dangereux soit-il, se désola-t-il, Bilal Abdel-Ghani n'est, hélas, pas un terroriste. Nous ne pouvons pas nous permettre d'être impliqués dans son assassinat.

– Alors, donnez-moi un engagement sur le Pakistan et je me fais fort de convaincre les frères de le faire pour vous.

– Je ne suis pas autorisé à aller jusque-là, dit Bosmann en secouant pensivement la tête. Par contre, ajouta-t-il après un moment de réflexion, une nouvelle lueur dans le regard, nous pourrions envisager un retrait partiel de nos troupes du nord-est de l'Afghanistan, le long de la frontière pakistanaise... Nous pourrions leur laisser la région frontalière... Une sorte de sanctuaire... C'est une grande concession ! »

En réalité, Bosmann espérait ainsi faire d'une pierre deux coups et, la croisade antiterroriste s'essoufflant, poser les jalons d'une stratégie novatrice de remplacement. Le renversement du régime islamiste qui avait été en place à Kaboul et l'arrivée de troupes occidentales dans le pays avaient en effet provoqué un effritement de la mouvance terroriste qui avait jadis fait de l'Afghanistan sa base arrière. Cette mouvance s'était alors atomisée, devenant de ce fait plus difficile à identifier et à neutraliser. D'aucuns à Washington – comme Bosmann – étaient d'avis que ce qui manquait à cette croisade, qui partait dans tous les sens, c'était un abcès. En effectuant un retrait partiel d'Afghanistan, ils encourageraient les terroristes du monde entier à reprendre le chemin de ce pays et à s'y regrouper, ce qui en ferait des cibles aisées.

« Qu'en dites-vous ? s'emballa-t-il, tout à son idée. Cela devrait les intéresser, non ?

– L'Afghanistan, vous pouvez vous le garder, lui rétorqua Adel Brahim. Avec vos bases militaires en Ouzbékistan, le régime pakistanais traître qui vous lèche les bottes, et les hérétiques iraniens qui font la danse du ventre pour vous charmer, ce pays-là ne nous est plus d'aucune utilité. Ce que vous nous proposez là, ce n'est pas tant un sanctuaire qu'une réserve indienne. Nous ne sommes ni des Sioux ni des Comanches.

– Réfléchissez-y quand même, plaida Bosmann.

– C'est tout réfléchi. Ce sera le régime militaire pakistanais contre la vie de Bilal Abdel-Ghani.

– Sur le Pakistan, nous ne pouvons rien lâcher, dit Bosmann.

– Dans ce cas, conclut Brahim, nous ne pourrons pas faire affaire. Messieurs, dit-il en se levant, je dois à présent vous quitter pour aller m'occuper de mes autres invités. »

Une fois Adel Brahim parti, Orvil Bosmann se sentit à la fois dépité et soulagé. Dépité parce que son plan avait capoté, et soulagé de voir que ces gens-là, enferrés qu'ils étaient dans leur dogme et dans leur folie meurtrière, refusaient encore et encore d'entendre raison et de négocier. Ce qui le confortait dans son idée qu'il ne pouvait y avoir avec eux d'accord possible ; qu'entre les deux camps irréductibles, entre la démocratie et la barbarie, c'était une lutte à mort qui se livrait, qui ne se terminerait que par la victoire totale et définitive des forces du Bien sur celles du Mal. Il sortit donc de cette réunion politiquement défait, mais psychologiquement triomphant. L'officier du renseignement qu'il était venait, certes, d'essuyer un revers, mais l'intellectuel néo-conservateur qu'il était tout autant avait vu ses convictions les plus profondes étayées par la réalité. Oui, Orvil Bosmann était soulagé.

Harry Boone aussi, quoique pour des raisons diamétralement opposées. Le refus des intégristes musulmans d'entrer dans le jeu de Bosmann et de Tolédano lui donnerait, il l'espérait, le répit dont il avait besoin pour tenter de remettre son système à flot.

21

Orvil Bosmann se fit déposer place Tahrir et fit le reste du chemin à pied jusqu'à la devanture viennoise du Café Riche, rue Talaat Harb. Le même homme bedonnant d'une soixantaine d'années y occupait la même table à l'entrée que les deux fois précédentes, et maintenant comme alors, il lui fit un grand sourire. Ce qui conforta Bosmann dans sa conviction que ce devait être le patron des lieux. A l'intérieur, des serveurs en blouse et pantalons bouffants bleus ornés de galons dorés, la tête sertie d'un turban blanc, faisaient le pied de grue entre les tables, inoccupées à cette heure-ci de la journée. Les murs, par contre, étaient peuplés de portraits de célébrités datant de l'âge d'or de la littérature, de la chanson et du cinéma égyptien de l'entre-deux-guerres. Les ignorant, Bosmann emprunta à sa droite un escalier gardé par une pancarte sur laquelle on avait inscrit, en anglais, « ASSOCIATION DE LA PRESSE ÉTRANGÈRE ». L'escalier menait à une cave aménagée en bar qui était aussi déserte que la salle du rez-de-chaussée. Allant directement derrière le comptoir, Bosmann abaissa une petite manette qui avait été installée à côté de l'évier. Il se tourna ensuite vers le grand bar qui accueillait les divers breuvages auxquels carburaient les habitués de cet antre de perdition, chercha des yeux la bouteille de Fernet Branca, se saisit du panneau de bois à cet endroit précis, et donna une poussée de la main. Le panneau pivota sur son axe sans faire de bruit, et Bosmann tout aussi silencieusement se faufila dans l'ouverture. Il se trouvait à présent dans un petit sas de deux mètres sur deux barré par une porte métallique. Ayant rabattu le panneau derrière lui, Bosmann sortit de sa poche un anneau renfermant deux clefs, inséra la plus grande dans la serrure, la fit tourner et poussa la porte vers l'extérieur. Elle s'ouvrit sur une courette qui aurait eu grand besoin d'un bon coup de balai. Ayant verrouillé derrière lui et empoché les clefs, il se dirigea résolument vers une porte donnant sur l'arrière de l'immeuble qui se partageait la courette avec le Café Riche. Une fois à l'intérieur, il ignora l'ascenseur vétuste et s'engagea dans la cage d'escalier dont la peinture, qui devait dater du temps du roi Farouk, s'écaillait. Sur le palier du second, il croisa un serveur du Café Riche qui descendait lentement, un brasero à la main. Quand il le vit, le serveur baissa les yeux, et Bosmann détourna aussitôt son regard qui accrocha la porte grande ouverte d'un appartement. En la dépassant, il ne put s'empêcher de jeter un œil à l'intérieur et y vit un énorme canapé à carcasse dorée qu'on avait laissé recouvert d'une bâche transparente pour éviter qu'il ne se salisse. Hâtant le pas, il grimpa les marches jusqu'au cinquième et dernier étage. Là, quelqu'un avait passé les murs à la chaux cirée, verni la rampe de l'escalier, brossé le dallage et refait la porte qui était surmontée d'une pierre bleue censée éloigner le mauvais œil. Sortant de sa poche le même anneau que tout à l'heure, il inséra la petite clef dans la serrure, la tourna, et poussa lentement la porte. Elle s'ouvrit sur une pièce plongée dans la pénombre. Il avait du mal à y distinguer quoi que ce fût. Tout au plus arrivait-il à percevoir, au fond de la pièce, comme une lumière rouge et folâtre qui s'évanouissait aussitôt qu'il la fixait pour resurgir aussitôt qu'il la lâchait des yeux. Franchissant le seuil, il referma la porte derrière lui. Il avait encore du mal à voir distinctement, mais il pouvait sentir une odeur de tabac mélangé à de l'encens indien, et il entendait un léger bruit de bouillonnement – ou plutôt de gargouillement. Bientôt, il put établir une relation entre la lumière rouge et le gargouillement : la lumière s'intensifiait dès qu'il entendait le gargouillement.

« Tu es en retard », lui dit, en anglais, une voix de femme.

Elle ne se doutait pas qu'il avait été à deux doigts de ne pas venir. Ses yeux s'étaient à présent faits à l'obscurité. Guidé par la voix, il distinguait bien la silhouette de Monica Maltravers, étendue sur le divan-lit, le dos soutenu par des coussins et, à ses pieds, un narguilé dont elle tenait nonchalamment le long tuyau. Une vraie châtelaine orientale.

« Tu mérites une fessée », ajouta-t-elle en tapotant l'embout du tuyau sur sa paume ouverte – une maîtresse d'école avec sa règle.

Posant finalement le tuyau sur l'anse du narguilé, elle se leva et s'avança vers lui sur ses babouches soyeuses, en faisant battre les pans brodés de son abaya sur ses longues jambes galbées. Elle était tout près de lui, maintenant, le dépassant de cinq bons centimètres et il se sentait confusément reconnaissant à ces babouches à talons plats qui ménageaient sans le savoir sa susceptibilité. Ecartant les bras, elle posa les mains bien à plat de part et d'autre de sa tête blonde et le cala contre la porte. L'air qu'il respirait était imprégné de son parfum de femme riche et de son odeur de gosse gâtée, et cette fragrance luxueuse le ramena chez lui, aux Etats-Unis. Et une fois qu'il y fut, une profonde tristesse l'envahit. Il se sentit triste que son plan ingénieux ait échoué ; triste qu'Adel Brahim l'ait laissé tomber ; triste que Harry Boone ait été en dessous de tout ; triste de n'avoir pu neutraliser Bilal Abdel-Ghani ; triste d'avoir failli à ses supérieurs et ses amis ; triste que la malheureuse initiative de ce maudit muezzin ait fini par trouver un écho favorable en Israël même, et auprès des défaitistes du monde entier ; triste de voir qu'il n'y pouvait rien ; triste de ne plus être maître de son destin ; triste de se sentir abandonné de Dieu. Etrangement, le désir qu'il ressentait pour Monica Maltravers semblait se nourrir de cette profonde tristesse. Comme si, se voyant abandonné du Ciel, il s'arrogeait d'une certaine façon le droit de se venger, en péchant, de ce Dieu qui lui avait tourné le dos. Il faut dire qu'Orvil Bosmann entretenait avec le Seigneur une drôle de relation : une relation donnant-donnant. Il approcha donc son visage du sien et elle prit sa petite bouche tout entière dans la sienne, l'avalant littéralement et l'aspirant goulûment comme si elle avait voulu la manger toute crue. Puis, changeant brutalement d'avis, elle jeta son dévolu sur sa lèvre supérieure qu'elle mordilla et suça longuement, avant de faire de même avec sa lèvre inférieure. Sentant ses seins, libérés de l'abaya, tout proches, il voulut les caresser, mais elle fit un écart brusque et, comme pour le punir de son audace, darda sa langue profondément dans sa bouche en sondant ses coins et recoins. Un goût fort de tabac froid le frappa. Il expira violemment du nez pour s'en défaire, tout en se disant qu'il devrait à tout prix la convaincre de laisser tomber cette sale habitude. Non pas la convaincre d'abandonner sa vie de péché, mais la convaincre d'arrêter de fumer. Comme si c'était cela, bien plus que le fait qu'elle soit une tentatrice, et une femme adultère, qui l'horripilait.

Il chercha à la saisir par la taille, mais elle échappa à son étreinte. Ses bras retombèrent alors tristement et il se résigna à se plier au même rituel que les fois précédentes.

Elle entreprit de lui défaire sa ceinture et de lui ouvrir sa braguette, et tout ce à quoi il pensait tandis qu'elle lui tirait le caleçon vers le bas et que son pantalon lui tombait sur les chevilles, c'était qu'avec les bretelles et les braguettes à boutons qu'affectionnait son époux tiré à quatre épingles, il ne lui aurait pas été possible de le faire si aisément, ni de le faire d'une seule main. S'arrachant finalement à sa bouche, elle s'agenouilla – non, elle s'accroupit – devant lui, les jambes écartées à quatre-vingt-dix degrés, une main tâtant les muscles fermes de sa cuisse, l'autre tenant son sexe tendu. Entre ses longs doigts effilés son sexe, déjà petit – comme le vestiaire de l'école le lui avait hélas jadis appris –, lui semblait encore plus petit. Il aurait tant voulu qu'elle laissât sa verge tranquille pour s'occuper plutôt de ses testicules, qu'il avait bien gros et dont il n'était pas peu fier. Il fit bien un mouvement du bassin en se dressant sur la pointe des pieds dans l'espoir d'y diriger sa main, mais elle n'y prêta aucune attention. Il voulut la toucher, il posa ses mains sur sa tête, mais elle l'écarta. Il se concentra donc sur cette main qui le caressait, et son sexe gonfla encore et encore jusqu'à ce qu'il fût aussi dur que sa cuisse, aussi gros qu'elle, aussi, lui semblait-il. Et, soudain, il n'en put plus. Soudain, il voulut exploser. Voyant quoi, elle le lâcha et se recula d'un pas, comme elle l'avait fait les fois précédentes, et lui, tout comme il l'avait fait auparavant, se saisit de sa virilité à deux mains (parce qu'une seule main lui semblait sur le moment insuffisante), la pointa vers le haut, donna un coup sec et répandit sa semence en arc de cercle. Après quoi, il tituba, manqua trébucher et s'abattit lourdement contre la porte, les pieds emmêlés dans son pantalon. Momentanément rassasié, Orvil Bosmann ne risquait plus de se rebiffer. Il était dompté. Il ne chercherait plus à lui imposer son rythme. Il était tout à elle, à présent. Il était sa chose. Toujours accroupie devant sa chose, elle défit les lacets de ses derbys Allen Edmonds en cuir marron surpiqué et les lui ôta de même que ses chaussettes, le sommant chaque fois d'une chiquenaude de lever un pied après l'autre, comme une maman le ferait avec son petit garçon. Elle se releva ensuite et laissa choir son abaya alors qu'il se dévêtait machinalement. S'approchant de lui, elle posa ses mains fermement sur son torse glabre, tâta ses épaules lisses comme l'aurait fait une matrone romaine au marché aux esclaves, et s'attarda longuement sur ses petites fesses rebondies. Et lui se laissait faire, la tête basse, car en lui le désir avait désormais cédé la place à la culpabilité. Il se sentait coupable d'avoir succombé à la tentation ; coupable d'avoir enfreint le septième commandement ; coupable d'avoir trompé Tracy ; coupable d'avoir trahi ses principes. Coupable et aussi honteux. Il se sentait honteux d'être un objet de désir ; honteux d'être avec une femme de dix ans son aînée ; honteux de se plier à ses perversités ; honteux de cacher son péché en empruntant des portes dérobées. Dieu sait, pourtant, s'il n'avait pas longtemps résisté aux avances de cette diablesse. Et puis, Adel Brahim l'avait laissé tomber et il avait fini, de guerre lasse, par succomber.

A croire qu'elle sentit son désarroi, elle lui permit, pour la première fois, de la toucher. Ne se faisant pas prier, il lui enserra la taille, enfouit son visage dans son cou et plongea son regard éperdu dans la pénombre réconfortante de la pièce. Sentant sa fébrilité, elle le prit par la main et le mena jusqu'au divan-lit où elle s'étendit dans la position qu'elle occupait lorsqu'il était entré, et lui, en amant désormais bien dressé, s'y allongea à son tour, la tête à l'autre bout du lit, et entreprit de lui baiser les pieds. Se saisissant du tuyau qui reposait sur le narguilé, elle se le passa lascivement autour du cou, sur la poitrine et sur le ventre, alors qu'il lui léchait les orteils un à un. Elle se saisit ensuite de l'embout ambré et se l'enfouit entre les cuisses. Il voyait sa main blanche s'agiter de plus en plus frénétiquement dans son bas-ventre ; il voyait le serpent rouge remuer de plus en plus vite sur sa peau d'albâtre ; il voyait ses jambes se tendre à l'approche de l'orgasme. Lui happant le gros orteil, il le suça fort, très fort, et elle se cambra d'un coup avant de pousser un râle de plaisir alors que son orteil se tortillait dans sa bouche. Après quoi elle se détendit et entreprit de caresser tendrement le duvet blond qui lui recouvrait les jambes. Et tout ce temps il la regardait, la blanche Eve et son serpent rouge, aussi repus l'un que l'autre, aussi diaboliques l'un que l'autre, et il sentait son désir monter à nouveau. Il voulut la pénétrer. Il avait hâte de s'enfouir en elle. Il était pressé que son petit sexe devienne un grand phallus. Mais, quand il se fut approché d'elle, elle s'écarta, tendit la main vers le tiroir de la commode et l'ouvrit. Il savait ce qu'il avait à faire. Grappillant dans le tiroir, il finit par en sortir un préservatif, en déchira impatiemment l'étui de ses dents et en enveloppa sans difficulté sa virilité dressée. Elle le fit alors basculer sur le dos et l'enfourcha, et il ressentit une certaine fierté à voir son sexe trouver son chemin tout seul en elle, sans l'aide de ses mains. Il doutait que son mari puisse encore en faire autant. En tout cas, il voulait en douter. Quand sa croupe retomba finalement sur ses testicules, il se sentit soulagé. Tout comme il se sentit soulagé quand elle entreprit son va-et-vient de droite à gauche – et non de haut en bas, Dieu merci –, épargnant ainsi un embarras toujours possible à sa virilité, physiologiquement impeccable, certes, mais verticalement contrariée. L'agrippant alors d'une main par les cheveux et lui enfonçant l'autre dans la bouche, elle accéléra son mouvement de va-et-vient tandis qu'il lui suçait les doigts tout en lui triturant les tétons, et elle finit très vite par jouir à grand renfort de spasmes qui le remplissaient d'allégresse tant il avait l'impression qu'il la remplissait.

Se détendant enfin, elle se laissa tomber sur lui, haletante, et lui mordilla câlinement l'oreille. Mais elle ne le lâcha pas pour autant et, quelques minutes plus tard, ayant recalé son bassin pour s'assurer qu'il était encore bien ancré en elle, elle se redressa, lui prit la main droite, lui lécha lascivement l'index, puis elle guida ce doigt ainsi lubrifié jusqu'à ses fesses. Sachant ce qu'elle attendait de lui, il ne put s'empêcher de rougir comme il l'avait fait les fois précédentes. Il n'en posa pas moins son index sur son anus et entreprit de lui caresser doucement le sphincter d'un mouvement tournant. Et quand elle eut repris son va-et-vient – de l'avant vers l'arrière, cette fois –, il lui enfonça doucement le doigt dans l'anus – jusqu'à la deuxième phalange, pas plus –, et suivit sagement la cadence qu'elle lui dictait, la caressant frénétiquement quand elle accélérait, tendrement lorsqu'elle ralentissait, jusqu'à ce qu'ils eussent explosé à l'unisson.

Elle s'affaissa alors, immobile, reprenant son souffle, jusqu'à ce que son membre assouvi se fût rétréci comme une peau de chagrin dans le préservatif fripé, et qu'il ne pût plus rester en elle. Elle l'abandonna alors et bascula sur le dos, sans mot dire, n'esquissant pas un geste, le touchant à peine, l'ignorant même, et il se dit qu'elle se conduisait en tout comme un homme.

C'est elle qui avait pris l'initiative de l'appeler ; elle qui l'avait ensuite rappelé et encore rappelé ; elle qui l'avait harcelé ; elle qui avait fait de lui un objet sexuel ; elle qui avait mis en scène la chorégraphie immorale de leurs ébats illicites ; elle qui se désintéressait à présent de lui. Un vrai comportement d'homme, se répétait-il. Une mentalité d'homme dans un corps de femme. Orvil Bosmann pour qui l'être et le paraître devaient nécessairement coïncider, Orvil Bosmann pour qui le noir était nécessairement noir et le blanc blanc, Orvil Bosmann pour qui le gris et ses nuances n'existaient pour ainsi dire pas, Orvil Bosmann était profondément perturbé. Par Monica Maltravers, mais aussi par Gédéon Tolédano dont le maniérisme était, à ses yeux, bien suspect (pour ne rien dire de la présence, chez lui, de cet étrange valet turc), et même par Bilal Abdel-Ghani, ce muezzin fluet au visage étonnamment glabre, qui chantait d'une voix de femme. Il voulut se coller au corps dont il venait de jouir, se rassurer quant à sa féminité, mais elle eut un mouvement de recul et il sut qu'elle ne l'approcherait plus avant que son désir ne soit revenu. Et, soudain, il se sentit trahi. Trahi par celle-là pour qui il avait trahi. Trahi par celle-là pour qui il s'était trahi. Et, se sentant ainsi trahi, il eut une pensée pour Dieu, et cette pensée le remplit de remords. Rongé par ce remords, qui s'était substitué au désir qui l'avait dévoré l'instant d'avant, il demanda alors pardon au Tout-Puissant. Et, une fois qu'il l'eut fait une idée lui traversa fugitivement l'esprit, qu'il ne put ni saisir ni vraiment cerner. Il savait pourtant qu'elle était là. Qu'il lui suffirait de se recueillir et d'entrer en lui-même afin de pouvoir se l'expliquer et la formuler clairement. Mais ce n'était ni le lieu ni le moment. Il savait néanmoins à présent que Dieu ne l'avait pas abandonné, et il pressentait aussi que tout finirait par s'arranger. Pour la première fois depuis son entrevue avec Adel Brahim dix jours auparavant, quand il avait cru que son monde s'écroulait, Orvil Bosmann se sentait à nouveau maître de sa destinée. Sans plus attendre que sa compagne entamât le dernier acte de cette pièce dépravée dont le Seigneur était l'unique spectateur, sans plus attendre qu'elle l'entraînât une nouvelle fois dans un acte contre nature qu'il ne connaissait que trop bien, il s'arracha du lit, alla résolument jusqu'à la salle de bains, ouvrit tout grand le robinet de la douche et laissa l'eau pure le laver de son péché. Après quoi il se sentit renaître.

Born again, voilà ce qu'il était !

TROISIÈME PARTIE

Soprano

22

« Ainsi, tu n'as plus revu Orvil, disait Archie Briggs.

– Il n'a plus donné signe de vie, répondit Boone. Plus depuis notre dernière rencontre avec Brahim, quand ce dernier lui a refusé le petit service qu'il lui demandait.

– C'est vraiment dommage, se désola Briggs. C'est dommage que Brahim et ses petits camarades aient bêtement refusé de jouer le jeu, et c'est surtout dommage que tu aies perdu le contact avec Orvil. Lui et ses amis font la pluie et le beau temps à Washington.

– Tu n'as plus qu'à te rabattre sur la CIA », ne put s'empêcher de dire Boone.

Pour une fois, il n'était pas mécontent d'être là. Pour une fois, il n'avait pas été rappelé à Londres pour se faire passer un savon. C'était plutôt à une autopsie que Briggs l'avait convié. L'autopsie du plan tarabiscoté que l'esprit fertile d'Orvil Bosmann III avait concocté, et qui avait menacé, non seulement la vie de ce muezzin auquel Maria était si attachée, mais aussi tout le système Boone.

Se levant, Briggs alla jusqu'à une énorme carte du Moyen-Orient qui cachait la belle boiserie tout en la gâchant. Boone se disait que, du temps de Cecil Devereux, on n'aurait jamais permis à des objets si incongrus de venir rompre le charme surfait de cette pièce tout en bois et en cuir savamment vieillis et travaillés pour lui donner un petit air d'Amirauté. Mais il est vrai que, contrairement à Devereux, Briggs n'attachait pas d'importance à l'image. Et contrairement à son prédécesseur, qui avait eu une vraie passion pour les réunions élargies, Briggs préférait travailler en bilatéral. Ce pour quoi Boone se trouvait ce jour-là seul avec son patron dans la grande salle du conseil adjacente au bureau directorial, et ce pour quoi les autres membres du Royal & Ancien – Mark Treadwell, Guy Fennell, Alec Rose et Nico Mowbray-Smyth – n'y avaient pas été conviés. Se saisissant d'une baguette télescopique (encore un objet incongru de nouveau régime, se dit Boone), Briggs la pointa sur l'Egypte.

« Les marcheurs en *gallabiya*, bébés et baluchons sur le dos, étendards et rameaux à la main, remontent déjà en grand nombre la vallée du Nil en suivant la route principale reliant Assouan au Caire. De là, ils entendent aller jusqu'à Ismaïlia puis Al-Arich en longeant la côte, avant de faire leur jonction avec les Palestiniens à Gaza.

– Les Soudanais, eux, remontent le long de la mer Rouge en direction de Suez, compléta Boone.

– Et le gouvernement égyptien ne fait rien pour les en dissuader.

– D'après ce que notre ami le général Masri m'a dit, le Raïs préfère octroyer à cette marée humaine un droit de passage sur son territoire, plutôt que de lui faire barrage et risquer des remous internes.

– De l'autre côté de la mer Rouge, dit Briggs en poussant sa baguette plus à l'est, des pèlerins saoudiens remontent la route côtière reliant Djeddah à Akaba.

– C'est l'épopée de Lawrence d'Arabie, dit Boone.

– Mais craignant que les Yéménites ne provoquent

des troubles chez eux, reprit Briggs, les Saoudiens ont fermé leur frontière sud.

– Ils ont néanmoins affrété des bateaux pour transporter les Yéménites turbulents par voie de mer jusqu'à Akaba.

– Plus à l'est, dit Briggs en pointant sa baguette sur le golfe Persique, les chiites saoudiens remontent de Dammam et de Hafar Al-Batin vers Al-Tourayf en longeant la frontière irakienne.

– Nous rendant tous extrêmement nerveux.

– De là ils atteindront la Jordanie, poursuivit Briggs.

– La Jordanie est bien le ventre mou, dit Boone.

– Au nord, par contre, ça se présente un peu mieux pour nous, reprit Briggs en pointant sa baguette sur l'Irak. Là, la coalition occidentale et ses alliés locaux entretiennent un climat d'insécurité tel que les marcheurs en puissance sont bloqués chez eux. Cloîtrés.

– Tout comme le sont les Iraniens, les Afghans, les Pakistanais et les musulmans d'Asie centrale et du sous-continent, qui doivent nécessairement passer par l'Irak pour arriver jusqu'à Jérusalem.

– Exact, confirma Briggs. Encore plus au nord, les Syriens, qui ne souhaitent aucunement devenir la cible de l'armée israélienne, ont d'ores et déjà fermé leurs frontières avec la Turquie et avec l'Irak.

– Mais pour se donner bonne conscience, précisa Boone, et prouver leur solidarité avec leurs frères arabes et musulmans, ils encouragent leurs protégés libanais à se masser à la frontière d'Israël. C'est leur politique habituelle : ils font faire le sale boulot aux Libanais et ils se gardent ainsi des mauvais coups.

– Toujours est-il que, grâce à eux, et grâce aussi à notre présence militaire en Irak, le nord d'Israël devrait rester relativement calme. C'est au sud et à l'est que le bât blesse. C'est par là qu'il faut s'attendre à voir affluer le gros de la piétaille. C'est là qu'il y aura le plus de dégâts.

– Les Américains estiment qu'au jour J ils pourraient être six millions.

– Confronté à un tel scénario, dit Briggs en posant sa baguette pour revenir s'asseoir, Israël pourrait se prémunir de cette onde de choc en lançant des attaques préventives contre l'Egypte et contre la Jordanie de manière à bloquer les marcheurs durablement, voire en lançant des raids punitifs contre l'Arabie Saoudite de manière à sectionner le nerf de cette drôle de guerre.

– Ou alors réoccuper les Territoires autonomes palestiniens pour se donner plus d'espace.

– Ce serait dramatique, dit Briggs.

– J'ignorais, ironisa Boone, que tu tenais tant à un Etat palestinien.

– Je me contrefiche de l'Etat palestinien, mais si l'armée israélienne devait réoccuper les territoires palestiniens on reviendrait à l'option d'un Etat binational en Palestine. Un Etat israélo-arabe. Et la tendance démographique étant ce qu'elle est, dans une dizaine d'années à peine les juifs y seraient en minorité.

– Tout comme les Blancs en Afrique australe du temps de l'apartheid.

– Un cauchemar, dit Briggs en tendant la main vers la boîte à biscuits que Gladys, qui adorait le dorloter, avait laissée sur la table. Un cauchemar qui se dessine d'ores et déjà, poursuivit-il en happant une langue de chat, puisque les partisans israéliens de la paix viennent, comme tu le sais, de répondre à l'appel de ce muezzin. Ils vont organiser leur propre marche vers Jérusalem.

– Une marche juive qui partira donc d'Israël, pour

faire jonction avec les marcheurs musulmans. Du coup, cela ne ressemble plus à une agression.

– La Clôture de sécurité israélienne sera assaillie des deux côtés. Il ne sera pas facile aux autorités de faire donner la troupe contre les marcheurs musulmans.

– Déjà qu'une fronde se dessine dans l'armée, dit Boone.

– C'est vrai, opina Briggs. Des officiers et des soldats signent des pétitions affirmant qu'ils refuseront d'exécuter toute mission qu'ils jugeraient illégale ou immorale.

– Plus juifs qu'israéliens, dit Boone. Ils vont finir par donner tort à notre ami Adel Brahim.

– Comment cela ?

– Brahim disait que la non-violence n'était pas payante avec les Israéliens parce qu'ils y répondent toujours par la violence. Ces militaires sont la preuve qu'il se trompe.

– Et comme si ce n'était pas assez, se désola Briggs, les pacifistes, altermondialistes, gauchistes et anarchistes du monde entier se mettent à présent de la partie. »

Comme pour se consoler de ce nouveau coup du sort, il se choisit un biscuit bien chocolaté et y croqua à pleines dents.

« Des Brigades internationales, dit Boone. Ce n'est plus la Révolte arabe, c'est la guerre d'Espagne.

– Des ONG affrètent déjà des embarcations de toute sorte et de tout gabarit qui vont toutes converger en Méditerranée orientale, dit Briggs en balayant du revers de la main les miettes qui étaient tombées sur son veston.

– C'est à nouveau l'épopée de l'*Exodus*, ironisa Boone.

– Bien sûr, les Israéliens n'auront pas autant de scrupules que nous en avions eu du temps du mandat : leur marine les repoussera sans ménagement.

– Ils iront alors débarquer en Egypte ou sur la côte libanaise.

– Un vrai casse-tête, dit Briggs en secouant la sienne comme pour s'assurer qu'elle était toujours sur ses épaules. Il ne s'agit plus d'une marche islamique sur Jérusalem, mais d'une véritable marche œcuménique : musulmans, juifs, chrétiens, bouddhistes, animistes, hindous, laïcs, athées : ils s'y mettent tous.

– Et les Saoudiens semblent l'avoir compris, puisqu'ils viennent d'annoncer que la Croix-Rouge internationale et les ONG occidentales bénéficieraient désormais de la somme faramineuse qu'ils mettent à la disposition des marcheurs. Quelle ironie ! Les Saoudiens finançant la Croix-Rouge ! Et dire qu'ils refusaient de permettre à la Swissair d'atterrir chez eux sous prétexte que les avions helvétiques arboraient une croix sur leur fuselage !

– A propos de croix, dit Briggs, ton souverain pontife jette subrepticement de l'huile sur le feu. Il vient de saluer les marcheurs : en douze langues, pas moins. Il les a appelés les “pèlerins de la paix”. Il a même parlé de “croisade œcuménique”.

– A présent que des juifs et des chrétiens se joignent à la marche, dit Boone, la marge de manœuvre du gouvernement israélien devient extrêmement réduite.

– Justement, dit Briggs. Même s'ils devaient réoccuper les territoires palestiniens et déclarer la guerre à leurs voisins arabes, une dynamique est enclenchée qui continuera de leur échapper.

– Même s'ils arrivaient à bloquer les marcheurs musulmans par des actes de guerre, ils ne pourront plus rompre le lien qui se forge d'ores et déjà entre marcheurs musulmans, juifs et chrétiens.

– Ce ne sera donc que partie remise, acquiesça Briggs. Le gouvernement israélien pourra retarder l'échéance fatidique, mais il ne pourra plus l'écarter indéfiniment.

– Et pendant tout ce temps le prestige de notre petit muezzin grandit, dit Boone.

– Le maire de Haïfa vient d'en faire un citoyen honoraire de sa ville ! s'exclama Briggs. Des délégations du monde entier accourent au Caire pour le voir, toucher le pan de sa robe et lui remettre les clefs de leur cité ! C'est de la démence !

– Le petit Bilal est un véritable saint, à présent. Non seulement un saint musulman, mais un saint à l'échelle de l'humanité.

– Ses cassettes piratées circulent un peu partout dans le monde. J'ai même entendu une de ses mélopées à la radio. Ici, en Angleterre, imagine-toi !

– On parle de lui pour le Nobel de la paix.

– Vu ses talents artistiques, persifla Briggs, j'aurais préféré le voir gagner le concours de l'Eurovision.

– Nous n'y pouvons rien, dit Boone, ravi d'être enfin confiné à un simple rôle d'observateur.

– Tu baisses trop facilement les bras, Harry. Il y a certainement encore quelque chose à faire.

– Mais nous avons tout essayé, plaida Boone, inquiet.

– Je veux tout savoir sur ce Bilal. Je veux que tu fouilles son passé. Cette ascension météorique cache quelque chose. Il a certainement un secret. Il s'est sûrement compromis avec quelqu'un. Je veux avoir une prise sur lui, Harry. »

Boone cogitait. Il se demandait comment il pourrait se débrouiller pour remplir, sans trop se mouiller, la mission que son patron voulait lui confier. Se levant, il alla jusqu'à la fenêtre, écarta les voilages brodés

Peter Jones que Devereux y avait fait installer, et jeta un œil dans Russell Square. De là où il était, il voyait le clocher d'une petite église qui se découpait contre l'énorme bâtiment du University College, et ce clocher lui donna une idée.

« Je vais demander à l'Abouna de venir me rejoindre au Caire, dit-il en retournant s'asseoir.

– Tu veux parler de Théo Damiano ?

– Il m'avait envoyé un message de Beyrouth juste après l'appel lancé par Bilal. Il semblait très emballé par le projet.

– Tu crois qu'il connaît ce muezzin ?

– S'il ne le connaît pas personnellement, il doit connaître des gens autour de lui. Le dialogue intercommunautaire est, ne l'oublions pas, le fonds de commerce de son Cercle œcuménique d'entraide.

– Son fameux CODE ?

– Ce n'est pas pour rien qu'on l'appelle l'Abouna, Révérend Père. Les réseaux qu'il met en place tournent toujours autour du dialogue et de l'aide humanitaire.

– A présent que cette marche a pris un caractère franchement œcuménique, j'imagine qu'il va vouloir y apporter sa contribution.

– Dans la mesure de ses modestes moyens, comme il aime à le répéter. C'est une occasion rêvée pour lui d'engranger des budgets et d'ajouter de nouvelles entrées à un carnet d'adresses déjà bien épais.

– Mais il voudra certainement agir à partir de Beyrouth, objecta Briggs.

– Théo n'est pas idiot. Il doit savoir que les Syriens, prudents comme ils le sont et jouant sur plusieurs tableaux, ne permettront jamais aux marcheurs libanais de trop s'approcher de la frontière, de peur de provoquer l'ire des Israéliens.

– Ils laisseront donc les marcheurs s'organiser et se

mettre en branle, ils feront beaucoup de bruit pour faire monter les enchères et se faire prier par les Américains, mais ils en resteront finalement là.

– Beaucoup de bruit pour rien, confirma Boone. Et Théo le sait pertinemment. Il sait aussi que, s'il souhaite participer activement à cet événement historique, il serait bien mieux en Egypte qu'au Liban.

– Tu penses qu'il acceptera de venir au Caire faire le sherpa ?

– Il adore courir deux lièvres à la fois. Il adore aussi manger à deux râteliers en même temps.

– Tu veux dire qu'il ne résistera pas à l'idée d'émarger à la fois chez nous et chez les Saoudiens.

– Exact, acquiesça Boone. Pas plus qu'il ne résistera à l'idée de faire l'Histoire tout en la défaisant. Théo est un conspirateur et un espion dans l'âme : quand il ne trouve personne à espionner, il s'espionne lui-même. C'est l'être le plus paradoxal que je connaisse. Sa main gauche défait en permanence tout ce que sa main droite fait.

– Va pour Théo Damiano, alors, dit Briggs en farfouillant dans la boîte jusqu'à ce qu'il eût trouvé un autre biscuit au chocolat. Si tant est, ajouta-t-il en happant le biscuit, qu'il ne se montre pas trop gourmand. »

23

Pour rejoindre Théo Damiano, Boone avait renoué avec ses bonnes vieilles habitudes, laissé sa voiture au garage et pris un taxi. Il s'en félicitait, d'ailleurs, car l'homme entre les mains duquel le destin l'avait ce jour-là placé conduisait lentement, prudemment, tenant systématiquement sa droite, ne dépassant jamais les cinquante kilomètres à l'heure et se comportant en général de manière tout à fait atypique pour un conducteur cairote. A vrai dire, Boone n'aurait pas mené sa barque différemment s'il avait été lui-même au volant, et il se disait que le tempo pianissimo auquel ce taxi l'emportait vers sa destination augurait d'une mission dont le rythme le serait autant.

Après trente minutes d'un trajet qui aurait dû n'en prendre que quinze, il commença cependant à trouver le temps long. Ce chauffeur n'est pas tant prudent, se dit-il, que timoré ; il n'est pas tant calme que profondément angoissé. Plus Boone l'observait, plus il se disait qu'il était, en tout, hésitant et inquiet, comme le serait quelqu'un qui aurait perdu confiance en soi ou en sa machine.

« Y a-t-il un problème ? se résolut-il finalement à demander.

– C'est la voiture, répondit le chauffeur en passant

lentement la deuxième vitesse là où la troisième aurait amplement suffi.

– Un problème de transmission ?

– Pire que cela, soupira le conducteur.

– D'embrayage, alors, s'inquiéta Boone en se penchant vers l'avant.

– Bien pire ! Cette voiture a un grand problème.

– Un grand problème ?

– Un grand problème, confirma gravement le chauffeur.

– Seraient-ce les freins ? dit Boone en évaluant les chances qu'il avait d'abandonner rapidement ce vaisseau en perdition.

– Si ce n'était que cela », répondit le chauffeur en secouant la tête.

Boone paniqua :

« Pire que les freins ? Qu'est-ce qui pourrait être pire que les freins ?

– C'est l'avertisseur, monsieur ! Il est détraqué depuis ce matin ! Et, sans avertisseur, la voiture est impossible à conduire ! »

Soulagé, Boone s'adossa à nouveau à la banquette. La voilà la solution à l'enfer de la circulation, se disait-il. Le ministère des Transports n'avait qu'à interdire les klaxons sur les voitures et tous les automobilistes cairotes se retrouveraient du coup lobotomisés, pour le plus grand bonheur de l'humanité.

Roulant toujours au ralenti, et toujours dans le plus grand recueillement, le taxi longeait à présent la Cité des Morts où, crise du logement exige, les vivants coexistaient paisiblement avec les morts. Admirant la forêt de coupoles et de minarets, Boone se disait que cette intemporalité était un autre signe du ciel, annonciateur d'une mission qui serait, tout comme la Cité des Morts, sans histoires. Impression d'ailleurs confirmée quand le taxi aphone le déposa rue de la Fabrique des Fès, devant une oasis verdoyante, véritable havre de paix et de tranquillité en plein cœur de ce désert grouillant de monde qu'était Le Caire.

Ayant franchi le portail, Boone se retrouva dans un jardin arboré où des oliviers, des eucalyptus et des palmiers jetaient une ombre bienvenue sur un édifice en briques rouges qui cuisait au soleil. Une dizaine de marches blanches menaient à une porte vitrée en fer forgé qu'on avait laissée entrouverte. La poussant, Boone se retrouva dans un hall vide. A sa droite, un grand escalier menait à l'étage. Il y avait une sonnette au bas de cet escalier, et quand Boone en pressa le bouton une sonnerie retentit qui lui rappela celle du collège catholique où il avait enseigné les lettres classiques avant de s'acoquiner avec les services secrets.

Il regardait le jardin à travers la grille de la porte d'entrée quand il entendit quelqu'un derrière lui dire quelque chose en arabe. Se retournant, il vit un quinquagénaire efflanqué, aux épaules étroites et au visage d'adolescent prématurément vieilli, qui se tenait au bas de l'escalier. L'homme était en habits laïcs, mais ses sandales trahissaient son statut de clerc.

« *Je peux vous aider ?* demanda-t-il en français après avoir examiné Boone de plus près.

– *Bonjour... Je... Je cherche Théo Damiano*, bredouilla Boone, arborant l'air fuyant de chien battu qui, à en croire P. G. Wodehouse, annonce qu'un Anglais est sur le point de s'exprimer en français.

– *Je vais le prévenir.* »

Sans demander à Boone son nom ou l'objet de sa visite, il remonta ensuite les escaliers aussi silencieusement qu'il les avait apparemment descendus.

Traversant le hall dans sa largeur, Boone alla jeter un œil sur l'une des pièces du rez-de-chaussée. C'était une petite salle de séjour. Des banquettes et des sièges, recouverts de tissu bon marché, y avaient été placés le long des murs, à la manière orientale, et deux tables basses en formica complétaient l'ameublement. La pièce adjacente, sur laquelle il jeta ensuite un regard curieux, semblait être une salle à manger. Une demi-douzaine de chaises paillées entouraient une table sur laquelle on avait jeté une nappe de toile cirée. Le buffet, d'un bois sombre, était surmonté d'un crucifix sans prétention et d'un calendrier d'imprimerie à deux sous. Sur le mur d'en face, des étagères accueillaient des ouvrages jaunis, probablement produits par la même imprimerie locale qui avait fourni le calendrier. Le tout, y compris cette grande maison désertée et les pas furtifs de ce religieux qui avait semblé flotter sur l'escalier, respirait cette tristesse et cette résignation qu'on retrouve un peu partout en Orient dans les congrégations religieuses chrétiennes qui n'ont de cesse de faire preuve d'humilité et de discrétion forcées. Comme si elles savaient qu'elles étaient désormais tout juste tolérées ; comme si elles voulaient se faire pardonner leur arrogance d'antan, quand, fortes de l'appui de leurs chancelleries, elles avaient cru que cette terre, qui avait vu naître leur Messie, leur revenait de droit ; comme si elles s'étaient résignées à ce que l'œcuménisme, qu'elles appelaient maintenant si ardemment de leurs vœux, exigeait d'elles qu'elles courbassent l'échine, tant devant les musulmans que devant les juifs qui se disputaient à présent seuls le droit exclusif à la Terre sainte. Il en était là dans ses pensées sur cette espèce en voie de disparition quand un bruit le fit se retourner.

« Harry, Harry ! Bienvenue Harry ! »

Contrairement au clerc éminemment discret qui, l'instant d'avant, avait joué à l'appariteur effacé, Théo Damiano remplissait l'espace de sa voix tonitruante et du bruit exagéré de ses pas dévalant les escaliers. Il n'était peut-être qu'un simple visiteur ici, mais il se conduisait, comme à son habitude, en maître incontesté des lieux. Le moins qu'on puisse dire, c'est que l'Abouna ne souffrait pas du complexe du minoritaire. Ayant donc fait assez de bruit pour se faire remarquer, il finit par s'immobiliser en pleine course, les bras en croix, la barbe blanche fendue sur une dentition encore plus blanche, attendant, tel l'acteur de charme qu'il était, que Boone ait pris acte de son entrée triomphale sur scène avant de continuer sa descente.

« Bonjour, Théo », dit finalement Boone en faisant quelques pas vers lui.

A cette réplique, Théo Damiano superstar daigna enfin venir le rejoindre au bas de l'escalier. Il portait un pantalon et une chemise de couleur grège qui lui donnaient un petit air de frère missionnaire. Théo avait toujours l'accoutrement qu'il fallait, là et quand il le fallait. Il avait aussi aux pieds des sandales de cuir, semblables à celles du révérend père de tout à l'heure, qui lui conféraient par le bas une sainteté que démentaient par le haut la lueur narquoise qui dansait dans ses yeux et son sourire de carnassier.

« Bienvenue, Harry, répéta-t-il en l'étreignant et en lui donnant, du haut de ses cinq pieds trois pouces, de petites tapes condescendantes dans le bas du dos. Je suis content de te voir ici », ajouta-t-il ensuite en le tenant par les poignets et en plongeant ses yeux dans les siens.

A l'entendre on aurait pu croire que c'était lui le Cairote et Boone qui venait d'arriver en ville.

« C'est à moi de te souhaiter la bienvenue au Caire, Théo, ne put s'empêcher de dire ce dernier.

– Tu étais déjà venu ici ? lui demanda Damiano, reprenant aussitôt l'avantage sur lui.

– Jamais, dut reconnaître Boone.

– Je vais te faire visiter les lieux. »

Le libérant, il l'entraîna jusqu'à une porte à double battant située à la droite du hall.

« Viens voir », ajouta-t-il à voix plus basse en poussant l'un des battants qui s'ouvrit sur une petite chapelle, à l'architecture moderne, ornée d'un vitrail sur lequel figurait un saint auréolé, surmonté d'une étoile rouge et tenant un livre à la main. « C'est saint Dominique », chuchota-t-il en relâchant doucement le battant, comme s'il ne fallait pas trop déranger le saint homme. « Il veille sur ce lieu du mieux qu'il peut, et il a fort à faire à présent que les dominicains de Mossoul ont rejoint ici ceux du Caire. Ils y font d'ailleurs de l'excellent travail. Viens, je vais te faire visiter l'Institut. »

Contrairement au couvent, qui avait été construit dans les années trente dans le style colonial qui caractérisait à l'époque tous les édifices missionnaires, l'Institut dominicain d'études orientales, qui venait d'être achevé, sacrifiait à l'air du temps et avait été conçu dans un style neutre qu'on pourrait qualifier au mieux d'orientalo-clinique : murs crème, colonnades, faux plafonds, moucharabiehs, arabesques, verre teinté, alu et PVC. Le tout faisait très syncrétique, très œcuménique. Des lecteurs et des lectrices tout aussi syncrétiques et œcuméniques s'y affairaient silencieusement dans des alcôves où le foulard islamique cohabitait sans état d'âme avec la soutane noire et l'habit blanc.

« La bibliothèque renferme plus de cent mille volumes, disait fièrement Damiano, comme s'il avait personnellement contribué à ce travail de titan. Elle a été inaugurée quelques jours après la Grande Bibliothèque d'Alexandrie : celle que le gouvernement français a financée.

– Réponse du berger à la bergère, dit Boone.

– Quel berger, quelle bergère ?

– Réponse du clergé à la République laïque.

– Pas du tout, s'offusqua Damiano en l'entraînant dehors, comme si ces paroles impies auraient pu troubler la sérénité des lieux. Pourquoi faut-il que tu sois toujours si cynique, Harry ? ajouta-t-il une fois qu'ils furent dans le jardin. Tu vois le Mal partout ! Ma nièce ne t'a donc rien appris ?

– Quelle nièce, Théo ?

– Maria, bien sûr !

– Tu connaissais peut-être son père, Théo, tu l'as peut-être connue petite, mais elle n'est pas ta nièce pour autant.

– Nièce ou pas, depuis le temps que tu vis au contact quotidien de son amour et de sa beauté, tu devrais pouvoir voir autre chose que le Mal autour de toi. C'est comme pour Bilal Abdel-Ghani : il est tout amour, mais toi et tes amis n'y voyez qu'une incarnation du diable.

– Je n'y vois rien de la sorte, protesta Boone.

– Ce serait donc pour l'aider que tu m'aurais demandé de venir te rejoindre ici ? ironisa Damiano. Vous voulez peut-être contribuer au succès de sa marche pour la paix ?

– Je ne cherche ni à l'aider, ni à lui mettre des bâtons dans les roues.

– Que cherches-tu alors ?

– J'aimerais apprendre à mieux le connaître, mentit Boone.

– Rien que cela ?

– Rien que cela. Ma mission se limite à la seule observation.

– Vous seriez donc tout à fait neutres dans cette affaire ?

– On ne peut plus neutres, répondit Boone, pensant plus à lui qu'à Briggs et à ses amis de Washington.

– Et c'est pour cela que tu as fait appel à moi.

– Précisément.

– En quoi puis-je t'aider, Harry ?

– Je me disais que tu connaîtrais peut-être quelqu'un dans son équipe, dit Boone en allumant un petit Wintermans.

– Son équipe, dis-tu ? Bilal n'a pas d'équipe ! Ce n'est ni un chef de parti, ni un docteur de la Loi, ni même un cheikh soufi. Il n'a ni maîtres ni disciples. C'est un homme seul, Harry. Son équipe, c'est la foule qui vient écouter son chant, les imams qui font écho à sa voix et les anonymes qui, partout dans le monde, se reconnaissent dans son appel. Son "équipe", comme tu dis, tu la trouveras autant à Barcelone et à Haïfa qu'au Caire. Je fais autant partie de cette "équipe" que des millions d'autres individus comme moi.

– Il doit tout de même avoir une organisation quelconque.

– Le problème avec vous, dit Damiano en montrant un olivier du doigt, c'est que vous voyez des arbres partout.

– Des arbres ?

– Des arbres... Oui, des arbres... Touche un peu cet olivier, Harry. Il est beau, n'est-ce pas ? Il est beau et, surtout, il est rassurant. Il s'épanouit harmonieusement et de manière tout à fait prévisible autour de son tronc central et ses branches, que tu vois là, reflètent fidèlement les racines qu'il déplie sous terre. Cet arbre est une véritable organisation politique, Harry. Une organisation comme vous les aimez, avec un chef – le tronc –, des disciples – les branches –, une logistique – les racines –, et des actions sur le terrain – les fruits. Une organisation qu'il vous est donc aisé d'appréhender, dans tous les sens du terme : appréhender comme dans “comprendre”, et appréhender comme dans “capturer”.

– D’après toi, Bilal Abdel-Ghani n’aurait pas une telle organisation.

– Bilal est comme l’eau qui se déverse sur la terre assoiffée, dit poétiquement Damiano en levant les mains vers le ciel. C’est un catalyseur, sans plus. Une fois que l’eau, source de vie, a pénétré la terre aride et l’a vivifiée, tout et n’importe quoi peut y pousser : les fruits comme les mauvaises herbes, le bon grain comme l’ivraie. Et chacun vit sa vie de son côté. »

Boone se demandait si, à travers cet exposé méthodologique et épistémologique, Théo Damiano, fin négociateur, ne cherchait pas simplement à faire monter les enchères et à monnayer sa prestation au prix fort.

« Tu veux dire que ce n’est pas parce que les Saoudiens ont créé et financé une Fondation Al-Quds que le mouvement initié par le muezzin de Kit Kat est pour autant organisé.

– Je veux dire que les Saoudiens ont leur organisation, comme le Croissant-Rouge a la sienne, comme la Croix-Rouge, les pacifistes israéliens, les groupes œcuméniques et les ONG ont les leurs, mais qu’il serait vain de vouloir chercher un parapluie qui coifferait ces différents courants, comme il serait vain de vouloir les lier tous à cet humble muezzin.

– Si je comprends bien, les relations qui se noueraient entre ces divers courants et Bilal ne relèveraient pas tant du rapport hiérarchique d’autorité que d’un simple rapport d’attraction.

– Précisément, Harry. Tous ces gens d’horizons divers, toutes ces organisations viennent se greffer sur Bilal comme les nomades et les chameaux viennent se greffer sur le point d’eau dans le désert.

– Il doit pourtant bien y avoir quelqu'un, quelque part, chargé de protéger ce point d'eau vital, d'empêcher les nomades et les bêtes de s'entre-tuer pour y boire et de s'assurer que personne ne viendrait l'assécher ou l'empoisonner. Tu dois bien avoir, parmi tes innombrables connaissances, quelque sage qui aurait à cœur d'éviter que les profiteurs et les malfaisants n'accaparent l'eau.

– Mmm... »

Damiano s'était arrêté de marcher et se massait pensivement le menton en faisant crisser les poils de sa barbe.

« Alors, Théo », l'encouragea Boone.

Après tout, se disait-il, ce n'était pas lui qui payait.

« Il y a bien quelqu'un à qui je pourrais en parler, et qui serait peut-être en mesure de t'aider, finit par avouer Damiano, l'air de dire que la tâche serait néanmoins ardue, et que lui seul pourrait la mener à bien.

– Qui cela ?

– ... C'est le cheikh Salim Kutchuk, dit Damiano après un moment d'hésitation, et du ton de quelqu'un qui se résout finalement à cracher le morceau.

– Jamais entendu parler.

– Ça ne m'étonne pas, Harry. Les gens comme toi ne fréquentent que les crapules.

– Des crapules comme toi.

– Alors que le cheikh Salim Kutchuk est un homme de bien.

– Mais encore, Théo.

– Le cheikh descend d'une longue lignée d'ulémas d'origine turque qui avaient fait les beaux jours de la mosquée et de la madrasa Sultan Mou'ayyad de Bab Zouwayla du temps des Ottomans. Il enseigne les langues sémitiques à l'université de l'Al-Azhar. C'est aussi un soufi, et un grand humaniste. Il siège au comité pour le dialogue islamo-chrétien. J'ai fait sa connaissance ici même, au Caire, il y a de cela une dizaine d'années, à l'occasion d'une rencontre œcuménique organisée par le Vatican et l'Al-Azhar.

– C'est un proche de Bilal ?

– Le cheikh Salim fait partie de ces gens de bien qui ne sont ni à la solde du gouvernement ni à la botte des islamistes. Et, en homme de bien, il s'est pris d'affection pour le jeune Bilal et il souscrit pleinement à son appel.

– Est-il proche de Bilal ? s'impatienta Boone.

– Il est proche de lui, Harry.

– Où peut-on le rencontrer ?

– Justement, il se fait que le nonce apostolique donne une réception dans quelques jours à laquelle le cheikh Salim – de même que ton humble serviteur ici présent – est convié.

– Pourrais-tu t'arranger pour que j'y sois invité ? demanda Boone, qui était d'autant plus intéressé d'aller à la nonciature qu'elle se trouvait être à Zamalek même, à deux pas de chez lui.

– Mais bien sûr, Harry ! Le nonce est un ami ! »

Boone doutait que le nonce fût un ami de Théo Damiano, mais il ne doutait pas que ce dernier aurait l'entregent nécessaire pour lui procurer un carton d'invitation.

« Affaire conclue, Théo, dit-il en écrasant son mégot du pied.

– Le cheikh Salim a récemment enseigné pendant une année à la School of Oriental & African Studies. »

Le monde est vraiment petit, se dit Boone. Ainsi, ce cheikh avait été, un an durant, le voisin du Club-House.

« Tu pourras t'entretenir avec lui en anglais, poursuivait Damiano, l'air de quelqu'un qui octroie un bonus à son client.

– Et à part ce Kutchuk, qu'as-tu à me proposer ?

– Tu es gourmand, Harry.

– Je ne suis pas gourmand, je suis pressé. As-tu quelqu'un d'autre à l'esprit qui pourrait nous aider ?

– Quelqu'un d'autre ? Je ne sais pas, moi... On pourrait peut-être se rendre à Assiout...

– Pourquoi Assiout ? demanda Boone qui aurait préféré mener toute cette enquête à partir de Zamalek.

– C'est là que Bilal est né, non ?

– C'est vrai, concéda Boone. Mais quelle raison valable aurions-nous de nous y rendre sans attirer indûment l'attention ?

– Nous pourrions être en pèlerinage, dit Damiano elliptiquement. La couverture rêvée.

– En pèlerinage ?

– Nous pourrions aller en pèlerinage à l'église Saint-Marc, où la Vierge Marie fait depuis quelque temps des apparitions inopinées.

– Tu plaisantes, Théo ! Je ne vais même pas à la messe !

– Nous pourrions alors aller en pèlerinage sur la tombe du père Joseph.

– Le père Joseph ?

– Le père Joseph Donnelly ! Ton grand-oncle, Harry ! Tu avais oublié ton grand-oncle maternel, n'est-ce pas ? Tu avais oublié qu'il repose près d'Assiout après toute une vie passée à prêcher la bonne parole de par l'Egypte et le Soudan.

– Mon grand-oncle Joseph n'était pas plus un *padre* que tu n'en es un, Théo !

– *Padre* ou pas, ton grand-oncle Joseph était un homme de bien. Je suis sûr que pas une fois tu n'as pensé aller te recueillir sur sa tombe. »

Boone se sentait effectivement honteux de ne pas

avoir eu une pensée pour l'oncle Jo depuis qu'il était arrivé au Caire.

« Nous pourrions, disait Damiano, aller nous recueillir quelques instants sur sa tombe.

– Ce n'est pas une mauvaise idée. »

L'existence de ce grand-oncle inhumé à Assiout n'ayant sans doute pas échappé aux autorités égyptiennes, Boone se disait que ce serait effectivement une bonne couverture.

« Et nous profiterions de notre séjour à Assiout pour prendre contact avec un membre de la famille de Bilal, poursuivait Damiano.

– Tu connaîtrais donc l'un de ses proches ?

– Hélas non ! se désola Damiano. Je connais néanmoins quelqu'un qui pourrait nous aider.

– Qui ça ?

– Elle s'appelle Hanan Issawi.

– Une femme ?

– Non seulement une femme, mais une chrétienne. Une évangéliste, par-dessus le marché.

– Une évangéliste, dis-tu ? En quoi pourrait-elle nous aider à nous rapprocher d'un muezzin ?

– Hanan a grandi à l'orphelinat évangéliste de la ville. Tu n'as jamais entendu parler de cet orphelinat, Harry ?

– Je devrais ? Cet orphelinat serait-il autre chose qu'un simple orphelinat ?

– Tu es vraiment mal intentionné, Harry. C'est une déformation professionnelle ou quoi ? Tu devrais en avoir entendu parler parce que ton grand-oncle Joseph s'y était beaucoup investi dans les dernières années de sa vie.

– Je l'ignorais, avoua Boone.

– Voyez-vous ça ! ironisa Damiano. Ça veut connaître

les secrets du monde et ça ne connaît même pas l'histoire de sa propre famille !

– Je ne comprends toujours pas, dit Boone, agacé, en quoi ton amie – cette orpheline – pourrait nous être utile.

– Hanan a décidé de consacrer sa vie à cet orphelinat, Harry. Elle y travaille en qualité d'économe, manière pour elle de montrer sa gratitude envers les missionnaires américains qui l'avaient jadis recueillie, et de leur économiser par sa gestion avertie les deniers qu'ils ont dépensés pour elle.

– Mais encore, Théo ?

– C'est pourtant simple. Les orphelins étant, comme leur nom l'indique, sans parents, ils passent plus aisément que nous autres à travers les barrières familiales, claniques ou communautaires. Et l'orphelinat, étant par vocation une œuvre de bienfaisance, tout autant. Cet orphelinat-là a été fondé au début du siècle dernier, et il a déjà vu passer plus de vingt-cinq mille enfants. Vingt-cinq mille, Harry ! Il a survécu à l'occupation britannique, il a survécu à la révolution nassérienne et il a aussi survécu à la montée de l'intégrisme. C'est te dire si mes amis missionnaires d'Assiout ont des amis partout !

– Ce pourrait être une piste intéressante, reconnut Boone après un long silence.

– De cette façon, dit fièrement Théo Damiano, nous attraperions la vie de Bilal par les deux bouts : Assiout pour le passé, le cheikh Salim pour le présent. L'un ou l'autre finira bien par nous mener quelque part.

– Va pour Assiout, dit Boone. Nous nous y rendrons une fois que nous aurons vu ton cheikh Salim. Tes réseaux charitables, œcuméniques et missionnaires ne cesseront jamais de m'étonner, Théo.

– Tu es trop bon, dit Damiano en prenant son air le plus modeste.

– Pas plus que ne cessera de m'étonner le cynisme avec lequel tu les mets à contribution pour arriver à des fins somme toute si peu charitables, si peu œcuméniques, et si peu missionnaires.

– Les voies du Seigneur sont impénétrables, Harry.

– Pas pour toi, de toute évidence.

– Et maintenant, dit Damiano, ravi du compliment, si tu m'invitais à boire un verre quelque part ? J'ai la gorge sèche, et ce vin de curé est bien trop doux pour mon gosier blasé. »

24

Jamais, depuis qu'il avait quitté son Irlande natale, terre dévote, Boone n'avait vu si sainte assemblée de chauves-souris blanches, noires, mauves et grises auréolées de toques et de turbans, planant nonchalamment à quelques centimètres du sol tels des chamans lévitant, et voltigeant mollement les unes autour des autres tels des derviches tourneurs vieillissants.

« N'oublie surtout pas, lui répétait Théo Damiano alors qu'ils s'avançaient vers le nonce, que tu es catholique et irlandais !

– Je n'ai pas oublié.

– Et pas un mot sur Maria, bien sûr. Le monseigneur est très espagnol, et il est encore plus Opus Dei. Il n'apprécierait pas que tu vives dans le péché sous son nez.

– J'ai retenu la leçon, dit Boone, non sans agacement.

– Et pourquoi n'as-tu pas mis à la boutonnière la petite croix en argent que je t'ai donnée ?

– Il ne faudrait tout de même pas trop en faire.

– *Excelencia*, dit Damiano en espagnol quand ils furent face à leur hôte, permettez-moi de vous présenter M. Boone.

– *Monsignor*, dit Boone en *lingua franca*, tout en s'inclinant pour serrer la main qu'on lui tendait si gracieusement.

– Monsieur Boone nous vient d'Irlande, *Monseñor*, dit Damiano, qui semblait pressé de faire accréditer Boone au plus tôt auprès du Saint-Siège.

– Je suis ravi que vous ayez pu venir », dit le diplomate pontifical dans son anglais chuintant et ronflant. A l'entendre, on aurait pu croire qu'il n'attendait que Harry Boone, ce soir-là.

« L'Eglise d'Irlande est très chère au cœur de Sa Sainteté », renchérit Damiano, comme s'il tenait cela du Saint Père lui-même.

Ce disant, il regardait le nonce droit dans les yeux en lui souriant comme un vieux complice, et le nonce le fixait à son tour en plissant le front sous l'effort qu'il faisait pour se rappeler à qui il pouvait bien avoir affaire. Boone était à présent persuadé que Théo n'avait jamais vu le représentant pontifical auparavant. Mais en s'adressant à lui sans se présenter formellement et en lui présentant « M. Boone » dans la foulée, Théo avait suggéré une connaissance préalable que le prélat, pris de court et fort embarrassé, s'efforçait à présent de se rappeler. Futé comme il était, Théo Damiano ne lui laissa cependant pas le temps de fouiller assez dans sa mémoire pour se rendre compte qu'il ne connaissait cet homme affable ni d'Eve ni d'Adam. Ayant marmonné deux *Excelencia* et trois *Monseñor* en guise de rosaire diplomatique, il se recula à petits pas et s'éloigna du nonce perplexe en entraînant sa pupille irlandaise derrière lui.

« Viens, Harry, allons retrouver le cheikh Salim Kutchuk », dit-il en fouillant la salle des yeux.

Se rappelant la signification du mot turc *küçük*, Boone s'attendait à ce que Théo Damiano sondât l'auguste assemblée à hauteur de ceinture. Mais non, il se dressait plutôt sur la pointe de ses petits pieds en tendant exagérément le cou. Boone en saisit le pourquoi quand il aperçut l'homme enturbanné devant lequel il s'immobilisa. Le cheikh Salim Kutchuk était loin d'être aussi petit que son nom le suggérait. Mince, élancé, les traits fins et le regard altier, il était la personnification même de l'aristocratie cléricale. Il a dû naître avec un turban sur la tête, se disait Boone, tout comme les fils cadets des familles princières d'antan naissaient avec une barrette de cardinal sur le chef.

« Cheikh Salim ! s'écria Damiano en l'étreignant chaleureusement et en le volant subrepticement à l'homme en soutane noire avec lequel il s'entretenait. J'aimerais, ajouta-t-il en anglais, vous présenter un ami... Harry Boone... Harry, voici mon frère le cheikh Salim Kutchuk.

– Très heureux de faire votre connaissance », dit le cheikh en lui serrant la main.

Son beau visage respirait la confiance en soi et la bonne conscience.

« Harry est irlandais, s'empressa de dire Damiano, anticipant ainsi la question que le cheikh aurait pu poser, quant à l'appartenance nationale du porteur d'un nom si évidemment anglo-saxon. Harry est tout autant que moi emballé par l'appel lancé par Bilal, et tout aussi anxieux d'y apporter sa contribution.

– J'en suis très heureux, dit le cheikh en examinant Boone.

– Théo m'a beaucoup parlé de vous, dit Boone. Il m'a aussi dit que vous connaissez bien Bilal.

– Que je le connais bien ? Je n'irai pas jusque-là. A vrai dire, je l'ai rencontré pour la toute première fois il y a de cela trois mois, après qu'il eut lancé son appel.

– Vous êtes bien trop modeste, protesta Damiano, moins pour valoriser le cheikh que pour justifier ses propres exagérations devant Boone.

– Vous êtes néanmoins proche de lui, insista Boone, qui aurait bien voulu savoir si cette conversation valait la peine d'être poursuivie.

– Proche, dites-vous ? Dans la mesure où je serais proche de Dieu, je serais effectivement proche de lui.

– Trêve de modestie, mon cher, protesta à nouveau Damiano.

– Il ne s'agit pas de fausse modestie, dit le cheikh. Ce jeune homme est réellement proche de Dieu et, dans la mesure où nous nous rapprocherions de Dieu, nous serions tous proches de lui. Vous, autant que moi.

– Mais vous vous êtes fait son porte-parole auprès du corps des ulémas, dit Damiano, revenant à la charge.

– Je ne suis pas son porte-parole. Disons que je suis son interprète.

– Son interprète ? s'enquit Boone.

– Comme vous pouvez vous l'imaginer, Bilal n'a pas que des amis parmi les docteurs de la Loi. Entre les ulémas aux ordres du gouvernement, et ceux proches des islamistes, qui le prennent sous leurs feux croisés, la bande étroite de terre qu'il foule de ses pieds est pour ainsi dire minée.

– Vous le défendez donc auprès des ulémas.

– Bilal est un simple berger, et nos docteurs de la Loi, en bons citadins sédentaires, ont une peur viscérale des bergers et des nomades. Qui plus est, Bilal est illettré. Il est vrai qu'à sept ans il connaissait déjà son Coran par cœur, mais il n'a jamais appris à lire et à écrire. Il n'a aucune instruction religieuse. Il ignore tout de la Loi et de la Tradition. Ce qui n'est pas plus mal, d'ailleurs. L'année dernière, j'ai assisté à un concert de la musicienne soufi Abida Pardin. Elle chantait : "On ne devient pas noble en lisant des livres. Ils lisent des livres et se croient savants. Mais ils ne savent même pas lire un mot d'amour. Si Dieu pouvait être lavé et nettoyé, alors les poissons et les crapauds L'auraient trouvé. Mais Dieu ne peut être trouvé que par les justes au cœur pur."

– Et Bilal est un cœur pur, confirma Damiano. Il ne parle qu'en paraboles et en sourates coraniques.

– Paraboles et sourates ornées et chantées, compléta Boone.

– Précisément, dit le cheikh Salim. Bilal est un artiste, non un savant. Il est porté par son seul cœur, sa seule voix et son seul talent. Et nos augustes ulémas se méfient du chant et de la musique comme du diable.

– Ils ignoreraient donc, dit Boone, reprenant un mot de Maria, que la musique est le propre des archanges.

– Ils l'ignorent totalement, opina le cheikh. Il serait donc très aisé à un esprit retors et bien versé dans les livres de la Loi de le piéger et de le faire tomber comme hérétique, ou alors comme charlatan. Aujourd'hui plus qu'hier, puisque des chrétiens, des juifs et des athées répondent à son appel.

– Du coup, cet appel auquel souscriraient les "infidèles" devient encore plus suspect à leurs yeux.

– Exactement, confirma le cheikh.

– Vous vous êtes donc fait son défenseur auprès des ulémas de l'Al-Azhar et d'ailleurs.

– Je me contente de traduire en termes intelligibles par ces théologiens – et donc inintelligibles pour le commun des mortels – les paroles simples et les sons mélodieux qu'émet spontanément ce jeune muezzin. Bilal est peut-être né musulman, mais il ne parle pas pour autant de religion. Il ne parle que de l'amour de Dieu.

– La langue de bois, le vocabulaire dogmatique, il ne connaît pas, renchérit Damiano.

– Il me fait penser à Ibn Al-'Arabî, dit le cheikh.

– Le grand soufi andalou, se crut obligé de préciser Damiano.

– "Avant, disait Ibn Al-'Arabî, je ne reconnaissais pas un ami s'il n'était pas d'accord avec moi sur toutes mes idées. Mais aujourd'hui mon cœur admet toutes les images. Mon cœur peut être pâturage pour les gazelles, monastère pour les moines, maison d'idoles, une Kaaba pour les pèlerins, une tablette de la Torah, le Coran. Je prends, j'embrasse comme religion la religion de l'amour. Où l'amour va, je cours après lui. L'amour est ma religion, l'amour est ma foi."

– C'est beau, dit Boone après que Théo Damiano lui eut donné un coup de coude discret, comme pour lui rappeler qu'il avait une réplique à donner.

– C'est beau, confirma le cheikh, et c'est surtout vrai.

– Mais il y a loin du beau et du vrai à la réalité, dit Boone que cet échange mystique commençait à griser. Encore faut-il, ajouta-t-il, que cette marche pour la paix ne dégénère pas en quelque chose de laid. Le gouvernement égyptien a-t-il donné son autorisation ?

– Les gens n'ont pas besoin d'autorisation officielle pour fouler du pied le sol de leurs ancêtres, lui répondit le cheikh. Ils sont des millions sur les routes, convergeant par petits groupes vers les points de rassemblement d'Al-Arich sur la Méditerranée, et de Taba sur la mer Rouge. Ils ne demandent rien au gouvernement : ni eau, ni nourriture, ni argent, ni transports, ni carburant. C'est Dieu lui-même, par l'entremise des âmes charitables, qui y pourvoit.

– "Regardez les oiseaux du ciel, votre Père céleste les nourrit, et vous valez mieux que beaucoup de moineaux", dit Damiano de sa voix la plus mielleuse.

– L'Evangile selon Matthieu, compléta le cheikh en inclinant la tête vers lui.

– Mais tous ces gens attendent Bilal, dit Boone. Ils ne feront rien avant de le voir marcher sur Jérusalem.

– C'est exact, répondit le cheikh. C'est à lui de donner le ton. C'est lui le dénominateur commun entre les marcheurs juifs, chrétiens et musulmans. Sans lui le ton pourrait être tout à fait autre. Agressif. Hostile, même. C'est lui qui fera la différence entre l'échec et le succès, entre la violence et la paix.

– Pensez-vous que le gouvernement l'autorisera à quitter sa mosquée pour rejoindre les marcheurs ?

– En tout cas, prédit gravement Damiano, s'il ne l'y autorise pas, ces pèlerins pacifiques se mueront aussitôt en émeutiers.

– Notre Président n'autorise rien du tout, dit le cheikh en souriant. Notre Président, ajouta-t-il, interdit presque tout. Il interdit presque tout, mais il ferme aussi les yeux sur presque tout. Avant même d'être un Etat, l'Egypte est un état d'exception. La justice y est surtout entendue comme un acte souverain.

– Et le dispensateur de cette justice, dit Boone, ce serait le Président lui-même.

– Précisément. Le Président, c'est Salomon.

– D'une certaine manière, il n'a pas tort, dit Boone qui se rappelait du coup ses études d'antan. Le substantif latin *justitium*, ajouta-t-il, signifie vacance des tribunaux et arrêt des affaires de droit courant, notamment dans les cas de crises graves et d'exception. *Jus* pour le droit, et *stitium* pour l'immobilisme.

– Comme c'est intéressant ! s'exclama Damiano, de toute évidence ravi que Boone se soit enfin rappelé de placer dans cette conversation liturgique deux mots de latin.

– Dans la mesure où on ne s'oppose pas à lui, dit le cheikh, notre Président, bon prince, laisse faire. Il part du principe qui veut que qui ne dit rien consent, et qui n'est pas contre moi est avec moi.

– Un homme sage, dit Boone. Il peut ainsi ratisser large.

– Très large. Il fut même un temps où il avait cru pouvoir récupérer Bilal.

– Le jour J a-t-il déjà été fixé ? demanda Boone qui gardait sa mission à l'esprit.

– Bilal voudrait être aux portes de Jérusalem au tout début avril.

– Pourquoi début avril ?

– Comme vous le soupçonnez, monsieur Boone, cette marche est hautement symbolique. Or, il se fait que cette année-ci la Pâque orthodoxe et la Pâque occidentale tombent le même jour de la mi-avril.

– Cette coïncidence des calendriers liturgiques est un excellent augure, dit Théo Damiano.

– Un excellent augure, opina le cheikh. En sus, cette année la Pâque juive tombe une petite semaine plus tôt dans le même mois.

– Encore un bon augure œcuménique ! s'excita Damiano. Ce sera un vrai mois d'avril béni !

– Puisqu'il s'agit d'une marche pour la paix, Bilal souhaiterait que les participants, agitant des rameaux d'olivier ou des branches de palmier, puissent entrer à Jérusalem le dimanche des Rameaux. Cela, pour confirmer que cette initiative n'a rien d'islamique ni de sectaire.

– C'est très louable ! clama Damiano.

– Pour ce faire, poursuivit le cheikh, il faudrait que Bilal puisse se trouver sur le mont Nébo au tout début du mois d'avril.

– Ainsi, il n'irait pas à Al-Arich pour y rejoindre le gros des marcheurs égyptiens et nord-africains. Il rejoindrait plutôt la Jordanie par le Sinaï.

– Comme je vous le disais à l'instant, cette marche vaut surtout par sa dimension symbolique. C'est pour cela que Bilal voudrait traverser le désert du Sinaï, en pénitent, en quelque sorte...

– Qui plus est durant le Carême, l'interrompit Damiano qui, en Abouna zélé, connaissait son calendrier liturgique par cœur.

– ... franchir la mer Rouge, puis remonter, par le Wadi Al-Arab, d'Akaba vers la mer Morte et le mont Nébo.

– Qui se trouve être à cinquante kilomètres de Jérusalem, précisa Boone.

– Le mont Nébo d'où Moïse a vu la Terre promise avant de mourir, dit Damiano.

– Le mont Nébo où le Pape lui-même est allé en pèlerinage, ajouta le cheikh Salim.

– C'est une bien longue marche, dit Boone, que l'idée même fatiguait.

– Plus de sept cents kilomètres, précisa le cheikh.

– Qu'est-ce que sept cents kilomètres à pied, quand c'est pour la paix, dit pompeusement Damiano en fixant ses sandales de frère missionnaire.

– A raison de vingt kilomètres par jour, dit Boone en reprenant la moyenne sur laquelle les Américains étaient tombés, il lui faudra cinq bonnes semaines pour rallier le mont Nébo.

– C'est pourquoi Bilal envisage de se mettre en marche avant la fin du mois de février, annonça le cheikh.

– Si tôt ? s'inquiéta Boone.

– Il se mettra en route le jour du nouvel an musulman qui, comme vous le savez, marque le départ du Prophète de La Mecque pour Médine en l'an 622 de votre ère.

– Ce devrait être grandiose, se réjouit Damiano. C'est un moment très symbolique !

– Imaginez, dit le cheikh, que Bilal sera bientôt au contact d'une foule de plusieurs millions de personnes.

– Des musulmans, des chrétiens, des juifs, des religieux, des laïcs, des athées, même, s'emballa Damiano.

– Fermez les yeux, monsieur Boone, et imaginez l'effet apaisant que sa seule présence et sa seule voix auront sur cette multitude. »

Harry Boone ferma les yeux un instant et il imagina. Mais ce qu'il vit ce ne fut pas l'entrée triomphale de Bilal à Jérusalem – à dos d'âne ou à pied –, ni l'accueil plein d'allégresse que lui feraient des juifs de bonne volonté las de se réveiller victimes et de s'endormir bourreaux. Ce qu'il vit, ce fut plutôt le cataclysme déclenché par un gouvernement israélien aux abois, au nez et à la barbe d'un monde indifférent regardant pudiquement de l'autre côté, comme si de rien n'était. Il se disait, d'ailleurs, qu'il serait bien inspiré d'en faire de même. Quoi qu'il arrive, Harry Boone regarderait de l'autre côté. Il faut dire que si Boone avait eu un poète préféré, c'eût indubitablement été Arthur Hugh Clough, qui écrivit : « Je n'aime pas m'émouvoir, car les sentiments excitent la volonté et l'action est une chose bien périlleuse. »

25

Tout sauf la route, avait dit Boone, échaudé. Tout, sauf la voiture ou l'autobus, avait-il insisté. Et c'est comme cela qu'il s'était retrouvé ce matin-là voyageant en compagnie de Théo Damiano dans un compartiment de deuxième classe dans le train de sept heures trente reliant Le Caire à Assiout. Vu de loin, le gris alu du train avait respiré la modernité, mais une fois à bord Boone s'était vite rendu compte que ce gris-là, tout comme les chats la nuit, trompait son homme. Leur compartiment était franchement fatigué, tout comme l'était le contrôleur, qui flottait dans son uniforme sorti tout droit de l'ère nassérienne.

« On aurait pu voyager en première, maugréa Damiano en prenant place dans un siège en tissu marron bordé de plastique bleu. Ça n'aurait coûté que quelques malheureuses livres en plus. Je ne peux pas croire que votre budget soit si serré.

– Ce n'est pas une question de budget et tu le sais bien. C'est une question de discrétion. Mieux vaut voyager en deuxième classe plutôt qu'en première où on risque de se faire remarquer. »

Laissant Le Caire derrière lui, le train remonta la vallée du Nil en longeant la berge occidentale du fleuve. Chemin faisant, il dépassa la pyramide à degrés de Sakkara, les tombes de Bani Hassan, la capitale du monothéisme akhénatonien à Tall Al-Amarna et des bourgades aux noms pharaoniques tels Samalout et Manfalout, donnant chaque fois à Théo Damiano l'occasion de briller dans son rôle de guide touristique universel. Boone s'intéressait pourtant moins à ce que son compagnon lui disait qu'aux marcheurs qui empruntaient les routes et les pistes proches de la voie ferrée, se dirigeant par petits groupes vers la capitale, la chanson aux lèvres et leur branche de palmier à la main : les fameux pèlerins de Bilal.

Plus près d'Assiout, la vallée fertile, jusqu'alors confinée à la seule rive occidentale, s'élargit à l'est. Des champs cultivés s'étendaient à présent à perte de vue devant leurs yeux.

« C'est grâce à ce barrage et à ce canal que tu vois là, lui dit Damiano. Ce sont les Anglais qui les ont construits. Leur manière, j'imagine, de compenser le manque à gagner des notables de la ville occasionné par l'interdiction de la traite des Noirs.

– Parce que Assiout était un marché aux esclaves ?

– Assiout était jusqu'à la fin du dix-neuvième siècle la dernière étape de la grande marche des Quarante Jours que faisaient, bien contre leur gré et toujours au péril de leur vie, les esclaves achetés au Darfour. Comme tu peux le constater, Harry, on a toujours marché dans ce pays. Cette fois-ci, au moins, ce sera pour la bonne cause. »

En descendant du train, les nombreux policiers qui déambulaient sur le quai les regardèrent avec méfiance.

« Ils croient peut-être que nous nous rendons à Al-Badari, lui expliqua Damiano.

– Al-Badari ?

– Al-Badari est un bourg situé un peu plus au sud sur l'autre berge du fleuve, et c'est la capitale égyptienne du hachisch. Ces policiers s'imaginent peut-être que c'est là que nous nous rendons. Conduis-nous à

Dronka », dit-il ensuite au taxi qui les embarqua à leur sortie de la gare.

Le chauffeur prit la direction des faubourgs ouest de la ville. A un certain moment, il dépassa la carcasse encore fumante d'un bâtiment calciné autour duquel des badauds s'agglutinaient et où s'affairaient des militaires gesticulant et des pompiers qui avaient depuis longtemps baissé les bras. Mais mis à part ce petit attroupement, Boone était frappé par le calme relatif qui régnait sur la ville. Rien à voir avec Le Caire, sa cohue, son rythme effréné et ses rodéos meurtriers. Délaissant la route menant à l'aéroport, le taxi bifurqua ensuite vers le sud, suivit une route secondaire et finit par ralentir à l'entrée d'un gros bourg adossé au flanc de la montagne et dominé par les coupoles d'un grand monastère en pierre blanche qui rappela à Boone ceux qu'il voyait au Liban.

« C'est le monastère de la Vierge Marie, lui dit Damiano. C'est là, dans une grotte, que la Sainte Famille avait trouvé refuge lors de la fuite en Egypte. »

Boone crut que c'était là leur destination, mais avant même qu'ils n'aient atteint la porte du monastère, Damiano intima au chauffeur l'ordre de s'arrêter devant la grille de ce qui ressemblait fort à un cimetière. Un homme en *gallabiya*, qui devait avoir été prévenu de leur arrivée, les y attendait. Il les salua en passant ses doigts sur ses lèvres et sur son front, puis il les mena jusqu'à une espèce de bunker dont il ouvrit la porte lourdement cadenassée avant de les laisser seuls.

Ils se trouvaient à présent dans un caveau où des alcôves se distribuaient de part et d'autre d'une grande stèle qui occupait la pièce centrale. Se déplaçant lentement, et pour ainsi dire sur la pointe des pieds, Damiano mena Boone jusqu'à une alcôve située sur la droite et finit par s'immobiliser, la tête inclinée en signe de piété, devant une plaque en marbre encastrée dans le mur. Quand Boone l'y rejoignit, il vit que la plaque indiquait l'emplacement où était inhumé Joseph Gerald Donnelly, né en 1900, mort en 1985. Ainsi, se dit-il, c'est là que repose l'oncle Jo qui, après avoir fait le coup de feu avec l'Armée républicaine irlandaise, s'était finalement découvert une cause bien plus glorieuse que sa patrie, et un maître bien plus formidable que le Sinn Féin.

« Voilà ton grand-oncle Joseph, lui dit Damiano du ton que l'on prend pour des présentations formelles. C'était quelqu'un, Joseph Donnelly. Rien ne l'arrêtait. Rien ne le décourageait. Une vraie force de la nature. Quelqu'un de bien. Quelqu'un d'ouvert. Tout irlandais et catholique qu'il ait été, il a choisi de reposer en terre égyptienne. Qui plus est dans un cimetière protestant, parmi les justes dont il avait partagé la vie, et au côté des orphelins qu'il n'avait cessé de protéger. C'est dommage qu'il n'ait pas vécu pour voir cette grande marche sur Jérusalem.

– Je ne l'ai pas vraiment connu, tu sais.

– Tu ne sais pas ce que tu as raté.

– Arrête ton cinéma, Théo.

– A sa façon ton grand-oncle Joseph était aussi formidable que la Mamma qui repose là, dit Damiano en allant jusqu'à la stèle centrale qui dominait le caveau. C'est elle qui a fondé cet orphelinat. Elle était américaine. Une vraie sainte. Si ton grand-oncle fut l'homme à la voiture noire, sillonnant la Haute-Egypte et le Soudan dans sa Humber d'avant-guerre, elle aura été la dame au petit âne. Car c'est à dos d'âne qu'elle allait quêter pour ses petits protégés. A dos d'âne, Harry !

– N'avions-nous pas rendez-vous ? demanda Boone qui estimait que ce pèlerinage culpabilisant avait assez duré.

– Tu ne perds jamais le nord, toi, dit Damiano en s'arrachant finalement à son recueillement de circonstance. Viens, je vais te mener jusqu'à Hanan. »

26

Ayant retrouvé leur chauffeur, ils rebroussèrent chemin et roulèrent une dizaine de minutes en direction du nord-est. A l'approche d'Assiout, ils empruntèrent la corniche du bord de Nil, un ancien quartier chic envahi par les innombrables administrations officielles qui, dès la Révolution, avaient fait main basse sur les villas désormais délabrées et les jardins désormais déplumés des latifundiaires coptes, des agents consulaires et des négociants *comprador*. Ils traversèrent ensuite le pont enjambant le fleuve – pont fortement gardé comme tous les ponts égyptiens – et, une fois qu'ils furent sur l'autre berge, leur taxi longea une longue haie étonnamment bien taillée avant de s'engouffrer dans une grille grande ouverte. Il remonta alors une allée bordée de terrains de sport et d'aires de jeux et alla s'immobiliser au pied d'un édifice couleur de terre orné de liserés blancs sur ses trois étages. Laissant à Boone le soin de négocier le prix de la course, Damiano sortit de la voiture et pénétra dans le bâtiment. Boone finit par le rejoindre dans le hall d'entrée tout en comptant sa monnaie.

« N'hésite pas à faire une petite donation, lui dit alors Damiano. Ce ne sera pas perdu pour tout le monde. Surtout à l'approche des fêtes de Noël.

– Combien, à ton avis ? demanda Boone, qui se disait qu'après la culpabilité venait le rachat des fautes.

– La première donation que reçut la Mamma était de trente-cinq cents américains. Mais c'était il y a très longtemps : en 1911, pour être précis. Je suis sûr que tu ne seras pas avare de ton argent. Argent qui n'est même pas le tien, d'ailleurs. Crois-moi, ce n'est pas cela qui grèvera la balance des paiements de Sa Gracieuse Majesté.

– Combien, Théo ? répéta Boone en se disant qu'il fallait bien que l'Abouna finançât ses réseaux d'une façon ou d'une autre.

– Comme on dit au Liban, dit Damiano qui adorait les dictons, tu es un homme généreux, et ces gens-là sont méritants.

– Combien, Théo ? insista Boone.

– Un proverbe d'ici dit : "Il y a trois sortes d'avares en ce monde : les juifs de Tunis, les musulmans de Damiette, et les coptes d'Assiout." Ne te montre donc pas trop économe avec l'économe. »

Comme toutes les dames de charité et les assistantes sociales que Théo Damiano cultivait assidûment et dont il se servait sans vergogne, l'économe en question était largement asexuée. Elle n'avait d'ailleurs pas plus d'âge que de sexe. Et bien qu'égyptienne, elle semblait être le résultat de l'union parfaite de l'évangélisme américain et de la gestion tout aussi américaine des affaires. Comme c'était l'heure du déjeuner, elle les reçut au réfectoire, parmi les orphelins dont elle gérait le régime alimentaire, mixant savamment les paramètres caloriques et énergétiques recommandés par les nutritionnistes avec les paramètres budgétaires inhérents à tout établissement dispensant un mélange de nourritures spirituelles et de nourritures terrestres.

« Ainsi, dit-elle une fois qu'ils se furent attablés devant leur plat composé de viande hachée à l'américaine et de fèves à l'égyptienne, vous seriez le neveu de Joseph Donnelly.

– Le petit-neveu, précisa Boone. Joseph Donnelly était l'oncle de ma mère.

– Nous l'apprécions beaucoup, dit Hanan Issawi. Il a beaucoup fait pour cet orphelinat. Quand je l'ai connu, je n'étais qu'une enfant. Théo vous aura peut-être dit que j'étais pensionnaire ici.

– Harry n'a jamais connu son grand-oncle, intervint Damiano, mais il tenait à venir se recueillir sur sa tombe.

– Vous avez bien fait, approuva l'économe. Nous avons tous un devoir de mémoire.

– Comme Théo prépare un petit travail sur Bilal Abdel-Ghani, dit Boone qui avait hâte d'en arriver au fait, il a bien voulu m'accompagner ici.

– C'est exact, répondit Damiano. J'aimerais écrire un petit article sur Bilal.

– Bilal est un homme bon, dit-elle, et quoiqu'il soit musulman et moi chrétienne, je ne peux m'empêcher de l'admirer.

– Il a suscité un véritable élan intercommunautaire, dit Damiano.

– C'est vrai, reconnut-elle. Et c'est dommage que ce bel élan soit entaché par les malheureux incidents d'hier.

– Quels incidents ? s'enquit Boone.

– Vous n'avez pas entendu la nouvelle ! s'étonna-t-elle. La radio en a parlé ce matin. »

Non, Harry Boone n'avait pas entendu la nouvelle. Les patrons de Harry Boone n'avaient cure de ce que tout le monde savait par ailleurs. C'est pourquoi Harry Boone et les gens comme lui ne perdaient pas leur temps à écouter la radio et à lire les journaux. Harry Boone et les gens comme lui ne s'intéressaient qu'aux informations qui circulaient sous le manteau. Vraies ou fausses, peu leur importait.

« Vous n'avez pas vu l'incendie ? L'immeuble qui a brûlé ? Vous avez dû le voir sur votre chemin en vous rendant à Dronka. »

Boone avait bien vu, mais il n'avait de toute évidence rien enregistré. Car Boone, depuis qu'il travaillait pour des services secrets de plus en plus *high tech* et de plus en plus sophistiqués, se fiait de moins en moins à ses sens. Il ne voyait plus qu'en différé et en réfracté.

« Des incidents violents ont éclaté à Assiout entre coptes et musulmans », poursuivit l'économe.

Des incidents violents ? Ici même ? A Assiout ? S'il avait eu un whisky sous la main, Boone l'aurait avalé d'un trait.

« Dans la nuit d'hier des musulmans ont attaqué une église copte et causé la mort d'un prêtre.

– Vraiment », s'inquiéta Boone, qui s'expliquait à présent la mine renfrognée des policiers qu'ils avaient croisés à la gare. Ce n'étaient pas les joints que Théo et lui pouvaient rouler qui les préoccupaient.

« Ils ont aussi brûlé le bureau municipal de la santé – c'est le bâtiment que vous avez peut-être vu en chemin. Ils s'en sont même pris à un commissariat de police dans un bourg non loin d'ici.

– Mais pourquoi ? demanda Damiano.

– Hier matin un paysan musulman des environs a été retrouvé égorgé.

– Et ?

– On raconte que ses voisins coptes l'avaient auparavant accusé de sorcellerie.

– De sorcellerie ? s'étonna Boone.

– Ils l'auraient, semble-t-il, accusé d'avoir jeté un

sort à leur bufflesse pour faire tarir son lait. Ses coreligionnaires se sont donc fait fort de le venger.

– Pourquoi s'en sont-ils pris à un commissariat situé en dehors de la ville ? demanda Boone.

– Probablement parce que ceux de la ville étaient mieux gardés, lui répondit Damiano.

– Et pourquoi le bureau de la santé ? insista Boone.

– C'est la seule administration de la ville qui soit encore dirigée par un fonctionnaire copte, lui répondit Hanan Issawi en le regardant, amusée, piquer ses fèves une à une avec sa fourchette, à l'anglaise, plutôt que de s'en servir comme d'une cuillère.

– Aujourd'hui, ils sont à peine une poignée de chrétiens dans le service public, expliqua Damiano. Les rares prêtres qui enseignaient à l'université de la ville en ont été chassés par les islamistes, et les étudiants coptes sont désormais exclus de la cité universitaire.

– Je crains à présent la réaction des coptes, se désola Hanan Issawi. On aurait souhaité n'entendre dans cette ville que le son mélodieux des cloches répondant au chant des muezzins. Hélas, ce que l'on risque d'entendre de plus en plus, c'est le bruit sec du *nâqûs*.

– Du gong ? »

Boone se demandait s'il avait bien compris.

« Du simandre, pour être plus précis, dit Damiano en secouant la tête, comme pour signifier à Hanan Issawi qu'il était sur la même longueur d'onde qu'elle.

– Les chrétiens, expliqua Hanan, battaient jadis le rappel de leurs gens en tapant sur une barre de fer avec un morceau de bois. C'est ce qu'on appelle un *nâqûs*.

– Et tout cela dans la ville où Bilal est né, s'attrista Damiano. Et dire que j'étais venu ici pour m'immerger dans le milieu où il a grandi et m'imprégner de l'ambiance intercommunautaire qui l'aurait façonné.

– Il n'est pas vraiment d'Assiout, vous savez, dit Hanan Issawi.

– Ah bon ! s'étonna Damiano.

– Il est né dans un petit hameau non loin du bourg d'Arab Moutayr, reprit Hanan Issawi.

– Arab Moutayr, dites-vous ? »

Damiano avait lâché ses couverts pour gribouiller dans le carnet qu'il avait très professionnellement posé devant lui.

« Arab Moutayr est à quelques kilomètres d'ici. C'est là qu'un commissariat a été attaqué.

– Ce commissariat se trouverait donc à proximité de l'endroit où Bilal est né ? s'étonna Boone.

– Tout à fait.

– Connaîtriez-vous quelqu'un de sa famille ? demanda Damiano.

– Sa famille ? Bilal est orphelin.

– Orphelin ? »

Les yeux de l'Abouna s'étaient illuminés.

« Il avait deux ans à peine quand son père et sa mère sont morts.

– Comment sont-ils morts ? ne put s'empêcher de demander Boone, bien qu'il eût pris la résolution de laisser Théo Damiano mener la danse.

– L'autobus archibondé à bord duquel ils avaient pris place a versé dans un ravin.

– Bilal serait-il passé par ici ? s'enquit Damiano, plein d'espoir. Je veux dire en tant qu'orphelin. L'auriez-vous recueilli ?

– Non, pas du tout.

– Il aurait donc été recueilli par des parents ?

– Bilal n'a ni famille, ni parents proches. Voyez-vous, le hameau où il est né est habité par des paysans nubiens déplacés, et par des nomades en rupture de ban avec leur tribu. C'est moins un hameau qu'une sorte d'étape sur le chemin de l'exode rural vers la ville. Ce hameau-là n'a d'ailleurs même pas un nom à lui. Les gens ne font qu'y passer. Ce n'est pas une véritable communauté.

– Il a bien dû être recueilli par quelqu'un, insista Boone. Par l'Etat, peut-être ?

– L'Etat ! ironisa Damiano. L'Etat ne s'occupe des gens que quand ils posent problème.

– Ce n'est pas l'Etat qui a recueilli Bilal, confirma Hanan Issawi, mais une voisine.

– Vous connaissez son nom ? s'empressa de demander Damiano.

– Elle s'appelle Oumm Ali. Bien qu'elle n'ait jamais été mariée et qu'elle n'ait jamais eu d'enfants.

– Elle est toujours en vie ?

– A ma connaissance, oui. Mais elle doit être très âgée. Je ne la connais pas personnellement, mais Mohieddine pourra certainement vous en dire plus.

– Mohieddine ?

– Mohieddine est un de nos chauffeurs. C'est un musulman, bien sûr. Nous employons aussi des musulmans, voyez-vous... Mohieddine est en adoration devant Bilal. Il n'arrête pas de parler de lui. Il souhaite même participer à la marche sur Jérusalem.

– Pensez-vous qu'il pourra nous mener jusqu'au hameau où Bilal est né ? demanda Damiano.

– Je suis sûre qu'il s'en fera un plaisir. »

Harry Boone était enchanté d'entendre cela. D'autant plus qu'il lui tardait de quitter cette ville au calme trompeur, qui sentait un peu trop la poudre à son goût. Mentalement, il réévalua donc à la hausse la petite donation qu'il avait envisagé de faire à l'orphelinat.

d'étude sur le chemin de l'école qui [illegible] vers la ville. Ce [illegible] plus qu'un point [illegible] [illegible] communiqué.

— Il a bien dû être recueilli par quelqu'un [illegible] bonne. Par l'intermédiaire [illegible]

— L'État [illegible] ne s'occupe des gens que quand ils posent problème.

— Ce n'est pas l'État qui a recueilli [illegible], mais une voisine.

— Vous connaissez son nom ? s'empressa de demander [illegible]

— Elle s'appelle [illegible]. [illegible] qu'elle n'ait jamais [illegible] et qu'elle n'ait jamais eu d'enfants.

— Elle est toujours en vie ?

— À ma connaissance, oui. Mais elle doit être très âgée [illegible] pourra vous en dire plus.

— [illegible]

Mon [illegible] est un de nos chauffeurs. C'est un [illegible]. Nous avons aussi [illegible] devant [illegible] pas de partir [illegible]

— Pensez-vous qu'il pourra nous mener jusqu'à [illegible] ?

— Je suis sûr qu'il sera ravi.

[illegible] était enchanté d'entendre cela. [illegible] plus qu'à [illegible] cette [illegible] un peu trop [illegible] [illegible]

[illegible]

27

Grand seigneur, Harry Boone avait calculé le montant de sa contribution en sterling. Une fois convertie en monnaie locale, cette contribution, somme toute modeste, cessait cependant de l'être. En outre, la livre égyptienne en chute libre étant ce qu'elle est – ou plutôt, n'étant jamais ce qu'elle a été l'instant d'avant –, ladite contribution dut se réévaluer d'un bon pour cent entre le moment où Boone la remit à l'économe, et le moment où l'économe l'en remercia chaudement. Ce qui pouvait expliquer qu'en sus de Mohieddine cette dernière mît aussi à leur disposition cet après-midi-là le plus beau minibus de l'orphelinat. Magie et féerie des devises fortes, qui permettaient à un petit fonctionnaire britannique de jouer, à moindres frais, au nabab prodigue. En faisant ses adieux à l'économe reconnaissante, Boone se surprit d'ailleurs à fredonner *Svalutation*, un hit italien des années folles de l'inflation.

Ayant quitté l'orphelinat, ils empruntèrent la route bordée de champs irrigués et verdoyants reliant Assiout à Arab Moutayr, croisant sur leur chemin quelques véhicules vétustes, mais surtout des bêtes de somme et des caprins. A l'entrée du bourg, ils virent un attroupement autour de la carcasse calcinée d'un bâtiment sur lequel flottait encore le drapeau égyptien.

« C'est le commissariat de police, leur expliqua Mohieddine. Il a brûlé la nuit dernière. »

Laissant Arab Moutayr et son commissariat en ruine derrière eux, ils firent un crochet vers le sud et suivirent une route qui longea sur quelques kilomètres le canal construit par les Anglais avant d'aller terminer sa course goudronnée à l'entrée d'une vallée. Ralentissant l'allure, Mohieddine tourna à gauche sur une piste qui se faufilait vers l'est en remontant le lit de la vallée. Les plantations et la verdure qui les avaient accompagnés l'instant d'avant disparurent alors comme par enchantement pour céder la place à un paysage aride d'un blanc salé qui se confondait avec le ciel délavé. Cette métamorphose se fit d'un coup. Brutalement. Dans un saut aussi qualitatif que soudain. Comme si la frontière entre la vallée du Nil et le désert était aussi finement tracée que celle qui séparait la vie de la mort. Là-bas, il y avait l'eau et la vie, ici, quelques petits mètres plus loin, il n'y avait plus rien.

« Vous n'avez donc pas connu Bilal personnellement, dit Damiano une fois qu'ils se furent engagés dans la vallée, et que Mohieddine eut pris la mesure de la piste.

– Personnellement, non, reconnut à contrecœur leur chauffeur.

– Mais c'est bien ici qu'il est né et qu'il a grandi ?

– Oui, c'est bien ici. Il était tout petit, cinq ans à peine, et gardait les chèvres d'Oumm Ali quand un cheikh qui passait par là l'entendit chanter. Il s'éprit tellement de la voix de cet enfant et en fut si émerveillé qu'il resta, dit-on, toute la journée à l'écouter. Et quand, le soir venu, Bilal s'en retourna au village avec ses chèvres, le cheikh le suivit et réussit à convaincre Oumm Ali de laisser le petit rejoindre son école coranique à Assiout.

– Comment s'appelle ce cheikh ?

– C'est le cheikh Ahmad Al-Manfalouti. Il est très âgé, à présent, et aveugle.

– Mais il est toujours à Assiout ?

– Oui. C'est l'imam d'une petite mosquée située dans le souk.

– Et cette mosquée s'appelle comment ?

– C'est la mosquée Zayn Al-Abidine.

– Zayn Al-Abidine, dis-tu ?

– Oui, Zayn Al-Abidine.

– Un nom des plus appropriés, dit solennellement Damiano. Car Bilal Abdel-Ghani est assurément l'Ornement des adorateurs de Dieu. Il est la noblesse personnifiée.

– Tu dis vrai, opina Mohieddine. Les gens d'ici assurent que cette vallée résonne encore parfois de son chant. »

Il baissa alors machinalement sa vitre mais ne réussit qu'à leur attirer un nuage de poussière. Désespérant de capter ainsi les sons mélodieux qu'il venait d'évoquer, il finit par remonter la vitre et se rabattit sur une cassette qu'il inséra dans son autoradio. Ils poursuivirent donc leur chemin au son de la voix de Bilal cantillant l'appel à la prière puis une récitation à la gloire du Prophète, et firent finalement leur entrée dans le hameau accompagnés par une oraison. Harry Boone se dit d'ailleurs que ladite oraison aurait tout aussi bien pu être funèbre. Version miséreuse de la vallée des Rois, en effet, le hameau où Bilal Abdel-Ghani avait vu le jour se composait d'une dizaine de masures en boue séchée qui se fondaient dans le paysage à flanc de colline, tels des tombeaux dont les occupants craindraient les pillards alors qu'il n'y avait absolument rien à piller. Il s'enorgueillissait aussi d'un cimetière de voitures où des Hyundai démantibulées disputaient la vedette à des Daewoo cannibalisées, à des Nasr rouillées et à d'autres tas de ferrailles franchement méconnaissables. Depuis qu'il était en Egypte, Boone en avait vu de bien belles, mais jamais rien de pareil à ces véhicules-là qui auraient été jugés indignes du plus misérable des bidonvilles du Caire. Comme quoi, même quand on habitait Embaba ou Dakrour, on pouvait toujours espérer trouver plus pauvre que soi. Réconfortant.

« Les gens d'ici vivent de ce trafic de vieilles voitures, leur expliqua Mohieddine.

– Les tacots seraient donc à ce hameau ce que le hachisch est à Al-Badari ? plaisanta Boone. Ces carcasses roulent vraiment ?

– Elles sont garanties, lui assura Mohieddine.

– Garanties ?

– La garantie est valable le temps que le client ait rejoint la route principale.

– Si je comprends bien, si le véhicule survit à la piste que nous venons d'emprunter, il est censé être bon pour trois années supplémentaires de bons et loyaux services.

– C'est un peu ça, dit Mohieddine en s'empressant de fermer son minibus à clef alors qu'un essaim d'enfants déguenillés fondait sur eux en piaillant.

« *Bakchich mister, bakchich mister.* »

« Où habite Oumm Ali ? » demanda Mohieddine qui, expert ès mendiants, s'était adressé au plus âgé d'entre eux.

Les tirant par leurs vêtements d'une main, l'autre tendue le plus naturellement du monde dans un geste quémandeur qu'ils apprenaient dès le berceau, les gosses les entraînèrent entre les chèvres faméliques et les poules squelettiques qui broutaient et picoraient Dieu sait quoi sur cette terre ingrate, et les menèrent jusqu'à une masure qui se tenait un peu à l'écart des autres, à l'autre bout du village.

« Oumm Ali *mister, bakchich mister* », criaient à présent les gosses en montrant la masure du doigt.

Boone fut sur le point de mettre la main à la poche quand Damiano l'en empêcha. Il y aurait tout le temps pour cela plus tard, juste avant leur départ. Alors que Mohieddine sommait les gosses de s'éloigner au risque de perdre leur bakchich, Boone dut quasiment se plier en deux pour franchir, après Damiano, l'ouverture qui faisait office de porte.

L'intérieur était plongé dans la pénombre et Boone d'abord ne distingua rien. Il sentit cependant une forte odeur de souffle animal et de tannerie. Puis, petit à petit, ses yeux s'acclimatèrent à l'obscurité et il remarqua que la lumière qui réussissait à passer par l'ouverture de la porte basse et les deux meurtrières latérales éclairait des recoins creusés dans les murs même, où s'entassaient des couvertures enroulées et divers ustensiles noircis. Une paillasse était posée à même le sol contre le mur du fond, et une vieille femme au visage tatoué et aux cheveux rouges de henné y était étendue, les jambes cachées par une couverture bariolée.

« Les salutations soient sur toi, Oumm Ali », dit Mohieddine quand ils se furent approchés d'elle.

Elle ne réagit pas, comme si elle ne les avait pas entendus, comme si les gens avaient l'habitude de faire irruption chez elle sans faire cas d'elle, ni elle d'eux.

« Comment te portes-tu ? » reprit Mohieddine en s'asseyant en tailleur à même le sol, et en suggérant d'un mouvement de la main à ses deux compagnons d'en faire de même.

Elle resta prostrée, sans rien dire, et son silence et son immobilité déteignirent sur eux. Percevant un bruit feutré sur sa gauche, Boone se retourna et aperçut une chèvre qui avançait le long du mur en faisant de son mieux pour brouter les quelques brins de foin séché qui dépassaient de la glaise. Ils demeurèrent ainsi une minute ou deux jusqu'à ce que la chèvre se fût finalement approchée de la paillasse et qu'elle eût câlinement enfoui son museau dans le ventre de la vieille. Ce n'est qu'alors que cette dernière réagit, levant une main recouverte de tatouages et en effleurant tendrement le front de l'animal.

« Ces pachas arrivent du Caire, lui dit alors Mohieddine, encouragé par ce signe de vie. Ils t'apportent les salutations de Bilal. »

La chèvre ayant fini par s'éloigner pour aller brouter le mur d'en face, la vieille dame retomba dans sa léthargie.

« Ils t'apportent les salutations de Bilal, répéta Mohieddine.

– Ha ha, ricana la vieille femme en découvrant une dentition dorée.

– Bilal, insista Mohieddine. Bilal Abdel-Ghani ! Tu te souviens de lui, n'est-ce pas ?

– Ha ha... *Ihsân*... Ha ha...

– Ton fils Bilal Abdel-Ghani ! Ton fils adoptif !

– *Ihsân*, *ihsân*. Ha ha, *ihsân*...

– Qu'est-ce qu'elle dit ? demanda Boone à Théo Damiano.

– Je ne comprends pas ce qu'elle raconte. Elle ne cesse de répéter *ihsân*, ce qui signifie bienfaisance.

– Tu te rappelles certainement Bilal, Oumm Ali, disait à présent Mohieddine. C'est toi qui l'as élevé.

– *Ihsân*, *ihsân*, répéta la vieille, les paumes tournées vers le ciel.

– Elle demande peut-être la charité, dit Damiano en fixant les mains tendues de la vieille. L'*ihsân*, c'est aussi l'aumône... Donne-lui un peu d'argent, Mohieddine.

– *Ihsân*, se contenta de marmonner la vieille une fois qu'elle eut enfoui les pièces dans son corsage.

– Mais qu'est-ce qu'elle veut encore ? s'impatienta Damiano.

– Bilal est devenu un grand homme, dit Mohieddine en tendant à la vieille son paquet de cigarettes. C'est un véritable saint. Il est proche de Dieu. Il est célèbre dans le monde entier, maintenant. Tu dois en être très fière, Oumm Ali.

– Ha ha, *ihsân* », ricana la vieille en faisant disparaître le paquet sous sa couverture.

Mohieddine se retourna alors vers les deux pachas qui avaient fait tout ce chemin du Caire pour entendre Oumm Ali leur parler de son Bilal, et ses yeux disaient que leur quête avait été vaine.

« Elle n'a plus toute sa tête, dit finalement Damiano en secouant la sienne. A mon avis, il n'y a rien à en tirer. Il faudrait être une chèvre pour l'amener à réagir.

– Nous ferions mieux de partir et d'essayer de rattraper le vieux cheikh d'Assiout, dit Boone, qui se serait bien passé de cette expédition au cœur d'une ville si malencontreusement secouée par la violence sectaire.

– Espérons qu'il n'est pas aussi fou qu'elle », dit Damiano qui, la déception aidant, semblait en avoir oublié toute charité chrétienne.

28

Ils avaient laissé le minibus face à la gare, non loin des bouibouis qui servaient des beignets de pois chiches, et Mohieddine les avait ensuite entraînés, rue du 26-Juillet, à L'Express, qui servait des hamburgers et dont il connaissait le propriétaire. Une fois là-bas, cependant, Boone, estimant que l'endroit était un peu trop exposé aux regards indiscrets, l'avait diplomatiquement dissuadé d'y entrer. Ils s'étaient donc rabattus sur l'Al-Azhar, rue Saad Zaghloul, parce qu'à défaut de hamburgers ce restaurant-là offrait l'avantage d'avoir une belle salle à l'étage. C'est donc là, et en compagnie de leurs poulets grillés, spécialité de la maison, qu'ils avaient tué le temps en regardant le va-et-vient de la ville à l'abri de la grande baie vitrée. Ils étaient, en effet, convenus d'attendre la fin de la prière du soir avant de se rendre à la mosquée Zayn Al-Abidine pour y rencontrer le vieux cheikh aveugle qui avait jadis enseigné le Coran au petit Bilal.

L'appel à la prière avait retenti depuis une bonne heure quand Boone régla finalement l'addition. Ils sortirent ensuite du restaurant et s'engagèrent dans le vieux souk qui s'étalait à l'ouest de la gare. C'est alors que Boone se rendit compte que la Haute-Egypte était autant – si ce n'est plus – un pays africain qu'un pays oriental. Le souk d'Assiout, avec ses bijoux en pierres plus semi que précieuses, ses gros tapis bariolés, ses poteries rouges et noires et ses bibelots en ivoire, ressemblait moins au khan Al-Khalili du Caire ou au souk Al-Hamidiya de Damas qu'à un marché paysan du Continent noir. Très vite les échoppes des marchands et des artisans – coptes, pour la plupart – cédèrent la place à des étals de boucherie et d'épicerie où les mouches, nullement dérangées par la nuit tombée, l'emportaient aisément sur le chaland. Marchant toujours en direction de l'ouest, ils empruntèrent des ruelles de moins en moins commerçantes et de plus en plus sombres qui les menèrent jusqu'à un petit canal fétide qu'ils suivirent sur une centaine de mètres en longeant un mur fait de boue séchée.

– C'est ici », dit alors Mohieddine en montrant du doigt une vieille porte en bois vermoulu surmontée d'une pierre très quelconque sur laquelle on avait gravé des mots que l'usure du temps et la pénombre ne permettaient pas de déchiffrer.

Poussant la porte qui s'ouvrit sans bruit, Mohieddine en franchit le seuil, suivi de Théo Damiano, puis de Boone qui fermait la marche. Ils se trouvaient à présent dans un enclos sablonneux, plus large que long, dont le centre était occupé par un palmier et par une citerne qui devait servir aux ablutions. L'endroit était plongé dans l'obscurité. Par-delà la citerne, Boone distinguait néanmoins un bâtiment haut d'un étage qui devait être la mosquée. La porte en était grande ouverte et il s'étonna qu'il n'y eût aucune lumière à l'intérieur. La mosquée se prolongeait sur la droite par une autre bâtisse, plus basse et plus petite, que Boone supputa être le « presbytère » où le cheikh Ahmad Al-Manfalouti devait avoir ses quartiers. Là aussi il n'y avait nulle lumière. Boone en était à se demander si le cheikh n'était pas déjà couché et s'ils ne feraient pas mieux de s'en aller, quand il entendit un bruit. L'instant d'après, il vit une ombre se profiler contre la porte de la mosquée. Cette ombre-là tenait un bidon à la main et en déversait le contenu par terre, comme qui arrose ou nettoie. Rassurés par cette présence humaine – voire ménagère –, ils se permirent de faire quelques pas, dépassant pour la première fois la citerne et se dirigeant résolument vers la mosquée. Mohieddine poussa même l'assurance jusqu'à héler l'homme, tout en se hâtant vers lui. De toute évidence surpris par cette intrusion, l'homme en question (le préposé au nettoyage, supputa Boone) laissa bruyamment tomber son bidon et courut vers Mohieddine. Sans mot dire, sans même répondre aux formules de salutation que ce dernier lui adressait, il s'approcha de lui jusqu'à le toucher, posa son bras gauche sur son épaule, l'étreignit, puis le lâcha et s'en éloigna brutalement. Mohieddine se tourna alors vers ses compagnons en tenant son ventre à deux mains et avec les yeux ronds de celui qui ne comprend pas ce qui lui arrive. Boone non plus ne comprenait pas. Puis il vit Mohieddine se recroqueviller en gémissant et tomber à terre où il resta couché en chien de fusil. Ce n'est qu'alors que Boone comprit. Ce n'est qu'alors qu'il remarqua que l'homme qui, l'instant d'avant, avait porté un bidon tout bête de technicien de surface, tenait à présent à la main un couteau qu'il venait, sans l'ombre d'une hésitation, de planter dans l'abdomen du pauvre chauffeur. Tandis qu'il faisait un pas en avant vers l'agresseur et que Théo Damiano en faisait un en arrière en direction de la rue, un deuxième larron surgit de l'intérieur de la mosquée, tenant à la main rien moins qu'une machette. Voyant quoi, Boone s'arrêta net alors que Théo Damiano se précipitait vers la sortie. Mais un troisième homme, qui avait dû se trouver dans la petite maison quand ils étaient entrés, l'y avait déjà devancé, lui barrant toute retraite, et cet homme-là tenait à la main, non pas un couteau, non pas une machette, mais ce qui ressemblait fort à une arme de poing. Rebroussant chemin, Théo Damiano vint se coller à Boone, gênant considérablement ses mouvements. Voyant les deux hommes sortis de la mosquée s'avancer lentement vers eux alors que leur complice au pistolet continuait de jouer au cerbère devant la porte d'entrée, Boone poussa Damiano sans ménagement pour se donner de la marge, le faisant trébucher. Ce dernier alla alors se lover contre la citerne, se faisant encore plus petit qu'il ne l'était. Et tout ce temps, Boone se demandait à qui il pouvait bien avoir affaire. Pas à des personnes très fréquentables, en tout cas : des gens capables de tuer avec un couteau seraient tout aussi capables de manger avec un couteau, se disait-il. Surtout, il se disait qu'il arrivait toujours un moment – une fois tous les deux ans, à peu près –, quand il lui fallait, hélas, mettre en application tout ce qu'on lui avait jadis appris, et justifier au péril de sa vie le chèque qui tombait régulièrement à la fin de chaque mois. Et ce moment-là, quand il se rendait finalement compte que les services secrets n'étaient pas toujours la sinécure qu'il aurait souhaitée, était malheureusement arrivé. Il ne voyait vraiment pas comment il pourrait se tirer indemne de ce guêpier. Il pourrait, supputait-il, se débarrasser à la rigueur de ses deux adversaires équipés d'armes blanches. Mais comment diable arriverait-il à neutraliser l'homme au pistolet ? De plus, il n'y avait pas moyen de fuir. Il n'allait tout de même pas grimper en haut du palmier (palmier qui n'était pas bien haut, d'ailleurs). Il suffirait alors au tireur d'y envoyer quelques pruneaux pour qu'il en tombât comme un fruit mûr. Il en était encore à cogiter sur ses chances de survie quand, ayant senti l'odeur du sang, l'un des deux hommes qui lui faisaient face – celui-là même qui venait de poignarder Mohieddine – se rua sur lui en espérant bien lui faire subir le même sort qu'à leur malheureux chauffeur. Il était bien plus petit que Boone, bien plus léger que lui aussi, et il avançait de manière si précipitée, en faisant battre bruyamment sa *gallabiya*, que Boone, campé sur ses jambes fléchies, le laissa venir sans bouger. Au dernier moment, quand son agresseur, qui ne devait pas avoir plus de dix-huit ans, ne fut plus qu'à un petit mètre de lui et qu'il put lire toute la haine dans ses yeux d'illuminé, il esquiva le coup en faisant un écart vers la gauche, lui saisit la main qui tenait le couteau, lui attrapa le coude de l'autre main et lui tordit le poignet si fort que l'autre en lâcha son arme. Après quoi, il lui enfonça le genou dans le dos, l'attrapa par le cou et l'envoya valser tête la première contre la citerne. Voilà pour Mohieddine, pensa-t-il. Sonné pour le compte, son agresseur s'affala sur le sol comme un tas de chiffons et resta là sans plus bouger, son bras désarticulé pendant pitoyablement dans son dos. Tout cela sous les yeux médusés de ses deux comparses et ceux, émerveillés, de Théo Damiano qui ne soupçonnait pas que la nonchalance proverbiale de Boone puisse cacher une si cruelle efficacité. Alors que l'espoir de pouvoir échapper à ce traquenard renaissait en Damiano, il se disait d'ailleurs, tout comme jadis Charles Ier au sujet de l'un de ses vassaux écossais, que seul l'instinct de conservation avait pu contraindre Harry Boone à sortir ainsi de sa léthargie légendaire.

Un œil sur chacun des deux complices de l'homme qu'il venait, en un tour de main en quelque sorte, de neutraliser, Boone ramassa le couteau et fit quelques pas pour mettre le palmier entre lui et le tireur. Et tout ce temps il s'attendait à essuyer des coups de feu. Mais l'homme ne tirait toujours pas. Il ne veut pas faire de bruit, songea alors Boone. Il ne veut pas que les détonations ameutent le quartier. Voilà pourquoi il ne fait pas usage de son arme à feu. Cette conclusion lui redonna du courage, mais il déchanta quand il vit les deux hommes converger lentement sur lui pour le prendre en tenailles. C'est à ce moment-là – alors que Boone allait trébucher sur Mohieddine –, que le carcan de nuages noirs qui assombrissait la ville depuis le crépuscule se défit et que la lune fit son apparition, éclairant les divers protagonistes de cette pièce silencieuse et meurtrière. Ce que Boone vit d'abord, alors que les nuages s'écartaient comme les rideaux d'un théâtre, c'est que les deux hommes portaient eux aussi des *gallabiyas*. Des paysans. De tout jeunes paysans, en fait. Glabres, et même pas quarante ans à eux deux. La deuxième chose qu'il vit, ce fut la grosse ceinture de cuir qui leur enserrait la taille. Plus moines que fellahs, se dit-il. Ce qu'il vit ensuite, ce fut l'arsenal que ces moines-fellahs avaient sur eux : la machette à la main et le couteau à la ceinture de l'un, le pistolet à la main et le couteau à la ceinture de l'autre. Des moines-soldats, voilà ce qu'ils étaient. Ce qu'il vit enfin, très clairement cette fois-ci, ce fut le pistolet du chef du commando : un petit Makarov 9 mm à huit coups. Sachant que cette arme-là serait imprécise au-delà de quinze mètres, Boone recula de quelques pas dans l'espoir de mettre une distance respectable entre elle et lui, tout en s'attendant à ce que ses adversaires continuent d'avancer. Mais tout comme il venait de les voir distinctement au clair de lune, eux venaient tout aussi distinctement de le voir. Ils avaient vu sa silhouette d'étranger, sa dégaine d'étranger et ses vêtements d'étranger. Ils avaient peut-être aussi vu ses traits et sa peau d'étranger. Toujours est-il qu'ils hésitèrent et arrêtèrent leur progression. Et lui, sentant leur hésitation, fit à reculons un mouvement tournant qui l'amena jusqu'à la porte de la mosquée, le plus loin possible de celle donnant sur la rue. Manière de leur faire comprendre que, quoiqu'il fût déterminé à vendre chèrement sa peau, il ne ferait rien pour les empêcher d'embarquer leur complice et quitter discrètement la scène. Et eux durent comprendre ce langage corporel, car ils épousèrent aussitôt son mouvement tournant sans plus chercher à se rapprocher de lui. Boone était à la porte de la mosquée, maintenant, et il pouvait sentir une très forte odeur d'essence. Et soudain, il comprit. Le bidon ! Ce n'était pas un bidon d'eau, mais un bidon de carburant ! Oui, il comprit ce que ces hommes faisaient là. Ils étaient venus mettre le feu à la mosquée ! Il comprit aussi qui ces hommes étaient. Et l'ayant compris, il se sentit soulagé. Soulagé en dépit du fait qu'il avait affaire à des assassins. Il savait à présent que, tout assassins qu'ils fussent, ils ne s'attaqueraient pas à lui. Et, comme pour confirmer le message visuel que son apparence physique et sa gestuelle venaient de leur envoyer, et pour s'assurer qu'ils l'avaient bien reçu et qu'il n'y avait pas de quiproquo, il s'empressa de leur envoyer un autre message, oral, celui-là, en ordonnant à Théo Damiano, en anglais, de se dépêcher d'entrer dans la mosquée. Il répéta ce message à deux reprises, chaque fois lentement, chaque fois en articulant, de manière à ce qu'il n'y ait aucune ambiguïté. A la deuxième sommation, Damiano sortit finalement de sa prostration et le rejoignit vite fait à quatre pattes, laissant sa dignité derrière lui. L'aidant à se remettre sur pied, Boone recula jusqu'à ce qu'il fût à l'intérieur de la mosquée, et c'est alors qu'il entendit l'homme au pistolet dire quelque chose à l'homme à la machette. Lâchant Boone des yeux, ce dernier alla jusqu'à son complice affalé par terre et entreprit de le traîner vers la sortie alors que son chef reculait en tenant Boone en respect avec son arme. Il n'était pourtant plus menaçant. Il avait adopté une posture purement défensive, se contentant de couvrir la retraite sans gloire de ses acolytes. Cela fait, et une fois que l'homme à la machette et le blessé qu'il traînait péniblement derrière lui eurent disparu dans l'encadrement de la porte, il sortit lui-même à reculons en refermant derrière lui.

Boone attendit jusqu'à ce qu'il n'entendît plus le bruit de leurs pas qui s'éloignaient, puis alla s'occuper de Mohieddine. Ce dernier avait une sale blessure à l'estomac, il avait perdu beaucoup de sang qui faisait une belle tache brune dans le sable, mais il respirait encore. Ayant demandé à Théo Damiano de rester à ses côtés, Boone pénétra dans la mosquée, s'attendant au pire. Les lieux puaient l'essence frelatée, mais ils étaient déserts. Sortant de la mosquée, le couteau toujours à la main, il alla jusqu'à la petite maison où le cheikh devait habiter et en franchit précautionneusement le seuil. L'intérieur était plongé dans l'obscurité. Il voulut allumer mais ne trouva pas l'interrupteur. Il attendit quelques instants que ses yeux s'habituent au noir et finit par se rendre compte que cette maison-là n'était pas plus grande que la masure d'Oumm Ali où il s'était rendu quelques heures plus tôt (était-ce seulement quelques petites heures plus tôt ?), et pas plus richement meublée. Il dut trop s'attarder sur le misérable décor, car il lui fallut du temps pour voir le corps horriblement lacéré et sauvagement tailladé qui gisait sans vie à ses pieds.

29

« Ainsi, disait le général Masri en alignant ses pions en ivoire, après que l'un des terroristes eut poignardé votre chauffeur, ils ont filé sans demander leur reste. »

Ayant envoyé ses sbires en Haute-Egypte extirper Harry Boone des griffes d'une police locale dépassée par les événements, Masri lui avait fixé rendez-vous, non pas à Héliopolis comme Boone l'avait appréhendé, mais au Guézira, et pour une partie de dames. Boone en avait conclu qu'il n'y aurait ni sanction ni expulsion, et il en était soulagé. L'idée d'avoir à quitter précipitamment le Levant en laissant sa compagne derrière lui l'avait inquiété au plus haut point. Car il savait que Maria n'accepterait jamais d'aller vivre à Londres.

« C'est exactement ce qui s'est passé, général », mentit-il, tout en remerciant le ciel que ses assaillants de la veille n'aient pas laissé leur complice blessé derrière eux.

Deux ans auparavant, il s'était retrouvé dans une situation similaire, avec plein de cadavres sur les bras. Ce malheureux incident avait néanmoins eu lieu à Chypre où les Britanniques avaient encore leur mot à dire, et non dans une Egypte ombrageuse et jalouse de sa souveraineté. Boone doutait que les Egyptiens se seraient montrés aussi accommodants que les Cypriotes.

« Mais qu'étiez-vous donc allé faire à Assiout ? lui demandait à présent le général Masri.

– J'avais promis à ma mère d'aller fleurir la tombe de son oncle, mentit à nouveau Boone.

– Une promesse tout à fait louable, mais qui a failli vous coûter cher. Il s'en est fallu de peu que votre mère ne vienne fleurir votre tombe en même temps que celle de cet oncle. Vous auriez dû m'avertir. Je vous aurais fait accompagner par mes hommes.

– J'ignorais qu'une telle tension régnait sur la ville, avoua Boone.

– N'allez surtout pas le répéter, Boone. Cela ne servirait en rien votre réputation. Le commun des mortels peut se permettre d'ignorer cela, mais les hommes comme vous et moi sont censés être au courant de tout. »

Le général semblait ravi de sa déconvenue et de l'opportunité qu'elle lui offrait de le sortir de ce mauvais pas et de prendre ainsi l'avantage sur lui. Une petite revanche, en quelque sorte, après la série de défaites qu'il lui avait récemment infligées au jeu de dames.

« Mieux vaut que les gens croient que vous vous êtes rendu à Assiout en parfaite connaissance de cause, poursuivit-il sur sa lancée, plutôt qu'ils pensent que vous êtes un naïf.

– Je me souviendrai du conseil, général.

– Vous n'ignoriez tout de même pas qu'Assiout était un bastion du mouvement intégriste ?

– Je ne savais pas qu'ils étaient encore virulents. J'avais cru comprendre que vous les aviez finalement matés.

– Nous les avions bien matés, Boone, jusqu'à ce que les coptes se mettent de la partie en versant de l'huile sur le feu.

– Les coptes, dites-vous ?

– Depuis quelque temps les coptes de la Haute-Egypte sont travaillés par des éléments extrémistes. Ils parlent d'Assiout la copte et répètent à qui veut l'entendre que c'est leur communauté qui a donné son nom à ce pays.

– J'ai entendu parler de ces intégristes, dit Boone, prudemment.

– C'est à eux que vous avez eu affaire la nuit dernière. Ce sont eux qui ont assassiné ce pauvre cheikh et poignardé votre chauffeur. Ces fous se sont remis à rêver d'une Haute-Egypte chrétienne, avec Assiout pour capitale. Vous avez dû entendre parler de ce *Plan secret de grande importance et gravité* qui a circulé, il y a trente ans, et dans lequel ils énonçaient leurs aspirations sécessionnistes.

– J'en ai entendu parler. Je croyais pourtant que c'était un faux. Un genre de *Protocole des Sages de Sion* à la sauce copte. »

Boone savait pertinemment que ce fameux *Plan* était une fabrication des services de sécurité égyptiens de l'époque.

« Parlant des Sages de Sion, certains coptes sont tombés sous l'influence d'un maronite libanais, une sorte de sioniste prônant l'unité de tous les chrétiens d'Orient contre ce qu'il appelle “la colonisation arabe” et “la domination islamique”.

– On m'a parlé de lui, dit Boone. Un vrai excité, à ce qu'on m'a dit. Il avait pignon sur rue à Beyrouth du temps où les milices chrétiennes tenaient encore une partie du pays. Mais, depuis leur déroute, il se serait réfugié en Israël.

– Vous voyez ? Encouragés par Israël, et par d'autres encore que je ne nommerai pas, les coptes se radicalisent de jour en jour, attisent le sectarisme et la haine, et font le lit de l'intégrisme islamiste que nous nous efforçons d'éradiquer. A Assiout et à Al-Minia les coptes ont même une milice armée ! Ils croient peut-être pouvoir répéter ici ce que les maronites ont fait au Liban ! Ce que les maronites ont fait avec l'aide d'Israël !

– Ils ont une milice, dites-vous ?

– Une milice, Boone ! Déjà, quand Bonaparte avait envahi ce pays, l'intendant chrétien d'un grand Mamelouk avait levé une Légion copte de deux mille hommes pour combattre aux côtés des Français.

– Ils seraient donc en fonds ?

– Ces terroristes-là – car ce sont bien des terroristes – reçoivent de l'argent des Etats-Unis, se désola Masri. Des Etats-Unis, Boone ! Ils sont financés par des fondamentalistes américains qui se sont alliés aux organisations sionistes !

– Alliance contre nature, j'en conviens.

– Hier soir, vous avez failli être tué par vos coreligionnaires ! Par des chrétiens armés par les Israéliens et financés par des Américains ! Convenez que s'ils avaient réussi cela aurait été le comble de l'ironie ! »

Harry Boone en convenait. Un Britannique, qui plus est un agent secret, égorgé par des extrémistes chrétiens, cela aurait donné à réfléchir à plus d'un. Il se demandait d'ailleurs si le général n'aurait pas des fois préféré que ces intégristes coptes aient eu sa peau la veille. Manière pour le gouvernement égyptien de démontrer à Washington et à Londres que le terrorisme n'était pas l'apanage de l'islam.

« Vous avez eu beaucoup de chance, Boone. »

Harry Boone se retint de dire au général que, cette nuit-là, sa chance, il l'avait un peu aidée.

« Une chance de cocu, je dirais », précisa le général.

Désireux de ne pas ternir son triomphe, Boone continuait de se taire.

« Encore heureux que vous n'ayez pas emmené Maria avec vous », poursuivit le général.

Dans son esprit, entre un Boone cocu et Maria il n'y avait qu'un pas, vite franchi. Le général avait de la suite dans les idées.

« Par contre, reprit-il, vous vous êtes fait accompagner par ce... Damiano. Qui est-il, au juste ? Il s'habille comme un homme d'Eglise, il se fait appeler l'Abouna et on dit qu'il loge au couvent des dominicains, mais ce n'est pas un homme de religion, n'est-ce pas ?

– Il connaissait mon grand-oncle, répondit Boone sans vraiment répondre. J'avais fait sa connaissance à Beyrouth dans le temps.

– Il est arrivé au Caire avec un passeport libanais, mais il n'a pas un nom très libanais.

– Je crois qu'il est d'origine maltaise.

– Maltaise, dites-vous ?

– A moins qu'il ne soit d'Alep. Je ne sais pas trop. Vous savez... Le descendant de l'une de ces familles italiennes qui s'étaient jadis installées dans les Echelles du Levant.

– Ce n'est pas très clair, tout cela. Je me demande si je ne devrais pas le faire expulser. Que fait-il, au juste ?

– Il s'occupe d'œuvres de bienfaisance et s'intéresse au dialogue intercommunautaire.

– Ah oui ? Il a donc des amis un peu partout.

– Il a énormément de relations au sein des différents clergés.

– Y compris chez les coptes ?

– ... Je crois...

– Intéressant. »

Boone eut soudain l'impression qu'au lieu d'expulser Théo Damiano, le général envisageait à présent de le recruter.

« Pourquoi est-il venu ici ?

– Il veut écrire un article sur Bilal Abdel-Ghani, répondit Boone, justifiant ainsi leur malencontreuse visite au cheikh qui avait jadis été le maître du muezzin de Kit Kat.

– J'oubliais qu'il était né à Assiout.

– On me dit que non. Il aurait vu le jour dans un petit village à une quinzaine de kilomètres de la ville.

– Je l'ignorais, figurez-vous. J'ai bien demandé son acte de naissance au registre central de l'état civil, au Mougammaa, mais il semblerait qu'il se soit égaré. Il faut croire que notre administration n'est plus ce qu'elle avait été du temps des Anglais. »

Boone connaissait bien le Mougammaa, place Tahrir : un énorme complexe ceausescu-nassérien qui, bien plus que les pyramides, symbolisait la pérennité de la bureaucratie égyptienne.

« Il doit bien en exister d'autres copies quelque part.

– Les certificats de naissance sont délivrés par les bureaux de santé », dit le général.

Le bureau de santé d'Assiout !

« En outre, chaque commissariat tient un registre civil où les naissances et les décès sont enregistrés. »

Le commissariat d'Arab Moutayr !

« Je pourrais me renseigner, si vous voulez, Boone. Mais que notre homme soit né à Assiout ou dans un village des environs importe peu, finalement. Nous préférons nous concentrer sur les préparatifs de la marche et la suivre de très près.

– Comment se présente-t-elle, général ?

– Plutôt bien, je dois l'avouer. L'argent aidant, l'affaire est rondement menée. Un camp de rassemblement d'une capacité d'un million et demi de personnes est en place au nord du Wady Al-Arich, avec tentes, entrepôts, citernes d'eau et latrines. Il accueille d'ores et déjà les marcheurs qui empruntent la route côtière longeant la Méditerranée, et qui se dirigeront le jour venu vers la bande de Gaza. Un autre camp, de dimension égale, a été établi à l'entrée sud de la vallée du Wady Al-Arich à l'intention des marcheurs qui coupent à travers le Sinaï et qui redescendront ensuite vers Gaza. Et plus au sud, un troisième camp a été érigé à Taba, d'où Bilal lui-même s'embarquera éventuellement pour rejoindre Akaba et remonter jusqu'au mont Nébo. Nous estimons qu'ils seront trois à quatre millions d'Egyptiens et d'Africains à marcher sur Jérusalem.

– Autant que cela ?

– Sans compter les embarcations de toute sorte, refoulées par la marine israélienne, qui accostent un peu partout sur la côte, entre Port-Saïd et Rafah.

– Vous ne faites rien pour contrôler tout ce monde-là ?

– Bien sûr que si, dit Masri malicieusement. Nous contrôlons les avions-cargos qui atterrissent à l'aéroport du Caire et les conteneurs qui sont débarqués au port d'Alexandrie, et nous prélevons un droit de douane sur toutes ces importations.

– Sérieusement... Les marcheurs...

– Comment voulez-vous contrôler une telle marée humaine, Boone ? Nous avons établi un cordon sanitaire à cinquante kilomètres à l'intérieur des terres et nous avons sagement déclaré toute la bande côtière à l'est de Port-Saïd "zone franche". Nous nous contentons de nous assurer que tous ces gens-là ne déborderont pas à l'intérieur des terres.

– Vous laissez tout le monde passer ?

– S'ils ne font que passer, dit Masri avec un haussement d'épaules. Chacun de nos conscrits a un père, un frère, une sœur ou un cousin parmi les marcheurs. L'unité de nos forces armées subsistera tant que nous ne ferons rien contre eux.

– Mais il y a d'autres moyens. Des moyens moins... militaires... Moins violents...

– Il y en a sûrement, Boone, mais pourquoi nous priver de la manne qui vient avec les marcheurs ?

– Vous voulez parler des rentrées en devises ?

– Plus de la moitié des marcheurs transitent chez nous, Boone, et deux bons tiers de tout ce qu'ils consomment est produit ici même, en Egypte, par notre industrie et par notre agriculture. Quant au dernier tiers, il est importé et donc assujetti aux droits de douane.

– Vous en tirez donc un profit financier.

– Sur les vingt-deux millions de dollars quotidiens que les Saoudiens mettent généreusement à la disposition des pèlerins, notre quote-part est aisément de sept millions. Cela, sans compter les dons privés. Croyez-vous que notre économie exsangue puisse refuser ce cadeau du ciel ? Notre industrie du tourisme est en crise, ne l'oubliez pas. En sus, l'Administration et le Congrès américains réduisent l'aide qu'ils nous octroyaient pour la donner à Israël. Et cela, alors même que le gouvernement israélien, faisant fi d'un vote de l'Assemblée générale de l'ONU, a décidé de continuer l'édification de cet ignoble Mur – de cette Chose – et de l'étendre à l'est de la vallée du Jourdain !

– Qu'est-ce que l'Assemblée générale de l'ONU, général ? Un salon littéraire, tout au plus. C'est au moins une résolution du Conseil de sécurité qu'il faudrait pour que les Israéliens sursoient à leur décision.

– Si l'ONU ne peut pas faire disparaître la Chose, eh bien ! laissons les marcheurs s'en charger.

– Votre gouvernement prend là un bien grand risque.

– Nous ne sommes pas les seuls. Les Jordaniens font de même. Tout le Wady Al-Arab, d'Akaba au sud au mont Nébo au nord, est aujourd'hui un no man's land livré aux pèlerins qui affluent d'Egypte et de la péninsule Arabique, et même d'Iran et d'Asie centrale quand ils arrivent à déjouer la vigilance de vos troupes d'occupation en Irak. Une fois qu'ils sont passés en Jordanie, l'armée du roi se contente de leur interdire l'entrée dans les villes. Le roi ne peut d'ailleurs pas en demander plus. Il risque de voir son armée se diviser. Le pauvre est sur la corde raide... Et plus au nord, au Liban, toute la région située entre Tyr et la frontière israélienne est un énorme camp où les islamistes chiites du Hezbollah côtoient des sunnites palestiniens, des soufis turcs, ainsi que des pacifistes et des altermondialistes américains et européens. Le tout, bien sûr, sous l'œil vigilant des services de renseignements syriens.

– Vous ne craignez pas la réaction israélienne ?

– Au point où nous en sommes, nous craignons plus cette marée humaine que la réaction d'Israël. Si les Israéliens veulent mitrailler et bombarder les marcheurs, qu'ils ne s'en privent pas. Mais qu'ils ne comptent pas sur nous pour faire le sale boulot à leur place. »

Et qu'Archie Briggs, Orvil Bosmann et Gédéon Tolédano ne comptent pas plus sur moi pour faire quoi que ce soit, se dit Boone en concédant de bonne grâce la partie au général. Ce faisant, il se promit de prendre le premier avion en partance pour Beyrouth et d'aller y passer les vacances de Noël avec Maria, histoire de se remettre de ses émotions.

30

De retour au Caire après la trêve des confiseurs, Harry Boone se calfeutra à nouveau à Zamalek. D'autres rêvaient peut-être d'un grand pèlerinage à Jérusalem, mais lui s'en tenait sagement à son pèlerinage hebdomadaire au Cellar Bar de l'hôtel Président. C'était d'ailleurs là qu'il se rendait ce jour-là pour y participer à la bourse aux cancans du jeudi soir, et confirmer à ses homologues des services secrets qu'il ne cherchait nullement à glaner des renseignements autrement que par le téléphone arabe. Après sa malheureuse excursion dans le Rough de la Haute-Egypte – quand, dopé et entraîné par cet électron libre qu'était Théo Damiano, il s'était départi de sa prudence coutumière et avait failli y laisser sa peau –, il ressentait le besoin de se replonger dans son train-train, histoire de s'assurer que son système continuait de fonctionner. Il était donc ravi de se retrouver à nouveau à l'abri de son île, de renouer avec sa routine diplomatique en allant faire acte de présence au Cellar, et encore plus de pouvoir s'y rendre à pied. C'était, se disait-il, le cas de figure parfait pour se garder de tout danger. Une vraie sinécure, d'autant plus bienvenue qu'elle intervenait après son effroyable mésaventure.

Il faut pourtant croire que même à Zamalek, même dans la routine et même à pied, le danger guettait. « S'il y a des chances que les choses tournent mal, eh bien ! elles le feront ! » dit un vieil adage de la profession. Effectivement, voilà qu'à proximité de l'hôtel Président il tomba nez à nez avec Orvil Bosmann III qui sortait apparemment de chez Thad Wilson dont la résidence se trouvait non loin de là.

« Harry, le héla l'Américain qui tenait des livres à la main. Où allez-vous comme ça ?

– Je vais boire un verre au Cellar, avoua Boone, contrit, en espérant que cette mention de boissons alcoolisées refroidirait l'abstinent que Bosmann était.

– Je vous accompagne, lui dit néanmoins ce dernier. Qu'est-ce que vous devenez ? Vous rentrez de vacances ? Vous étiez à Londres ?

– A Beyrouth. Et vous ?

– Je rentre de Washington. Nous vivons des moments intéressants, n'est-ce pas ? La nouvelle année s'annonce passionnante. »

Bosmann était d'excellente humeur et plein d'allant. Rien à voir avec le Bosmann déprimé et défait qu'il avait raccompagné chez lui après leur réunion infructueuse avec Adel Brahim, quand l'Américain avait vu tous ses espoirs s'envoler. Boone se demandait quelle pouvait bien être la raison de ce bel entrain. Peut-être Orvil Bosmann faisait-il contre mauvaise fortune bon cœur ? Peut-être s'était-il finalement rabattu sur ce livre qu'il prétendait vouloir écrire sur Bilal et sur la marche ? Peut-être se consolait-il de son échec politique en pensant aux nouveaux lauriers qu'un tel ouvrage lui apporterait ? Peut-être qu'à défaut d'être élu Rookie de l'Année par ses pairs se contenterait-il d'un prestigieux prix journalistique et littéraire ?

Comme son nom l'indiquait, le Cellar était situé au sous-sol de l'hôtel, et il était aussi sombre et obscur qu'une cave hantée par des agents secrets se devait de l'être. Lumières tamisées, meubles et boiseries foncés : tout était fait pour obscurcir la vue et exacerber l'ouïe. Quant aux centaines de bouteilles vides qui recouvraient le mur derrière le bar, elles attestaient que l'alcool était bien là pour délier les langues et désaltérer les oreilles tendues à se rompre par la soif de ragots.

Aussitôt qu'ils se furent installés et qu'on leur eut servi leurs boissons – un Ballantine's pour l'Irlandais, et un Virgin Mary pour l'Américain –, Boone s'intéressa aux deux livres que Bosmann avait posés sur la table.

« Qu'est-ce que vous lisez là, Orvil ?

– Des ouvrages très intéressants que j'ai trouvés chez Olsson's à Alexandria, tout près de chez moi. Vous connaissez peut-être l'histoire de ce jeune moine anglais né à Mayence au neuvième siècle, et qui, après diverses aventures qui le menèrent jusqu'en Grèce, s'établit finalement à Rome et succéda au pape Léon VI sous le nom de Jean VIII. » Ce disant, il avait ouvert l'un des livres à l'endroit où il avait laissé un marque-page. « On raconte, reprit-il, que deux ans et demi plus tard, lors de la procession marquant la fête de l'Ascension, alors que ce Jean VIII prenait son bain de foule à dos de mulet entre Saint-Pierre-du-Vatican et Saint-Jean-de-Latran, il se mit à grimacer de douleur, se saisit le ventre et tomba à terre, pris de contractions violentes. Quand ses cardinaux accoururent pour le relever, ils découvrirent entre ses jambes un nouveau-né. Le pape venait d'accoucher ! Publiquement ! Le pape était en réalité une papesse !

– Vous plaisantez ! C'est quoi, ces livres-là ?

– Ce n'est pas moi qui l'affirme, dit Bosmann en lui

tendant le livre, mais Peter Stanford, un médiéviste catholique au pedigree irréprochable. »

La Papesse, lut Boone sur la couverture rouge qui s'ornait d'un tableau médiéval représentant une femme en tenue pontificale accouchant debout sous les yeux de ses cardinaux.

« Suite à cela, poursuivit Bosmann en lisant dans le calepin noir qu'il venait de sortir de sa poche, à chaque élection pontificale un diacre s'assurait du sexe du nouveau pape en manipulant ses parties génitales au travers d'une chaise percée conçue spécialement à cet effet. Cela fait, et une fois qu'il eut bien tâté les testicules du nouveau pontife, il s'écriait : "*Habet duos testiculos et bene pendentes*." C'est bien ça, non ? Vous qui étiez professeur de latin. Ce qui veut bien dire...

– Il a deux testicules et ils pendent bien, traduisit Boone en reposant le livre qu'il avait à la main. C'est franchement ridicule !

– Et, pourtant, cette chaise percée existe ! On peut encore la voir dans la chambre du Masque, au musée du Vatican. Elle est en porphyre : en marbre roux. Ce n'est qu'après cet étrange rituel, une fois les parties génitales de l'heureux élu bien palpées, que le nouveau pape, enfin confirmé dans sa virilité si ce n'est dans sa sainteté, était conduit à l'autel au chant du *Te Deum*. Ce sont des clercs eux-mêmes qui l'ont écrit.

– Ce n'est pas parce que les légendes sont relatées en latin qu'elles sont pour autant fondées », dit Boone en se saisissant de l'autre livre pour l'examiner de plus près.

Le Pape Jean VIII, une Anglaise, alias la Papesse Jeanne, y lit-il. L'auteur en était une femme, Joan Morris.

« Quand je suis tombé sur ce livre-ci chez Olsson's, j'ai un instant cru que l'auteur en était Jan Morris, et non pas Joan Morris la théologienne catholique. Vous savez... Jan Morris... Le journaliste et écrivain transsexuel.

– Cela aurait effectivement été très drôle, convint Boone. Un livre sur une supposée papesse écrit par un transsexuel.

– Jan Morris, qui devint une femme après avoir vécu quarante-six ans dans la peau d'un homme. Après avoir même pris une épouse.

– Après avoir été à l'armée, ajouta Boone. Après avoir été le premier journaliste à publier le scoop sur la conquête de l'Everest.

– Petit, Jan Morris – il s'appelait alors James – avait été enfant de chœur, dit Bosmann. Il avait même fait l'école de chant à Oxford. Il – elle – avait apparemment une très belle voix... Tout comme ce muezzin, à présent que j'y pense... Avez-vous lu *The Alteration* de Kingsley Amis, Harry ?

– Non...

– Un très beau roman. Ça se passe en Angleterre, mais c'est une Angleterre catholique dans une Europe où la Réforme n'aurait finalement pas eu lieu. Amis y raconte l'histoire d'un petit chanteur à la voix d'or que la puberté et la mue menacent. Afin de préserver son talent – son don de Dieu, devrais-je dire –, ses maîtres d'Oxford n'hésitent pas à le faire castrer, puis ils l'envoient à Rome bercer le pape de sa voix enchanteresse et charmer toute la Chrétienté... Dieu sait pourquoi, chaque fois que je pense au muezzin de Kit Kat, je ne peux m'empêcher de penser à ce petit garçon émasculé. »

Qu'ont-ils donc tous à puiser leur inspiration et leur ordre de marche dans des livres, plutôt que dans l'observation du monde qui les entoure ? se demandait Boone. Gédéon Tolédano lui avait d'abord sorti ce roman d'un auteur français sur l'invasion de l'Occident par les miséreux du tiers-monde, et voilà qu'Orvil Bosmann le bassinait à présent avec des livres sur une papesse et un roman de Kingsley Amis sur un petit castrat. A croire que pour eux, la vie imitait vraiment l'art.

« Vous voulez insinuer que Bilal est un castrat, Orvil, s'esclaffa-t-il.

– Vous connaissez sans doute cette comptine que les soldats anglais chantaient durant la dernière guerre sur l'air du *Colonel Bogey*, dit Bosmann en empochant son calepin.

– Quelle comptine ?

– "Hitler n'en a qu'une ; Goering et Himmler en ont de toutes petites ; quant à ce pauvre Goebbels, il n'en a pas du tout !"

– C'est vraiment très drôle. »

Boone se disait que Bosmann était étonnamment salace.

« Saviez-vous que Bilal n'est pas son vrai nom ?

– Vraiment ? s'étonna Boone.

– Son vrai nom est Ihsan. »

Ihsan ! C'était donc cela que la vieille folle marmonnait à satiété. Ihsan ! Ce n'était pas la charité qu'elle demandait ! Ihsan ! Ce n'était pas une obole qu'elle voulait ! C'était un nom qu'elle répétait ! Ihsan ! Le nom de l'enfant qu'elle avait adopté ! Celui de Bilal !

« Vous êtes sûr de ce que vous avancez là, Orvil ?

– Sûr et certain, Harry. Et ce n'est pas tout.

– Abdel-Ghani ne serait donc pas plus son nom de famille ?

– Son nom de famille est bien Abdel-Ghani mais, d'après mes amis égyptiens, Ihsan serait autant un prénom de fille qu'un prénom de garçon. Autant, si ce n'est plus.

– Peut-être, dit Boone, dubitatif. Mais il y a d'autres prénoms arabes qui sont utilisés tant pour les filles que pour les garçons : Nouhad, Reda, Gamal, même... Pourtant, personne n'a jamais soupçonné le colonel Gamal Abdel-Nasser d'être autre chose que ce qu'il disait être.

– En tout cas, il y a plus dans ce Bilal qu'il n'y paraît. Ou plutôt, il y a *moins* dans ce Bilal qu'il n'y paraît.

– Vous n'êtes pas sérieux ? » rétorqua Boone que le doute commençait à assaillir.

Il pensait à ce cheikh qui aurait pu lui parler de Bilal et qu'on avait assassiné, à cet acte de naissance qui avait disparu comme par enchantement du Mougammaa, ainsi qu'au bureau de la santé d'Assiout et au commissariat d'Arab Moutayr qui auraient pu contenir des informations sur Bilal et qui avaient si étrangement brûlé.

« Vous l'avez entendu chanter, Harry ? Vous avez entendu sa voix monter et monter dans les notes ? Encore et encore plus haut ? A croire qu'il aurait pris une overdose d'hélium ? Un vrai Farinelli, ce Bilal. Ceux qui vivent à proximité de la mosquée Kit Kat ne doivent plus avoir un verre d'intact.

– Les contre-ténors et les hautes-contre, ça existe, protesta Boone.

– Un contre-ténor, dites-vous ? Une haute-contre ? Même pas un falsetto, à mon avis, mais un vrai soprano ! Et un soprano adulte, vous savez ce que c'est, Harry ?

– Comme vous y allez, Orvil !

– Vous l'avez entendu parler ?

– Non...

– Il chuchote ! Pourquoi chuchoterait-il, si ce n'est pour déguiser le timbre de sa voix ?

– C'est absurde ! Ceux qui ont son profil sont souvent des "chuchoteurs". C'est une question de gravitas.

– L'avez-vous vu, au moins ?

– Non...

– Moi, je l'ai vu. Il est frêle comme une gazelle, il a l'ossature fine et les traits fins. Des traits féminins. Il m'a fait l'effet d'une coureuse de fond éthiopienne. Que dites-vous de cela ? »

Harry Boone n'en disait rien. S'il avait eu quelque chose à en dire, il aurait probablement dit que cette description s'appliquait autant à Orvil Bosmann III qu'à Bilal Abdel-Ghani : gazelle brune et gazelle blonde.

« Et ce qui est encore plus frappant, poursuivait la gazelle blonde sur sa lancée, c'est qu'il n'a pas du tout de barbe. Il est totalement glabre. Etrange pour un muezzin et pour un imam qui dirige la prière, non ?

– Ça fera certainement un beau livre, Orvil, dit Boone en avalant le reste de son whisky. Mais ce sera un livre de fiction. Un roman.

– Je n'en suis pas si sûr.

– Vous n'espérez tout de même pas faire avaler cette histoire ! Vous n'avez aucune preuve !

– Vous savez, Harry, quand Lyndon Johnson s'était présenté pour la première fois au poste de gouverneur du Texas, il avait eu la brillante idée de lancer une rumeur comme quoi son rival, un gros éleveur de porcs, entretenait des relations charnelles avec une truie de son cheptel. Et quand son directeur de campagne, apparemment moins futé que lui, lui fit remarquer que c'était totalement faux, vous savez ce que LBJ lui répondit ?

– Non, je ne sais pas, dit Boone, exaspéré.

– "Il se pourrait bien que cela ne soit pas vrai, lui

répondit-il, mais j'aimerais beaucoup voir ce fils de pute le démentir !" »

C'était donc le succès qui rendait Orvil Bosmann salace, se disait Boone.

« C'est donc cela la stratégie Johnson, Orvil ?

– Stratégie payante, non ? LBJ a fini par devenir président.

– Quelqu'un qui est capable de cela est capable de tout.

– Ne me dites pas que vous croyez tout ce qu'on raconte sur l'implication de LBJ dans l'assassinat de JFK !

– En tout cas, ça vaut largement la légende sur la papesse Jeanne.

– Eh bien ! tout comme LBJ, dit Bosmann en se levant et en jetant négligemment un billet de cent livres sur la table, j'aimerais bien voir ce Bilal démentir qu'il est une femme !

– Vous partez déjà ? lui demanda Boone qui, une fois n'est pas coutume, aurait bien aimé qu'Orvil Bosmann restât plus longtemps pour lui en dire plus.

– Je vois que mon distingué collègue de *Time Magazine* est dans la salle, dit Bosmann en ramassant ses livres. Je crois bien que je vais aller le rejoindre. »

Ainsi, se dit Boone une fois qu'il fut seul avec son verre vide, Orvil Bosmann III n'était pas venu au Cellar Bar pour y écouter les dernières rumeurs. Il était venu pour en colporter une. Pour lui donner un petit coup de pouce et l'envoyer valser, telle une bille de flipper, d'ambassade en ambassade et de salle de rédaction en salle de rédaction.

31

« Tu veux dire que c'étaient des coptes ?

– C'étaient bien des coptes », confirma Boone.

Plus désireux que jamais de limiter au strict minimum ses déplacements hors de Zamalek, Harry Boone avait convié Théo Damiano, qu'il n'avait plus revu depuis leur mésaventure d'Assiout, à venir dîner chez lui. Il pleuvotait sur Le Caire ce soir-là, et il y faisait plutôt frais. Ils s'étaient donc installés à l'intérieur, entre les meubles Croydon Issue hérités du Foreign Office et les boiseries orientales dénichées par Maria, et ils sirotaient leur whisky en attendant qu'elle soit rentrée.

« Et dire que j'ai été à deux doigts de me faire trucider par des chrétiens, disait à présent Damiano en secouant la tête.

– Il est vrai qu'un Abouna égorgé par ses ouailles, ça laisse rêveur.

– C'est tout de même incroyable de voir ça en Egypte ! Au Liban, je veux bien ! Mais en Egypte ?

– Les temps changent, Théo. Le pouvoir pharaonique n'est plus ce qu'il était, et, l'argent aidant, l'appétit des forces centrifuges s'aiguise.

– L'argent, dis-tu ?

– Ces gens-là seraient financés par des fondamentalistes américains, expliqua Boone. La fameuse Ceinture biblique s'étendrait maintenant à la Haute-Egypte.

– Vraiment ?

– Tu sais, ces télé-évangélistes et ces autres intégristes qui érigent un peu partout des méga-chapelles.

– Des méga-chapelles ?

– De véritables hypermarchés religieux, avec cafés, restaurants, salles de gym et tout le bataclan.

– Tu en es sûr ? Les coptes reçoivent de l'argent des Etats-Unis ? »

Damiano avait dit cela sur un ton tel que Boone eut l'impression qu'il évaluait ses chances de pouvoir manger à ce râtelier qu'il n'avait encore jamais pratiqué.

« Certaines de ces méga-chapelles ont un budget annuel de plus de cinq millions de dollars. Alors, tu penses bien que quelques dizaines de milliers de dollars envoyés aux coptes ne risquent pas de grever leurs finances.

– Cinq millions de dollars par an ! »

Les yeux de Damiano s'étaient illuminés.

« As-tu pris des nouvelles de Mohieddine, Théo ?

– J'ai eu Hanan au téléphone. Mohieddine se rétablit gentiment. Tu devrais d'ailleurs lui envoyer un petit quelque chose. Pour le dédommager.

– Voilà Maria, dit Boone en entendant la porte d'entrée claquer. Ne lui rappelle surtout pas notre mésaventure. Elle a failli me tuer en apprenant que j'avais été à deux doigts de me faire assassiner.

– Promis, Harry, dit Damiano en posant sa main sur son cœur.

– Oncle Théo ! » s'exclama Maria.

Théo Damiano bondit alors comme un diable de sa boîte, courut vers elle et l'étreignit chaleureusement tout en l'embrassant avec effusion.

« Ça me fait vraiment plaisir de te voir, oncle Théo, dit-elle une fois qu'elle se fut libérée de son étreinte.

– Et tu as beaucoup manqué à ton oncle Théo ! Laisse-moi un peu te regarder. Tu es plus belle que jamais ! J'espère que Harry te traite bien. Sinon, il sait qu'il aura affaire à moi ! »

Théo Damiano était comme un coq en pâte et, de toute évidence, enchanté par les « oncle Théo » dont Maria l'aspergeait. On l'aurait appelé « Votre Eminence » qu'il n'aurait pas été si ravi.

« Alors, dit Maria en posant tendrement ses mains sur les épaules de Boone, qui était resté assis pour ne pas gêner leurs retrouvailles, tu es au Caire pour participer à la marche ?

– Pour rien au monde je n'aurais voulu rater cela, dit Damiano en se rasseyant.

– Je voudrais tant m'y joindre, dit Maria en prenant place dans le canapé à côté de Boone, mais Harry y est farouchement opposé.

– Je ne sais pas si tu t'en rends vraiment compte, dit ce dernier, mais tu vis avec un diplomate britannique.

– Un diplomate !

– J'aurais l'air de quoi si tu devais t'afficher à côté de Bilal ? Ils me ficheraient dehors sur-le-champ. Tant qu'à faire, autant participer à cette marche moi-même.

– Et pourquoi pas ? C'est bien plus important que ton petit boulot minable ! C'est un événement prodigieux !

– Je devrais démissionner avant cela.

– Alors démissionne.

– Ce n'est pas aussi simple. Je serai grillé partout. On me blackboulera.

– Des excuses, tout cela, dit Maria. Mais raconte-moi un peu, oncle Théo, comment se présente la marche ? »

L'Abouna tiqua :

« Moins bien qu'il y a de cela quelques semaines. Il y a du flottement dans l'air.

– Et pourquoi cela ? s'étonna Maria.

– C'est à cause de toutes ces rumeurs au sujet de Bilal.

– Je ne peux pas croire que les gens prennent ces ragots au sérieux.

– Toujours est-il que la rumeur enfle, dit Boone.

– On raconte un peu partout que Bilal ne serait pas un homme mais une femme, se désola Damiano.

– C'est absurde, protesta Maria.

– Pas si absurde que cela, dit Boone. La rumeur s'appuie sur un faisceau de présomptions.

– Des présomptions ? Lesquelles ?

– Sa voix, pour commencer. Il faut avouer qu'elle est très féminine.

– C'est ridicule ! Ces gens-là n'ont donc jamais entendu David Daniels ou Alfred Deller chanter ?

– Peut-être pas, convint Boone. Mais toujours est-il que la voix aiguë des contre-ténors que tu cites là n'a jamais eu sa place dans la tradition musicale arabe. Encore moins dans le chant religieux.

– Mais ce fut le cas durant tout l'Age d'Or de l'islam. Al-Gharîd, par exemple, une vraie vedette de l'époque, avait une voix douce et touchante de femme. On l'appelait même Al-Moukhannath – l'efféminé –, sans que pour autant cela fût une injure.

– Les temps et les mœurs ont changé, dit Boone. Dire aujourd'hui que Bilal est un efféminé équivaudrait à le condamner aussi sûrement que si on avait dit de lui qu'il était une femme.

– D'autant, ajouta Damiano, qu'on recommence à jaser sur le passé de la mosquée Kit Kat qui, comme vous le savez, fut construite sur l'emplacement d'un ancien cabaret. L'allusion est on ne peut plus claire.

– Mais même de nos jours, insista Maria, dans le sous-continent indien, des soufis à la voix de falsetto chantent encore comme s'ils étaient des femmes !

– Nous ne sommes pas au Pakistan, mais dans le monde arabe machiste, dit Boone.

– Plus j'y pense, intervint Damiano, plus je me dis que Bilal est effectivement très frêle. Il a un corps d'adolescent.

– Parce qu'il faudrait qu'il ressemblât à un lutteur de sumo pour être un homme ! objecta Maria.

– En plus, dit Damiano, les mauvaises langues font remarquer qu'il est complètement glabre... Imberbe, même... Et chez un muezzin – qui plus est un imam – ça ne fait pas très sérieux, n'est-ce pas ?

– Les poils sur le menton font pour ainsi dire partie de l'uniforme, précisa Boone.

– Je n'en crois pas mes oreilles, s'écria Maria. C'est fou ce que les gens sont bêtes et méchants !

– Et puis il y a son nom.

– Son nom ? Qu'est-ce qu'il a, son nom ?

– Bilal ne serait pas son vrai nom, répondit Boone. Il semblerait que ce soit là le surnom que lui ait jadis donné le vieux cheikh d'Assiout qui lui apprit à réciter le Coran. Ce cheikh, me dit-on, lui aurait donné ce surnom de Bilal lorsqu'il l'entendit chanter l'appel à la prière. A ce qu'on m'a aussi dit, Bilal serait le nom du premier muezzin de l'islam.

– Bilal l'Abyssin, confirma Maria. Un esclave noir affranchi par le Prophète, et qui, dit-on, lui était très cher. Mais il n'y a rien d'étonnant à ce qu'on donne à un muezzin qui a une voix d'or le nom du tout premier muezzin de l'histoire !

– C'est vrai, concéda Boone. Mais ce qui est plus troublant, c'est son véritable prénom.

– Et ce serait quoi, son prénom ?

– Son vrai prénom serait Ihsan.

– Ihsan ? Ihsan Abdel-Ghani ?

– Ihsan Abdel-Ghani, confirma Boone.

– Et, comme tu le sais, ma petite Maria, dit Damiano, Ihsan est autant un prénom de fille qu'un prénom de garçon.

– Mais c'est absurde ! Ça ne prouve rien du tout ! Il y a d'autres prénoms arabes qu'Ihsan, qui sont autant donnés à des filles qu'à des garçons ! En Asie du Sud-Est on prénomme même des filles Oussama !

– Je te concède que ce prénom d'Ihsan n'est pas en lui-même suffisant pour trancher, dit Boone. Mais il y a toutes ces autres choses : sa voix, son physique, le fait qu'il soit imberbe, et même le fait qu'il soit célibataire et qu'il n'ait pas d'enfants.

– Je continue à penser que toute cette affaire est honteuse et ridicule, dit Maria.

– Ridicule ou pas, honteuse ou pas, cette rumeur commence à faire son effet, dit Boone.

– Et Bilal ne réagit toujours pas, se désola Damiano.

– Il est vrai qu'il continue de se taire, confirma Boone.

– Il pourrait démentir, plaida Damiano. Il pourrait – je ne sais pas, moi – muer, par exemple ! Ou prendre femme ! Il pourrait agiter à la fenêtre un drap ensanglanté, preuve de sa virilité et d'un mariage bien consommé !

– Ou alors montrer son zizi à tout le monde, plaisanta Boone.

– Tu es affreux, Harry ! s'indigna Maria.

– Il ne fait rien pour s'expliquer, s'affligea Damiano. Il pourrait réagir, non ? Ses proches sont consternés par son indifférence à toutes ces rumeurs. Ils l'adjurent de se défendre.

– Ce serait mal le connaître, dit Maria. Bilal est une

âme noble. Il ne s'abaissera pas au niveau de ses détracteurs. Il n'acceptera jamais d'entrer dans leur jeu ignoble.

– Toujours est-il, se désola Damiano, que son silence alimente la rumeur, sème le doute dans les esprits de ses partisans et accroît les désistements. Il y a quelques semaines, on s'attendait à ce que six millions de personnes, venues d'un peu partout dans le monde, participent à la marche. Aujourd'hui on ne parle plus que de deux millions.

– Six, trois, deux ou un, qu'importe, dit sereinement Maria. Bilal comptera les siens. Il préférera continuer l'œuvre qu'il a commencée avec ceux dont le cœur est pur.

– On raconte, dit Boone, que des incidents auraient éclaté sur les lieux de rassemblement des marcheurs, tant ici qu'en Jordanie. Il y aurait eu des morts.

– Des agents provocateurs sont assurément à l'œuvre ici, dit Damiano.

– En tout cas, en ce qui me concerne, tout cela ne change rien, déclara passionnément Maria. Que Bilal soit un homme ou une femme, je continuerai de croire en lui et en son projet.

– Les Saoudiens, eux, prennent cette rumeur très au sérieux, dit Boone. L'idée qu'ils puissent financer un mouvement qui pourrait avoir été initié par une femme doit leur être insupportable.

– Les Saoudiens changeraient donc leur fusil d'épaule ? s'inquiéta Damiano.

– Ils accusent un certain retard dans les paiements dus aux organisateurs de la marche.

– Ils ne paient plus ? » s'angoissa Damiano.

Boone se disait que l'Abouna devait se demander s'il n'était pas temps pour lui de basculer des fondamentalistes saoudiens vers les fondamentalistes américains.

« Disons qu'ils se font prier, dit-il. Quoi de plus naturel, d'ailleurs. A présent qu'ils savent que la grande marche sur les Lieux saints, qui les menaçait, n'aura pas lieu, peu leur importe que la marche sur Jérusalem se tienne. Les connaissant, je dirais même qu'ils doivent envisager de saborder la marche en espérant en tirer un profit politique auprès des Américains, avec lesquels ils doivent être très désireux de se rabibocher.

– Et les Américains les encourageront certainement dans cette voie, confirma Damiano.

– Ce sont les Israéliens qui ont lancé cette rumeur, s'indigna Maria. Ils corrompent tout ce qu'ils touchent ! Ils créent de la laideur partout autour d'eux ! Et tout cela au nom du droit à la légitime défense que s'est arrogé le Peuple élu !

– Arrête cette diatribe antisémite de bourgeoise libanaise bien-pensante, veux-tu, protesta Boone.

– Antisémite, moi ? Mais je suis une Sémite, s'enflamma-t-elle. Ce sont *eux* qui ne sont pas sémites ou qui ne le sont plus ! Qu'est-ce que l'Etat d'Israël a à voir avec les Juifs et les Sémites ? Israël, c'est l'autel sur lequel les Juifs du monde entier viennent immoler ce qu'ils ont encore de juif en eux ! C'est là qu'ils viennent faire leur *mea culpa* ! C'est là qu'ils viennent prouver aux Occidentaux qu'ils ne sont pas des Shylock ! Qu'ils ne courent pas après leur livre de chair ! Qu'ils sont, eux aussi, des adorateurs de l'Etat-nation ! Que tout comme les colons européens d'Amérique et d'Afrique, eux aussi savent faire fleurir le désert ! Qu'ont-ils encore en commun avec les Juifs et les Sémites, ces gens-là, dis-moi ? Ils ne sont plus juifs, ni sémites ! Ce sont à présent des Occidentaux ! De vrais Aryens !

– Ne condamne pas trop vite les Occidentaux, dit Boone en allumant un Wintermans. Je te fais remarquer que, pour l'instant, ce sont justement ces Occidentaux-là qui tiennent bon. La rumeur comme quoi Bilal serait une femme a peut-être émoussé l'ardeur de ses partisans musulmans, mais elle n'a en rien refroidi l'enthousiasme de leurs homologues européens et israéliens. Eux sont comme toi, Maria. Peu leur importe, finalement, que Bilal soit un homme ou une femme.

– Ce qui est loin d'être le cas chez les musulmans, s'attrista hypocritement Damiano. Leur société a eu beau produire un Bilal, ils demeurent profondément machistes, sexistes et arriérés. C'est écœurant !

– Malheureusement, ajouta Boone, le fait même que les "infidèles" ne tiennent pas rigueur à Bilal de son ambiguïté sexuelle joue contre lui dans le monde musulman.

– Tu as bien raison, Harry, dit Damiano en secouant la tête. Le cheikh Salim, que j'ai vu cet après-midi, me dit que les ulémas souhaiteraient pouvoir entendre Bilal sur un certain nombre de sujets qui les préoccupent.

– Bilal a accepté de les rencontrer ?

– Tu penses bien que non ! Les débats théologiques, ce n'est pas sa tasse de thé.

– Je le vois, en effet, assez mal ergoter avec ces doctes ulémas, dit Boone. Il ferait figure de Peter Sellers en jardinier face aux conseillers de la Maison Blanche, dans le film *Monsieur Chance*.

– Mais le cheikh Salim les verra, lui, et il parlera en son nom.

– Il y aura donc bien un procès, dit Boone, soudain

très intéressé par le tour opérationnel que la conversation venait de prendre.

– Pas tout à fait un procès. Les ulémas voudraient pouvoir lever certaines zones d'ombre entourant tant la personne de Bilal que son enseignement.

– De quels thèmes veulent-ils débattre ?

– Si j'ai bien compris, ils souhaiteraient aborder avec le cheikh Salim toute une série de questions allant du rôle que Bilal accorde aux femmes dans l'islam à la place de la musique dans la religion, en passant par son concept de jihad pacifique et son idée d'une alliance avec les "mécréants".

– Et quand doit se tenir ce tribunal de l'Inquisition ?

– Avant la fin du mois, semble-t-il.

– A la mosquée Al-Azhar ?

– Tu penses bien que non, Harry ! Ni à l'Al-Azhar, ni dans aucune des autres grandes mosquées de la ville. C'est un sujet bien trop sulfureux. Le cheikh Salim a donc suggéré une rencontre discrète chez lui, à Bab Zouwayla, dans la belle demeure qui abrite les Kutchuk depuis le dix-septième siècle.

– Tout cela me donne la nausée, dit Maria en se levant. Vous m'avez coupé l'appétit. Mais comme j'imagine qu'il en faudrait bien plus pour émouvoir des cœurs aussi endurcis que les vôtres, je m'en vais vous préparer quelque chose à manger. »

« Que dis-tu de tout cela ? demanda Damiano une fois qu'elle fut partie.

– Je ne sais pas trop quoi penser. C'est bien troublant.

– Tu penses que Bilal est une femme ?

– Je n'en sais fichtre rien, répondit Boone en gigotant inconfortablement sur place. Des saintes femmes déguisées en homme, ça s'est déjà vu, n'est-ce pas ?

– Oui, ça s'est déjà vu, reconnut Damiano. La *Légende dorée* de Jacques de Voragine nous parle d'une sainte Marguerite qui vécut dans un monastère sous le nom de frère Pélage. Sainte Eugénie d'Alexandrie en aurait d'ailleurs fait de même.

– On raconte même l'histoire d'une femme du nom de Jeanne qui, au neuvième siècle, aurait réussi à se faire élire pape.

– J'ai entendu parler de ça. Mais c'est de la propagande protestante pour discréditer la papauté !

– Sait-on jamais », dit Boone, pensif.

L'histoire qu'Orvil Bosmann lui avait contée le travaillait.

« Tu veux dire que Bilal pourrait être une Jeanne musulmane ?

– En tout cas le cheikh Ahmad Al-Manfalouti, qui aurait pu nous parler de lui et de son enfance, est mort et ne dira plus rien à personne.

– Une mort qui tombe très à propos, précisa Damiano.

– Comme sont morts ses parents.

– Et mis à part son père et sa mère, morts et enterrés, il ne semble avoir aucune famille.

– Ni frères, ni sœurs, ni oncles, ni tantes, ni grands-parents, ni cousins.

– Et la vieille femme qui l'avait adopté – cette Oumm Ali – n'a plus toute sa tête.

– Elle non plus ne pourra rien dire à personne. Et si des fois elle le faisait, personne ne la croirait.

– Folle à lier qu'elle est.

– En bref, conclut Boone, il n'y a plus personne qui pourrait témoigner en faveur de Bilal.

– Ou contre lui.

– Et comme par hasard les archives du bureau de la santé d'Assiout, qui délivre les certificats de naissance, ont inopinément brûlé.

– C'est vrai ça ! s'exclama Damiano. Le certificat de naissance de Bilal devait s'y trouver !

– Et comme par hasard encore le commissariat de police d'Arab Moutayr, où se trouve le registre civil des naissances et des décès des environs, a aussi été attaqué et brûlé.

– Je n'y avais pas pensé, mais tu as raison, Harry !

– Est-ce une pure coïncidence ? Je me le demande.

– Il doit bien y avoir une copie quelque part !

– Je me suis renseigné, Théo. Apparemment la copie du Mougammaa aurait disparu.

– C'est incroyable !

– Il n'y a trace nulle part du passé de Bilal.

– Incroyable, répéta Damiano en se levant pour arpenter le salon. Nous aurions donc affaire à un fantôme ?

– Sa voix est l'unique lien avec son passé.

– Un muezzin fantôme !

– Et à moins de le coincer dans une allée sombre pour lui ôter ses vêtements et examiner ses parties génitales de près, je ne vois vraiment pas comment on pourrait tirer cela au clair. »

Ce disant, Boone pensait à ces chaises pontificales percées dont Orvil Bosmann s'était gaussé quelques jours plus tôt. Il s'imagina Bilal, installé sur un tel siège en porphyre devant un aréopage d'ulémas, et un cheikh à la main leste retroussant sa manche et lui tâtant les testicules, littéralement pris à témoin. D'autant que le mot latin *testiculus* se trouvait opinément être le diminutif de *testis*, qui veut dire « témoin ». Boone reconnaissait bien là l'amour inconsidéré des Romains pour le droit. Il se rappelait aussi l'usage incongru que les auteurs comiques de l'époque faisaient de ce mot lorsque, au théâtre, un personnage en sommait un autre de produire ses témoins. *Habere* ou alors *non habere duos testiculos* : telle était la question à laquelle le muezzin de Kit Kat devrait répondre s'il souhaitait sauver sa guerre sainte contre la Chose et sa marche pour la paix. Telle était aussi la question à laquelle Boone lui-même devrait répondre s'il souhaitait garder la tête hors de l'eau. Un séjour à Londres s'imposait. Il irait en parler avec Archie Briggs, et il en profiterait pour se rendre à la Bibliothèque catholique y faire des recherches sur la papesse Jeanne.

32

Ce jour-là le cheikh Salim Kutchuk recevait le cheikh Hamid Helwani, représentant le Cheikh de l'Al-Azhar et, par-delà, l'Etat tout entier, le cheikh Aref Younés, porte-parole du courant salafiste, le cheikh Abdallah Youssefi qu'on avait prié de venir parce qu'il fallait bien apporter une caution morale indépendante à ce drôle de tribunal, ainsi qu'un scribe muni de son écritoire, arrivé dans les bagages du cheikh Hamid, et dont le cheikh Salim – snobisme oblige – n'avait pas retenu le nom.

Assis en tailleur sur les coussins soyeux qui couraient le long du mur de l'alcôve où il venait de mener ses invités, son dos bien droit effleurant à peine le traversin en brocart brodé, le cheikh Salim se félicitait d'avoir convié ces augustes ulémas à venir chez lui. Quelques minutes auparavant, lorsqu'il était sorti les accueillir, ils n'avaient pu s'empêcher de pousser un soupir de soulagement en passant sous l'arche basse reliant la rue à la maison, d'autant qu'ils venaient de se frayer péniblement un chemin à pied à travers la foule des partisans de Bilal rassemblés devant les lieux. Ensuite, une fois qu'ils furent à l'abri de la paisible cour centrale, ils s'étaient longuement extasiés devant l'antique loggia surmontant l'entrée, et il lui avait fallu les presser de pénétrer à sa suite dans le grand hall carré. Là, ils s'étaient attardés devant la fontaine autour de laquelle se distribuaient les alcôves surélevées, devant le dôme haut de quinze mètres surmonté d'un antique brasseur d'air, et devant les plinthes en marbre recouvrant la partie basse des murs où subsistaient encore quelques traces des extravagances ottomanes d'antan. Et ce n'est qu'après qu'il leur eut gentiment rappelé qu'ils n'étaient point là pour admirer l'architecture mamelouke, ni pour converser sur la grandeur passée des Kutchuk, que le cheikh Hamid, en sa qualité de représentant de l'Al-Azhar, s'était résolu à ouvrir les débats.

« Je regrette vivement que Bilal Abdel-Ghani n'ait pas jugé bon de se joindre à nous, dit-il en ajustant son couvre-chef sur sa grosse tête ronde.

– Il ne nous juge peut-être pas dignes de lui, lança le cheikh Aref de sa voix de jeune roquet.

– Vous comprendrez que Bilal, simple et humble comme il est, se serait senti bien mal à l'aise en si docte compagnie », leur répondit diplomatiquement le cheikh Salim.

En réalité, il s'était en vain efforcé de convaincre son protégé de quitter les hauteurs à l'air raréfié dans lesquelles il évoluait, pour venir jouer au rase-mottes dans l'univers du droit canon. Mais Bilal n'avait rien voulu entendre, lui faisant même remarquer qu'en ce qui le concernait la casuistique n'était là que pour cacher Dieu aux yeux des croyants.

« Son humilité frise l'arrogance, aboya le cheikh Aref.

– Dis-moi, cheikh Salim, demanda le cheikh Hamid, ton ami Bilal a-t-il effectué le Pèlerinage ?

– L'occasion ne s'est pas encore présentée à lui.

– Nous aimerions connaître sa position à l'égard du Pèlerinage.

– Le Saint Coran ne nous dit-il pas : “Et c’est un devoir envers Dieu d’aller faire le pèlerinage à la Maison” ? Bilal est un croyant. Il ne saurait donc y avoir quelque ambiguïté que ce soit sur sa position quant aux cinq piliers de l’islam que sont la Profession de Foi, la Prière, l’Aumône, le Jeûne et le Pèlerinage.

– Mais si le Pèlerinage est un pilier de la Vraie Religion, fit remarquer le cheikh Hamid, le Pèlerinage a lui-même des piliers. Des piliers que sont les haltes sacrées de rassemblement des pèlerins, la déambulation autour de la Kaaba, la procession entre Safa et Marwa, et le stationnement au mont Arafa.

– Or, accusa le cheikh Aref, en détournant les croyants des Lieux saints, Bilal fait l’impasse sur ces rituels.

– La station à ‘Arafa n’est-elle pas le pilier le plus important du Pèlerinage ? renchérit le cheikh Hamid. Le Prophète, paix et salut sur lui, n’a-t-il pas dit : “Le Pèlerinage, *c’est* la station à ‘Arafa” ?

– Et Aïcha, la mère des croyants, sur elle le salut, ajouta le cheikh Aref, ne rapporte-t-elle pas que le Prophète, sur lui paix et salut, a dit : “Ce jour de la station à ‘Arafa, Dieu délivre Ses serviteurs de l’Enfer” ?

– Bilal Abdel-Ghani n’a peut-être pas voulu détourner sciemment les croyants du devoir de pèlerinage, intervint alors le cheikh Abdallah de sa voix chevrotante d’octogénaire.

– Toujours est-il, dit le cheikh Hamid, que cette année-ci le Pèlerinage n’aura attiré qu’un million de fidèles. Moitié moins que d’habitude. »

Un vrai professionnel de la religion, celui-là, se disait le cheikh Salim. Il défend son gagne-pain bec et ongles.

« Il n’en reste pas moins que ce n’était nullement

dans les intentions de Bilal que ce fût le cas, lui répondit-il.

– Ses partisans se donnent pourtant le nom de pèlerins, s'offusqua le professionnel de la religion, tel un fabricant de fromages protégeant son “appellation contrôlée”.

– Bilal n'a jamais parlé de pèlerins, protesta le cheikh Salim. Pour la marche sur Jérusalem, il utilise les termes tout à fait légaux de “visiteurs” et de “pérégrins”.

– Il n'en demeure pas moins, accusa le cheikh Aref, que le nombre de vrais pèlerins diminue à mesure que celui de ces “visiteurs” et de ces “pérégrins” augmente. Son appel a détourné les fidèles du Pèlerinage. Or, La Mecque n'est-elle pas le centre de la terre ? Et la Kaaba, qui est au centre de La Mecque, n'est-elle pas de ce fait sur l'axe du monde ?

– La tension des fidèles vers l'Un s'exprime par l'attraction concentrique qu'exerce sur eux le centre, c'est-à-dire la Kaaba, dit le cheikh Hamid.

– Or, accusa le cheikh Aref, en les détournant de la Kaaba, en les détournant du centre, Bilal les détourne du Un ! Il les détourne de l'Unicité de Dieu ! »

Cette accusation à peine voilée de polythéisme lancée contre Bilal fit sortir le cheikh Salim de ses gonds.

« Le Noble Coran ne condamne-t-il pas les calomniateurs et les médisants ? lança-t-il. Dieu a dit : “O vous qui avez cru ! Evitez de trop conjecturer sur autrui car une partie des conjectures est péché. Et n'espionnez pas ; et ne médisez pas les uns des autres.”

– Tu nous traites de calomniateurs et d'espions ! s'offusqua le cheikh Aref.

– C'est un faux procès que vous lui faites là, s'indigna le cheikh Salim. La Kaaba n'est rien de plus qu'un simple support d'adoration. Elle ne doit en aucun cas remplacer Celui-là seul Qui est digne d'adoration. J'ai vu – de mes yeux vu – des ignorants et des égarés qui remplissaient le devoir de pèlerinage à La Mecque, mais qui adoraient la Kaaba au lieu d'adorer le Très-Haut. Ceux-là se disaient musulmans, mais dans leur cœur ils n'étaient rien d'autre que des idolâtres. 'Umar Ibn Al-Khattâb, le salut sur lui, qui traquait toute forme d'idolâtrie où qu'elle se trouve, n'a-t-il pas dit qu'il n'embrasserait pas la Kaaba s'il n'avait vu le Prophète, paix et salut sur lui, le faire ? Et Rabî'a Al-'Adawîya, qui, sur la route du Pèlerinage, voyant venir à elle la Kaaba ne s'était-elle pas écriée : "Ce qu'il me faut, moi, c'est le maître de la Kaaba, et non la Kaaba elle-même !" ?

– Pourquoi ne cites-tu pas aussi Al-Hallâj, ironisa le cheikh Aref. N'est-ce pas lui qui disait : "Il est des hommes qui processionnent, mais non avec leurs corps ; ils processionnent autour de Dieu qui les a dispensés d'aller au Sanctuaire" ? Bilal pense peut-être, tout comme Al-Hallâj, que lui et ceux qui le suivent seraient dispensés du pèlerinage à la Maison de Dieu.

– Al-Hallâj parlait en mystique, objecta le cheikh Salim. Il n'avait à l'esprit qu'un dépassement du sens ésotérique du Pèlerinage.

– Toujours est-il, lui rappela le cheikh Hamid, qu'Al-Hallâj fut jugé comme hérétique, et condamné à mort.

– Selon Dhûl Nûn Al-Masrî, lui rétorqua le cheikh Salim, le renoncement au Pèlerinage d'un seul habitant de Damas, qui était resté dans la ville pour y secourir les affamés, obtint le pardon de Dieu à tous les pèlerins au jour d'Arafa cette année-là. »

Ce disant, il prenait le cheikh Abdallah à témoin, car ce dernier était, tout comme lui, hanéfite, et les hanéfites étaient plus favorables que les autres écoles de jurisprudence à ce type de pèlerinage par procuration.

« L'observance du Pèlerinage, intervint alors ce dernier, est déterminée par un préalable en l'absence duquel elle se réduit à une simple imitation suscitée par le seul souci de conformisme social. Ce préalable, c'est l'intention, condition *sine qua non* de validité et de recevabilité de l'acte du Pèlerinage. Or, tout comme des milliers de pèlerins font hélas le Pèlerinage sans intention pure – par simple conformisme –, inversement, on ne peut pas dire que Bilal ait eu l'intention impure de dévoyer les croyants de leur devoir de pèlerinage. »

Voyant qu'il n'arriverait plus à rien sur le sujet du Pèlerinage, le cheikh Aref attaqua sur un autre registre :

« Est-il vrai que Bilal est un illettré ?

– Si Bilal avait été là, lui rétorqua le cheikh Salim, il aurait certainement répondu à cela en citant la sourate de la Caverne : "Dis, si la mer était une encre pour écrire les paroles de mon Seigneur, certes la mer s'épuiserait avant que ne soient épuisées les paroles de mon Seigneur, quand bien même nous lui apporterions son équivalent en renfort."

– Est-il vrai, insista le cheikh Aref, qu'il est analphabète ?

– Il est vrai qu'il ne sait ni lire ni écrire, reconnut le cheikh Salim. Il a appris le Saint Coran par cœur auprès de son cheikh. Mais l'écriture importe-t-elle donc tant, à présent que la parole du Très-Haut nous a été révélée ? Le Prophète, paix et salut sur lui, n'a fait que répéter aux autres ce qu'il avait entendu du Très-Haut. Allons-nous ajouter quoi que ce soit au Noble Coran ? Quel besoin l'homme a-t-il de signes écrits, si ce n'est pour pérenniser sa misérable existence ? Bilal ne couche certes pas ses paroles sur du papier. Et s'il ne le fait pas, c'est parce qu'il n'espère pas de l'écriture une vaine éternité, qui n'appartient qu'au Seigneur Dieu.

– Mais dis-moi, riposta le cheikh Aref, il lui arrive bien de diriger la prière, non ? Et il prodigue bien un enseignement. Comment peut-il prétendre à cela, alors qu'il ne sait même pas lire ?

– "Dis, lui rétorqua calmement le cheikh Salim, quand bien même tous les arbres de la terre se changeraient en calames, en plumes pour écrire, quand bien même l'océan serait un océan d'encre où conflueraient sept autres océans, les paroles de Dieu ne s'épuiseraient pas."

– Je souhaiterais qu'on cessât de me répondre en paraboles, fussent-elles coraniques, lança le cheikh Aref, excédé.

– "N'as-tu pas vu, reprit le cheikh Salim, citant à nouveau le Coran, comment Dieu propose en parabole une bonne parole pareille à un bel arbre dont la racine est ferme et dont la ramure s'élance vers le ciel ?"

– Je comprends, s'irrita le cheikh Hamid, que tu parles ici au nom de Bilal, et je comprends donc que tu cherches à nous parler comme il l'aurait fait s'il avait été là. Mais ce Bilal ne sait-il donc rien faire d'autre que réciter machinalement le Noble Coran ?

– "Ceux qui récitent le Livre de Dieu accomplissent la Prière", nous dit le Saint Coran.

– Tout cela ne répond pas à la question, hurla presque le cheikh Aref. Réciter le Coran par cœur ne suffit pas ! Bilal ne peut prétendre dire aux gens ce qu'ils doivent faire et où ils doivent aller, quand il ignore tout de la Loi et qu'il ne sait ni lire ni écrire !

– Bilal ne prétend rien de la sorte, protesta le cheikh

Salim. Il ressent uniquement le besoin d'exprimer tout haut, et de partager avec ses semblables, les sons divins qui résonnent en lui chaque fois qu'il récite la parole du Très-Haut. Nos prédécesseurs, et non des moindres, ne considéraient-ils pas la voix comme le reflet de l'âme ? Les mystiques ne pensent-ils pas que la voix symbolise la vie divine et porte l'individu à vibrer avec le monde céleste et terrestre ?

– Mais ce mode oral de communication relève de l'âge de l'Ignorance qui précéda la Révélation divine, s'offusqua le cheikh Hamid qui, en bon fonctionnaire du gouvernement, savait pertinemment qu'il ne pouvait y avoir d'Etat, ni de pouvoir durable, sans scribes et sans écriture.

– Le poète Ibn 'Abd Rabbih, reprit le cheikh Salim, estimait que la voix s'infiltre dans le corps humain, irrigue les veines, purifie le sang et le régénère, apaise le cœur et élève l'âme. Une tradition nous dit d'ailleurs : "Dieu est beau et Il aime le beau." Avez-vous vu ces pauvres hères transfigurés par la voix de Bilal ?

– J'ai vu, lui répondit le cheikh Hamid, et j'ai surtout entendu ! Plus que de l'émotion, c'est de l'agitation que sa voix suscite en eux.

– Vous entendez ce brouhaha ? » lança alors le cheikh Aref en pointant un doigt accusateur en direction de la rue.

Se levant, le cheikh Salim alla jusqu'à la fenêtre. La foule des partisans de Bilal, à travers laquelle les doctes ulémas avaient tantôt dû se frayer un chemin, s'était à présent muée en cortège et priait à voix haute en défilant autour de la maison. Manière pour elle d'exprimer sa désapprobation à l'égard du procès qu'on faisait à son idole. Une émeute processionnelle, en quelque sorte. Revenant s'asseoir, il se disait qu'on aurait pu tout aussi bien être dans Le Caire des Fatimides ou à

Bagdad sous les califes abbassides, du temps des hérésies et des passes d'armes théologiques.

« Vous entendez ? répéta le cheikh Aref. C'est des prières, ça ? Ce serait donc cela le sang purifié, le cœur apaisé et l'âme élevée ? Quant à moi, je ne vois là que tintamarre impie !

– Ibn Bistâm ne disait-il pas qu'il est préférable de prier en silence car l'on ne s'adresse pas à un sourd et l'on n'évoque pas un Dieu lointain, dit le cheikh Hamid, l'appuyant.

– Toutes ces diableries ont pour cause le chant et la musique, accusa le cheikh Aref.

– Al-Turtûchî avait récusé tout recours au monde des mélodies pour la récitation du Coran, car cela dévoie l'esprit du texte, professa le cheikh Hamid.

– Et pourtant, riposta le cheikh Salim, une tradition ne dit-elle pas : "Dieu n'a envoyé de prophète que nanti d'une belle voix. Dieu écoute plus attentivement une belle voix cantillant le Coran, qu'un maître de musiciennes esclaves ne savoure leur chant" ? Nous chantons, poursuivit-il en puisant dans son enseignement soufi, et les notes vont au-delà de l'esprit humain – dont la capacité de compréhension est limitée – pour atteindre le cœur. Et du cœur elles passent dans la vie. Que sans cesse notre pensée invoque le nom de l'Eternel, et que sans cesse nos lèvres murmurent Sa parole.

– Ibn Taymîya, lui rétorqua le cheikh Aref, écrit que celui qui se livre au chant et à la musique peut être considéré comme un hérétique ou un polythéiste. Il dit aussi que l'effet du chant et de la musique chez les soufis est très néfaste, car il exclut tout recours à la raison. D'ailleurs, si cette pratique s'était révélée indispensable, le Saint Coran l'aurait certainement recommandée. »

Le cheikh Aref avait été mal inspiré de citer ici son

maître à penser salafiste, car le cheikh Abdallah ne portait pas Ibn Taymîya dans son cœur, et il le prouvait à présent en se raclant bruyamment la gorge.

« Selon Al-Makkî, dit le cheikh Salim, la voix est un instrument fait pour communiquer un message. Lorsque l'auditeur perçoit le sens du message sans être distrait par la mélodie, son écoute est jugée admissible.

– Mais Al-Makkî est lui-même un soufi, fit remarquer le cheikh Aref, manière pour lui de signifier le peu d'estime qu'il avait pour tous les soufis.

– Notre ami le cheikh Aref a sans doute à l'esprit les groupes marginaux et les égarés, l'interrompit alors le cheikh Hamid, soucieux, semble-t-il, de faire comprendre au cheikh Salim que lui savait faire la différence entre les bons et les mauvais soufis. Le cheikh Aref, poursuivit-il, pense certainement aux marabouts et aux exorcistes de mauvais aloi. On sait les excès que le chant et la musique provoquent chez eux. Certains d'entre eux s'adonnent d'ailleurs aux stupéfiants.

– Il en est même parmi eux qui invoquent Bilal l'Abyssin, le muezzin du Prophète, paix et salut sur lui, ajouta pernicieusement le cheikh Aref.

– Il faudrait, objecta le cheikh Salim, distinguer entre musique et musique. Dans son ouvrage intitulé *La Déambulation des noms dans la question de l'écoute musicale*, Ibn Rajab évoque deux sortes de musiques : la première pour passer le temps, et elle est condamnable, la seconde pour consolider sa foi en Dieu et purifier son cœur. Bilal se situe incontestablement dans la seconde.

– Dans sa *Censure des divertissements*, Ibn Abîl-Dunyâ considère pourtant la musique et l'écoute musicale comme un dévoiement de la vie de piété, lui répondit le cheikh Hamid.

– Mais une tradition dit : "Lorsque l'archange Serafil chante, les habitants des cieux récitent en silence prières et hymnes, les fleurs des arbres bruissent, les oiseaux et les houris chantent."

– Dans son *Introduction à la Loi sacrée*, Ibn Al-Hâj écrit qu'une action vouée au culte mais dépourvue d'intention sincère ne peut s'accorder avec la Loi, lui rétorqua le cheikh Hamid.

– C'est aussi l'opinion d'Ibn Jamâ'a, ajouta le cheikh Aref. Et il me semble bien que les chansons de ce Bilal relèvent plus du profane que du sacré.

– Tu mets donc en cause son intention sincère ! protesta le cheikh Salim.

– Si sa sincérité n'est pas en cause, dit le cheikh Hamid, alors celle de ceux qui l'écoutent l'est. Viennent-ils à lui pour le message coranique qu'il exprime ou bien pour la musique ? Il me semble que ce soit la musique qui les attire à lui. Sinon, n'importe quel autre récitant du Coran aurait fait leur affaire.

– En sus, ajouta le cheikh Aref, ils font usage d'instruments de musique !

– Pas quand Bilal chante, précisa le cheikh Salim.

– Leurs intentions non sincères déteignent néanmoins sur lui, puisqu'il les provoque en eux. C'est lui qui, par son chant, les incite à prendre leurs instruments à corde et leurs tambourins.

– Quand bien même ce serait le cas, argua le cheikh Salim, selon une tradition, alors que deux jeunes filles interprétaient un chant louant les hauts faits de la bataille de Bu'âth en s'accompagnant d'un tambour sur cadre, Abû Bakr, paix et salut sur lui, fit irruption et les admonesta, mais le Prophète, paix et salut sur lui, le repoussa, disant : "Laisse-les donc tranquilles."

– Ibn Al-Jawzî, dit le cheikh Aref, revenant à la charge, affirme que la musique est une tentation du Démon qui domine l'esprit et rend l'individu esclave de sa passion. Elle intoxique et procure des plaisirs sensuels. Je cite bien sûr son fameux livre intitulé *L'Illusion du Démon*.

– Il y a de la musicalité dans le titre même de l'ouvrage que tu cites là, lui répondit malicieusement le cheikh Salim.

– Toujours est-il, dit le cheikh Aref, excédé, que le chant de Bilal intoxique les gens. Vous entendez ce hourvari, dehors ? »

Les chants et les prières de tantôt avaient en effet cédé la place à des cris et à des vociférations. Allant à nouveau à la fenêtre, le cheikh Salim vit qu'une échauffourée venait d'éclater entre les partisans de Bilal et certains de ses détracteurs arrivés sur les lieux et déterminés à briser le cortège.

« Ce ne sont plus là des croyants, hurla le cheikh Aref, qui semblait s'attendre à ces incidents aussi sûrement que s'il les avait lui-même commandités. Ce ne sont plus là des fidèles ! Ces gens-là se sont mués en émeutiers !

– Tout comme on ne t'apprend rien que tu ne soupçonnes déjà en ton for intérieur, lui répondit doucement le cheikh Salim, de même le chant ne suscite pas dans le cœur de celui qui l'écoute ce qui n'y est pas, pas plus qu'il n'y attise quelque haine qui ne s'y trouvait pas déjà.

– C'est bien dit, opina le cheikh Abdallah.

– Le Prophète, paix et salut sur lui, n'avait-il pas recommandé de réciter le Coran sur des mélodies arabes du Nedjd, ajouta le cheikh Salim, avant de se mordre la langue aussitôt après.

– Mais c'est une tradition très tardive, lui rétorqua immédiatement le cheikh Abdallah.

– Et apocryphe de surcroît, ajouta le cheikh Hamid.

– Te voilà donc contraint, mon cher cheikh Salim, à

citer des traditions douteuses ! » s'exclama triomphalement le cheikh Aref.

Revenant s'asseoir, le cheikh Salim se disait qu'il venait de commettre là une erreur. Une erreur qui lui avait certainement valu de perdre la sympathie du cheikh Abdallah.

« Recentrons le débat, dit alors ce dernier. Dans son ouvrage intitulé *La Revitalisation des sciences religieuses*, Abû Hamîd Al-Ghazâli dénombre sept cas où la musique est autorisée : encourager le Pèlerinage, inciter à la guerre, inspirer le courage sur le champ de bataille, évoquer la plainte et la lamentation, communiquer la joie les jours de fête et à l'occasion des réjouissances familiales, provoquer l'amour et l'ardeur, évoquer l'amour de Dieu. Il cite en outre cinq autres cas où la musique est interdite : si les instruments sont illicites, si le contenu du chant n'est pas compatible avec les préceptes de la religion, si l'auditeur est sous l'emprise de la luxure, si l'on écoute la musique dans son propre intérêt, et enfin si la musique est tributaire d'une femme. »

A ce mot de « femme », le cheikh Salim ne broncha pas, mais les augustes ulémas qui lui faisaient face gigotèrent nerveusement sur leurs coussins soyeux et se drapèrent dignement dans leurs manteaux luxueux, alors que leur scribe se permettait de poser sa plume. C'est cela qui les turlupine en réalité, se dit alors le cheikh Salim. Plus que les mérites respectifs de l'oral et de l'écrit, plus que le chant et la musique, plus même que le Pèlerinage, ce sont les liens ambigus que Bilal est censé entretenir avec la féminité qui les intéressent. Après un moment de flottement, ce fut tout naturellement le cheikh Aref – qui s'était au fil du débat autopromu Inquisiteur en chef – qui aborda le sujet.

« Dis-nous, cheikh Salim, dit-il d'une voix doucereuse, quelle place la femme occupe-t-elle dans l'islam, selon Bilal ?

– Bilal ne sait rien de cela qui ne serait pas dans le Saint Coran.

– Mais d'après lui, Dieu a-t-Il créé l'homme et la femme égaux ?

– Selon le Saint Coran, quiconque, homme ou femme, fait de bonnes œuvres tout en étant croyant, les voilà ceux qui entreront au Paradis. L'homme et la femme sont égaux devant Dieu dans leur foi et leurs bonnes œuvres. Quand nous nous trouverons face à Lui, il n'y aura plus ni "toi" ni "moi", ni "homme" ni "femme". Seules compteront alors la foi, la pureté de cœur et les bonnes œuvres de chacun et de chacune.

– Le biographe Al-'Attâr, intervint alors le cheikh Abdallah, avait effectivement choisi d'inclure la Très Sainte Rabî'a Al-'Adawîya dans son ouvrage sur les saints mystiques. Et à ceux qui lui demandaient pourquoi il avait inclus une femme parmi les hommes il répondait : "Dieu ne voit pas les formes extérieures."

– Al-'Attâr ajoute d'ailleurs, s'emballa le cheikh Salim, que lorsqu'une femme marche comme un homme dans la Voie du Seigneur, on ne peut plus vraiment parler d'elle comme étant une femme.

– Ainsi, la piété permettrait de dépasser les différences de sexe que Dieu a créées, ironisa le cheikh Aref. C'est là un argument très intéressant, sur lequel nous reviendrons certainement. »

Le cheikh Salim se dit qu'il s'était à nouveau laissé emporter. Il s'était trop avancé.

– Pourtant, intervint le cheikh Hamid, la Tradition ne cite-t-elle pas le Prophète, paix et salut sur lui, disant que les femmes sont déficientes en foi, déficientes en parts et déficientes en intelligence ? Elles sont déficientes en foi car elles s'abstiennent de prier et de jeûner durant leurs menstruations ; elles sont déficientes en parts car leur part d'héritage est moitié moindre que celle de l'homme ; et elles sont déficientes en intelligence car leur témoignage est moitié moindre que celui de l'homme.

– En outre, renchérit le cheikh Aref, le fait que Dieu s'adresse, à travers le Coran, à l'homme plutôt qu'à la femme, ne signifie-t-il pas que l'homme a préséance sur la femme ?

– Selon le Saint Coran, leur répondit alors le cheikh Salim, les hommes ont autorité sur les femmes en raison des faveurs que Dieu accorde à ceux-là sur celles-ci. Quant à elles, nous dit aussi le Saint Coran, elles ont des droits équivalents à leurs obligations, conformément à la bienséance. Mais les hommes ont cependant une prédominance sur elles. Et Dieu est Puissant et Sage.

– Ainsi, Bilal reconnaît que la femme est inférieure à l'homme, dit le cheikh Aref.

– La femme est inférieure à l'homme en société, mais elle peut être aussi proche que lui de Dieu, en piété et en bonté.

– En piété et en bonté, peut-être, mais sûrement pas en sacerdoce ! »

En entendant cela, le cheikh Salim se dit que tous les clergés se ressemblaient. Le chrétien Augustin, ce Père de l'Eglise, n'estimait-il pas que la femme était en tout inférieure à l'homme ? Et ses disciples ne croyaient-ils pas que les menstruations de la femme rendaient le vin aigre et les cultures stériles, faisaient rouiller le fer et empoisonnaient les morsures de chien ? Et n'en concluaient-ils pas qu'elle était pour cela tout à fait indigne de célébrer l'eucharistie en manipulant le corps et le sang de Jésus fils de Marie, paix et salut sur elle et sur lui ?

« Ne dit-on pourtant pas, rétorqua-t-il, qu'au temps

du Prophète, paix et salut sur lui, il arriva qu'une femme desservît la prière en qualité d'imam ?

– Une femme imam ! s'esclaffa le cheikh Aref. Très intéressant ! Dommage que Bilal ne soit pas des nôtres aujourd'hui. J'aurais bien aimé savoir ce qu'il en pense.

– Il est vrai, intervint le cheikh Abdallah, qu'on rapporte que du temps du Prophète, paix et salut sur lui, il arriva qu'une femme desservît la prière. Mais elle le fit pour les seuls membres de sa famille. »

Le cheikh Salim sut qu'il s'était encore une fois trop avancé. Il avait ouvert la porte à l'ambiguïté, et le cheikh Aref s'y était engouffré.

« La Tradition ne dit-elle pas qu'une femme se rapproche le plus de Dieu quand elle reste au foyer, insistait maintenant ce dernier.

– Et la Tradition ne dit-elle pas aussi, renchérit le cheikh Hamid, que la prière que la femme fait au foyer est meilleure que celle qu'elle fait à la mosquée ?

– Dis-moi, cheikh Salim, demanda ensuite le cheikh Aref, que pense donc Bilal du mariage ?

– "Et parmi Ses signes, dit le Coran, Il a créé de vous, pour vous, des épouses pour que vous viviez en tranquillité avec elles."

– Tu dis vrai. Mais tes paroles restent creuses. Car Bilal n'a pas encore pris femme.

– Le Prophète, paix et salut sur lui, intervint le cheikh Hamid, ne disait-il pas : "Quand un homme se marie, il accomplit la moitié des devoirs que lui dicte la religion" ?

– Bilal n'a pas encore pris femme, insista le cheikh Aref, et pourtant il est en âge de le faire !

– Le Prophète, paix et salut sur lui, n'a-t-il pas aussi dit, intervint le cheikh Abdallah : "Le mariage participe à ma voie, et quiconque s'écarte de ma voie n'est pas des miens" ?

– Et pourtant Bilal n'a pas pris femme, asséna encore le cheikh Aref, et il n'a pas plus procréé ! Pourquoi cela ? »

L'allusion était on ne peut plus claire : si Bilal était resté célibataire, s'il n'avait pas pris femme, c'était parce qu'il ne voulait pas partager avec qui que ce fût une intimité qui l'aurait démasqué. C'était donc cela, se dit le cheikh Salim. Idiot que je suis, je n'ai pas vu qu'ils ne cherchaient pas à me faire dire – et à faire dire à Bilal à travers moi – que la femme était l'égale de l'homme, pour mieux l'accabler. Idiot que je suis, je n'ai pas vu que ce qu'ils cherchaient en réalité, c'était de me faire dire que la femme était justement l'inférieure de l'homme, et qu'elle était donc mieux à sa place au foyer qu'à la mosquée. Me faire reconnaître que la vie publique était interdite à la femme. Car dans ce cas-là, si Bilal est une femme, tout s'expliquait : son célibat, sa voix et son refus de se défendre. Si Bilal est Ihsan, et si Ihsan est une femme, alors ce n'est qu'en se faisant passer pour un homme qu'elle pouvait espérer faire tout ce qu'elle a fait et tout ce qu'elle continue de faire : aller à l'école coranique avec les garçons, réciter le Coran, chanter le *adhân*, diriger la prière, prêcher aux foules et mener la communauté des croyants en pèlerinage à Jérusalem. C'était donc là qu'ils voulaient en venir. Le cheikh Salim était outré. Plus il entendait ces médisants déverser leur fiel, plus il se disait que Bilal les valait tous aux yeux du Seigneur. L'affection qu'il lui portait était telle, en ce moment-là, qu'il se disait qu'il aurait voulu que Bilal ait été son propre enfant : son fils ou sa fille, peu lui importait. Il se souvint d'avoir vu la veille un petit enfant qui lui avait souri et à qui il avait souri. Il n'avait pas su, alors, si l'enfant était une fille ou un garçon. Pourtant cela ne l'avait pas empêché de communier avec lui. Le sexe de l'enfant n'entrait nullement en ligne de compte. Et il en allait de même pour Bilal, qui personnifiait bien l'innocence de l'enfance. Le cheikh Salim s'en voulait. Il s'était laissé aveugler par sa rhétorique. Il s'était pris au jeu de cette joute théologique jusqu'à en perdre de vue l'enjeu. Il avait oublié qu'il n'était pas là pour défendre ses propres idées sur le Pèlerinage, sur la musique et sur la place de la femme dans l'islam. Il avait oublié qu'il n'était là que pour défendre Bilal. Pour défendre l'espoir que Bilal représentait. Mais il avait fait preuve d'arrogance. Il avait péché par orgueil. Il s'était laissé manœuvrer. Et ce ne serait pas lui, mais Bilal, qui en paierait le prix. La honte l'envahit alors. Soudain, il eut honte de s'appeler Kutchuk, honte d'habiter cette belle demeure, honte de frayer avec ces hypocrites, et honte de prétendre être un cheikh soufi. Car il savait à présent qu'il n'était rien de plus qu'un mystique de salon : un mondain.

33

Tout comme les grandes marées que cette contrée ne connaît pourtant pas, la foule dense qui se pressait autour de la mosquée Kit Kat s'était déjà retirée par deux fois : une première fois quand Orvil Bosmann avait voulu en détourner le flot vers les Lieux saints d'Arabie, une autre fois après que le même Orvil Bosmann eut lancé sa rumeur sur ce Bilal qui serait une Ihsan, et sur ce muezzin qui serait une muezzine. A croire que dans cette partie du monde qui vivait au rythme du calendrier lunaire et où les hommes ne juraient que par le Croissant, les marées n'obéissaient pas tant à la lune qu'à un Américain mal luné. C'était donc un spectacle de marée basse, et muselée, que Harry Boone contemplait ce jour-là, les vagues et les croyants, frappés d'un doute affreux, ayant mis leur clapotis et leurs chants en sourdine. Seule fausse note dans ce silence annonciateur de quelque changement qualitatif, les éternuements qui fusaient du jardin où lui et Bosmann étaient confortablement installés et où le vieil Albert s'affairait pieusement autour du manguier qu'il avait jadis planté le long du mur sud, où il tenait compagnie aux iris bleus et mauves qui s'apprêtaient, en fin de course, à passer la main aux régiments rouges et blancs de tulipes, plantés un peu plus loin en rangs serrés. Cette année les manguiers d'Albert avaient trop tôt fleuri à son goût, et il était cet après-midi-là occupé à en couper cérémonieusement les panicules les plus pesants afin de les encourager à porter plus de fruits. C'était d'ailleurs ces panicules aux mille fleurs rouges et jaunes qui étaient la cause des éternuements qui secouaient Orvil Bosmann au rythme des petites secousses qu'Albert faisait subir à ses arbres chéris. L'Américain était, semble-t-il, allergique au pollen qui s'en échappait.

« Briggs m'a appris votre mésaventure d'Assiout, dit Bosmann entre deux éternuements. Vous me l'aviez cachée. »

Presque un crime de lèse-majesté, se disait Boone, qui en voulait à Archie Briggs de tout déballer devant l'Américain.

« Vous vivez dangereusement, Harry.

– Vous voulez dire que je vis dangereusement en allant à Assiout ou alors que je vis dangereusement en vous le cachant ?

– En vous aventurant à Assiout, bien sûr. Vous avez failli y laisser votre peau. »

Et pour un bien piètre résultat, se dit Boone en allumant un cigare. Il s'était fourvoyé dans le Rough pour rien, faisant un Air Shot après une Chandelle et une Chandelle après un Air Shot, alors qu'Orvil Bosmann réussissait un Birdie après l'autre, et même un Eagle après l'autre, sans jamais s'écarter du Fairway Maadi-Dokki-Zamalek, si ce n'est pour rejoindre le Fairway Washington-Tel Aviv-Londres.

« Ainsi, poursuivait l'Américain, on a perdu toute trace du passé de ce muezzin : ses parents sont morts, il n'a pas de famille par ailleurs, son vieux cheikh a été assassiné avant que vous n'ayez eu le temps de lui parler, et les archives locales ont brûlé.

– Il y a bien sa mère adoptive, mais elle n'a plus toute sa tête. Je n'ai rien pu en tirer.

– En d'autres termes, tous ceux qui auraient pu nous éclairer sur sa naissance et sur son enfance ne sont plus en mesure de parler. Etrange, non ? On se croirait au neuvième siècle face à l'énigme de la papesse Jeanne.

– Depuis notre dernière rencontre, je me suis penché sur cette affaire de papesse, Orvil. Les avis sont très partagés. Pour certains, ce serait une invention des protestants allemands qui, à la Réforme, rivalisaient entre eux pour imaginer ces *Papsfabeln* destinées à discréditer la papauté. Pour d'autres, la légende se serait nourrie de l'antagonisme profond entre la chrétienté latine qui refusait de donner un rôle aux femmes et les clergés celte et saxon où la femme occupait une place prépondérante. Ce pourrait donc très bien être une fable médiévale sur laquelle les protestants se seraient d'abord jetés, et dont les partisans catholiques du droit des femmes à la prêtrise se seraient par la suite emparés.

– Une fable, dites-vous ? Pourtant, ces chaises trouées à travers lesquelles on s'assurait de la virilité des papes ont existé et furent utilisées à chaque élection pontificale jusqu'au début du dix-septième siècle.

– Elles n'ont peut-être rien à voir avec le rituel saugrenu dont vous parlez. D'aucuns disent que ce sont là des sièges curules que les papes du Moyen Age empruntèrent aux consuls et aux préteurs romains lorsqu'ils voulurent raffermir leur autorité. D'autres affirment que ce sont des sièges d'accouchement, symbole de l'Eglise mère : *ecclesia mater*.

– C'est là l'interprétation conservatrice et obscurantiste des choses. Mais des catholiques plus éclairés, comme Joan Morris et Peter Stanford, sont d'un autre avis : ils sont convaincus que la papesse Jeanne a bel et bien existé.

– Ceux-là militent en faveur du droit des femmes à la prêtrise.

– Mais que dire, alors, de ces six “P” qui auraient été gravés sur le lieu même de l’accouchement de Jeanne, dans cette rue qu’on appelle le Vicus Papissa – le quartier Papesse, dit Bosmann en lisant dans son calepin noir, source inépuisable d’informations et d’inspiration. Six “P”, pour “Pierre, Père des Pères, Publie la Parturition de la Papesse”. Ce qui, si je ne m’abuse, voudrait dire que l’Eglise atteste que la papesse a bel et bien accouché.

– *Petre, Pater Patrum, Papisse Prodito Partum.* Les interprétations sur ces six “P” ne manquent d’ailleurs pas, dit Boone en sortant à son tour un petit carnet de sa poche, manière de faire comprendre à Orvil Bosmann qu’il n’avait pas le monopole des calepins. On a aussi dit qu’ils faisaient référence à une inscription lapidaire de remerciements au dieu Mithra, bien antérieure au neuvième siècle. Six “P” pour *Propria Pecunia Posuit Patri Patrum P.* En d’autres termes : “P. a offert au Père des Pères sur ses propres deniers.”

– Mais que dire, alors, de ce Vicus Papissa ? Ce quartier Papesse ?

– Il tirerait tout simplement son nom des Pape, une famille notable du voisinage.

– Oui, oui, j’ai bien vu que certains historiens conservateurs privilégiaient cette version-là des faits. Pourtant, il y avait une statue de Jeanne à Rome jusqu’au quinzième siècle, et un buste d’elle dans la cathédrale de Sienne un siècle après. On ne m’ôtera pas de la tête que la jeune fille qui devint la papesse Jeanne s’était déguisée en homme afin de pouvoir suivre son amant dans le monde des lettrés d'où les femmes étaient exclues.

– Comme Barbra Streisand qui, dans le film *Yentl*, se déguise en garçon pour étudier le Talmud ?

– L'habit fait le moine, Harry. Un grand nombre de saintes femmes ont acquis la sainteté en vivant comme des hommes parmi les hommes. De même, notre Ihsan s'est à mon avis travestie en garçon afin de pouvoir entrer à l'école coranique, cantiller le Coran, et chanter le *adhân*.

– Mais vous n'avez pas de preuves, Orvil.

– Des preuves ? C'est surtout l'absence de preuves sur sa virilité qui m'interpelle. Croyez-vous que ce cheikh d'Assiout s'était fait le complice de cette supercherie ?

– Dans quel sens ?

– Serait-il tombé amoureux de la voix de cette enfant au point d'en oublier les préceptes de sa religion ? Au point de cacher que Bilal – Ihsan – ait été une fille ? Au point de la faire passer pour un garçon pour le seul plaisir de l'accueillir dans son école coranique et l'entendre chanter et cantiller ? Auquel cas le pauvre aura payé de sa vie son amour pour la musique.

– Comment cela ?

– Quand la rumeur aura commencé à circuler, ceux qui se tiennent tapis dans l'ombre derrière Ihsan, qui la poussent en avant et qui tirent les ficelles, auront fait disparaître ce cheikh pour l'empêcher de parler. Tout comme certains chroniqueurs catholiques avaient tenté d'obérer toute trace de la papesse Jeanne.

– Mais les assassins du cheikh Ahmad Al-Manfalouti étaient des coptes !

– Et alors ? Des coptes, manipulés par des intégristes musulmans ! Après tout, nous manipulons bien des islamistes qui ne se rendent même pas compte qu'ils travaillent pour nous !

– Ces gens-là auraient donc aussi provoqué l'incendie du bureau de la santé où le certificat de naissance de Bilal aurait dû se trouver.

– Et celui du commissariat de police, dans ce bled à côté d'Assiout.

– Et ils auraient escamoté les copies qui pouvaient traîner par-ci par-là au Caire.

– Exactement, Harry.

– Ils auraient cependant épargné la vieille qui avait adopté l'enfant, parce qu'elle n'avait plus toute sa raison.

– C'est en tout cas ce que je pense, Harry, et c'est aussi ce que pense le corps des ulémas, qui serait, me dit-on, sur le point de montrer Bilal du doigt. On parle d'une fatwa contre lui l'accusant d'être une femme et de tromper les musulmans.

– Mais on pourrait tout aussi bien supposer que ceux qui ont lancé la rumeur ont voulu, en tuant le vieux cheikh et en faisant disparaître toutes les archives, ôter à Bilal tout moyen de se disculper.

– On peut certes le supposer, reconnut magnanimement Bosmann. Mais avouez que c'est un peu tiré par les cheveux.

– Ne dit-on pas que les voies du Seigneur sont impénétrables ?

– Elles le sont assurément. Et si le Seigneur est à l'œuvre ici, il faut croire qu'Il nous donne un sacré coup de main.

– Il sait reconnaître les Siens, ironisa Boone.

– J'avoue volontiers que j'ai lancé cette rumeur. Pourtant, je ne m'attendais pas à ce qu'elle soit si vite confirmée par les faits. Mais il semble que j'aie eu du nez. Saviez-vous, Harry, qu'on n'arrive même pas à mettre la main sur un cheikh qui se rappellerait avoir célébré la circoncision d'un petit garçon nommé Ihsan Abdel-Ghani ?

– Calomniez, calomniez, il en restera toujours quelque chose.

– Il ne s'agit nullement de calomnies. J'ai suivi mon intuition et j'ai levé un lièvre.

– Vous êtes vraiment convaincu que Bilal est une femme ?

– La conviction n'a rien à voir dans tout cela. Ce sont d'ailleurs les écrits des historiens et des théologiens niant l'existence de la papesse Jeanne qui me l'ont appris.

– Comment cela ?

– De tous les livres qui ont été écrits sur cette papesse, je me suis particulièrement intéressé à ceux qui se sont évertués à déconstruire cette “légende”, comme vous dites, afin de mieux défendre la papauté.

– Et...

– Eh bien ! je me suis aperçu que les légendes n'ont rien à voir avec les preuves et la logique. Toutes les tentatives faites par l'Eglise catholique pour réfuter cette légende ont eu pour effet pervers de la rendre plus réelle. Les légendes ont la vie dure, Harry. Très dure. Elles peuvent résister à toutes les réfutations. Elles leur résistent parce que les hommes ont autant besoin de croire que de savoir. Parce que les hommes, Harry, se nourrissent surtout de légendes.

– Les hommes se nourrissent de ce qu'on leur donne, rétorqua Boone. Et il faut avouer que, de nos jours, c'est presque partout menu fixe.

– Menu fixe ou pas, les hommes se nourrissent de légendes.

– Vous avez donc décidé de leur en jeter une toute fraîche en pâture.

– Bien m'en a pris, dit Bosmann d'un ton satisfait. Grâce à cette légende, ils ne sont plus que deux millions, aujourd'hui, à vouloir encore aller à Jérusalem, alors qu'il y a quelques semaines ils étaient trois fois plus nombreux. Et voilà que le Vatican lui aussi fait marche arrière. Le clergé catholique ne souhaite apparemment pas être impliqué dans un scandale qui fait écho à celui de la papesse Jeanne. Rappelez-vous que quand le pape s'était rendu en Allemagne, il y a de cela quelques années, la communauté gay l'y avait accueilli en mettant en scène le couronnement pontifical d'une prostituée nommée Jeanne.

– Qu'est-ce que vous espérez, Orvil ? Vous espérez que ceux qui restent en viendront aux mains avec ceux qui ont déserté ? Vous espérez que cela finira par une grande foire d'empoigne qui permettrait au gouvernement israélien de tirer son épingle du jeu ?

– Ça, c'est si nous avons un tout petit peu de chance.

– Et si nous avons un peu plus de chance ?

– Si nous avons un peu plus de chance, il se trouvera bien parmi tous ces déçus quelqu'un qui ne pourra pas supporter l'idée d'avoir été manipulé par une femme déguisée en homme, et qui voudra laver son honneur tout en blanchissant sa religion.

– Vous voulez dire un homme qui tuerait Bilal ?

– Dans l'un comme dans l'autre cas, qu'ils se sentent morveux ou cocus, la rancœur envahira le cœur des gens, leur hostilité à l'égard des non-musulmans croîtra, et le divorce sera consumé entre eux et les marcheurs occidentaux. C'est alors que tout commencera à aller mal pour eux, et bien pour nous.

– Mais Bilal est toujours en vie.

– Il faut que les choses mûrissent. Après tout, nous ne commanditons pas cet assassinat.

– Vous vous contentez de créer les conditions qui lui seraient propices.

– Précisément. Et j'ai bon espoir. C'est une simple question de probabilités. Il y aura bien un cocu sur quatre millions qui finira par passer à l'acte.

– Peut-être, mais le temps joue contre vous.

– Il nous reste encore quarante jours. Car c'est bien après-demain que ce Bilal doit quitter sa drôle de mosquée pour entamer la marche qui doit le mener au mont Nébo, n'est-ce pas ?

– C'est exact. C'est la date anniversaire de l'hégire du Prophète, et c'est ce jour-là que Bilal a choisi pour quitter Le Caire et aller rejoindre les marcheurs.

– Il lui faudra bien cinq semaines pour atteindre sa destination. Tout peut arriver en cinq semaines. D'ici là, on peut espérer que les deux millions d'égarés qui croient encore en lui ne seront plus que deux cent mille. Deux cent mille musulmans marchant en ordre dispersé sur Jérusalem, c'est tout à fait jouable. Ça finira peut-être par une procession symbolique qui se gardera bien d'approcher la Clôture de sécurité de trop près.

– Vous oubliez les partisans israéliens de la paix. Eux ne faiblissent pas, Orvil. Ils étaient plus de cent mille il y a de cela trois mois à commémorer l'assassinat de leur Premier ministre, abattu par un extrémiste juif.

– Ceux-là ne m'inquiètent nullement. Une fois qu'ils seront coupés des marcheurs musulmans, leur action ne dépassera plus le cadre du jeu politique interne à Israël. Ça finira par des sit-in et par un vote aux urnes.

– Et les pacifistes et les altermondialistes qui viennent de chez nous ? Eux non plus ne faiblissent pas. Eux s'en fichent que Bilal puisse être un homme ou une femme. Ils sont d'ailleurs de plus en plus nombreux à prendre la mer. On en attend un million.

– Ces nomades écologiques sont tout à fait gérables, dit Bosmann en faisant un geste dédaigneux de la main. Leur protestation n'aura pas plus d'effet que celle des millions de Britanniques, de Français, d'Espagnols, d'Allemands ou d'Italiens qui étaient descendus dans la rue pour condamner la guerre en Irak. A vrai dire, ils ne me préoccupent aucunement.

– Vous avez peut-être tort, Orvil.

– Alors priez que j'aie raison. Priez que ces deux millions de musulmans ne soient pas plus de deux cent mille à l'arrivée, et priez aussi que tous ces Peaceniks et ces Birkenstokers européens, américains et israéliens cessent de jouer avec le feu. Car si j'ai tort, Harry, c'est la prophétie de saint Jean qui s'accomplira.

– La prophétie de saint Jean ?

– Vous connaissez l'Apocalypse selon saint Jean, non ? "Eux dont le nombre est comme le sable de la mer, ils montèrent sur l'étendue de la terre, et ils investirent le camp des saints et la Ville bien-aimée. Mais un feu descendit du ciel et les dévora."

– Vous voulez dire le feu d'Israël ?

– Le feu d'Israël s'abattant sur la multitude barbare qui veut investir la Ville bien-aimée ! On n'a pas besoin de cela, n'est-ce pas ? L'armée israélienne est déjà en état d'alerte maximale et s'apprête à réoccuper les territoires palestiniens et à miner toutes les frontières. De plus, trois sous-marins de classe Dolphin, livrés par l'Allemagne et armés de missiles à têtes nucléaires, se préparent à quitter leur base pour aller croiser, l'un en Méditerranée, le deuxième en mer Rouge, le troisième en mer d'Oman à l'entrée du golfe Persique.

– Des sous-marins équipés d'armes nucléaires, dites-vous ?

– Si, dans quarante jours, les marcheurs musulmans sont toujours aussi nombreux, ces sous-marins, de même que les chasseurs-bombardiers, ont reçu l'ordre de déverser les feux du ciel sur les points de rassemblement de Wady Al-Arich et de Taba, ainsi que sur les champs pétrolifères de l'Arabie Saoudite.

– Et nous les laisserions faire ?

– Essayez un peu de les en empêcher. »

Harry Boone se retint de dire qu'il ne ferait certainement rien qui puisse mettre encore plus à mal son système. Et comme il se sentait confusément coupable, et qu'il s'en voulait de sa lâcheté, il opta pour l'ironie.

« Pourquoi ferais-je quoi que ce soit pour les en empêcher, Orvil ? Pourquoi le ferais-je si les missiles tactiques qu'ils lanceront sur les marcheurs peuvent contribuer à faire baisser le taux de natalité alarmant du tiers-monde, et si ceux avec lesquels ils atomiseront les puits de pétrole saoudiens ne nous empêchent pas de faire rouler nos bagnoles, à présent que le pétrole russe commence à remplacer avantageusement celui des Arabes ?

– Qui pourrait blâmer les Israéliens s'ils lançaient ces attaques ? reprit Bosmann en l'ignorant. Ce n'est pas une guerre préventive ! C'est de la légitime défense ! »

Comme Harry Boone ne répondait rien, il poussa son avantage :

« Ils ne se contentent d'ailleurs pas de défendre leur peau. C'est notre peau à nous qu'ils défendent aussi.

– *Notre* peau ?

– *Oui, notre* peau ! Celle du monde civilisé ! Vous pensez bien que si ces fous réussissent leur coup à Jérusalem, ils ne s'arrêteront pas en si bon chemin. Oh, que non !

– C'est là la thèse du gouvernement israélien.

– C'est bien plus qu'une thèse. Si la Clôture de sécurité est démantelée, demain ils seront des millions et des millions de va-nu-pieds à débarquer un peu partout sur les côtes européennes et américaines.

– Nous devons donc faire de notre mieux pour épargner Israël : la dernière colonie blanche, à présent que l'Afrique du Sud est tombée.

– Pas la dernière ! La première !

– La première ?

– Les anciennes colonies avaient été le fait de la Vieille Europe, et elles ont disparu quand cette Europe est morte ! Israël est la première des nouvelles colonies blanches ! Celles d'un Occident qui renaît ! »

Boone se disait que, fort heureusement, Maria n'était pas là pour écouter tout cela. Elle n'aurait pas supporté. Et comme Maria n'était pas là, il se surprit à polémiquer à sa place avec Orvil Bosmann. Plus par amour que par conviction, d'ailleurs, car Harry Boone, on l'aura deviné, n'était pas un homme de convictions.

« Je trouve tout de même cocasse, dit-il en tirant sur son cigare, que les citoyens israéliens soient le fer de lance de ce nouvel homme blanc que vous évoquez.

– Et pourquoi donc ?

– Je ne sais pas... N'est-ce pas au nom de ce même homme blanc promu au rang de surhomme qu'on avait jadis voulu exterminer jusqu'au dernier ceux-là mêmes qui peuplent aujourd'hui l'Etat d'Israël, et qui espèrent pouvoir enfin y vivre en paix ? Je trouve de même troublant que ce soit l'Allemagne qui ait livré ces sous-marins aux Israéliens.

– Je ne vois pas le rapport », s'offusqua Bosmann.

Boone eut comme l'impression que l'Américain voyait dans cette remarque une référence à son patronyme et à ses origines germaniques.

« Le rapport, Orvil – et là Boone vit bien que l'Américain se détendait à l'annonce de son prénom si peu germanique –, c'est qu'après avoir tout tenté pour se débarrasser des juifs en en faisant des victimes, voilà que votre homme blanc invente un nouveau moyen pour se débarrasser d'eux en en faisant des bourreaux.

– Je ne vois pas de quoi vous voulez parler, Harry. Nous combattons côte à côte pour la défense de la civilisation judéo-chrétienne. Nous sommes dans le même camp.

– Pour l'instant...

– Pour l'instant ?

– Pour l'instant, parce que pour l'instant nous avons affaire à plus métèque qu'eux, n'est-ce pas ?

– Quoi que vous en pensiez, Harry, priez que j'aie raison et que cette foule aussi nombreuse que le sable de la mer, qui déferle sur le camp des saints, soit balayée par le vent de la rumeur avant d'arriver aux portes de la Ville bien-aimée. Car sinon – si la rumeur n'en a pas raison –, c'est le pire qui serait à craindre.

– La rumeur sur la féminité de Bilal en lieu et place des missiles à têtes nucléaires. Vos armes en lieu et place de celles d'Israël.

– Avouez que mes armes sont plus subtiles, et surtout moins létales.

– Détruire Bilal pour épargner l'ordre mondial.

– Si le peuple se nourrit de légendes, alors il faut croire que les dieux, eux, se nourrissent de sacrifices. »

Après quoi, Bosmann respira à pleins poumons et fixa le minaret de la mosquée Kit Kat. Il le fixa intensément, longuement, comme si – Uri Geller de la géostratégie qu'il était – il pouvait le faire plier à distance et l'amener à s'incliner devant lui. Harry Boone sut alors pourquoi Orvil Bosmann III était venu jusqu'à Zamalek ce jour-là. Il était venu triompher. Il était venu recevoir l'hommage anticipé rendu par la Foi défaite et par l'Art vaincu à la Raison victorieuse.

[illegible] des [illegible] vous [illegible] [illegible] pour [illegible] [illegible] [illegible] [illegible] [illegible] [illegible] [illegible] [illegible] [illegible] [illegible] la [illegible] [illegible] [illegible] [illegible] [illegible] même [illegible]

— Pour l'instant.

— Pour l'instant.

— Pour l'instant [illegible] que pour l'instant [illegible] [illegible] [illegible] [illegible] qu'il [illegible] [illegible]

— [illegible] [illegible] Harry [illegible] que [illegible] [illegible] [illegible] [illegible] [illegible] [illegible] [illegible] [illegible] [illegible] [illegible] [illegible] [illegible] de la [illegible]

[illegible] que [illegible] [illegible] [illegible] [illegible] [illegible]

[illegible] Harry [illegible] [illegible] [illegible] [illegible] [illegible] [illegible] [illegible] [illegible] [illegible] [illegible] [illegible] [illegible] [illegible] [illegible]

34

C'était un grand jour, et un jour béni entre tous. Un jour béni car il marquait l'hégire du Prophète, paix et salut sur lui, et un grand jour car c'était aujourd'hui, après la prière de midi, que Bilal devait quitter la mosquée d'Embaba pour entamer la longue marche qui le mènerait jusqu'à la Ville sainte, et le cheikh Salim Kutchuk était déterminé à rester à ses côtés jusqu'au bout de ce long chemin pour la paix. Ayant donc revêtu ce matin-là des habits très simples, s'étant chaussé confortablement et ayant pris sa belle canne en pommier promue pour l'occasion bourdon de pèlerin, il s'en était venu à Embaba en compagnie du jeune disciple auquel il avait confié tout ce – livres, vêtements – dont il pourrait avoir besoin au cours de ce long périple. Laissant le jeune homme et les bagages à l'entrée du pont reliant les deux berges du Nil, il avait ensuite repéré des fidèles du jeune muezzin qui le connaissaient bien et qui l'avaient aidé à se frayer un chemin à travers la foule dense et silencieuse jusqu'au parvis de la mosquée. Là, il s'était arrêté pour laisser le *adhân* de Bilal pénétrer, non seulement ses oreilles, mais tous ses pores. S'étant longuement recueilli afin de laisser aux sons mélodieux et sacrés, qui s'élevaient du haut du minaret avant de retomber sur lui, le temps d'imprégner chaque molécule de son corps et chaque particule de son esprit, il avait ensuite fait ses ablutions avant de pénétrer dans la mosquée et de marcher, aussi résolument et aussi dignement que son rang l'exigeait, vers le *mihrâb* où Bilal en personne devait, ce jour-là, diriger la prière. Une fois la prière terminée, il avait ensuite été l'un des premiers à sortir de la mosquée, et il s'en était allé attendre Bilal près de la grande porte en fer forgé qui donnait sur la rue et sur les étals de fortune des marchands de légumes, de boissons gazeuses et de beignets de pois chiches.

C'était là qu'il se trouvait quand Bilal émergea à la lumière du jour dans sa robe éclatante de blancheur – image sainte découpée dans l'encadrement des arabesques – et descendit seul les marches menant au parvis alors que la foule faisait le vide autour de lui en l'enfermant dans un cercle de silence. Tous les regards étaient braqués sur lui. Dans les yeux des uns, le cheikh Salim lisait la dévotion, l'amour et la piété, et dans les yeux ronds des autres il lisait le doute, la crainte et la curiosité. Une curiosité malsaine. Comme s'ils cherchaient à distinguer, chez ce jeune homme qui leur était apparu dans son habit simple de paysan, quelque trait morphologique, quelque geste, une démarche, peut-être, qui leur dirait qu'il n'était pas ce qu'il prétendait être. De la curiosité, donc, dans ces yeux inquisiteurs, mais aussi de la fébrilité, une grande fébrilité, comme s'ils avaient peine à se contrôler. Comme s'ils avaient voulu bondir sur lui et lui soulever sa robe pour constater de visu – et pourquoi pas de la main – qu'il s'étaient laissé égarer par les médisants. Et lui, paisible, serein, limpide, se laissait scruter, comme quelqu'un qui aurait l'habitude d'attirer les regards et qui se serait depuis longtemps immunisé contre les feux, amis ou ennemis, qui pouvaient en jaillir.

C'est à ce moment-là, alors que Bilal venait de poser délicatement le pied sur la cinquième marche, que le cheikh Salim vit un homme quitter le cercle, traverser toute la largeur de l'escalier dans le dos du muezzin, s'approcher de lui comme pour embrasser le pan de sa robe, puis se redresser au tout dernier instant, l'étreindre par-derrière, brandir un rasoir de barbier, et lui trancher la gorge de part en part. Tout cela en un rien de temps et sous les yeux médusés de l'assistance tétanisée qui n'arrivait ni à rompre le cercle magique, ni à émettre ne serait-ce qu'un son. Après quoi, le cheikh Salim vit l'homme au rasoir relâcher l'agneau sacrificiel qui glissa doucement à terre, comme au ralenti. Sa tête, en heurtant le sol, fit un bruit sourd qui retentit comme un coup de canon dans le silence de mort qui enveloppait la scène, et son corps gracile, serti de son linceul blanc qui s'imbibait de sang, épousa gracieusement les marches de l'escalier tel un beau tapis de soie.

Ce n'est qu'alors, quand la robe blanche du muezzin eut tourné au pourpre et qu'une tache écarlate se mit à courir aux pieds de son assassin, que retentit étrangement le cri de « *Allahou Akbar* ». S'arrachant finalement à sa stupeur, le cheikh Salim vit que c'était l'assassin qui venait d'émettre cette profession de foi si déplacée. L'homme restait d'ailleurs là, haletant, bavant, ricanant même, les yeux hagards, les bras ballants, tenant mollement son rasoir ensanglanté à la main. Et toujours la foule ne bougeait pas. Et toujours, elle ne disait rien. « *Allahou Akbar* », hurla à nouveau l'assassin, comme s'il avait voulu sortir la foule de son étrange sommeil, la prendre à témoin et lui faire prendre acte de son propre acte. « Les femmes ne sont-elles pas déficientes en foi ? » l'adjura-t-il ensuite, citant le Prophète. Et cette foule que l'assassinat de Bilal n'avait pas pu sortir de sa léthargie finit par réagir à son assassin. Elle fit un pas en avant, solidaire, en rangs serrés, et le cheikh Salim suivit naturellement le mouvement. Il vit alors deux hommes quitter le cercle et s'approcher du muezzin gisant. Comme pour le protéger. Comme pour couvrir du leur son corps brisé. Comme pour échanger leur vie contre la sienne. Et pourtant non. Ils ne prenaient pas la tête de Bilal entre leurs mains aimantes. Ils ne s'asseyaient pas non plus en tailleur pour lui faire un doux coussin de leurs chauds genoux. Ils ne se jetaient pas plus sur lui pour empêcher son âme de s'envoler. Ils ne faisaient rien de tout cela. Ils lui retroussaient la robe. Ils la tiraient même sans ménagement. Ils lui dénudaient les jambes, les cuisses, le ventre. Et tout ce temps la foule continuait de se taire. Et elle continuait de resserrer son étau autour de la dépouille ensanglantée du jeune muezzin.

Deux hommes se sont à présent approchés de l'assassin. Ils l'ont désarmé. Ils l'ont saisi chacun par un bras. Ils se sont emparés de lui. Et lui s'est laissé faire. Il n'a pas résisté. Tout s'est fait sans violence. En douceur. Dans le plus grand silence. Et ces hommes-là ne regardent même pas l'assassin qu'ils viennent d'arrêter. Comme toutes les autres personnes présentes, ils n'ont d'yeux que pour Bilal. Pourtant, ce n'est pas vers son visage sans vie ou sa gorge rougie que tous les regards se portent. Ce que tout le monde lorgne avidement, les yeux exorbités, bouche bée, c'est l'entrejambe du jeune muezzin. Et le cheikh Salim fait de même, d'ailleurs. Lui aussi regarde, comme un voyeur. Lui aussi veut voir. Comme tous les fidèles de peu de foi qui l'entourent ce jour-là, lui aussi veut savoir. Tout le monde veut savoir. Tout le monde, sauf l'assassin. Lui regarde droit devant lui, sans rien voir. Il regarde droit devant lui parce qu'il sait déjà. Ou plutôt, parce que, n'ayant pas voulu croire, il croit savoir. Il croit savoir et il ne voudrait pas que quoi que ce soit vienne ébranler ses certitudes. Mais le cheikh Salim n'a pas les certitudes de l'assassin. Lui a besoin de savoir. Il a besoin de savoir une fois pour toutes. Et parce qu'il ressent un besoin pressant de savoir, il use de sa grande taille et de sa belle canne pour écarter la foule et arriver au premier rang. Et une fois qu'il y est, ce que ses yeux de Thomas voient entre les jambes nues et graciles de Bilal, ce qu'ils voient, c'est qu'il y a quelque chose. Quelque chose qui repose sur un nid épars de poils pubiens longs et fins. Des poils pubiens d'adolescent. Il voit qu'il y a là une verge. Pas une bien grande verge, certes, pas une bien grosse verge non plus, mais une verge. Une verge vierge. Une verge fine et sculptée s'appuyant sur une bourse bien dessinée et surmontée d'un petit gland rituellement dénudé faisant plus flèche que dôme. Une verge en minaret.

Ce n'est qu'une fois rassasié du spectacle de cette verge qui ne se dressera plus, ce n'est qu'après avoir vaillamment résisté à la tentation de toucher cet attribut inerte de virilité pour confirmer de manière tactile ce que ses yeux venaient pourtant de lui dire et que sa foi lui dictait depuis toujours d'ignorer, que le cheikh Salim détourna finalement son regard et le porta sur la foule stupéfaite. Un moment d'éternité sembla passer avant que le cerveau amorphe de cette masse agglutinée, qui n'avait plus rien d'humain, n'enregistrât enfin l'image de la verge du muezzin qui venait de s'imprimer sur ses rétines incrédules. Et une fois cela fait, un cri fusa : « Bilal ! » Puis un autre ! Et encore un autre ! Cri de honte. Cri de remords. Cri de lâcheté. Ce cri fut ensuite repris, de rang en rang, jusqu'à ce que la clameur eût atteint le Nil et qu'elle y eût couru sur les flots jusqu'à remplir la terre entière. Elle se mua alors en cri de colère et la foule se rua sur l'assassin, l'arracha aux deux hommes qui en avaient assumé la garde, le roua de coups, le jeta à terre, lui arracha ses vêtements, le piétina, le foula, l'étouffa, le déchiqueta. Le cheikh Salim vit même un homme se saisir de l'arme du crime, qui était tombée à terre, et s'en servir pour en lacérer hargneusement le corps de l'assassin avant de se redresser et de lever ses mains ensanglantées vers le ciel en hurlant le nom de Bilal. Il fut alors imité par des milliers et des milliers de gorges enfin libérées : « Bilal ! » Cri de délivrance. La honte et la culpabilité lavées dans le sang de l'assassin. Justice venait d'être faite. Ils avaient vengé leur saint. Son sang ne retomberait plus sur eux.

Et tout ce temps, le cheikh Salim pleurait. Il pleurait et il demandait pardon. Il demandait pardon, les yeux noyés dans cette plaie béante qu'était devenue la gorge du jeune muezzin. Il regardait Bilal et il le voyait comme qui verrait son propre avenir. Comme qui verrait ce qui aurait pu être et qui ne serait jamais. Il regardait l'espoir assassiné gisant sur l'escalier de la mosquée. L'espoir assassiné par les siens. Assassiné par la veulerie. Par la faiblesse. Par le doute. Par les préjugés. Par le manque de foi. Par la soif inconsidérée de vérité.

C'est alors qu'il vit quatre hommes, dont celui-là même qui venait à l'instant de massacrer l'assassin à l'arme blanche, se pencher sur le corps de Bilal pour le porter. Mais la foule bouscula l'ange vengeur et l'écarta sans ménagement, comme si elle ne voulait pas voir le sang sanctifié de ce héros dont elle avait douté, et qu'elle avait si lâchement abandonné, se mêler à celui de l'autre, dont les mains du justicier étaient entachées. On porta donc la dépouille du jeune muezzin à bout de bras, on la leva bien haut, on la fit tournoyer, et la foule hurla le nom de Bilal en s'écartant au passage de ce catafalque de chair et de sang. Cri de douleur. Belle et bienvenue douleur, qui noyait dans son tragique torrent tout souvenir de honte et de mauvaise conscience. Cri de douleur, cri d'amnésie.

Mais le cheikh Salim, lui, ne pouvait pas oublier. Toute volonté d'amnésie l'avait déserté. Le cœur rongé par le remords à l'idée de sa trahison, les yeux, voilés par les larmes, rivés sur toute cette beauté et sur toute cette pureté qui n'étaient plus, les oreilles, assourdies, désespérément tendues vers cette voix éteinte qui ne chanterait plus l'amour du Très-Haut et n'enchanterait plus jamais l'univers, il sanglotait en récitant humblement, non pas la prière des morts, mais ces vers élégiaques qu'un poète profane avait jadis composés en l'honneur d'un héros mort au combat. Il les récitait d'une voix inaudible, en cachette de lui-même, en quelque sorte, comme s'il avait craint de faire au muezzin martyr l'injure de son hommage.

« Paré par les lances d'une robe d'honneur avec son sang ;

Robe qui fait briller devant Dieu sa pourpre ;

Pâmé sous l'étreinte des cuirasses des guerriers,

Devenue pour lui l'étreinte même des houris aux yeux baissés. »

35

Le lendemain de l'assassinat de Bilal, Harry Boone fit quelque chose d'inimaginable. Non, il ne remit pas sa démission à Archie Briggs. Il ne contacta pas plus les correspondants sur place du *Times* et de l'*Observer* pour leur conter la triste histoire du muezzin de Kit Kat et dénoncer le chef-d'œuvre de manipulation que les nouveaux maîtres du monde avaient imaginé pour le mettre à bas. Il ne chercha nullement à excuser sa lâcheté dans cette affaire, ni à enjoliver le rôle peu glorieux qu'il y avait joué. Il sortit plutôt sa voiture du garage, embarqua Maria, quitta son repaire de Zamalek et, pour la première fois depuis son arrivée en Egypte, il se plongea dans les rues du Caire sans appréhension aucune. Il ne le fit d'ailleurs pas pour se rendre quelque part en particulier. Il souhaitait tout simplement rouler et voir de plus près cette métropole grouillante qui l'avait tant terrorisé jusqu'ici et qui lui semblait ce jour-là comme anesthésiée. Depuis la veille, à l'image du pays et de la région tout entière, la capitale égyptienne vivait sans tout à fait vivre. Certes, ses habitants vaquaient toujours à leurs occupations. Ils se déplaçaient toujours, qui à pied, qui en voiture et qui à dos de mulet, mais il y avait dans leurs mouvements et dans les expressions que Boone lisait sur leurs visages quelque chose qui lui faisait penser qu'ils étaient là sans vraiment y être : que leurs corps étaient là, mais que leur âme les avait désertés. Les piétons ne se pressaient pas, les cafetiers et les boutiquiers ne racolaient pas, les crieurs publics ne criaient pas, les klaxons ne fusaient pas et les automobilistes ne se chamaillaient pas plus. La métropole continuait de vivre, mais elle le faisait à un rythme d'une lenteur mortelle et dans un silence de mort. Silence douloureux des pauvres gens qui pleuraient Bilal chez eux. Silence honteux des pleutres qui l'avaient trahi et qui auraient voulu tout oublier. Silence soulagé des puissants, bien contents d'en être enfin débarrassés. Silence coupable de ceux-là mêmes qui avaient causé sa perte, et dont la victoire était si éclatante qu'ils pouvaient se permettre d'avoir le triomphe modeste. Cette cité avait été vivante. Elle avait aussi eu sa Cité des Morts. Ce jour-là, cependant, elle n'était plus habitée ni par les morts ni par les vivants. Elle semblait avoir été livrée aux morts vivants. C'était d'ailleurs cela qui y avait attiré Harry Boone, l'incitant à prendre sa voiture pour parcourir les rues et y errer sans but. Par bravade. Par esprit de vengeance. Car les morts vivants, Harry Boone les connaissait bien. N'en était-il pas lui-même un, lui qui avait voulu s'enterrer vivant à Zamalek ?

De tous les endroits où ses pérégrinations auraient pu le mener ce jour-là – le Musée égyptien, les Pyramides, la Citadelle, la Vieille Ville –, son choix était inconsciemment tombé sur le Jardin zoologique. A croire que, bien plus que les vestiges historiques qui faisaient la gloire de ce pays et la fierté des nobles descendants des pharaons et des conquérants arabes qui l'habitaient, c'était le zoo et ses hôtes qui reflétaient le mieux l'estime dans laquelle il se tenait et tenait aussi ses congénères. Ce fut donc devant la grille du Jardin zoologique de Guiza qu'il se réveilla enfin, quand il eut lu l'écriteau qu'un gardien rompu aux lois du marché y avait apposé, annonçant que l'auguste institution avait un excédent de dindonneaux qu'elle cédait au grand public à tant de piastres le kilo.

« Je vais te poser une question, Harry », lui dit anxieusement Maria une fois qu'ils furent à l'intérieur.

Elle brisait ainsi le long silence qu'elle avait gardé depuis qu'ils avaient quitté la maison.

« Au sujet de Bilal ?

– Oui, c'est au sujet de Bilal. Et je veux que tu me répondes franchement.

– Que voudrais-tu savoir ?

– As-tu quelque chose à voir avec sa mort ?

– Bien sûr que non ! Que vas-tu chercher là ?

– Si ce n'est pas toi personnellement, alors ton Service. Ce Club-House peuplé de gentlemen qui se conduisent si peu en gentilshommes.

– Je te promets que non, lui assura Boone en admirant la dentition de l'hippopotame qui bâillait paisiblement à quelques mètres de lui.

– Il faut que je sache !

– Je te jure que non », dit Boone.

Il était à deux doigts de tout lui raconter, mais il se disait qu'il n'en ferait rien avant d'avoir vu Briggs. Il y avait un temps pour tout.

« Très bien, Harry. »

Elle était apparemment soulagée.

« Je n'affirme pas que nous sommes des saints, ajouta-t-il, mais nos intérêts vitaux n'étaient pas vraiment engagés dans cette affaire.

– Il faut que cette marche pour la paix ait lieu, s'écria-t-elle alors qu'ils croisaient des écoliers en procession autour de la cage aux grands fauves. Il faut que les pèlerins musulmans fassent leur jonction avec les autres marcheurs ! Il le faut ! Sinon, Bilal sera mort pour rien !

– Il le faudrait peut-être, mais rien de tout cela ne se fera plus. C'est partout la débandade. Les camps de rassemblement se vident. Les gens rebroussent chemin et rentrent chez eux la queue entre les jambes. C'est le chaos total sur les routes.

– Mais les camps ne se sont tout de même pas complètement vidés !

– Ceux qui y sont encore, ceux qui restent déterminés à marcher sur Jérusalem, n'ont plus rien des pèlerins de la paix qu'ils ont été. C'est maintenant une foule en colère. Le ressentiment a envahi leurs cœurs et en a chassé l'amour et la joie que Bilal y avait insufflés. A présent qu'il est mort, les fanatiques ont pris le relais. Ils attisent la haine dans l'esprit des gens. Eux qui avaient ardemment souhaité la mort de cet homme qui leur coupait l'herbe sous les pieds, accusent à présent l'Occident et l'infidèle de l'avoir assassiné.

– Mais il y a les pacifistes israéliens ! Il y a tous ceux qui viennent d'Europe !

– Que veux-tu qu'ils fassent sans les musulmans ? Sans les musulmans, qui sont les premiers concernés, il n'y a plus de grande messe œcuménique possible. Tes hommes de bonne volonté sont eux aussi débordés par les extrémistes, par les nihilistes, par les anarchistes, par les casseurs... C'est fini, Maria...

– Ainsi, la Chose aura gagné.

– Les choses ne finissent-elles pas toujours par gagner ? N'avons-nous pas fait des choses le fondement même de notre société ? Produire des choses, vendre des choses, convoiter des choses, s'entre-tuer pour des choses, s'identifier à des choses et toujours les adorer ?

– Mais *qui* a fait assassiner Bilal ? Qui ?

– Qui ? La réponse est : personne. Personne et tout le monde.

– Mais cet homme, ce Hassan Bakri, quelqu'un a bien armé sa main ! Les islamistes, peut-être ? ou alors les Israéliens ?

– L'assassin de Bilal était un barbier d'Agouza. Il n'habitait pas très loin de la mosquée Kit Kat. C'était un homme tranquille. Il ne s'était jamais mêlé de politique. Ni de près, ni de loin. Un homme tout à fait ordinaire. Musulman et croyant, mais pas plus. Ce n'était pas un exalté. En trente ans d'existence, il ne semble s'être enflammé que deux fois : une première fois quand il se prit d'un amour inconsidéré pour Bilal en qui il voyait un saint qu'il voulait suivre jusqu'au bout du monde, et une deuxième fois hier, quand il immola ce même saint sur le parvis de la mosquée.

– Mais qu'est-ce qui a pu causer un tel revirement ? Qu'est-ce qui a pu changer l'amour qu'il avait eu pour Bilal en haine meurtrière ?

– La honte, j'imagine.

– La honte ?

– La honte qu'un musulman bigot peut ressentir à l'idée d'avoir cru en une femme. La honte de s'être investi dans une femme. La honte d'avoir été mené par le bout du nez par une femme. La honte d'avoir marché dans les pas d'une femme. Car c'est bien une femme que Hassan Bakri pensait égorger.

– Tout aurait donc commencé avec cette horrible rumeur.

– Cette rumeur a armé des millions de bras. Grâce à cette rumeur, les conditions ont été créées pour qu'il y ait, non pas un, non pas dix, non pas cent, mais peut-être mille assassins. Tôt ou tard, l'un d'entre eux aurait frappé. Ce Hassan Bakri fut simplement le premier.

– Tout comme Gandhi, victime de la rumeur comme quoi il aurait sacrifié les intérêts des hindous pour plaire aux musulmans.

– Tout comme Yitzhak Rabin, victime de la rumeur comme quoi il aurait bradé la sécurité d'Israël pour plaire aux Palestiniens.

– Ce Hassan Bakri n'aurait donc pas été manipulé ? Personne ne lui aurait donné l'ordre d'assassiner Bilal ?

– C'est là toute la beauté de l'opération », s'enflamma Boone, qui était partagé entre son indignation face à l'assassinat de Bilal, et son admiration devant l'Albatros réussi par Orvil Bosmann.

Un vrai coup de maître, se disait-il. Un coup de maître qui lui sauvait d'ailleurs la mise. Un coup de maître qui remettait le système Boone à flot. Mais à quel prix ! Au prix du sang d'un innocent. Boone ressentit une empathie soudaine pour Pyrrhus. Encore une victoire comme celle-ci, pensait-il, et je suis perdu !

« Il ne fallait justement pas qu'il y ait un assassin désigné d'avance, finit-il par dire. Il ne le fallait pas, parce qu'il ne fallait pas qu'on puisse accuser quelqu'un en particulier d'avoir commandité cet assassinat. Il fallait que le fait révélateur soit intrinsèque à l'assassin qui le frappa hier, et intrinsèque, aussi, aux assassins potentiels qui l'attendaient le long du chemin qui devait le mener jusqu'à Jérusalem.

– Le fait révélateur ?

– Pour que quelqu'un passe ainsi à l'acte, il faut qu'il y ait un fait révélateur. Une raison, en quelque sorte. Ce fait révélateur peut être externe et induit (comme ces agents dormants de la guerre froide qu'un coup de fil était censé réveiller), ou alors il peut être interne et *sui generis* – produit par la psychologie même de la personne, par le milieu dans lequel elle baigne et par les influences qu'elle subit.

– Et dans le cas de ce Hassan Bakri...

– Dans son cas tout indiquerait qu'il n'aurait jamais reçu de qui que ce soit l'ordre de tuer Bilal. Il a agi de son propre chef, sa personnalité et sa psychologie s'étant montrées réceptives aux rumeurs qui circulaient comme quoi Bilal aurait été une femme.

– Mais c'est horrible !

– Horrible, mais très courant, dit Boone. On installe un climat propice à la violence, et on crée les conditions objectives pour que des hommes et des femmes apparemment inoffensifs n'hésitent pas à tuer leur prochain et à se sacrifier eux-mêmes : misère, injustice, haine, ressentiment. Le vivier des miséreux, des frustrés, des déçus, des désespérés, est énorme. Inépuisable, même. Il suffit de tendre la main. Même pas de tendre la main. Il suffit d'ouvrir la boîte de Pandore. La haine se déverse alors toute seule et on la ramasse à la louche. Pas besoin d'organisations hiérarchisées pour cela, ni de structures sophistiquées, ni de chaînes de commandement, ni d'instructions écrites. Il suffit d'en appeler aux instincts les plus primaires des gens.

– Mais c'est un lavage de cerveau à distance !

– Un lavage de cerveau “soft”, précisa Boone. Sans violence. Sans même forcer. Un lavage de cerveau qui se contente de caresser le sujet dans le sens du poil ; qui ne le pousse jamais à faire quoi que ce soit qui serait contraire à sa nature. Un peu comme dans l'hypnose.

– Mais pourquoi avoir choisi de lancer une rumeur comme quoi Bilal était une femme ? demanda Maria, pensive.

– Parce qu'il fallait criminaliser Bilal avant de le faire assassiner.

– Le criminaliser ?

– Les hommes ont besoin de criminaliser leur ennemi. Ne serait-ce que pour se donner bonne conscience. Or Bilal était la preuve vivante que notre ennemi n'est pas nécessairement un criminel. Bilal n'était ni le terroriste, ni le dictateur fou, ni le baron de la drogue que l'Occident aime pourchasser. Il n'était pas plus l'infidèle, l'impérialiste ou l'agent sioniste que les islamistes adorent exterminer. Il n'était rien de tout cela. C'était un homme bon, aimant, pacifique, et c'est justement pour cela qu'il devait mourir. C'est pour cela qu'ils ont lancé cette rumeur qui le criminalisait aux yeux même des siens.

– Parce que être une femme, c'est être un criminel ?

– Etre une femme n'est pas criminel en soi. Mais être une femme et se travestir en homme, appeler les fidèles à la prière, diriger la prière, prêcher, détourner les croyants de leur clergé, et redonner de l'espoir à des millions et des millions de pauvres gens, ça c'est criminel aux yeux des islamistes, des ulémas et des pouvoirs établis de tout bord.

– Ils ont donc voulu faire croire qu'il était une femme pour le discréditer.

– Il fallait qu'il soit discrédité avant même d'être tué. Une fois mort, s'il s'avérait être une femme, son meurtre serait justifié et le mouvement qu'il avait lancé mourait avec lui. Inversement, si, une fois mort, il s'avérait que la rumeur n'était pas fondée et qu'il était réellement l'homme qu'il prétendait être, alors la honte que ressentiraient ses propres coreligionnaires à l'idée d'avoir laissé massacrer un innocent serait suffisante pour étouffer la dynamique de paix qu'il avait suscitée. »

Maria était désespérée :

« Ses ennemis gagnaient donc sur tous les tableaux.

– Ces gens-là ne jouent jamais que gagnant, Maria. Sinon, s'il y a le moindre doute sur l'issue de la partie, ils se tiennent cois et attendent leur heure.

– Et ils ont tout leur temps, n'est-ce pas ?

– Ce qui m'étonne, par contre, dit Boone, c'est que Bilal n'ait pas chanté sur un registre vocal moins aigu – comme il aurait très bien pu le faire – afin de démentir la rumeur. Cela aurait peut-être suffi. Pourquoi s'est-il entêté à chanter jusqu'au bout comme un contre-ténor ?

– Pour ne pas rompre avec l'esprit de l'enfance, voilà pourquoi. Innocence oblige.

– Et pourquoi n'a-t-il jamais rien dit ? Pourquoi n'a-t-il pas cherché à se disculper ? A se défendre ?

– Noblesse oblige », lui répondit tristement Maria, en pressant le pas pour rejoindre la sortie.

Ils venaient de rentrer chez eux quand ils entendirent l'appel à la prière du soir qui s'élevait du haut du minaret de Kit Kat. C'était une voix sans âme, amplifiée par les haut-parleurs, et qui se mariait parfaitement à toutes les autres voix, aussi éraillées et aussi désincarnées qu'elle, qui grésillaient un peu partout dans la capitale. A croire que, désireux de prendre leur revanche sur Bilal qui les avait si longtemps réduits au silence par la seule grâce de son art, des milliers de minarets mécanisés rivalisaient à présent entre eux en cris et en vociférations, produisant une urgence publicitaire qui appelait les gens, non pas tant à la prière qu'au simple devoir de prière, non pas à Dieu mais à la consommation de la religion.

Demain chacun aura oublié, qui sa douleur, qui sa honte et qui sa culpabilité. La vie reprendra alors son cours et la circulation démente ses droits. Harry Boone rangera vite sa voiture au garage et il s'en ira pantoufler au club de croquet comme si de rien n'était. Paresse oblige.

Paresse, mais peut-être aussi sagesse. Car il en va de la vie comme il en va, dit-on, de la feuille de l'écrivain : elle est aussi pleine de mouvement et vide de changement.

REMERCIEMENTS

J'aurais difficilement pu écrire ce roman si Veronica n'avait pas pris sur elle et serré les dents. Alors que je m'occupais de repêcher le système Boone, elle s'est efforcée de maintenir le système Kemp à flot.

J'aimerais en outre remercier tous ceux qui auront trouvé le temps de m'aider dans mes recherches.

Sami Ketz, Jo Gerard, Dominic Simpson, Hélène et Thierry Revol, Cynthia Odsi et Naoufel Brahimi ont rédigé ma feuille de route pour l'Egypte. Maryse Hélal, Assy et Maged Farag, Gabrielle Bustros, Marie-Laure et David Lemon, Naguiba Demerdji et le père Jean-Marie Mérigoux m'y ont très gentiment reçu et se sont gracieusement prêtés au jeu. Notre ambassadeur au Caire à l'époque, John Sawers, m'a très aimablement accueilli à la Résidence. La description que je fais des lieux est d'ailleurs assez fidèle à la réalité. Quant aux arbres et aux fleurs des jardins, ils sont le pur fruit de mon imagination. Tewfik Aclimandos m'a servi de chaperon dans cet étrange lieu qu'est le Guézira Sporting Club et a répondu sans faillir au barrage de questions que je lui posais sur la société et la nomenklatura égyptiennes. Glen Carey m'a fait visiter les coins et recoins de Zamalek. Je précise que l'ambassadeur d'Irlande n'habite pas, comme je l'écris ici, à l'extrémité nord de l'île. Un grand merci aussi à Moustafa, le chauffeur-guide le plus doux mais aussi le plus impossible que j'aie connu : quoique cairote il semblait découvrir Le Caire en même temps que moi et ne cessait de s'adresser à Veronica en l'appelant « Madame Mona Moore » pour m'avoir entendu l'appeler « Mon amour ».

Rima et Camille Tawil ont fait de leur mieux pour combler les lacunes de ma culture musicale. Armel Job m'a fait découvrir les subtilités du latin et Georges Nasr les finesses de la langue arabe. Susan et David Handley m'ont donné un aperçu de ce que pouvait être la vie d'un diplomate occidental au Caire. Kudsi Erguner et Jean During m'ont familiarisé avec les chants sacrés des soufis et des muezzins. Annalisa et Alastair Rellie m'ont éclairé sur certains points de la culture anglo-écossaise. Jérémy de Vidas m'a introduit à la culture judéo-espagnole. Nicolas Guibert m'a initié au jeu de dames. Michel Trébosc et Stéphanie Lebret se sont efforcés de faire de moi un commentateur sportif de badminton. François Ireton et les responsables de l'orphelinat Lillian Thrasher m'ont renseigné sur Assiout. Messieurs Rogers, Hitchcock et Di Fiore m'ont appris à distinguer la coupe des tailleurs de Savile Row de celle de leurs homologues milanais. Richard Colvin, Michèle et Georges Toutounji et le colonel Michel Bardin m'ont aidé dans le tracé de la « Chose » et la logistique de la marche pour la paix. Mark Whitcombe a rafraîchi ma mémoire sur les techniques du close-combat. Jean-Paul Gillybœuf et Thierry Pfister m'ont, chacun de son côté, soufflé la remarque d'Archie Briggs sur la Pucelle d'Orléans, et Michael McCandless celle de Harry Bonne sur les cannes blanches. Je les en remercie tous vivement.

Je souhaiterais par ailleurs exprimer ma gratitude à l'égard de tous ceux à qui ce livre doit énormément, et qui auront préféré garder l'anonymat. Ils me sauront sans doute gré de ne pas les remercier nommément.

Outre les auteurs et les ouvrages que je cite dans ce roman, je me suis inspiré des écrits d'Amnon Shiloah, Habib Touma et Frédéric Lagrange sur la musique arabe, des travaux de Samir Ra'fat et de Jim Antoniou sur la ville du Caire, de l'ouvrage monumental que Louis Massignon a consacré au mystique Al-Hallâj, du très beau livre de Sándor Márai sur Ulysse, de l'histoire d'Ecosse de Charles Sanford Terry, du roman de John Banville sur Anthony Blunt, des articles de Vita Sackville-West sur le jardinage, du livre de

Gilles Kepel sur les islamistes égyptiens, des travaux de Claude Gyomarch et de Dina El-Khawaga sur les coptes, d'un texte de Paul-Eric Blanrue sur la papesse Jeanne, des travaux de Manuel Jimenez sur la psychologie de la perception, du *Nizâmnâme-i Misir* de Jezzar Ahmed Pasha, des *Jeux de l'esprit* de Pierre Boulle, du livre de Shemeen Burney Abbas sur la voix féminine dans les rituels soufis, des écrits de Selim Aïssel sur la Quatrième Voie, du livre de Jean-Marie Muller sur Gandhi, de celui de Fiammetta Bonazzi sur les Dinks, du personnage de Vidocq campé par George Sanders dans le film *Scandales à Paris* de Douglas Sirk, de celui de Steed-Asprey mis en scène par John le Carré, et du *Chevalier inexistant* d'Italo Calvino à qui j'ai emprunté le mot de la fin.

C'est dire si un roman est une œuvre collective. En y apposant son nom, l'auteur se contente simplement d'en assumer la responsabilité devant ses lecteurs.

Du même auteur
aux Éditions Albin Michel :

MUSC, roman, prix Guerlain 2000.

MOORE LE MAURE, roman, 2001.

LE SYSTÈME BOONE, roman, 2002.

Composition réalisée par IGS-CP

Achevé d'imprimer en mai 2006 en Espagne-Barcelone par
LIBERDUPLEX

N° d'éditeur : 70679
Dépôt légal – 1re publication – juin 2006
Librairie Générale Française – 31, rue de Fleurus – 75278 Paris Cedex 06

31/1661/3